Ullstein

ÜBER DAS BUCH

Man schreibt das Jahr 1813. Kaum aus Übersee zurückgekehrt, wird Sir Richard Bolitho von der britischen Admiralität wieder in die Pflicht genommen. Eine neue Gefahr droht: Napoleon, der Verbündete der Amerikaner, beginnt sich an allen Fronten zurückzuziehen, obwohl diese ohne die Franzosen den Kampf um Nordamerika verlieren werden. Die Yankees drängen auf eine schnelle Entscheidung, so daß Sir Bolitho das heikle Kommando erhält, vor Halifax einem Blitzangriff der Amerikaner zu begegnen. Gemeinsam mit seinen Getreuen führt er auf der *Indomitable* das Geschwader an, das den Feind vor Kanadas Küste vernichtend schlagen soll.
Der vierundzwanzigste Roman aus der berühmten Bolitho-Serie.

DER AUTOR

Alexander Kent kämpfte im Zweiten Weltkrieg als Marineoffizier im Atlantik und im Mittelmeer und erwarb sich danach einen weltweiten Ruf als Verfasser spannender Seekriegsromane. Seine marinehistorische Romanserie um Richard Bolitho machte ihn zum meistgelesenen Autor dieses Genres naben C. S. Forester. Seit 1958 sein erstes Buch erschien (*Schnellbootpatrouille*), hat er über 40 weitere Titel veröffentlicht, von denen die meisten bei Ullstein vorliegen. Sie erreichten eine Gesamtauflage von mehr als 20 Millionen und wurden in 24 Sprachen übersetzt. – Alexander Kent, dessen wirklicher Name Douglas Reeman lautet, lebt in Surrey, ist Mitglied der Royal Navy Sailing Association und Governor der Fregatte *Foudroyant* in Portsmouth, des ältesten noch schwimmenden britischen Kriegsschiffs.

Alexander Kent

Unter dem Georgskreuz

Admiral Bolitho
im Kampf um Kanada

Roman

Ullstein

Ullstein Buchverlage GmbH & Co. KG.,
Berlin
Taschenbuchnummer: 24409

Titel der Originalausgabe:
Cross of St. George
Aus dem Englischen von
Dieter Bromund

Ungekürzte Ausgabe
Oktober 1998

Umschlaggestaltung:
Hansbernd Lindemann
Illustration:
Geoffrey Huband

Alle Rechte vorbehalten
© 1996 by Bolitho Maritime Productions
© der Übersetzung by Ullstein
Buchverlage GmbH & Co. KG, Berlin
Printed in Germany 1998
Druck und Verarbeitung:
Ebner Ulm
ISBN 3 548 24409 2

Gedruckt auf alterungsbeständigem
Papier mit chlorfrei gebleichtem Zellstoff

Vom selben Autor
in der Reihe
der Ullstein Bücher:

Die Feuertaufe (23687)
Strandwölfe (23693)
Zerfetzte Flaggen (23192)
Kanonenfutter (24311)
Klar Schiff zum Gefecht (23932)
Die Entscheidung (22725)
Bruderkampf (23219)
Der Piratenfürst (23587)
Fieber an Bord (23930)
Des Königs Konterbande (23787)
Nahkampf der Giganten (23493)
Feind in Sicht (20006)
Der Stolz der Flotte (23519)
Eine letzte Breitseite (20022)
Galeeren in der Ostsee (20072)
Admiral Bolithos Erbe (23468)
Der Brander (23927)
Donner unter der Kimm (23648)
Die Seemannsbraut (22177)
Mauern aus Holz,
Männer aus Eisen (22824)
Das letzte Riff (23783)
Dämmerung über der See (23921)
Dem Vaterland zuliebe (24181)

Außerdem 20 moderne Seekriegsromane
und 3 Romane
um die Blackwood-Saga

Die Deutsche Bibliothek –
CIP-Einheitsaufnahme

Kent, Alexander:
Unter dem Georgskreuz :
Admiral Bolitho im Kampf
um Kanada ;
Roman / Alexander Kent.
[Aus dem Engl. von Dieter Bromund]. –
Ungekürzte Ausg. –
Berlin : Ullstein, 1998
(Ullstein-Buch ; Nr. 24409)
ISBN 3-548-24409-2

Für meine Kim
in Liebe und Dankbarkeit
für dein Kanada,
das du mit mir teiltest.

Wo immer Holz schwimmen kann,
werde ich ganz sicher diese englische Flagge finden.
Napoleon Bonaparte

Inhalt

I	Der Ehrensäbel	11
II	Um der Liebe willen	36
III	Aufbruch am Morgen	60
IV	Kapitäne	76
V	Ein Gesicht in der Menge	101
VI	Böses Blut	124
VII	Der älteste Trick	142
VIII	Ein zu großer Verlust	171
IX	Ein Flaggkapitän	196
X	Zeit und Entfernung	218
XI	Eine Warnung	234
XII	Ehrenkodex	256
XIII	Damit sie es nie vergessen	273
XIV	Urteil	294
XV	Kein Kriegsgeschrei	312
XVI	Die Lee-Küste	329
XVII	Der größte Lohn	352
	Epilog	377

I Der Ehrensäbel

Die Königliche Werft in Portsmouth, gewöhnlich ein lauter und geschäftiger Ort, lag still wie ein Grab. Zwei Tage lang hatte es ununterbrochen geschneit, und die Häuser, Werkstätten, Holzstapel und Vorräte für die Schiffe, die typisch waren für jede Werft, hatten sich in bedeutungslose Schemen verwandelt. Und es schneite immer noch weiter. Die weiße Decke hatte selbst die vertrauten Gerüche überlagert: Die unverkennbare Mischung aus Farbe und Teer, Hanf und frischem Sägemehl roch anders als sonst. Sie schien so fremd wie die Geräusche. Gedämpft durch den vielen Schnee waren sogar der Schuß der Kanone, mit dem die Verhandlung des Kriegsgerichts eröffnet wurde, und sein Echo fast unbemerkt verhallt.

Residenz und Kontore des Admirals schienen heute noch mehr von den anderen Gebäuden isoliert als sonst. Von einem der hohen Fenster, von dem man immer ein nahes Dock überblickte, konnte man jetzt nicht einmal das Wasser des Hafens entdecken.

Kapitän Adam Bolitho wischte über das feuchte Fensterglas und starrte nach unten auf den einsamen Posten, einen Seesoldaten in scharlachroter Uniformjacke. Es war früher Nachmittag, doch schon dämmrig wie bei Sonnenuntergang. Im Fenster betrachtete Bolitho sein Spiegelbild und das flackernde Holzfeuer im Kamin an der anderen Seite des Raums. Dort saß auf der Kante eines Stuhls sein Begleiter, ein nervöser, junger Leutnant, und rieb seine Hände vor den Flammen. Zu jedem anderen Zeitpunkt hätte Bolitho Mitleid mit ihm gehabt. Es war keine leichte oder gar erstrebenswerte Pflicht, als Begleiter zu agieren. Seine Lippen wurden schmal. Begleiter? *Eskorte* war richtiger. Eskorte für jemanden, der vor einem Kriegsgericht erscheinen mußte. Dabei hatte ihm jedermann versichert, daß das Urteil ohne jeden Zweifel zu seinen Gunsten ausfallen würde.

Das Gericht war an diesem Morgen in der großen Halle zusammengetreten, die sich an das Haus des Admirals anschloß. Sie diente häufiger als Ort für Empfänge denn als Gerichtssaal, in dem über das Schicksal eines Mannes, ja sogar über sein Leben entschieden wurde. Man sah immer noch einige unpassende Spuren des großen Weihnachtsballs, der kürzlich hier veranstaltet worden war.

Adam starrte auf den Schnee. Gerade hatte ein neues Jahr begonnen: Man schrieb den 3. Januar 1813. Nach allem, was er durchgemacht hatte, hätte er nach diesem Neuanfang greifen müssen wie ein Ertrinkender nach der Rettungsleine. Aber das tat er nicht, konnte es nicht. Alles, was ihm lieb und teuer war, lag hinter ihm – nur zerbrochene Erinnerungen blieben ihm.

Er spürte, daß der Leutnant sich auf seinem Stuhl regte, und bemerkte Bewegung auch draußen. Das Gericht trat wieder zusammen. Nach einer sicher verdammt guten Mahlzeit, dachte er. Das Essen war offenbar ein Grund, die Verhandlung hier zu führen, statt die Herren der Unbill einer Passage im offenen Boot zum Flaggschiff auszusetzen, das irgendwo im Schneetreiben in Spithead ankerte.

Er berührte die Seite, wo der eiserne Splitter ihn getroffen und zu Boden gerissen hatte. Er glaubte damals, sterben zu müssen. Manchmal hatte er sich das sogar gewünscht. Wochen und Monate waren inzwischen vergangen. Und immer noch fiel es ihm schwer zu begreifen, daß er vor weniger als sieben Monaten verwundet worden war. Und daß damals seine geliebte *Anemone* sich dem Feind ergeben hatte – ohnmächtig gegen die geballte Feuerkraft der U.S.S. *Unity*. Selbst heute noch war seine Erinnerung daran verschwommen. Der rasende Schmerz der Wunde, der gebrochene Stolz, der nicht akzeptieren wollte, daß er Kriegsgefangener war. Ohne Schiff, ohne Hoffnung, jemand, den man schnell vergessen würde.

Jetzt spürte er kaum noch Schmerzen. Selbst einer der Chirurgen der Königlichen Flotte hatte das Können des französischen Wundarztes der *Unity* gelobt, ebenso die anderen Ärzte, die während seiner Gefangenschaft alles Menschenmögliche für ihn getan hatten.

Er war geflohen. Männer, die er kaum gekannt hatte, hatten alles für ihn aufs Spiel gesetzt, um ihn zurück in die Freiheit zu bringen. Einige waren dafür sogar gestorben. Und dann gab es noch andere, denen er auch niemals zurückgeben könnte, was sie für ihn getan hatten.

Mit einem Räuspern sagte der Leutnant: »Ich glaube, sie sind zurück, Sir!«

Adam nickte. Der Mann schien Furcht zu haben. *Vor mir? Vielleicht wollte er nur Abstand halten, falls man mich verurteilte?*

Seine Fregatte, die *Anemone*, hatte sich mit einem weit überlegenen Gegner eingelassen, der nicht nur mehr Kanonen, sondern auch eine größere Mannschaft besaß. Viele Männer der *Anemone* waren als Prisenkommandos von Bord geschickt worden. Nicht aus Überheblichkeit oder verstiegenem Stolz hatte er gehandelt. Es ging darum, einen Konvoi von drei schwer beladenen Frachtschiffen, die er zu den Bermudas begleiten sollte, zu retten. *Anemones* Angriff hatte dem Konvoi Gelegenheit zur Flucht gegeben – Sicherheit im nahenden Dunkel. Er erinnerte sich an den beeindruckenden Kommandanten der *Unity*, Nathan Beer, der ihn in seine eigene Kajüte hatte bringen lassen und der ihn besucht hatte, während der Chirurg ihn behandelte. Selbst durch die Schleier von Schmerz und Bewußtlosigkeit hatte er den großen Amerikaner neben sich gespürt. Beer hatte mit ihm wie ein Vater mit seinem Sohn gesprochen, von Kapitän zu Kapitän, nicht als Gegner.

Und nun war Beer tot. Adams Onkel, Sir Richard Bolitho, war auf die Amerikaner gestoßen und hatte sie in einen kurzen, blutigen Kampf verwickelt. Am Ende hatte Bolitho dem sterbenden Gegner beistehen müssen. Bolitho meinte, ihr Aufeinandertreffen sei eine Fügung des Schicksals gewesen. Keinen von beiden hatte die Auseinandersetzung oder ihre Härte überrascht.

Adam hatte wieder eine Fregatte erhalten, die *Zest*. Ihr Kommandant war im Kampf mit einem unbekannten Schiff gefallen. Er war der einzige Tote, so wie Adam der einzige Überlebende der *Anemone* war, einen zwölfjährigen Schiffsjungen ausgenommen. Alle anderen waren gefallen, ertrunken oder gefangengenommen worden.

Die einzige mündliche Zeugenaussage heute morgen war von ihm gekommen. Es gab nur noch eine einzige andere Informationsquelle. Nachdem die *Unity* erobert und nach Halifax gebracht worden war, hatte man das Logbuch gefunden, das Beer noch während des Angriffs der *Anemone* geführt hatte. Im Gerichtssaal herrschte Stille wie draußen im fallenden Schnee, als der älteste Gerichtsdiener Beers Aufzeichnungen laut vorlas. Sie betrafen den heftigen Angriff der Fregatte ebenso wie die Explosion an Bord der *Anemone*, die aller Hoffnung, sie als Prise zu nehmen, ein Ende gesetzt hatte. Beer hatte auch notiert, daß er wegen der eigenen erlittenen Schäden am Schiff die Verfolgung des Konvois abbrechen mußte. Am Ende des Berichts hatte er geschrieben: *Wie der Vater, so der Sohn!*

Ein paar Blicke wurden unter den Offizieren des Gerichts gewechselt, mehr nicht. Die meisten ahnten nicht, was Beer damit gemeint hatte. Andere wollten sich zu keinerlei Bemerkung hinreißen lassen, die das Urteil vorwegnehmen könnte.

Adam schien es, als habe er in der Stille des Raums die Stimme des großen Amerikaners gehört, so als stünde Beer selber dort, um Zeugnis abzulegen von dem Mut und der Ehre seines Gegners.

Bis auf Beers Logbuch gab es in der Tat wenig als Beweis dessen, was tatsächlich geschehen war. *Und wenn ich immer noch Gefangener wäre? Wer würde mir helfen? Man würde sich an mich nur noch als an den Kapitän erinnern, der vor dem Feinde seine Fahne strich.* Ob nun verwundet oder nicht, die Kriegsartikel ließen kaum Spielraum für Milde zu. Du bist so lange schuldig, bis zweifelsfrei das Gegenteil bewiesen ist.

Er preßte hinter dem Rücken die Finger zusammen, damit der Schmerz ihm half, Haltung zu bewahren. *Ich habe die Fahne nicht gestrichen. Damals nicht, noch zu irgendeiner anderen Zeit.*

Er hatte in Erfahrung gebracht, daß zwei Kommandanten, die da vor ihm zu Gericht saßen, einst auch vor einem Kriegsgericht angeklagt worden waren. Vielleicht erinnerten sie sich, zogen Vergleiche. Dachten vielleicht daran, was geschehen wäre, wenn die Spitze des Säbels auf sie gezeigt hätte . . .

Er trat vom Fenster zurück und stellte sich vor einen großen Spiegel. Wahrscheinlich prüften hier alle Offiziere den Sitz ihrer Uniform, um sicherzugehen, daß sie die Billigung des Admirals fand. Er starrte unbewegt auf sein Spiegelbild, drängte die Erinnerung zurück. Doch sie war immer da, unauslöschbar und beständig. Er sah seine glänzenden goldenen Schulterstücke. Kapitän mit vollem Rang. Wie stolz sein Onkel gewesen war. Wie alles andere, war auch seine Uniform neu. Alle seine sonstigen Besitztümer lagen in seiner Seekiste auf dem Grund des Meeres. Selbst der Säbel auf dem Tisch des Gerichts war nur geliehen. Er dachte an die wunderschöne Klinge zurück, die die Kaufmannschaft der Stadt London ihm verehrt hatte. Ihr gehörten die drei Schiffe, die er gerettet hatte. Die Ehrengabe war das Zeichen ihrer Dankbarkeit. Er schaute zur Seite, weg von seinem Spiegelbild, mit Ärger im Blick. Die Kaufleute konnten sich solche Dankbarkeit leisten. Zu viele von denen, die damals für sie gekämpft hatten, würden davon nie erfahren.

Leise antwortete er dem Leutnant: »Ihre Aufgabe ist bald beendet. Ich war kein guter Gesellschafter, fürchte ich.«

Der Leutnant schluckte schwer. »Ich bin stolz darauf, bei Ihnen gewesen zu sein, Sir. Mein Vater diente unter Ihrem Onkel, Sir Richard Bolitho. Weil er mir so viel berichtet hatte, bin ich in die Königliche Marine eingetreten.«

Trotz der Spannung dieses unwirklichen Augenblicks war Adam seltsam bewegt.

»Vergessen Sie das nie. Liebe, Loyalität – so etwas hat viele Namen. Es wird Sie immer halten.« Er zögerte. »Es muß Sie halten!«

Sie schauten sich beide um, als die Tür vorsichtig geöffnet wurde und der Hauptmann, der die Seesoldaten kommandierte, hereinblickte.

Er sagte nur: »Man erwartet Sie, Kapitän Bolitho!« Es schien, als wolle er noch etwas hinzufügen, vielleicht etwas Mutmachendes, Hoffnunggebendes. Aber der Augenblick verstrich. Er knallte zackig die Hacken zusammen und marschierte in den Korridor zurück. Der Leutnant starrte hinter ihm her, als ob er versuchte, sich diesen Augenblick genau einzuprägen, um vielleicht seinem Vater davon zu berichten.

Adam lächelte fast. Er hatte vergessen, ihn nach seinem Namen zu fragen.

Der große Raum war bis auf den letzten Platz besetzt.

Was wollten die wohl alle hier, und wer waren sie? Aber dann erinnerte er sich: Eine öffentliche Hinrichtung zog immer große Mengen Gaffer an.

Adam war sich der Entfernung sehr bewußt. Hinter ihm klickten die Schritte des Hauptmanns der Seesoldaten. Einmal rutschte er. Es lagen immer noch Reste von Puderkalk auf dem Boden als Erinnerung an den Weihnachtsball.

Als er an der letzten Reihe sitzender Zuschauer vorbeikam, um vor den Offizieren des Gerichts seinen Platz einzunehmen, sah er auf dem Tisch den geborgten Säbel. Der Griff zeigte auf ihn. Er war schockiert – nicht etwa, weil er wußte, daß das Urteil gerecht war, sondern weil er nichts fühlte. *Absolut gar nichts.* So als sei er, wie all die anderen, nur Zuschauer.

Der Vorsitzende, ein Konteradmiral, sah ihn ernst an.

»Kapitän Bolitho, der Spruch dieses Gerichts lautet: Sie sind in allen Ehren freigesprochen!« Er lächelte kurz. »Bitte, nehmen Sie Platz!«

Adam schüttelte den Kopf. »Nein, Sir. Ich stehe lieber.«

»Nun denn.« Der Admiral öffnete seine Papiere. »Dieses Gericht ist überzeugt, daß Kapitän Adam Bolitho nicht nur seine Pflicht nach bester Tradition der Königlichen Marine erfüllt hat, sondern sich in Erfüllung dieser Pflicht auch unendlichen Ruhm erworben hat, weil er sich hartnäckig gegen einen weit überlegenen Gegner verteidigte. Als er sein Schiff zwischen den Gegner und die Handelsschiffe, die er zu beschützen hatte, manövrierte, bewies er sowohl Mut als auch ungewöhnliche Initiative.« Er hob seine Augenbrauen. »Ohne diese Charaktereigenschaften hätten Sie höchstwahrscheinlich keinen Erfolg gehabt, vor allem angesichts der Tatsache, daß Sie von einer Kriegserklärung nichts wußten. Andernfalls...« Das Wort blieb in der Luft hängen. Er brauchte nicht weiter zu erklären, wie dann der Spruch des Kriegsgerichts gelautet hätte.

Alle Offiziere des Gerichts erhoben sich. Einige lächelten breit, offensichtlich sehr erleichtert, daß das alles nun vorbei war.

»Nehmen Sie Ihren Säbel wieder an sich, Kapitän Bolitho«, sagte der Admiral und reichte ihm den Säbel. »Ich hatte angenommen, Sie würden den Ehrensäbel tragen, von dem ich hörte – oder?«

Adam ließ den geborgten Säbel in die Scheide gleiten. *Geh am besten. Red nicht.* Aber er sah den Admiral und die acht Kapitäne des Gerichts an und sagte: »George Starr war mein Bootsführer, Sir. Mit eigenen Händen hat er die Ladung gezündet, die das schnelle Ende meines Schiffes bedeutete. Ohne ihn würde die *Anemone* heute unter der Flagge der Vereinigten Staaten kämpfen.«

Der Admiral nickte, sein Lächeln verblaßte. »Ich weiß das. Das habe ich schon in Ihrem Bericht gelesen.«

»Er war ein aufrechter und ehrlicher Mann, der mir und seinem Land gut gedient hat.« Ihm fiel plötzlich die Stille auf, in der nur das Knarren von Stühlen zu hören war. Die hinten Sitzenden lehnten sich vor, um die leise, unbewegte Stimme zu hören. »Aber dann hängte man ihn seiner Treue wegen wie einen gemeinen Dieb!«

Er starrte in die Gesichter auf der anderen Seite des Tisches, ohne sie wirklich wahrzunehmen. Seine Haltung täuschte jeden. Er wußte, er würde zusammenbrechen, wenn er jetzt fortfuhr. »Ich habe den Ehrensäbel einem Sammler verkauft, der solche Dinge schätzt.« Hinter ihm hörte er überraschte Stimmen. »Was das Geld angeht, das habe ich George Starrs Witwe gegeben. Es ist sicher alles, was sie je empfangen wird, denke ich.«

Er verbeugte sich steif, drehte sich um und ging durch die Stuhlreihen mit der Hand an der Seite, als würde er den alten Schmerz gleich wieder fühlen. Er achtete nicht auf die Gesichter, die Mitgefühl, Verständnis, ja sogar Scham zeigten. Er sah nur auf die Tür, die ein Seesoldat mit weißen Handschuhen bereits für ihn öffnete. Seine eigenen Seesoldaten und Seeleute waren an jenem Tag gefallen, und kein Ehrensäbel konnte sie je wieder zum Leben erwecken.

Im Vorraum warteten schon ein paar Leute. Hinter ihnen sah er es schneien. Alles so sauber nach dem Vorgefallenen.

Ein Mann in Zivil trat vor und streckte ihm die Hand entgegen. Irgendwie schien Adam sein Gesicht vertraut, doch er wußte, er war ihm noch nie vorher begegnet.

Der Mann zögerte. »Entschuldigen Sie, Kapitän Bolitho! Ich sollte Sie nicht länger aufhalten nach all dem, was Sie eben durchgemacht haben.« Er suchte mit dem Blick nach einer Frau, die weiter hinten saß und sie genau beobachtete: »Meine Frau, Sir!«

Adam wollte am liebsten gehen. Bald würden ihn alle umringen, ihm gratulieren, ihn für seine Tat loben. Hätte die Säbelspitze auf ihn gedeutet, hätten sie ihn mit demselben Interesse beobachtet. Doch irgend etwas hielt ihn zurück, als habe jemand laut gesprochen.

»Was kann ich für Sie tun, Sir?«

Der Mann war sicher weit über sechzig Jahre alt. Als er sprach, spürte man seine Haltung und seinen Stolz. »Ich heiße Hudson, Charles Hudson, verstehen Sie ...« Er schwieg sofort, als Adam ihn fassungslos anstarrte.

»Richard Hudson war mein Erster Offizier auf der *Anemone*«, sagte er. Er versuchte, einen klaren Gedanken zu fassen. Hudson hatte die Flaggleine mit seinem Entermesser gekappt, als Adam verwundet auf dem Deck lag und sich nicht bewegen konnte. Wieder schien ihm, als sei er nur Zuschauer, als höre er andere sprechen. *Ich habe Ihnen befohlen, mit dem Schiff zu kämpfen!*

Jeder Atemzug wühlte in seiner Wunde wie glühendes

Eisen. Während *Anemone* unter ihnen starb, als der Feind längsseits ging. Und dann Hudsons letzte Worte, ehe Adam in das Boot hinabgehievt wurde. *Wenn wir uns je wiedersehen . . .*

Adam erinnerte sich genau an seine Antwort. *Ich werde Sie töten, verdammt noch mal. Und Gott ist mein Zeuge.*

»Wir haben nur einen einzigen Brief von ihm bekommen.« Wieder blickte Hudson zu seiner Frau hinüber, die ihm zunickte, als wolle sie ihm helfen. Sie sah zerbrechlich aus und unwohl. Die Reise hierher hatte sie Kraft und Überwindung gekostet.

»Wie geht es ihm?« fragte er.

Charles Hudson schien nicht zuzuhören. »Mein Bruder war Vizeadmiral. Er machte seinen Einfluß geltend, damit Richard auf Ihr Schiff kommandiert wurde. Er sprach immer sehr warm von Ihnen, wenn er an uns schrieb . . . war stolz, unter Ihnen zu dienen. Als ich von dem Kriegsgericht hörte – so wagen sie es ja wohl zu nennen –, mußten wir natürlich kommen. Wir wollten Sie sehen und Ihnen für alles danken, was Sie für Richard getan haben. Er war unser einziger Sohn.«

Adam riß sich zusammen. »Was ist passiert?«

»Er schrieb in seinem Brief, er wolle Sie finden, um etwas . . . um etwas klarzustellen.« Er ließ seinen Kopf hängen. »Man schoß auf ihn, als er zu fliehen versuchte, und tötete ihn.«

Adam fühlte den Raum schwanken wie das Deck eines Schiffes. Die vergangenen Monate, der Schmerz, die Verzweiflung, die Wut auf das Geschehene: Immer nur hatte er an sich selbst gedacht.

»Ich werde das meinem Onkel berichten, wenn ich ihn treffe. Ihr Sohn kannte ihn«, sagte er. Dann ergriff er den Arm des Mannes und geleitete ihn zu seiner Frau. »Richard hatte mir nichts zu erklären. Jetzt, da er seinen Frieden hat, wird er das wissen.«

Hudsons Mutter erhob sich, hielt ihm ihre Hand entgegen. Adam beugte sich vor und küßte ihre Wange. Sie fühlte sich wie Eis an.

»Danke.« Er sah sie beide an. »Ihr Verlust ist auch meiner.«

Er blickte sich um, als hinter ihm ein Leutnant leise hüstelte und murmelte: »Der Hafenadmiral möchte Sie gerne sprechen, Sir!«

»Hat das nicht Zeit?«

Der Leutnant fuhr sich mit der Zungenspitze über die Lippen. »Man sagte mir, es sei wichtig, Sir. Wichtig für Sie!«

Adam drehte sich um, um sich zu verabschieden. Aber beide waren schon gegangen, so leise und unauffällig, wie sie gewartet hatten.

Er fuhr sich über die Wange. Ihre Tränen oder seine?

Dann folgte er dem Leutnant durch all die Menschen hindurch, die ihm zulächelten oder ihn beim Vorbeigehen am Arm berührten. Er nahm keinen wahr.

Er hörte nichts als seine eigene Wut. *Ich habe Ihnen befohlen, mit dem Schiff zu kämpfen.* Das war ein Satz, den er nie wieder vergessen würde.

Lady Catherine Somervell trat leise ans Fenster und sah zurück auf das Bett. Sie lauschte seinem Atem. Stille. Er schlief jetzt nach all der Ruhelosigkeit, die er vor ihr zu verbergen gesucht hatte.

Ihr fiel auf, daß die Nacht sehr ruhig war und jetzt erst der Mond durchkam. Sie griff nach einem schweren Seidenschal, hielt aber inne, als Richard sich auf dem Bett bewegte.

Sie sah die gezackten Wolken langsamer ziehen. Mondlicht fiel auf die Straße, die von den Schauern der Nacht immer noch regennaß glänzte. Jenseits der Straße, die die Häuserreihe von der Themse trennte, konnte sie das strömende Wasser des Flusses gerade eben erkennen. Es sah im Mondlicht aus wie schwarzes Glas. Auch der Fluß schien voller Stille, doch so war London: In wenigen Stunden würden auf dieser Straße Händler zum Markt eilen und Leute ihre Verkaufsstände errichten – Regen hin, Regen her.

Sie spürte die Kühle trotz des warmen Schals und fragte sich, was der Tag wohl bringen würde.

Vor gut einem Monat erst war Richard Bolitho nach Hause zurückgekehrt. Die Batterien von St. Mawes hatten Falmouths berühmtesten Sohn mit Salut begrüßt. Ein Admiral Englands, ein Held, der alle begeisterte, die seiner Flagge folgten.

Doch diesmal fand er keine Ruhe. Sein Neffe war vor ein Kriegsgericht gestellt worden, unmittelbare Folge der Tatsache, daß er die *Anemone* an den Gegner verloren hatte. Richard hatte sie beruhigt. Das Urteil würde Adam freisprechen. Doch sie kannte ihn gut genug. Seine Sorgen und seine Zweifel konnte er vor ihr nicht verbergen. Weil er in der Admiralität zu tun hatte, konnte er nicht nach Portsmouth reisen, wo die Verhandlung stattfand. Sie wußte auch, worauf Adam bestanden hatte: dem Gericht allein gegenüberzutreten, ohne jede Hilfe. Adam wußte genau, wie sehr Bolitho Vetternwirtschaft haßte und Manipulationen, Einflüsse von außen. Sie lächelte traurig. Sie waren sich so ähnlich, fast wie Brüder.

Vizeadmiral Graham Bethune hatte Richard versichert, ihn sofort zu informieren, sobald er etwas hören würde. Der schnelle Telegraph zwischen Portsmouth und London würde eine Nachricht in weniger als einer halben Stunde in die Admiralität befördern. Das Gericht war gestern morgen zusammengetreten, doch noch immer gab es keine Nachricht, nur Schweigen.

In Falmouth hätte sie ihn ablenken können, hätte ihn mit den Angelegenheiten seines Besitzes beschäftigt, die sie sich während seiner langen Abwesenheit auf See ganz zu eigen gemacht hatte. Aber man brauchte ihn in London. Der Krieg mit den Vereinigten Staaten, der im letzten Jahr ausgebrochen war, schien an einem Wendepunkt angekommen. Bolitho war in die Admiralität beordert worden, um Zweifel zu vertreiben oder Zuversicht zu verbreiten. Sie fühlte wieder Bitterkeit. Gab es außer ihm niemanden, den man schicken konnte? Ihr Mann hatte genug geleistet und oft genug dafür bezahlt.

Ihr war klar: Sie würden sich wieder trennen müssen. Wenn sie wenigstens nach Cornwall zurückkehren könnten . . . Bei den heutigen Straßenverhältnissen würde das fast eine Woche dauern. Sie dachte an ihr Zimmer in dem grauen Gutshaus unterhalb von Pendennis Castle, an die Fenster zur See hinaus. Die Ausritte und die Spaziergänge, die ihnen so viel Freude machten. Sie zitterte wieder, aber nicht vor Kälte. Welche Geister würden auf sie warten, wenn sie wieder den Weg entlanggingen, von dem aus sich eine verzweifelte Zenoria in den Tod gestürzt hatte?

So viele Erinnerungen! Die andere Seite der Medaille zeigte Neid und Gerede, ja sogar Haß, der sich auf mancherlei Weise enthüllte, Skandale, die sie beide erlebt und überlebt hatten. Sie schaute auf sein dunkles Haar auf dem Kissen. *Kein Wunder, daß dich alle verehren, mein liebster Mann.*

Sie hörte Eisenräder rollen, erste Lebenszeichen auf der Straße. Da fuhr jemand ganz bestimmt, um Fisch vom Markt zu holen. Fisch gab es immer pünktlich, im Frieden genauso wie im Krieg.

Er hatte ihr Leben verändert wie sie seins. Ein Leben, das weit über die Forderungen von Pflicht und Gefahren hinausging, etwas, das nur sie beide teilten, das Leute veranlaßte, sich umzudrehen und sie beide anzustarren. So viele ungestellte Fragen, etwas das andere nie verstehen würden.

Sie berührte ihn. *Wird er mich immer noch schön finden, wenn er von neuem Kampf aus fernen Ländern zurückkehrt? Ich würde für ihn sterben.*

Sie griff nach den Vorhängen, um sie zu schließen, und stand dann still, als halte sie jemand fest. Sie schüttelte den Kopf, ärgerlich über sich selber. Es war nichts. Sie wischte mit dem Schal über die Fensterbank und starrte nach unten auf die Straße, den Walk, wie sie hier hieß. Mondlicht fiel auf schwarze, blattlose Baumskelette. Dann hörte sie es: Räder ratterten über Kopfsteine, die Hufe eines Pferdes klapperten. Es bewegte sich langsam, als schien es sich seines Weges nicht sicher. Ein höherer Offizier kehrte gerade zu seinem Quartier in der Kaserne zurück, nach einer Nacht am Kartentisch oder – viel wahrscheinlicher – in den Armen seiner Geliebten.

Sie sah genauer hin. Schließlich rollte ein kleines Gefährt durch einen Streifen Mondlicht. In seinem kalten Glanz sah sogar das Pferd silbrig aus. Zwei Kutschlampen brannten wie helle, kleine Augen auf der Suche nach dem Weg.

Sie seufzte. Da hatte sicher jemand zuviel getrunken. Der Kutscher würde ihm für diese Heimfahrt viel Geld abnehmen. Doch das Wägelchen drehte auf der Straße und kam genau auf ihr Haus zu.

Sie starrte nach unten, konnte kaum atmen. Die Kutschentür öffnete sich, ein weißes Hosenbein erschien und blieb unschlüssig auf dem Tritt stehen. Der Kutscher gestikulierte mit seiner Peitsche wie in einer Pantomime. Dann stieg der Gast aus der Kutsche auf das Pflaster. Die Goldknöpfe seiner Jacke glänzten wie Silbermünzen.

Plötzlich stand Richard neben ihr, legte den Arm um ihre Hüfte, und sie war sich nicht sicher, ob sie ihn gerufen hatte.

Auch er sah auf die Straße. Der Marineoffizier musterte das Haus, während die Kutsche wartete.

»Von der Admiralität?« Sie wandte sich ihm zu.

»Nicht zu dieser Stunde, Kate.« Er schien eine Entscheidung zu treffen. »Ich gehe nach unten. Es wird ein Irrtum sein.«

Catherine sah wieder auf die Straße, doch die Gestalt vor der Kutsche war verschwunden. Das Knallen der vorderen Haustür zerriß die Nacht wie ein Pistolenschuß. Ihr war das egal. Sie mußte bei ihm sein, gerade jetzt.

Sie wartete oben auf der Treppe. Die Kälte kroch ihre Beine empor, als Bolitho die Tür öffnete, die vertraute Uniform und das Gesicht erkannte.

»Catherine«, rief er, »es ist George Avery!«

Jetzt war auch die Haushälterin da, murmelte vor sich hin und holte neue Kerzen. Ganz offensichtlich mißbilligte sie solch nächtliche Besuche.

»Bringen Sie irgend etwas Warmes, Mrs. Tate«, sagte Catherine, »und auch etwas Cognac.«

George Avery, Bolithos Flaggleutnant, setzte sich, als ob er sich erst sammeln müßte. Dann sagte er: »In Ehren freigesprochen, Sir Richard!« Da entdeckte er Catherine und erhob sich. »Mylady!«

Sie kam nach unten und legte ihm die Hand auf die Schulter. »Berichten Sie. Ich kann das alles noch gar nicht glauben.«

Avery sah auf seine schmutzigen Stiefel. »Ich war dabei, Sir Richard. Ich hielt es nur für richtig. Ich weiß, was es heißt, vor einem Kriegsgericht zu stehen – vor der Möglichkeit, in Ungnade zu fallen oder das eigene Ende zu erfahren.« Er wiederholte sich. »Ich hielt es nur für richtig. An der Südküste liegt sehr viel Schnee. Die Telegraphentürme waren vom einen zum anderen nicht mehr zu erkennen. Es hätte noch einen ganzen Tag dauern können, bis Sie die Nachricht bekommen hätten.«

»Aber Sie sind gekommen?« Catherine sah, wie Bolitho nach seinem Arm griff.

Überraschenderweise grinste Avery. »Die längste Strecke bin ich geritten. Ich weiß nicht mehr, wie oft ich die Pferde gewechselt habe. Schließlich hab ich mich dem Kerl da draußen überlassen, weil ich sonst Ihr Haus sicher nicht gefunden hätte.« Er griff nach dem Glas Cognac. Seine Hand zitterte unkontrolliert. »Das kostet mich wahrscheinlich einen Jahressold. Und ich fürchte, die nächsten vier Wochen werde ich nicht bequem sitzen können.«

Bolitho trat ans Fenster. *In Ehren freigesprochen.* So gehörte sich das. Aber die Dinge liefen nicht immer so, wie es sich gehörte.

Avery leerte das Glas und hatte nichts dagegen, als Catherine es wieder füllte. »Ein paar Kutschen und Wägelchen habe ich von der Straße getrieben.« Er bemerkte Bolithos Gesichtsausdruck und fügte sanfter hinzu: »Ich war nicht im Gerichtssaal, Sir Richard, aber er wußte, daß ich da war. Ihr Neffe ging dann zum Hafenadmiral. Es hieß, er habe einen ausgedehnten Urlaub bewilligt bekommen. Das ist alles, was ich an Information habe.«

Bolitho sah Catherine an und lächelte. »Siebzig Meilen auf dunklen, gefährlichen Straßen. Wer würde das sonst noch tun?«

Sie nahm Avery das Glas aus der gefühllosen Hand, als er gegen das Kissen gesunken und eingeschlafen war.

Leise antwortete sie: »Deine Männer, Richard . . . Hast du jetzt Ruhe?«

Als sie wieder im Schlafzimmer standen, konnten sie den Fluß sehr deutlich erkennen und auch Menschen, die schon unten auf der Straße liefen. Es war unwahrscheinlich, daß jemand die plötzliche Ankunft der Kutsche oder den großen Marineoffizier bemerkt hatte, der an die Tür klopfte. Und wenn, würden sie nichts damit anfangen können. Hier in Chelsea kümmerte man sich vor allem um seine eigenen Angelegenheiten und sonst um wenig mehr.

Zusammen sahen sie zum Himmel auf. Bald würde es Tag sein, wieder ein grauer Januarmorgen. Doch dieser Tag wäre ganz anders.

Sie hielt seinen Arm an ihrer Hüfte fest und sagte: »Vielleicht ist dein nächster Besuch in der Admiralität für eine Weile dein letzter!«

Er spürte ihr Haar an seinem Gesicht, ihre Wärme. Sie gehörten einander.

»Und dann, Kate?«

»Bring mich nach Hause, Richard, egal wie lang die Reise dauert.«

Er führte sie zum Bett zurück, und sie lachte, als sie draußen die ersten Hunde bellen hörte.

»Dann kannst du mich lieben. Bei uns zu Hause.«

Vizeadmiral Graham Bethune stand schon, als Bolitho in sein großes Zimmer in der Admiralität begleitet wurde. Sein Lächeln war warm und ehrlich.

»Wir sind heute beide früh auf den Beinen, Sir Richard!« Sein Gesicht wurde eine Spur ernster. »Doch leider habe ich noch keine Nachricht über Ihren Neffen, Kapitän Bolitho. Zwar haben die Telegraphen viele unschätzbare Vorteile, aber gegen unser englisches Wetter kommen sie meistens nicht an.«

Bolitho nahm Platz, nachdem ein Diener ihm Hut und Mantel abgenommen hatte. Er war nur ein paar Schritte von der Kutsche in die Admiralität gegangen, doch der Mantel war schwer vor Nässe.

Er lächelte. »Adam ist in Ehren freigesprochen worden.« Es bereitete ihm Vergnügen, Bethunes Überraschung zu sehen.

Seit Bolithos Ankunft in London hatten sie sich einige Male getroffen, doch er war immer noch überrascht, daß Bethunes neues wichtiges Amt ihn so gar nicht verändert hatte. Äußerlich war er natürlich sehr gereift seit seinen

Tagen als Midshipman auf Bolithos erstem eigenen Schiff, der kleinen Kriegsslup *Sparrow*. Der rundgesichtige Junge war verschwunden – ebenso wie seine dunklen Sommersprossen. Er hatte sich in einen scharfsichtigen, verläßlichen Flaggoffizier verwandelt, nach dem sich viele Frauen bei Hofe umdrehten und auch bei vielen anderen gesellschaftlichen Veranstaltungen, die er pflichtgemäß zu besuchen hatte. Bolitho erinnerte sich an Catherines anfängliche Ablehnung, als er berichtete, Bethune sei nicht nur jünger, sondern habe auch einen niedrigeren Rang. Sie war nicht die einzige, die über Entscheidungen der Admiralität verblüfft war.

Er sagte: »Mein Flaggleutnant Avery ritt von Portsmouth her die ganze Nacht, um mir die Nachricht zu bringen.«

Bethune nickte, war mit seinen Gedanken aber schon ganz woanders. »George Avery, o ja. Sir Paul Sillitoes Neffe.« Wieder dieses jungenhafte Lächeln. »Tut mir leid, Baron Sillitoe of Chiswick heißt er ja jetzt. Aber schön, das zu hören. Es war sicher schlimm für Ihren Neffen, Schiff und Freiheit gleichzeitig auf einen Schlag zu verlieren. Und dennoch haben Sie ihn zum Kommandanten der *Zest* gemacht beim letzten Treffen mit den Schiffen von Commodore Beer! Erstaunlich.« Er ging zu einem Tisch hinüber. »Ich habe meinen eigenen Bericht eingereicht, das war ja wohl klar. Auf Kriegsgerichte kann man sich kaum verlassen, wie wir ja selber immer wieder erfahren haben.«

Bolitho entspannte sich etwas. Also hatte Bethune Zeit gefunden, Adams wegen zur Feder zu greifen. Er konnte sich nicht vorstellen, daß einer seiner Vorgänger, Godschale oder vor allem Hamett-Parker, für ihn auch nur einen Finger krumm gemacht hätte.

Bethune sah auf die Schmuckuhr neben dem Gemälde, das eine kämpfende Fregatte zeigte. Bolitho wußte, daß es Bethunes eigenes Kommando darstellte. Er hatte gegen zwei große spanische Fregatten gekämpft, hatte – geradezu unwahrscheinlich – eine auf Grund laufen lassen und die andere erobert. Das war ein guter Anfang, der seiner Karriere gewiß nicht geschadet hatte.

»Wir nehmen gleich eine Erfrischung.« Er hüstelte. »Lord Sillitoe kommt heute, und ich hoffe, wir erfahren etwas mehr von den Ansichten des Prinzregenten über den amerikanischen Konflikt.« Er zögerte, als sei er sich einen Augenblick lang nicht ganz sicher. »Eines ist so gut wie beschlossen. Man erwartet, daß Sie dorthin zurückkehren. Wie lange ist es her? Doch erst knapp vier Monate, daß Sie Beers Schiffe angegriffen und besiegt haben! Aber Ihre Meinung und Ihre Erfahrung sind unschätzbar. Ich weiß, es ist zuviel verlangt von Ihnen.«

Bolitho merkte, daß er sein rechtes Auge berührte. Vielleicht war das auch Bethune aufgefallen, oder aber die Nachricht über seine Verletzung und daß sie niemals ausheilen würde, hatte endlich auch dieses berühmte Haus erreicht.

Er antwortete: »Ich hatte es erwartet.«

Bethune sah ihn nachdenklich an. »Ich hatte das große Vergnügen, Lady Catherine Somervell zu treffen, Sir Richard. Ich weiß, was die Trennung für Sie bedeutet.«

»Ich weiß, daß Sie sie trafen«, antwortete Bolitho. »Sie erzählte es mir. Zwischen uns gibt es keine Geheimnisse, und es wird nie welche geben.« Catherine hatte Bethunes Frau auf einem Empfang in Sillitoes Residenz am Fluß getroffen. Über sie hatte sie nicht gesprochen, aber sie würde es tun, wenn der Augenblick kam. Hatte Bethune einen Blick für Damen? Hatte er vielleicht sogar eine Geliebte?

Bolitho sagte: »Sie und ich sind Freunde, das stimmt doch?«

Bethune nickte, obwohl er das Gemeinte nicht einordnen konnte. »Ein kleines Wort für so viel Bedeutung!«

»Stimmt.« Er lächelte. »Nennen Sie mich Richard. Ich glaube, daß unser Rang und die Vergangenheit uns nicht im Wege stehen sollten.«

Bethune trat an seinen Stuhl, und sie schüttelten sich die Hand. »Was für ein Tag! Viel besser als ich gehofft hatte.« Er grinste und sah dabei sehr jung aus. »Richard.« Wieder sah er zur Uhr. »Ich würde mit Ihnen noch gern etwas besprechen, ehe Lord Sillitoe eintrifft.« Er sah ihn einige Augenblicke an. »Sie werden es bald erfahren. Konteradmiral Valentine Keen wird ein neues Kommando übernehmen. Seine Basis ist Halifax in Neuschottland.«

»Ich habe so etwas schon gehört.« So schließt sich der Kreis, dachte er. Halifax – dort hatte er nach dem Befehl, nach London zurückzukehren, sein Flaggschiff, die *Indomitable*, zurückgelassen. War das wirklich erst vor so kurzer Zeit geschehen? Bei ihr lagen die beiden mächtigen Prisen, Beers U.S.S. *Unity* und die *Baltimore*. Gemeinsam hatten sie soviel Feuerkraft wie ein Linienschiff. Der Zufall hatte sie zu ihrem letzten Treffen zusammengeführt. Verbissenheit und ein verdammter Siegeswille hatten das Ende entschieden. Nach all den Jahren auf See gab es immer noch Bilder, die klar und deutlich in seiner Erinnerung waren.

Alldays Schmerz, als er einsam zwischen den keuchenden Überlebenden seinen toten Sohn an die Reling getragen hatte, um ihn der See zu übergeben. Und der sterbende Beer, ihr beachtlicher Gegner, der Bolithos Hand hielt. Beiden war klar, daß dieses Treffen und sein Ausgang unvermeidlich gewesen waren. Beer mit der amerikanischen Flagge bedeckt. Bolitho hatte der Witwe den Säbel nach Newburyport schicken lassen. Den Hafen kannte jedes Kriegsschiff und jeder Kaperer. Dort hatte einst sein eigener Bruder Hugh Zuflucht gefunden, vielleicht sogar Frieden.

Bethune sagte: »Konteradmiral Keen wird seine Flagge auf der Fregatte *Valkyrie* setzen. Ihr Kommandant, Peter Dawes, der Ihr zweiter Mann war, wird befördert und wartet schon auf ein neues Kommando.« Er machte eine diskrete Pause. »Sein Vater, der Admiral, meint, daß der Zeitpunkt richtig sei.«

Keen kehrte also in den Krieg zurück – immer noch in Trauer um Zenoria. Das also brauchte er, oder glaubte es zu brauchen. Bolitho kannte selbst den Tatendrang, während er trauerte – bis er Catherine wiedergetroffen hatte.

»Also ein neuer Flaggoffizier?« Als er die Frage stellte, kannte er schon die Antwort. »Adam?«

Bethune antwortete nicht direkt. »Sie haben ihm die *Zest* aus Not gegeben.«

»Er war der beste Kommandant einer Fregatte, den ich hatte.«

Bethune fuhr fort: »Als die *Zest* in Portsmouth einlief, mußte sie dringend gründlich ausgebessert werden. Mehr als vier Jahre im Einsatz, zwei Kapitäne, drei mit Ihrem Neffen, einige Seegefechte – das hat ihr schwere und dauernde Schäden zugefügt. Ohne eine richtige Ausbesserungswerft ... der letzte Kampf mit der *Unity* gab den Ausschlag. Der Hafenadmiral erhielt den Befehl, all das Ihrem Neffen zu erläutern – nachdem der Spruch des Kriegsgerichts gefällt war. Es wird Monate dauern, bis die *Zest* wieder einsatzbereit ist. Und selbst dann ...«

Nachdem der Spruch des Kriegsgerichts gefällt war. Bolitho fragte sich, ob Bethune wirklich wußte, was er da sagte. Hätte die Säbelspitze auf Adam gezeigt, hätte er von Glück reden können, in der Königlichen Marine zu bleiben, selbst mit einem Schiff, das so müde und schwach geworden war wie die *Zest*.

Bethune ahnte das zumindest. »Der Krieg könnte dann längst zu Ende sein. Und Ihren Neffen würde man, wie so viele andere auch, von der einzigen Aufgabe abhalten, die er liebt.« Er rollte eine Karte auf.

»Konteradmiral Keen und Kapitän Bolitho sind immer gut miteinander ausgekommen – unter Ihrem Kommando und auch anderswo. Es scheint mir eine befriedigende Lösung zu sein.«

Bolitho versuchte, Adams Gesicht zu verdrängen, das er an jenem Tag auf der *Indomitable* gesehen hatte, als er ihm Zenorias Tod mitteilen mußte. Sein Herz schien in Stücke zu brechen. Wie konnte Adam das neue Kommando annehmen? In dem Bewußtsein, jeden Tag auf den Menschen zu treffen und seine Befehle auszuführen, der Zenorias Mann gewesen war. *Das Mädchen mit den Mondscheinaugen!* Sie hatte Keen aus Dankbarkeit geheiratet. Adam hatte sie geliebt, liebte sie immer noch. Aber vielleicht war Adam für den Ausweg, den Keen ihm bot, dankbar? Ein Schiff auf See, keine Hulk im Hafen mit wenig Männern und all den Widrigkeiten einer Werft. Wie würde das gehen? Wie würde es ausgehen?

Er liebte Adam wie einen Sohn, hatte ihn seit jenem Tag geliebt, als der Junge den langen Weg von Penzance nach Falmouth gekommen war, um sich ihm nach dem Tod seiner Mutter vorzustellen. Adam hatte ihm seine Liebe zu Zenoria eingestanden, weil er meinte, Bolitho müsse es wissen. Catherine hatte sie schon längst in Adams Gesicht entdeckt und zwar an dem Tag, als Zenoria Keen in ihrer Heimatkirche in Zennor heiratete.

Wahnsinn, daran zu denken. Keen übernahm sein erstes wirklich verantwortliches Kommando als Flaggoffizier. Daran durfte nichts aus der Vergangenheit rütteln.

Er fragte: »Glauben Sie wirklich, daß der Krieg bald vorbei ist?«

Bethune war nicht überrascht über diese Wendung in ihrem Gespräch. »Napoleons Armeen ziehen sich an allen Fronten zurück. Das wissen die Amerikaner. Ohne ein alliiertes Frankreich werden sie ihre letzte Chance verspielen, ganz Nordamerika zu beherrschen. Wir werden immer mehr Schiffe freisetzen können, die ihren Geleitzügen auflauern und große Truppenbewegungen über See verhindern. Im September letzten Jahres haben Sie bewiesen, falls es denn überhaupt eines Beweises bedurft hätte, daß geschickt eingesetzte mächtige Fregatten nützlicher sind als sechzig Linienschiffe.« Er lächelte. »Ich erinnere mich noch an die Gesichter da drüben in dem Saal, als Sie Ihren Lordschaften sagten, daß der Kampf in Kiellinie vorbei wäre. Das hielten einige für Gotteslästerung. Unglücklicherweise gibt es aber noch viele, die Sie davon erst überzeugen müssen.«

Bolitho sah ihn wieder zur Uhr blicken. Sillitoe hatte sich verspätet. Er wußte genau, welchen Einfluß er hatte, lebte damit und wußte auch, daß Menschen ihn fürchteten. Bolitho hegte den Verdacht, daß Sillitoe daran sogar seine Freude hatte.

»All diese Jahre, Richard, bedeuten für manche ein ganzes Leben«, bemerkte Bethune. »Zwanzig Jahre fast ununterbrochen Krieg mit Frankreich. Und davor haben wir auf der *Sparrow* auch schon gegen Frankreich gekämpft. Während der amerikanischen Rebellion.«

»Wir waren damals sehr jung, Graham. Aber ich kann schon verstehen, daß der Mann auf der Straße nicht mehr an unseren Sieg glaubt, auch wenn er jetzt greifbar nahe ist.«

»Aber Sie haben nie daran gezweifelt?«

Bolitho hörte Stimmen auf dem Flur. »Ich habe nie daran gezweifelt, daß wir gewinnen würden, letzten Endes jedenfalls. Aber siegen? Ein Sieg ist etwas ganz anderes.«

Ein Diener öffnete die vornehmen Doppeltüren, und Sillitoe trat ein.

Catherine hatte ihm das Porträt von Sillitoes Vater beschrieben, das sie beim Empfang in seinem Haus gesehen hatte. Valentine Keen hatte sie damals begleitet. Als Sillitoe jetzt in schiefergrauem feinen Tuch und glänzenden weißen Kniestrümpfen vor ihnen stand, verglich Bolitho die Gesichter, als habe er das Porträt selber gesehen. Sillitoes Vater war Sklavenhändler gewesen, »ein Kapitän, der mit schwarzem Elfenbein handelte«, wie der Sohn meinte. Baron Sillitoe of Chiswick hatte es weit gebracht, denn als man den König für geisteskrank erklärt hatte, war Sillitoes Stellung als persönlicher Berater des Prinzregenten so mächtig geworden, daß es kaum etwas in der nationalen Politik gab, das er nicht beeinflussen oder gar lenken konnte.

Er verbeugte sich knapp. »Sie sehen sehr gut und sehr erholt aus, Sir Richard. Ich bin froh über die Entlastung Ihres Neffen!«

Offenbar verbreiteten sich solche Nachrichten unter Sillitoes Spionen schneller als auf den Fluren der Admiralität.

Sillitoe lächelte. Seine tiefliegenden Augen verbargen wie immer seine wahren Gedanken.

»Er ist ein zu guter Kapitän, als daß man auf ihn verzichten könnte. Ich bin sicher, er wird Konteradmiral Keens Bitte annehmen. Ich denke, er sollte es. Ich glaube, er will es.«

Bethune klingelte nach einem Diener. »Bitte, bringen Sie uns etwas zur Erfrischung, Tolan.« Das gab ihm Zeit, sich von dem Schock zu erholen, daß Sillitoe schneller informiert war als er selber.

Sillitoe wandte sich Bolitho zu.

»Und wie geht es Lady Catherine? Gut, wie ich annehme. Sicher freut sie sich, wieder in London zu sein.«

Es machte wenig Sinn, ihm zu erklären, wie sehr sich Catherine nach Falmouth und dem ruhigen Leben dort zurücksehnte. Doch man war sich dieses Mannes nicht sicher. Er, der scheinbar alles wußte, hatte das vielleicht auch schon erfahren.

»Sie ist glücklich, Mylord.« Er dachte zurück an die frühe Morgenstunde, in der Avery angekommen war. Glücklich? Ja, doch gleichzeitig verbarg sie, wenn auch nicht immer erfolgreich, ihre tiefe Furcht vor der unvermeidlichen Trennung. In der Zeit vor Catherine war das Leben einfacher gewesen. Er hatte immer akzeptiert, daß seine Pflichten dort lagen, wohin seine Befehle ihn führten. So mußte es wohl auch in Zukunft sein. Doch seine Liebe würde er dort lassen, wo Catherine war.

Sillitoe lehnte sich über die Karte. »Kritische Zeiten, meine Herren. Sie werden nach Halifax zurückkehren müssen, Sir Richard – als einziger kennen Sie alle Stücke des Puzzles. Der Prinzregent war überaus beeindruckt von Ihrem Bericht und den Schiffen, die Sie verlangen.« Er lächelte trocken. »Selbst die Kosten schreckten ihn nicht ab. Jedenfalls nicht mehr als einen Augenblick lang.«

Bethune sagte: »Der Erste Lord ist einverstanden, daß die Befehle in dieser Woche ausgestellt werden.« Er sah Bolitho verständnisvoll an. »Dann kann Konteradmiral Keen mit der ersten Fregatte ankerauf gehen, unabhängig davon, wen er sich als Flaggkapitän aussucht.«

Sillitoe trat an ein Fenster. »Halifax. Ein trostloser Ort zu dieser Jahreszeit, hörte ich. Wir können dann dafür sorgen, daß Sie ihm folgen, Sir Richard.« Er drehte sich nicht um. »Ende nächsten Monats – würde Ihnen das passen?«

Bolitho wußte, daß Sillitoe keine unnötigen Bemerkungen machte. Dachte er endlich auch einmal an Catherine und wie sie die Dinge aufnehmen würde? Grausam, nicht gerecht, zuviel verlangt – er hörte fast ihre Worte. Trennung und Einsamkeit. Weniger als zwei Monate, denn man mußte die unbequeme Reise nach Cornwall abziehen. Sie durften keine Minute verlieren, keine Minute ihrer Zweisamkeit.

Er antwortete: »Sie werden mich bereit finden, Mylord.«

Sillitoe nahm dem Diener ein Glas ab. »Gut.« Seine tiefliegenden Augen verrieten nichts. »Ausgezeichnet.« Damit meinte er sicher nicht den Wein. »Mein Wohl auf Sir Richard! Auf Sie und den Kreis verschworener Brüder.« Auch davon hatte er also gehört.

Bolitho nahm das weitere kaum noch zur Kenntnis. Im Geiste sah er nur sie, ihren herausfordernden Blick, der doch so schützte.

Verlaß mich nicht.

II Um der Liebe willen

Bryan Ferguson, der einarmige Verwalter der Besitzungen Bolithos, öffnete den Tabaktopf und hielt inne, bevor er seine Pfeife füllte. Er hatte einst geglaubt, daß er niemals mehr selbständig die leichtesten Aufgaben würde lösen können: wie etwas zuzuknöpfen, sich zu rasieren, eine Mahlzeit einzunehmen, ganz zu schweigen vom Stopfen einer Pfeife.

Immer wenn er in Ruhe darüber nachdachte, wußte er, daß er zufrieden, ja dankbar war – trotz seiner Behinderung. Er war Sir Richard Bolithos Gutsverwalter und besaß ein eigenes Haus in der Nähe der Ställe. Ein kleiner Raum an der Rückseite war sein Kontor. Dort hatte er um diese Jahreszeit wenig zu tun. Der Regen hatte aufgehört und der Schnee, von dem einer der Postleute berichtet hatte, hatte sie verschont.

Er sah sich in der Küche um. Sie war das Herz der

Welt, die er mit seiner Frau Grace teilte. Grace war Haushälterin bei den Bolithos. Überall sah man, wie tüchtig sie war. Marmeladen in Töpfen, sorgfältig beschriftet und mit Wachs versiegelt, getrocknete Früchte, und am anderen Ende der Küche hingen geräucherte Schinken. Ihr Geruch ließ ihm immer das Wasser im Mund zusammenlaufen. Doch besser nicht! Seine Gedanken wurden von diesen einfachen Freuden auf etwas anderes gelenkt. Er machte sich Sorgen um seinen ältesten und besten Freund John Allday.

Er sah nach dem kleinen Krug Rum, der vor ihm auf dem blankgescheuerten Tisch stand – unberührt.

Er sagte: »Los, John, trink endlich deinen Schluck. So was braucht man doch an einem kalten Januarmorgen!«

Doch Allday blieb am Fenster stehen. Seine unruhigen Gedanken lasteten auf seinen breiten Schultern wie ein Joch.

Endlich sagte er: »Ich hätte mit ihm nach London gehen sollen. Ich gehör dahin, klar?«

Das also war es. »Um Gottes willen, John. Du bist noch nicht mal eine Hundewache lang zu Hause gewesen und murrst schon rum, daß du Sir Richard nicht nach London begleitet hast. Du hast Unis, ein Baby und die gemütlichste kleine Kneipe auf dieser Seite vom Helford. Du solltest dich wirklich darüber freuen.«

Allday drehte sich zu ihm um. »Weiß ich doch, Bryan. Natürlich weiß ich das.«

Ferguson stopfte den Tabak fest. Er machte sich echte Sorgen. Diesmal war es noch schlimmer mit Allday als beim letzten Mal. Er sah zu seinem Freund hinüber, bemerkte wieder die tiefen Linien an seinen Mundwinkeln – Zeichen bleibender Schmerzen in seiner Brust, nachdem ein spanischer Säbel ihn niedergemacht hatte. Das dichte, feste Haar war schon grau durchsprenkelt. Doch sein Blick war klar wie immer.

Ferguson wartete, daß er sich setzte und seine großen Hände um diesen besonderen Steinkrug legte, den sie hier für ihn bereithielten. Wer Allday nicht kannte, mußte ihn für grob und ungeschickt halten. Doch Ferguson hatte ihn mit rasiermesserscharfen Klingen und Beiteln ein paar der feinsten Schiffsmodelle basteln sehen, die ihm je vor Augen gekommen waren. Dieselben großen Hände hatten sein Töchterchen Kate mit der Behutsamkeit einer Amme gehalten.

»Was meinst du, wann sind sie wieder da, Bryan?« wollte Allday wissen.

Ferguson gab ihm den brennenden Span und sah, wie er ihn an seine lange Tonpfeife hielt. Der Rauch zog in Richtung Kamin, vor dem eine schlafende Katze lag.

»Einer der Leute von Roxby war kürzlich hier und sagte, die Straßen sehen jetzt besser aus als letzte Woche. Immer noch schlimm für einen Vierspänner, von der Postkutsche ganz zu schweigen.« Doch das führte zu nichts. Also sagte er: »Ich denke immer mal wieder daran, John. Im April sind es einunddreißig Jahre her seit der Schlacht bei den Saintes. Das glaubt man kaum, oder?«

Allday hob seine Schultern. »Es überrascht mich, daß du überhaupt noch daran denkst.«

Ferguson sah auf seinen leeren Ärmel. »Das kann ich so leicht nicht vergessen.«

Allday legte ihm über den Tisch hinweg die Hand auf den Arm. »Tut mir leid, Bryan. Das wollte ich nicht.«

Ferguson lächelte, und Allday schlürfte einen Mundvoll Rum. »Das heißt, daß ich in diesem Jahr dreiundfünfzig werde.« Er merkte sofort, wie Allday sich bei den Worten gar nicht wohl fühlte. »Nun ja, ich hab ein Stück Papier, um es zu beweisen.« Dann fragte er leise: »Wie alt bist dann du? Gleich alt, meine ich, oder?« Er wußte, daß Allday älter war. Er war bereits zur See gefahren, als eine

Preßgang in Pendower Beach sie beide mitgenommen hatte.

Allday sah ihn mißmutig an. »Ja, ja, ungefähr so.« Er starrte ins Feuer und schien noch bedrückter. »Ich bin sein Bootsführer. Ich muß einfach bei ihm sein.«

Ferguson nahm den Steinkrug und füllte ihn wieder mit Rum. »Ich weiß das, John. Und jeder andere auch.« Er dachte plötzlich an sein enges Kontor, das er vor einer Stunde verlassen hatte, als Allday mit einem kleinen Botenwägelchen unerwartet erschienen war. Trotz der muffigen Hauptbücher und der Feuchtigkeit des Winters schien es ihm, als sei sie kurz vor ihm eingetreten. Lady Catherine Somervell war das letzte Mal vor Weihnachten, bevor sie mit dem Admiral nach London aufgebrochen war, in seinem Kontor gewesen. Und doch war ihr Duft immer noch zu spüren, ein Duft nach Jasmin. Das alte Haus hatte viele Bolithos kommen und gehen sehen in all den Jahren. Und früher oder später kam der eine oder andere nicht mehr zurück. Das Haus nahm das alles an. Es wartete mit seinen dunklen Porträts der Bolithos. Wartete . . . Doch wenn Lady Catherine weg war, war alles anders – ein verlassenes Haus.

»Lady Catherine wahrscheinlich mehr als jeder andere!« antwortete er.

Etwas in seiner Stimme ließ Allday sich umdrehen.

»Du also auch, Bryan?«

»So eine Frau habe ich noch nie gesehen!« sagte Ferguson. »Ich war bei ihr, als wir die tote Frau fanden.« Er starrte auf seine Pfeife. »Sie war ganz und gar zerschmettert, aber Mylady hielt sie wie ein Kind. Ich werd das nie vergessen . . . Ich weiß, du hast Angst davor, daß du zu alt wirst, John, für die Härten eines Seemannslebens mit all seinen Kämpfen. Ich nehme an, Sir Richard fürchtet das auch. Aber warum sag ich dir das? Du kennst ihn besser als jeder andere, Mann!«

Zum ersten Mal lächelte Allday jetzt. »War ich froh, daß Kapitän Adam vor dem Kriegsgericht keine Probleme hatte. Da hat Sir Richard wenigstens eine Sache weniger in seinem Kopf.«

Ferguson räusperte Zustimmung und rauchte. Ein Zollkutter war in Falmouth eingelaufen und hatte die Neuigkeit und andere Nachrichten gebracht.

Ganz direkt fragte Allday: »Du wußtest von der Sache zwischen ihm und diesem Mädchen Zenoria?«

»Ich hab's geraten. Es bleibt unter uns. Selbst Grace ahnt nichts davon.«

Allday blies den Span aus. Grace war Bryan eine wunderbare Ehefrau. Sie hatte ihn gerettet, als er damals ohne Arm nach Hause zurückgekehrt war. Aber sie hatte Freude am Tratschen. Gut, daß Bryan sie richtig zu nehmen wußte.

Er sagte: »Ich liebe meine Unis mehr, als ich sagen kann. Aber ich würde Sir Richard nicht verlassen. Vor allem jetzt nicht, wo es fast vorbei ist.«

Die Tür ging auf, und Grace Ferguson trat in die Küche. »Ihr seid wie zwei alte Weiber, wirklich. Was macht meine Suppe?« Doch sie sah sie dabei freundlich an. »Ich habe mich gerade um die Feuer gekümmert. Das neue Mädchen Mary ist ja ganz willig, aber sie hat ein Gedächtnis wie ein Sieb.«

»Feuer?« fragte Ferguson überrascht. »Bist du nicht ein bißchen voreilig?« Doch seine Gedanken schweiften ab, hingen Alldays letzten Worten nach. *Ich würde Sir Richard nicht verlassen, jetzt, da es fast vorbei ist.* Er versuchte sie wegzuwischen, aber das gelang ihm nicht. Was hatte er damit gemeint? Sollte der Krieg endlich enden, damit Männer die Bilanz ziehen konnten? Oder hatte er Angst um Sir Richard? Das wäre nichts Neues. Ferguson hatte mal gehört, wie Bolitho sie beide mit Herr und Hund verglich. Jeder fürchtete, den anderen allein zu lassen.

Grace schaute ihn fragend an: »Ist irgendwas nicht in Ordnung, mein Lieber?«

Er schüttelte den Kopf: »Nichts!«

Allday bedachte beide mit einem Blick. Obwohl er sie lange allein lassen mußte, wenn er auf See war, hatte er keine besseren Freunde.

Er sagte: »Bryan meint, ich werde alt und werde zerfallen wie eine verrottete Hulk.«

Sie legte eine Hand auf sein kräftiges Handgelenk. »Das ist ja wohl blanker Unsinn, du mit deiner wunderbaren Frau und dem wonnigen Baby. Du und alt!« Doch das Lächeln erreichte ihre Augen nicht. Sie kannte beide gut genug und ahnte, was vorgefallen war.

Wieder ging die Tür auf, und diesmal trat der Kutscher Matthew ein. Genau wie Allday hatte er dagegen protestiert, daß er in Falmouth bleiben und Bolitho und Catherine einer gemeinen Postkutsche anvertrauen mußte.

Ferguson war froh über die Unterbrechung: »Was liegt an, Matthew?«

Matthew grinste.

»Ich habe gerade das Posthorn gehört. Es klang wie beim letzten Mal, als er nach Hause kam.«

Sofort gab ihm Ferguson den Auftrag: »Fahr zum Platz nach Falmouth und hol sie dort ab.« Doch Matthew war längst verschwunden. Er wußte von der Ankunft als erster, so wie er auch die Salutschüsse der Batterie von St. Mawes richtig gedeutet hatte, als Bolitho vor gut einem Monat nach Falmouth zurückgekehrt war.

Er hielt inne und küßte seine Frau auf die Wange.

»Wozu denn das?«

Ferguson sah zu Allday rüber. *Sie kamen nach Hause zurück.* Er lächelte. »Weil du die Feuer schon angezündet hast.« Und dann konnte er's doch nicht sein lassen. »Und für vieles andere auch, Grace.« Er griff nach seinem Mantel. »Du bleibst doch zum Essen, John?«

Aber Allday machte sich zum Aufbruch bereit. »Die wollen nicht von einer Menge begrüßt werden, wenn sie ankommen.« Doch er wurde sofort ernst. »Aber wenn er mich braucht, bin ich sofort da. Das ist alles, und mehr ist nicht nötig.«

Die Tür fiel hinter ihm zu. Die beiden sahen sich an.

»Er nimmt sich das sehr zu Herzen«, sagte sie.

Ferguson dachte an den Duft von Jasmin. »Genau wie sie!«

Die glänzende Kutsche mit dem Wappen der Bolithos auf der Tür entfernte sich klappernd über den Hof. Funken sprühten von den Reifen auf das Pflaster. Matthew hatte sich schon tagelang auf dieses Ereignis vorbereitet und war mit den Pferden in dem Augenblick zur Stelle, als die Postkutsche von Truro ziemlich sicher vor dem King's Head in Falmouth hielt. Ferguson blieb noch mal an der Tür stehen. »Hol den Wein, den sie immer so gern trinken, Grace!«

Sie sah ihm nach und erinnerte sich wie gestern daran, als ihn die Preßgang geschnappt und auf ein Schiff des Königs geschleppt hatte. Bolithos Schiff. Und sie erinnerte sich, wie er als Invalide zurückgekehrt war. Sie hatte es nie mit Worten gesagt: *Den Mann liebe ich.*

Sie lächelte: »Champagner. Ich weiß nicht, was sie daran finden!«

Jetzt, da alles bald vorbei ist. Er hätte ihr sagen können, was Allday gemeint hatte. Doch sie war verschwunden, und er war ganz froh, daß es nun wie ein Geheimnis zwischen ihm und Allday blieb.

Er trat nach draußen in die feuchte, kalte Luft und konnte die See riechen. Heimkehr. Plötzlich war es wichtig, daß darum kein Aufhebens gemacht wurde: Allday hatte das schon richtig begriffen, obwohl er natürlich vor Neugier fast platzte, was wohl als nächstes anlag. Es war, als hätten sie Falmouth nur für einen einzigen Tag verlassen.

Er sah zum letzten Stall hinüber. Dort hob die große Stute Tamara immer wieder ihren Kopf und ließ ihn fallen. Im schummrigen Licht erkannte er deutlich den hellen Fleck auf ihrer Stirn.

Es gab keinen Zweifel mehr. Ferguson ging hinüber und streichelte das Maul des Tieres.

»Sie ist wieder da. Und bestimmt nicht zu früh!«

Eine halbe Stunde später ratterte die Kutsche in die Auffahrt. Der Held und seine Dame, die dem Land einige Skandale geliefert hatten und sich weder um das Übliche noch um Überempfindlichkeiten kümmerten, waren nach Hause zurückgekehrt.

Leutnant George Avery musterte sich kritisch im Spiegel des Schneiders. London kannte er kaum, frühere Besuche hatten ihn fast immer nur mit irgendeinem Auftrag in die Admiralität geführt. Der Schneiderladen lag in der Jermyn Street, zwischen gut besuchten Geschäften und eleganten Häusern. Der Lärm von Pferden und Kutschen kam von draußen herein.

Er war viele Meilen zu Fuß gegangen. Das machte ihm Freude nach der Enge auf dem Achterdeck eines Kriegsschiffs. Er lächelte sein Spiegelbild an; er war richtig müde nach dem ungewohnten Wandern.

Es war schon seltsam und neu für ihn, Geld zu haben und es ausgeben zu können. Es war das Prisengeld, das er vor mehr als zehn Jahren erhalten hatte. Er war damals Erster Offizier des Schoners *Jolie* gewesen, selber eine französische Prise. Er hatte daran gar nicht mehr gedacht. Das schien angesichts des späteren Mißgeschicks unbedeutend. Er war verwundet worden, als eine französische Korvette die *Jolie* aufbrachte, und kam als Kriegsgefangener nach Frankreich. Während des kurzen Friedens von Amiens war er ausgetauscht und nach seiner Rückkehr sofort vor ein Kriegsgericht gestellt worden. Er hatte einen schweren Tadel erhalten wegen des Verlustes seines Schiffes, obwohl er so schwer verwundet worden war, daß er andere nicht daran hindern konnte, die Flagge zu streichen. Als Beobachter der Verhandlung Adam Bolithos hatte er jeden Augenblick seiner eigenen Schande wieder neu durchlebt.

Er dachte an das Haus in Chelsea, in dem er noch wohnte. Ob wohl Bolitho und Catherine bereits in Cornwall waren? Er hatte immer noch Schwierigkeiten, sich damit anzufreunden, ja gar zu genießen, daß er ihr Haus in London nach eigenem Belieben nutzen konnte. Doch auch er würde bald nach Falmouth reisen müssen, um dabei zu sein, wenn Sir Richard seine endgültigen Befehle erhielt. *Seine kleine Mannschaft* – so nannte er sie. Für Avery war das gefährlich nahe an einer Familie.

Der Schneider Arthur Crowe sah zu ihm hoch. »Alles zu Ihrer Zufriedenheit, Sir? Die anderen Kleider werde ich Ihnen schicken, sobald sie fertig sind.« Höflich, fast unterwürfig. Ganz anders als bei ihrem ersten Treffen. Crowe hatte damals fast ein paar kritische Sätze über Averys Uniform fallen lassen, die Joshua Miller in Falmouth geschneidert hatte. *Wieder so ein armer Hund, mit fünfunddreißig zu alt für seinen Rang, irgendwas hängt über ihm. Wird Leutnant bleiben, bis er entlassen wird oder der Tod die Sache entscheidet.* Avery hatte die stumme Kritik verdorren lassen, indem er wie nebenbei Bolithos Namen erwähnt hatte und die Tatsache, daß die Millers schon seit Generationen die Uniformen der Bolithos schneiderten.

Er nickte. »Sehr zufrieden.« Sein Blick blieb auf der glänzenden Epaulette auf seiner rechten Schulter hängen. Daran mußte er sich erst gewöhnen. Ein einzelnes Schulterstück auf der rechten Schulter hatte bisher den Rang eines Kapitäns signalisiert, eines Kapitäns, der noch keinen vollen Rang hatte, aber immerhin schon Kapitän war. Ihre Lordschaften hatten das offensichtlich auf Drängen des Prinzregenten geändert. Die einzelne Epaulette gehörte jetzt zum Leutnant – jedenfalls solange, bis wieder etwas Neumodisches eingeführt wurde.

Der Raum wurde dunkler. Sicher zogen Wolken auf. Doch es war eine Kutsche, die auf der Straße genau vor dem Fenster hielt. Ein sehr elegantes Fahrzeug, tiefes Blau, irgendein Wappen an der Seite. Auch der Schneider hatte die Kutsche bemerkt. Er eilte zur Tür, öffnete sie und ließ bitterkalte Luft herein.

Seltsam, dachte Avery, in keinem einzigen Laden sah man Knappheit. Es schien, als fehle nichts, so als fände der Krieg gegen Frankreich oder Amerika auf einem anderen Stern statt.

Eine Frau stieg aus der Kutsche. Sie trug einen schweren, hochtaillierten Mantel fast in der Farbe der Kutsche. Der Rand einer Haube verdeckte ihr Gesicht, als sie nach unten auf das Straßenpflaster blickte.

Arthur Crowe verbeugte sich steif. Sein Maßband hing um seinen Hals wie eine Amtskette.

»Was für eine Freude, Sie an diesem frischen Morgen wieder begrüßen zu dürfen, Mylady.«

Avery lächelte in sich hinein. Crowe kam es offensichtlich darauf an, die zu kennen, die wichtig waren. Und die anderen zu übersehen.

Er dachte an Catherine Somervell und fragte sich, ob sie wohl auch Bolitho bewegt hatte, seine Einkäufe in dieser wohlhabenden Straße zu tätigen.

Dann drehte er sich um. In seinem Kopf wirbelte es. Die neue Epaulette, der Laden, alles schien zu verschwinden wie die Bruchstücke eines Traums.

Die Tür fiel zu, und er wagte kaum, sich wieder umzudrehen.

Crowe fragte: »Sind Sie sicher, daß ich nichts mehr für Sie tun kann, Mr. Avery?«

Avery sah zur Tür. Der Schneider war allein. »Stimmt irgendwas nicht?« wollte er wissen.

»Die Dame da eben.« Er sah nach draußen, doch auch die Kutsche war schon verschwunden. Bruchstück eines Traums. »Ich dachte, ich würde sie kennen.«

Crowe beobachtete seinen Gehilfen beim Einpacken des Bootsmantels, den Avery erstanden hatte. »Ihr Mann war ein guter Kunde. Schade, daß wir ihn verloren haben, obwohl er nicht immer leicht zufriedenzustellen war.« Ihm fiel auf, daß das wohl kaum die Antwort war, die Avery erwartete. »Lady Mildmay. Die Frau, oder soll ich besser sagen, die Witwe von Vizeadmiral Sir Robert Mildmay.«

Also war sie es! Als er sie zum letzten Mal getroffen hatte, war sie nur die Frau seines Kapitäns auf der *Canopus* gewesen.

»Ist sie die Dame, die Ihnen bekannt schien?« faßte Crowe nach.

»Ich glaube, ich habe mich geirrt.« Er griff nach seinem Hut. »Bitte schicken Sie alles andere an die Adresse, die ich Ihnen nannte.«

Kein Zögern, keine Fragen. Sir Richard Bolithos Name öffnete viele Türen.

Er trat auf die Straße und war froh, sich wieder bewegen zu können. Was hieß das schon? Warum bedeutete sie ihm so viel? Damals war sie unerreichbar gewesen, als er dumm genug glaubte, es handle sich für sie um mehr als nur ein amüsantes Spiel, einen Flirt im Vorübergehen.

Ob sie sich verändert hatte? Er hatte einen Schimmer ihres Haares gesehen, honigfarben. An wie vielen Tagen, in wie vielen schlaflosen Nächten hatte er versucht, es zu vergessen. Wahrscheinlich war sie einer der Gründe, weswegen er seinem Onkel nicht widerstanden hatte, als er vorschlug, er möge sich als Flaggoffizier bei Sir Richard

Bolitho anbieten. Er hatte eine Ablehnung erwartet, sobald Bolitho mehr über ihn erfahren hatte. Doch es kam alles anders. Nie würde er den Tag in Falmouth vergessen, in dem alten Haus, das ihm mittlerweile so vertraut war. Nie vergessen würde er ihre Güte, ihr Vertrauen in ihn und schließlich ihre Freundschaft, die alle Zweifel und Verletzungen der Vergangenheit heilte. Er dachte nie weiter als bis zur nächsten Fahrt, zur nächsten Aufgabe, selbst wenn sie ihn wieder vor die Mündungen feindlicher Kanonen führte.

Und jetzt dies! Es war wie ein Schock. Er hatte sich etwas vorgemacht. Welche Chance hätte er gehabt? Eine verheiratete Frau, die Frau seines Kommandanten! Das hieß soviel wie sich eine Pistole an die Stirn setzen.

War sie immer noch so schön? Sie war mindestens zwei Jahre älter als er. Sie war so lebendig, so lebhaft gewesen. Nach der Schande durch das Kriegsgericht an die alte *Canopus* wahrscheinlich bis ans Ende seiner Dienstzeit gebunden, war sie ihm wie ein heller Stern erschienen: Und er war nicht der einzige Offizier, der von ihr gefangen war. Er schritt schneller aus und blieb stehen, als jemand sagte: »Danke, Sir!«

Es waren zwei ehemalige Soldaten, die noch Reste ihrer alten roten Uniformröcke trugen. Einer, der offensichtlich blind war, hielt den Kopf schräg, als versuche er sich vorzustellen, was da vor ihm geschah. Der andere hatte nur einen Arm und hielt einen Kanten Brot. Den hatte ihm offenbar ein Küchenjunge aus dem nahen Caféhaus gegeben. Wahrscheinlich hatte jemand das Brot auf seinem Teller liegen lassen.

Der Blinde fragte: »Was ist, Ted?«

Der andere antwortete: »Ein Stück Brot. Ist alles in Ordnung. Wir haben vielleicht mal Glück!«

Avery konnte seine Abscheu nicht unterdrücken. Eigentlich hätte er sich an solche Bilder längst gewöhnt haben müssen, aber es gelang ihm nie. Er war einst mit einem anderen Leutnant hart aneinandergeraten, als der ihn wegen seiner Empfindlichkeit anging.

Scharf rief er: »Ihr da!« Er merkte selber, wie Ärger und Trauer seinen Ton ungewöhnlich scharf gemacht hatten. Der Einarmige duckte sich sogar, stellte sich aber schützend vor seinen Kameraden.

»Es tut mir leid!« sagte Avery. Er mußte plötzlich an Adam Bolitho denken, der seinen Ehrensäbel verkauft hatte. »Nimm das!« Er legte ein paar Münzen in die schmuddelige Hand. »Eßt mal was Warmes!«

Er drehte sich um und ärgerte sich, daß solche Bilder ihn immer noch bewegen und erregen konnten.

Der Blinde fragte hinter ihm: »Wer war das denn, Ted?«

Die Antwort war bei all dem Lärm der Räder und Pferdegeschirre kaum zu vernehmen: »Ein Herr, ein wirklicher Gentleman!«

Wie viele solcher armen Hunde gab es? Wie viele würde es noch geben? Sie waren vielleicht Soldaten eines Linienregiments, vielleicht sogar zwei von Wellingtons Männern. Schulter an Schulter hatten sie französischer Artillerie und Kavallerie Trotz geboten, lebten von Schlacht zu Schlacht, bis sich eines Tages das Glück gegen sie gewandt hatte.

Um ihn herum ahnte niemand etwas davon. Und keiner würde glauben, daß sein Admiral genauso wie er selber zutiefst bewegt war bei dem Anblick solcher erbarmungswürdigen Kreaturen. Der Preis des Krieges war hoch. Es war wie der Augenblick in der Kajüte auf der *Indomitable*, als Adams Schiff verloren war und ein einziger Überlebender durch die Brigg *Woodpecker* aus der See gerettet wurde. Gegen alle Befehle war sie zum Ort des Gefechts zurückgesegelt. Der Überlebende war der Schiffsjunge. Avery hatte zugesehen, wie Bolitho mit Hingabe den Jungen ins Leben zurückholte und dabei zu erfahren suchte, was mit Adam geschehen war.

Avery hatte einst geglaubt, seine eigenen Leiden würden ihn dem Schicksal anderer gegenüber gefühllos machen. Bolitho hatte ihn eines Besseren belehrt.

Irgendwo schlug eine Glocke. St. James, Piccadilly, dachte er. Er war vorbeigelaufen, ohne sie zu bemerken. Er sah sich um, doch die beiden Rotröcke waren verschwunden. Wie Geister, die für kurze Zeit ein vergessenes Schlachtfeld hatten verlassen dürfen.

»Hallo, Mister Avery! Sie sind es ja wirklich!«

Er starrte sie an, wie sie da im Eingang zu einer Parfümerie stand und eine hübsch eingepackte Schachtel in den Armen hielt.

Die Straße schien ihm plötzlich gänzlich leer.

Er zögerte, nahm den Hut ab, sah ihren Blick über sein Gesicht gleiten und dachte bitter, daß sie ohne Zweifel die grauen Streifen in seinem Haar entdecken würde. Diesen Augenblick hatte er schon oft geträumt. Sarkastisch und mit Verachtung wollte er sie so bestrafen, daß sie es nie vergessen würde.

Eine Hand steckte in einem Pelzmuff, das Paket drohte aus der anderen zu fallen. »Lassen Sie mich Ihnen helfen«, sagte er abrupt und nahm ihr das Paket ab. Es war schwer, doch das fiel ihm kaum auf. »Haben Sie jemanden, der Ihnen das trägt?«

Sie sah ihn weiter mit großen Augen an. »Ich habe gesehen, was Sie für die beiden armen Teufel da getan haben. Sie waren sehr gütig.« Ihr Blick blieb auf der neuen Epaulette haften. »Sie sind befördert worden, wie ich sehe!«

»Ich befürchte, nein.« Sie war unverändert. Unter ihrer hübschen Haube trug sie ihr Haar wahrscheinlich kürzer, so wie die Mode es heute diktierte. Doch ihre Augen waren, wie er sich erinnerte: blau, sehr blau.

Sie beantwortete seine Frage: »Mein Kutscher kommt gleich!« Sie schien vorsichtiger, fast unsicher.

Avery meinte: »Ich dachte, ich hätte Sie eben schon gesehen. Wahrscheinlich eine Luftspiegelung. Ich hörte, Sie haben Ihren Mann verloren.« Ein Augenblick des Triumphs, doch er verging ohne Wirkung.

»Im letzten Jahr . . .«

»In der *Gazette* habe ich nichts davon gelesen. Aber ich war ja auch kaum in England.« Er merkte, wie kurz angebunden, ja unhöflich er klang, doch er konnte nichts dagegen tun.

»Er fiel in keiner Schlacht!« sagte sie. »Seine Gesundheit war schon lange sehr angeschlagen. Und was hört man von Ihnen? Sind Sie verheiratet?«

»Nein«, sagte er.

Sie biß sich auf die Lippen. Auch diese kleine Angewohnheit zu sehen tat ihm weh. »Ich meine irgendwo gelesen zu haben, daß Sie als Offizier bei Admiral Sir Richard Bolitho sind.« Als er schwieg, fuhr sie fort: »Das muß wirklich aufregend sein. Ich bin ihm nie begegnet.« Ein winziges Zögern. »Und die berühmte Lady Catherine Somervell habe ich auch nie getroffen. Was ich sehr bedaure!«

Avery hörte hinter sich Räder. Er ahnte trotz des dichten Verkehrs, daß es ihre Kutsche war mit dem passenden Blau zu ihrem Mantel.

Sie fragte direkt: »Sie wohnen in der Stadt?«

»Ich bin in Chelsea abgestiegen, Mylady. Wenn ich meine Geschäfte hier in London erledigt habe, werde ich in den Westen aufbrechen.«

Auf ihren Wangen blühten zwei rote Flecken, gewiß keine künstlichen. »So formell haben Sie mich nicht immer angesprochen. Haben Sie das vergessen?«

Er hörte die Kutsche langsamer werden. Bald wäre alles vorüber, der unmögliche Traum würde ihm nicht mehr weh tun. »Ich liebte Sie damals. Sie wußten das doch sicher!«

Stiefel knallten auf dem Pflaster. »Nur das eine, Mylady?«

Sie nickte und sah interessiert zu, wie der Lakai Avery das Päckchen abnahm, bemerkte seinen Blick, seine braunen Augen, an die sie sich immer erinnert hatte.

Sie sagte: »Ich bewohne wieder mein Haus in London. Wir haben lange in Bath gelebt. Aber es ist hier nicht mehr so wie früher!«

Der Lakai ließ den Tritt der Kutsche herunter. Er würdigte Avery keines Blickes.

Sie legte eine Hand auf die Kutschtür, eine kleine, wohlgeformte, feste Hand.

»Ich wohne nicht weit von hier«, sagte sie. »Ich bin gern mittendrin.« Sie sah auf zu ihm, suchte etwas in seinem Gesicht. »Wollen Sie bei mir Tee trinken? Morgen vielleicht? Nach all den Jahren . . .«

Er sah sie an, erinnerte sich, als er sie in den Armen gehalten, sie geküßt hatte.

»Ich glaube, das wäre nicht sehr klug, Mylady. Es gibt schon genug Gerüchte und Geschwätz in dieser Stadt. Ich möchte Sie nicht wieder behelligen.«

Sie saß jetzt in der Kutsche und ließ das Fenster hinunter. Der Lakai wartete unbewegten Gesichts darauf, neben den Kutscher auf den Bock zu steigen.

Sie legte ihm einen Augenblick die Hand auf den Arm. Er war überrascht von ihrer offenkundigen Bewegtheit.

»Kommen Sie wirklich!« Sie schob ihm eine kleine Karte in die Hand. Sie blickte kurz zu dem Lakaien und wisperte dann: »Was Sie eben gesagt haben – stimmt das wirklich?«

Er lächelte nicht. »Für Sie wäre ich gestorben!«

Sie schaute noch zu ihm zurück, während die dunkelblaue Kutsche davonrollte.

Er knallte sich den Hut auf den Kopf und sagte laut: »Und ich würde es immer noch, verdammt noch mal!«

Dann verflog sein Ärger, und sanft fügte er hinzu: »Susanna.«

Yovell, Bolithos pummliger Sekretär, wartete geduldig neben dem Schreibtisch in der Bibliothek und hielt dabei seine füllige Kehrseite dem Feuer zugewandt. Er, der auch auf See Bolithos Leben teilte, wußte mehr als jeder andere, durch wie viele Pläne und Einzelheiten sich der Admiral durcharbeiten mußte, bevor er aus diesem Papierkrieg schließlich die schriftlichen Befehle für seine Kapitäne formulieren konnte.

Wie Bolithos anderer Ergebener, der schweigsame Diener Ozzard, besaß auch Yovell ein kleines Haus auf diesem Gelände, Allday hatte früher, wenn er an Land war, darin gewohnt. Yovell lächelte amüsiert. Bis Allday plötzlich ein ordentlich verheirateter Mann geworden war.

Durch das Fenster entdeckte er eine Katze, die lauernd auf jemanden wartete, der ihr die Tür öffnete. So war auch Allday, immer auf der falschen Seite der Tür: Auf See machte er sich Sorgen über seine Frau und das kleine Gasthaus in Fallowfield – und nun war auch noch das Baby dazugekommen. Und zu Hause klagte er, daß er an Land bleiben müßte, wenn Bolitho auf sein Flaggschiff zurückkehrte. Yovell kannte solche häuslichen Probleme nicht. Er wußte, daß Bolitho ihn sofort von Bord lassen würde, wenn er seine jetzige Tätigkeit aufgeben wollte. Er wußte auch, daß ihn viele für ziemlich verrückt hielten, sein Leben auf einem Kriegsschiff aufs Spiel zu setzen.

Er sah, wie Bolitho mit seiner kräftigen Hand die Papiere durchblätterte, in denen er fast den ganzen Morgen lang gelesen hatte. Erst vor einer Woche war er aus London zurückgekehrt und hatte dennoch die meiste

Zeit mit Sachen aus der Admiralität zu tun gehabt. Lady Catherine Somervell hatte ihnen zugewinkt, als sie das Haus verließ, um den Nachbarn Lewis Roxby zu besuchen, den König von Cornwall, wie man ihn hinter seinem Rücken gern nannte. Roxby war mit Bolithos Schwester Nancy verheiratet. Yovell hielt es für gut, daß Catherine auf diese Weise eine Familie hatte, die sie besuchen konnte, wenn alle auf See waren.

Er bewunderte sie sehr, auch wenn er wußte, daß viele Männer sie eine Hure nannten. Als die *Golden Plover* vor der afrikanischen Küste auf ein Riff lief und sank, war Bolithos Frau bei ihnen gewesen. Sie hatte nicht nur die Härte der Reise in einem offenen Boot überlebt, sondern hatte sie alle irgendwie zusammengehalten, hatte ihnen Herz und Mut gestählt, als alle glaubten, nicht zu überleben.

Bolitho sah jetzt zu ihm auf, außergewöhnlich ruhig und ausgeruht. Zwei Wochen waren sie von London aus unterwegs gewesen, hatten immer wieder Kutsche und Pferde gewechselt und hatten immer wieder wegen Überflutungen und umgerissenen Bäumen Umwege nehmen müssen. Ihr Bericht hatte wie ein Alptraum geklungen.

Bolitho sagte: »Wenn Sie die Papiere bitte kopieren würden! Ich möchte sie dann so schnell als möglich zu Ihren Lordschaften auf den Weg gebracht wissen.« Er reckte seine Arme und dachte wieder an den Brief, der ihn bei seiner Ankunft erwartet hatte. Er kam von Belinda, doch man merkte, daß ihr ein Rechtsanwalt die Feder geführt hatte. Sie verlangte mehr Geld, eine beachtliche Aufstockung der Apanage für sich und ihre Tochter Elizabeth. Er rieb sein verletztes Auge. Seit seiner Rückkehr hatte er damit kaum Probleme gehabt. Die graue Ruhe eines Winters in Cornwall tat ihm wohler als blitzende Sonne und die Spiegelungen der See.

Elizabeth. In ein paar Monaten würde sie elf Jahre alt, ein Kind, das er kaum kannte, noch je kennenlernen würde. Belinda würde dafür schon sorgen. Er fragte sich manchmal, was wohl ihre Freunde in der feinen Gesellschaft von der eleganten Lady Bolitho denken würden, wenn sie wüßten, daß sich Belinda mit Catherines Mann verbündet hatte. Unter falscher Anklage sollte sie schließlich wie ein gemeiner Dieb verbannt werden. Catherine sprach jetzt nicht mehr darüber, aber vergessen konnte sie es nicht. Und wie er würde auch sie so etwas nie vergeben.

Seit ihrer Rückkehr hatten sie jeden Tag voll genossen, weil sie wußten, daß die Zeit nicht auf ihrer Seite stand. Nach tagelangem stetigem Südwestwind waren Straßen und Wege jetzt fester. Sie waren viele Meilen über den Besitz geritten, hatten Roxby besucht, dem es nach seinem Schlaganfall immer noch nicht gutging. Ein armer Kerl, der seinen aufwendigen Lebensstil sehr liebte, das Trinken, die Jagd. Er bewirtete zahlreiche Gäste immer wieder sehr großzügig auf dem benachbarten Besitz und versuchte, die Freuden eines Gentlemans mit den Pflichten eines Gutsherren und Friedensrichters zu verbinden. Mit dem Prinzregenten stand er auf vertrautem Fuß und hatte möglicherweise seinen Adelstitel aufgrund solch freundschaftlicher Beziehungen bekommen. Der dringende Rat seiner Ärzte, Ruhe zu halten und seine Geschäfte gelassener anzugehen, war für ihn wie ein Todesurteil.

Er dachte an die lange Fahrt nach Hause auf den elenden Landstraßen. Catherine war es dennoch gelungen, Freude zu verbreiten trotz all der Unbequemlichkeiten. Einmal mußten sie wegen einer gewaltigen Überschwemmung umdrehen und in einem kleinen schäbigen Gasthaus einkehren. Ihre Mitreisenden waren ziemlich entsetzt: zwei fein gekleidete Kirchenmänner und ihre Frauen auf dem Weg zu ihrem Bischof.

Eine der Damen meinte ärgerlich: »Niemand dürfte einer Dame eine derartige Unterkunft zumuten!« Und dann wollte sie von Bolitho wissen: »Mich würde interessieren, was Ihre Frau dazu zu sagen hat!«

Catherine hatte an seiner Stelle geantwortet: »Wir sind gar nicht verheiratet.« Sie hielt seinen Arm fester als sonst. »Dieser Offizier entführt mich gerade!«

Ihre Mitreisenden hatten sie daraufhin nicht wiedergesehen. Entweder hatten sie auf eine andere Kutsche gewartet oder hatten sich in der Nacht davongemacht.

Das Zimmer war feucht und an einigen Stellen sogar schimmlig, weil es so selten gebraucht wurde. Doch der Besitzer, ein freundlicher, kleinwüchsiger Mann, machte schnell ein Feuer im Kamin. Das Abendessen, das er ihnen servierte, hätte selbst den hungrigsten Midshipman gesättigt.

Dann schlug der Regen gegen das Fenster, die Schatten des Feuers umtanzten sie. Sie sanken in das Federbett und liebten sich mit solcher Hingabe, als seien sie wirklich auf der Flucht.

Adam hatte einen kurzen Brief geschrieben. Darin teilte er mit, er sei mit Valentine Keen auf dem Wege nach Halifax und bat um Verzeihung, daß er sie in Falmouth nicht habe besuchen können.

Am liebsten wollte er die Situation der beiden gar nicht überdenken. Adam und Keen, Flaggkapitän und Admiral, die zusammenarbeiten mußten. *Wie James Tyacke und ich.* Und doch ganz anders. Die beiden Männer hatten dieselbe Frau geliebt – und Keen ahnte davon nichts. Ein Geheimnis teilen, heißt eine Schuld teilen, dachte Bolitho.

In jener Nacht, in der sie von ihrer Liebe erschöpft in jenem Gasthaus geruht hatten, hatte Catherine ihm ein weiteres Geheimnis anvertraut. Sie war mit Keen nach Zennor gereist, zu dem Friedhof, auf dem Zenoria begraben lag. Das waren von Falmouth aus gute dreißig Meilen. Sie hatten in Redruth bei Freunden der Roxbys übernachtet.

Sie sagte: »Wenn wir irgendwo anders abgestiegen wären, hätte es wieder neuen Klatsch und Tratsch gegeben. Das konnte ich nicht riskieren – es gibt immer noch zu viele, die uns nichts Gutes wünschen.«

Als Keen allein am Grab stand, hatte sie mit dem Kirchendiener gesprochen, berichtete Catherine weiter. Er war auch der Friedhofsgärtner. Sein Bruder, der Tischler, so erzählte er, baute die Särge für alle Toten aus dem Dorf und von den umliegenden Höfen.

Sie sagte: »Ich dachte, ich sollte ihn darum bitten, dafür zu sorgen, daß immer frische Blumen auf dem Grab liegen.«

Bolitho drückte sie im flackernden Kaminlicht an sich, fühlte ihre Trauer bei der Erinnerung an diese Ereignisse.

Dann sagte sie: »Aber er wollte kein Geld annehmen, Richard. Er sagte mir, daß ein junger ›Seekapitän‹ das schon mit ihm besprochen hätte. Ich ging danach in die Kirche. Und ich konnte wieder Adams Gesicht sehen wie an jenem Tag, als Val und Zenoria geheiratet haben.«

Welch seltsames und verdrehtes Schicksal hatte Adam und Keen zusammengeführt? Es konnte beide wieder aufrichten, sie aber ebenso leicht auch zerstören.

Yovell putzte seine kleine, goldgeränderte Brille. »Wann wird Mr. Avery zu uns stoßen, Sir Richard?«

Bolitho sah ihn nachdenklich an. Ein Mann mit vielen Gesichtern. Es hieß, Yovell sei eine Zeitlang Lehrer gewesen. Das mochte er glauben. Schwerer konnte man sich ihn im Boot der *Golden Plover* nach dem Untergang vorstellen. Seine Hände, denen die harte Matrosenarbeit fremd war, pullten aufgerissen und blutig die Riemen, sein Gesicht war von der Sonne rot verbrannt. Doch nicht ein einziges Klagewort kam über seine Lippen. Ein Gelehrter, ein Mann der seine Bibel so liebte wie andere das Würfelspiel. Selbst seine eher beiläufige Frage nach dem Flaggleutnant bekundete sein echtes Interesse. Vielleicht waren sie aus gleichem Holz geschnitzt, auf ihre Weise besessen. George Avery war ein stiller, oft in sich gekehrter Mann; selbst Sillitoe schien über seinen Neffen wenig zu wissen. Oder er war ihm gleichgültig. Sillitoes Schwester war Averys Mutter. Über Sillitoes Bruder wußte Bolitho nichts. Er hatte Avery so beeindruckt, daß er in ihm, wann immer sie sich trafen, den Vater sah. Sillitoes Bruder war Marineoffizier und hatte Avery sicher seine erste Kommandierung als Midshipman verschafft. Averys Vater und ein sehr religiöser, ernster Familienhintergrund hatten den Ruf der See nicht dämpfen können. Sillitoes Bruder war in der Schlacht vor Kopenhagen auf der *Ganges* gefallen – wie so viele an jenem blutigen Tag.

Für einen Leutnant ohne Verbindungen gab es in London wenig Abwechslung. Obwohl Catherine wußte, daß es irgendwann einmal eine Frau in Averys Leben gegeben hatte. *Nur eine Frau konnte bei ihm solch tiefe Narben hinterlassen.*

Wahrscheinlich hatte sie recht.

Er sagte: »Mr. Avery kommt in ein oder zwei Wochen. Oder wann immer er mag.« Sicher würde Avery im allerletzten Augenblick auftauchen.

Er hörte gedämpften Hufschlag: »Mylady kommt früh zurück.«

Yovell trat ans Fenster und schüttelte den Kopf: »Nein, Sir Richard, es ist ein Bote.« Er drehte sich nicht um. »Mit Depeschen, ohne Zweifel.«

Bolitho erhob sich erwartungsvoll, während Yovell nach draußen eilte, um den Boten zu empfangen. Es begann alles viel zu früh. Er hatte noch einen ganzen Monat vor sich, und doch erinnerten sie ihn immer wieder an seinen Aufbruch. Es wäre besser gewesen, wenn er auf der *Indomitable* geblieben wäre. Aber er wußte sofort, daß das gelogen war. All die Mühen hatten sich gelohnt, selbst wenn er nur eine Stunde bei ihr hätte sein können.

Yovell kam mit dem vertrauten Leinenumschlag zurück. Er zeigte den unklaren Admiralitätsanker. Hoffnungen, die er vielleicht noch gehegt haben mochte, verflogen.

Yovell trat wieder ans Fenster und schaute nach draußen. Ihm fiel auf, daß die Katze verschwunden war. Wieder dachte er an Allday. Es würde schwierig werden.

Er hörte, wie das Messer die Umschläge aufschlitzte. Der Bote hockte jetzt unten in der Küche und trank irgend etwas Heißes. Ganz sicher beneidete er die, die in solch großen Häusern lebten. Er hörte Bolitho: »Alles ist um eine Woche vorverlegt. Wir gehen am 18. Februar ankerauf nach Halifax.« Als er sich am Fenster umdrehte, schien sein Admiral sehr gefaßt – wie der Mann, den jeder in ihm sah. Einer, der keinerlei persönliche Gefühle kannte.

Er sagte: »Es ist schließlich nicht das erste Mal, Sir Richard!«

Bolitho griff nach einer Feder und beugte sich über den Tisch. »Geben Sie dem Mann diese Quittung!« Er erhob sich. »Ich werde ausreiten, um Lady Catherine zu treffen. Sagen Sie das bitte Matthew.«

Yovell eilte davon, ungern, aber er verstand, daß Bolitho mit dem Gedanken an die bevorstehende Trennung allein bleiben wollte. Drei Wochen noch, dann ein ganzer Ozean – eine andere Welt.

Leise schloß er hinter sich die Tür. Vielleicht, dachte er, haben Katzen doch die richtige Vorstellung vom Leben.

Sie trafen sich an der Schiefermauer, die die Grenze zu Roxbys Besitz markierte. Sie stieg nicht ab, ehe er aus dem Sattel geglitten und zu ihr getreten war. Dann saß auch sie ab und wartete, bis er sie in die Arme nahm. Ihr Haar wehte in der salzigen Brise.

»Du hast also Neues erfahren. Wann?«

»In drei Wochen.«

Sie drückte ihr Gesicht so gegen seins, daß er ihre Augen nicht sehen konnte. »Wir machen aus ihnen ein ganzes Leben, Liebster. Immer, immer wieder mußt du es sein.« Das sagte sie ohne Ärger oder Bitterkeit. Die Zeit war zu kostbar, um sie so zu verschwenden.

Er sagte: »Ich möchte nicht. Ich hasse schon den bloßen Gedanken!«

Sie fühlte ihn unter dem Reitmantel zittern, als fröre oder fieberte er. Beides war nicht der Fall.

»Warum mußt du meinetwegen und meiner Pflichten wegen leiden?«

»Weil ich dich *verstehe*. Wie deine Mutter und alle Frauen vor ihr. Ich werde wie sie warten, und ich werde dich mehr vermissen, als man mit Worten ausdrücken kann.« Dann sah sie mit festem Blick zu ihm auf. »Ich bin vor allem so stolz auf dich. Wenn dies alles vorüber ist, bleiben wir zusammen, und nichts wird uns jemals mehr trennen können.«

Er berührte ihr Gesicht, ihren Hals. »Mehr will ich nicht.«

Und er küßte sie so sanft, daß sie am liebsten geweint hätte.

Doch sie war stark, so stark, daß sie sich Tränen nicht erlaubte. Sie wußte, wie sehr er sie brauchte, und das gab ihr Mut. Mut, der jetzt nötiger war als je zuvor.

»Bring mich nach Hause, Richard. Ein Leben lang, denk daran!«

Sie gingen schweigend weiter. Die Pferde folgten ihnen. Oben auf dem Kamm sahen sie die See. Sie fühlte seinen Griff auf ihrem Arm fester werden. So als schaue er seinem Gegner genau ins Gesicht.

III   Aufbruch am Morgen

Kapitän Adam Bolitho zog sich den Bootsmantel enger um die Schultern, als die Jolle kräftig nach draußen in den Solent gepullt wurde. Ein seltsamer Abschied von Portsmouth, dachte er. Ohne Schnee war alles wieder wie sonst. Geräusche, Geschäftigkeit, marschierende Männer – und dann viele Boote. Sie trieben wartend an den Treppen, um Offiziere zu ihren ankernden Schiffen zu bringen.

Doch dies war nicht sein Schiff. Er hatte die Bootsfahrt nur kurz unterbrochen, um auf die Fregatte *Zest* zu steigen, dort einige Papiere zu unterzeichnen und so schnell als möglich seinen Abschied zu nehmen. Sie hatte tapfer gekämpft. Ohne sie hätte selbst die beachtliche Artillerie der *Indomitable* es nicht geschafft, die Yankees zur Aufgabe zu zwingen. Doch weiter ging es auch nicht. Die *Zest* war nie sein Schiff geworden, und er hatte auch nichts unternommen, sie dazu zu machen. Sein Schiff ruhte auf dem Grund des Meeres. Ihre schöne Galionsfigur starrte in die tiefe Dunkelheit, wohin das Schiff so viele Männer mitgenommen hatte.

Der Midshipman, der die Jolle führte, war sich des Rangs und des Rufs seines Passagiers wohl bewußt. Der Name Bolitho hatte das ganze Schiff vor Gerüchten schwirren lassen.

Adam schaute auf die Kisten vor sich. Alle neu, jede einzelne. Auch der Kampfsäbel, den er mit Sorgfalt ausgesucht hatte, war neu. Alles andere ruhte im Wrack der *Anemone*.

Er schaute auf seinen kleinen Begleiter. John Whitmarsh, der einzige, den man aus dem Meer gezogen hatte, hatte fast zwei Jahre auf der *Anemone* gedient, ehe sie unterging. Ein Kind noch. Sein »Onkel« hatte ihn als Freiwilligen in die Marine gebracht, nachdem der Vater des Jungen, ein Hochseefischer, bei den Goodwin Sands ertrunken war. Adam hatte bei ihm großen Stolz und Dankbarkeit gespürt, als er ihn gefragt hatte. Der Junge wußte immer noch nicht, daß er die Rettungsleine für den Kapitän gewesen war – nicht umgekehrt.

Unbewegt meldete der Midshipman: »Da liegt sie, Sir!«

Adam drückte sich den Hut fester auf den Kopf. Da lag die *Wakefield*, eine Fregatte mit 38 Kanonen, ein schwer mitgenommenes Schiff, das wie die meisten seiner Art ständig im Einsatz war. Jetzt erledigte sie ihre letzten Aufgaben vor dem Ankeraufgehen, nahm Frischwasser auf, Früchte, falls es sie gab, und natürlich Männer. Selbst eine hartgesottene Preßgang hätte Probleme, in einer Hafenstadt noch geeignete Kerle zu finden.

Wieder sah er zu dem Jungen herunter. Die fesche neue Jacke und die weißen Hosen hatten ihn kaum verändert. Ozzard hatte ihm einiges beigebracht. Den Rest würde er schnell genug selber lernen. Er hatte einen hellen Kopf und ließ sich nicht anmerken, ob er nervös war, unter seinen früheren Erlebnissen noch litt oder sich an seinen besten Freund erinnerte, der als Schiffsjunge im gleichen Alter abgetrieben war, ohne daß man ihn hätte retten können.

Adam hatte einen Brief an seine Mutter geschrieben. Hätte sie um seine Rückkehr gebeten, hätte er dafür gesorgt, daß der Junge an Land und sicher in ihre Obhut zurückgekehrt wäre. Er hatte keine Antwort erhalten. Vielleicht war sie verzogen oder hatte sich mit einem anderen »Onkel« eingelassen. Wie auch immer, es schien

Adam, als sei sein junger Schützling damit ganz zufrieden.

Er musterte die Fregatte kritisch. Ein gutes Rigg, die Segel sauber aufgetucht. Sie sah sehr ordentlich aus. Er konnte schon die blauen und scharlachroten Uniformen der Ehrenwache an der Relingspforte entdecken. Vom Kapitän wußte er nur, daß dies sein erstes Kommando war. Es beschäftigte ihn nicht weiter, merkte er. Dies war nicht seine Aufgabe. Er war nur Passagier, genau wie Konteradmiral Keen, der morgen eintreffen würde. Er lächelte kurz. Also eine unbequeme Last für den Kommandanten.

Er dachte mit Wärme an seinen Onkel. Wie nahe sie sich gewesen waren nach seiner Flucht aus amerikanischer Gefangenschaft. Sie alle würden sich wieder in Halifax treffen. Immer noch wußte er nicht, warum er Keens Angebot angenommen hatte. Aus einem Schuldgefühl heraus? Um allen Verdacht von sich abzulenken? Beides war es nicht, das wußte er. Er hatte es aus einem Gefühl heraus getan, als bestimme jemand über ihn. Er dachte zurück an Zennor, die Stille des Orts, das Rauschen der See am Fuß der Felsen. Ihr Grab. Er hatte es berührt und hatte ihren Geist gespürt. Die kleine Meermaid.

»Bugmann!« Der Midshipman war sehr laut. Vielleicht hatte er Adams Schweigen als Mißbilligung gedeutet.

Der Bugmann stand mit erhobenem Enterhaken. Riemen und Ruder brachten die Jolle in kurzem Bogen an die Großrüsten. Die Riemen gingen auf und sprühten Salzwasser über die Männer, als das Boot schwankend und mit einem Ruck längsseits ging.

Er blickte zum Midshipman hoch. »Vielen Dank, Mr. Price. Das haben Sie sehr gut gemacht.«

Der junge Mann sah ihn völlig überrascht an, als sein Name fiel. Adam dachte wieder einmal an Bolitho und alles, was er von ihm gelernt hatte. *Sie haben Namen.* Er hörte fast seine Stimme. *In unserem Leben ist er oft genug das einzige, was ihnen geblieben ist.*

Er erhob sich und prüfte den richtigen Sitz des Säbels an seiner Seite. Den warnenden Bericht seiner Onkels würde er nie vergessen. Ein hoher Offizier war über seinen Säbel der Länge lang aufs Deck gefallen – vor der Ehrenwache.

Er sah auf den Jungen hinunter. »Alles klar, John?« Er wußte, daß oben alle auf ihn warteten – auf das Begrüßungsritual für einen Kapitän, der an Bord kam. Aber auch so etwas war wichtig.

Whitmarsh nahm seinen Seesack auf, seine braunen Augen blinzelten nicht, als er auf die gewaltigen Masten blickte. Am Heck wehte die Fahne aus.

»Alles klar, Sir!« Er nickte entschlossen. »Ja, alles klar.«

Adam lächelte und kletterte schnell nach oben. Auf seiner gezackten Wunde trug er immer noch einen Verband, doch nur um die zarte Narbe vor dem Druck seiner Kleider zu schützen.

Er trat auf Deck und nahm seinen Hut ab. Die Seesoldaten präsentierten das Gewehr. *Auch um mich daran zu erinnern, daß ich es nie vergesse.*

»Willkommen an Bord, Kapitän Bolitho. Es ist mir eine Ehre.«

Adam schüttelte dem Kommandanten die Hand. Sehr jung. Mit seinen glänzenden neuen Schulterstücken sah er aus wie ein jugendlicher Held, der Kapitän spielt. So wie ich damals, dachte er.

Kapitän Martin Hyde begleitete ihn nach achtern und sagte fast entschuldigend: »Es wird ein bißchen eng, fürchte ich. Konteradmiral Keen wird meine Kajüte beziehen, und dort gibt es auch für Sie eine Koje. Ich habe dafür gesorgt, daß Ihr Bereich von seinem abgeschottet ist. Ich sehe, Sie haben einen Steward, also werden Sie es einigermaßen bequem haben.« Er zögerte. »Ich muß Sie das doch fragen. Was für ein Mann ist der Konteradmiral? Wir haben dreitausend Meilen bis Halifax vor uns – und ich kann mir vorstellen, er ist etwas mehr an Luxus gewöhnt, als ich ihm bieten kann.«

»Man kommt sehr gut mit ihm aus, in jeder Hinsicht!« antwortete Adam.

Der andere schien erleichtert. »Ich habe gehört, seine Frau starb kürzlich. Das kann einen Mann schon ändern!«

Adam hörte sich unbewegt antworten: »Er wird es Ihnen ganz und gar überlassen, das Schiff zu führen – wie immer Sie wollen.« Daran mußte er sich wohl noch gewöhnen, daß Leute so etwas immer wissen wollten. Er sah, wie ein Korporal der Seesoldaten neben Whitmarsh auf etwas deutete. Der Junge nickte zustimmend. Er gehörte dazu. Nur einmal hatte er ihn unsicher über das geschäftige Deck peilen sehen: als die Ehrenwache wegtrat und die Männer wieder ihre übliche Arbeit aufnahmen.

Hyde meinte: »Er macht sich gut. Ziemlich jung, aber mir fehlen oft so viele Leute, daß ich am liebsten Müttern ihre Kinder aus den Armen reißen würde.«

Ein Offizier, offenbar der Erste, machte sich in der Nähe zu schaffen. Hyde entschuldigte sich: »Ich werde gebraucht, Kapitän Bolitho. Wir reden später weiter.« Er lächelte und sah dabei noch jünger aus. »Es ist ein Vorzug, Sie an Bord zu haben, obwohl Sie nach dreitausend Meilen anders darüber denken mögen.« Damit war er verschwunden.

Von oben waren wieder die gewohnten Geräusche zu hören, das Zwitschern der Bootsmannspfeifen, der »Nachtigallen von Spithead«, nackte Füße und das Quietschen, wenn Tampen durch die Blöcke liefen. *Seine Welt, doch nicht meine.* Adam hockte auf seiner Seekiste und sah sich in der großen Kajüte um, in der er leben und versuchen würde, eine gemeinsame Zukunft mit Keen zu akzeptieren.

Hinter sich hörte er Whitmarsh herumlaufen, der immer noch sehr auf seine neuen polierten Schuhe mit ihren glänzenden Silberschnallen achtgab.

Adam deutete auf eine Kiste. »Da«, sagte er und warf ihm die Schlüssel zu. »Da drinnen ist ein bißchen Cognac.« Er sah, wie der Junge die Kiste öffnete. Wie all die anderen Dinge schien sie nicht zu ihm zu gehören, so neu wie sie war. Er seufzte.

John Whitmarsh fragte: »Sind Sie traurig, Sir?«

Er sah den Jungen scharf an. »Denk dran, was ich dir auf der *Indomitable* gesagt habe, als ich dich fragte, ob du mit mir kommen wolltest.«

Er sah den Kleinen die Augen zusammenkneifen. »Ja, Sir. Sie sagten, wenn man mal traurig ist, sollte man an sein altes Schiff zurückdenken und an alte Freunde.«

Adam nahm ihm das Glas Cognac aus der Hand. »Genauso ist es.«

Der Junge sah ihn besorgt an. »Aber wir werden doch ein neues Schiff bekommen, Sir!«

Dieser einfache Satz rührte ihn. »Ja, ganz bestimmt, John Whitmarsh.«

Er sah auf die Heckfenster. Salzschleier zogen sich über sie wie Eisblumen.

»Aber man wird immer seine eigenen Gedanken haben!«

Der Junge hatte ihn nicht gehört; er packte eine Kiste aus, so ordentlich, wie er es von Ozzard gelernt hatte. Er war zufrieden.

Adam stand auf. *Und das muß ich auch sein. Andere verlassen sich auf mich. Genug von all dem.*

Aber als er an ihrem Grab gekniet hatte, hatte er gewußt, daß es niemals so sein würde.

George Avery blieb stehen, um sich zu orientieren und um nachzudenken, was er eigentlich tat. Als sie damals in ihrer schmucken blauen Kutsche davongefahren war, hätte er es dabei bewenden lassen sollen. Es hätte in seine Vergangenheit gehört zu den anderen Erinnerungen und bitteren Erfahrungen. Er war in die Jermyn Street zurückgegangen und war sie auf und ab geschlendert, um das atemberaubende Erlebnis ihres zufälligen Treffens weiter lebendig zu halten. Er hatte fast erwartet, auch die beiden zerlumpten Veteranen wieder zu treffen, die um Brot bettelten. Doch sie blieben an diesem phantastischen Tag verschwunden. Dafür sah er genug andere Bettelnde.

In einem hatte sie recht. Ihr Haus lag wirklich sehr nahe. Der Weg dorthin hatte ihn noch nicht einmal außer Atem gebracht. Es war kalt mit wäßrigem Sonnenlicht, doch den neuen Bootsmantel brauchte er nicht. Er trug ihn locker über dem Arm. Aber das Haus jagte ihm einen Schauer über den Rücken. Er war sich nicht ganz klar, was er eigentlich erwartet hatte, aber dieses Haus war groß und elegant und machte was her. Wieder blieb er stehen. Er sollte sich umdrehen und weggehen – jetzt sofort. Draußen warteten ein paar Kutschen. Sie war also nicht allein. Er hätte besser kommen sollen, als sie ihn zum Tee eingeladen hatte. Doch die Einladung war für vorgestern gewesen. Immer wieder hatte er auf ihre kleine Karte geschaut, ohne sich entscheiden zu können, was er eigentlich wollte.

Dann hatte ihm ein Bote aus der Admiralität den Brief mit dem Datum seiner Reise gebracht. Sie würden in Plymouth ankerauf gehen. Also sollte er die lange Reise nach Falmouth jetzt antreten, wo Sir Richard Bolitho sicher schon sehr auf ihn wartete.

Statt dessen war er hier. Was würde sie sagen? Sie würde ihn vielleicht gar nicht mal empfangen wollen. Er musterte das Haus genau und versuchte, sich an seinen Kommandanten, ihren Mann, zu erinnern. Er hatte angenommen, Mildmay habe man auf die alte *Canopus* kommandiert, um ihn wegen irgendeines vergangenen Geschehens zu demütigen. Vielleicht hatte er irgend jemanden hoch oben beleidigt – so etwas kam ja immer mal vor. *Darum bin ich ja selber dorthin versetzt worden.* Die *Canopus* war bei der Schlacht vor Alexandrien den Franzosen als Prise entwendet worden, hatte später soviel Zunder bekommen und wurde so hart rangenommen, daß ihr größter Feind der Holzfraß war.

Doch Mildmay hatte das Schiff verlassen, als es auf der Werft lag, war zum Flaggoffizier befördert worden und stieg zwei Jahre später noch höher. Jetzt war er tot.

Averys Selbstvertrauen, nie sonderlich stark, schwand. Heute würde er sich zum Narren machen.

Die Doppeltür erschien plötzlich vor ihm, ohne daß er die Treppen bemerkt hatte, die er hinaufgestiegen war. Als habe man ihn heimlich beobachtet, schwang eine Tür nach innen auf, hinter der eine große, sehr streng blickende Dame stand, die von Kopf bis Fuß grau gekleidet war. Sie trug ein Schlüsselbund an der Chatelaine um ihre Hüften.

»Ja?« Ihre Blicke maßen ihn schnell. Sie war wahrscheinlich höhere Offiziere gewohnt oder derengleichen, dachte er und mußte überrascht lächeln. Auf dieselbe Weise hatte ihn der Schneider in der Jermyn Street gemustert und eingeordnet.

Er sagte: »Ich möchte gern Lady Mildmay sprechen!«

Der Blick ging an ihm vorbei, suchte eine Kutsche oder irgend etwas, das ihn als respektable Person auswies. »Sie erwartet Ihren Besuch?« Das klang nicht wie eine Frage.

Avery hörte Musik, Klaviermusik, und nach einer plötzlichen Stille Applaus.

»Nein, wohl eher nicht. Ich . . .«

»Was ist, Mrs. Pepyat? Ich dachte, ich –«

Avery nahm seinen Hut ab. »Es tut mir leid, Mylady.« Sie stand neben der großen geschwungenen Treppe, eine Hand am Busen, als überrasche oder ärgere sie seine Ankunft.

Sie sagte: »Sie führen Ihren Kalender schlecht, Mister Avery.« Dann lächelte sie und trat ihm grüßend entgegen. »Fehlt Ihnen irgend etwas?«

Sie reichte ihm ihre kühle Hand, und er küßte sie. »Ich bin an Bord befohlen worden, Mylady. Ich werde bald nach Cornwall aufbrechen.« Das Klavier ertönte wieder. »Ich werde gehen«, sagte Avery, »Sie haben Gäste.«

Sie maß ihn mit fragenden Blicken aus blauen Augen. »Nein, nein, das ist Mr. Blount – er kommt aus Highgate und spielt für uns. Wir sammeln Geld für das Seemannshospital in Greenwich.« Sie hob die Schultern. »Es ist angenehm, auf diese Weise alte Freunde wiederzusehen oder, wenn Sie so wollen, alte Bekannte . . .« Sie lächelte. »Sie mögen Musik, Mr. Avery? Sie ist von Mozart, sehr *en vogue,* wie mir scheint.«

Avery hörte genauer hin. »Ja, seine Phantasie in C-moll.« Ihre gehobenen Brauen bemerkte er nicht. »Ich habe im Chor gesungen. Und der Organist meines Vaters hat uns anschließend immer ein Stück vorgespielt.«

Er mußte gehen. Jedenfalls war die beeindruckende Mrs. Pepyat ganz offensichtlich dieser Meinung.

»Nehmen Sie dem Herrn Hut und Mantel ab.« Ein Lakai erschien von irgendwoher und nahm beides entgegen. Damit war ihm der Rückzug abgeschnitten.

Sie schob ihren Arm unter seinen und führte ihn durch eine hohe Tür.

»Wir bleiben hier an der Säule sitzen. Sehen Sie? Niemand hat uns bemerkt.«

Er saß neben ihr. Obwohl sie seinen Arm losgelassen hatte, konnte er ihre Berührung noch fühlen. Der Raum war voll. Die Damen, einige jung, andere nicht mehr so jung, lauschten aufmerksam. Hier und da wippte ein Fuß in teurem Schuh im Takt der Musik mit. Die Herren waren zumeist älter. Er sah einige rote Uniformen, höhere Offiziere, die grimmig dreinblickten, doch sich innerlich langweilten. Blount war ein kleiner Klavierspieler, sehr jugendlich. Doch sein Gesicht hätte aus einem alten Ölbild stammen können.

Sie lehnte sich an ihn. Zwei Frauen drehten sich sofort um, um sie zu beobachten. »Erfrischungen gibt es gleich. Dann muß ich mich auch etwas um die anderen Gäste kümmern.«

Sie war ihm jetzt sehr nahe, so nahe, daß er den Duft ihres Haares aufnahm, ihr Parfüm. Und er bemerkte das Auf und Ab ihres Busens.

»Bin ich die, an die Sie sich erinnern, Mr. Avery?«

Sie mokierte sich über ihn – oder doch nicht?

Er senkte seine Stimme: »Ganz genau dieselbe.«

Sie drehte sich um. Die Musik verklang. Leute erhoben sich, um zu applaudieren, einige sicherlich aus Freude, andere erleichtert, daß das nun endlich vorbei war.

Eine Wohltätigkeitsveranstaltung. Avery bemerkte die reichen Kleider, die geschmackvolle Aufmachung und das Lächeln der Herren, als jetzt Wein gereicht wurde. Er fragte sich, wieviel von der heutigen Sammlung wohl wirklich in das Seemannshospital fließen würde – und war über seinen eigenen Zynismus entsetzt.

Er blieb an der Säule stehen und nahm einem vorbeigehenden Lakaien ein Glas Wein ab. Sie bewegte sich sehr sicher zwischen ihren Freundinnen. Er hörte sie lachen und bemerkte, wie zwei Soldaten sie anstrahlten.

Er trat zur Seite, als der einzige Marineoffizier, eine

Dame am Arm, kurz mit Lady Mildmay sprach und dann verschwand – wie auf der Flucht.

Dann stand sie wieder neben ihm, ließ ihre Blicke durch den Raum schweifen. »Langweilen Sie sich auch nicht, Mr. Avery?«

»Der Offizier. Ich kannte ihn.«

»Vizeadmiral Bethune. Ja, er stieg auf wie ein neuer Stern am Himmel.« Die Worte schienen ihr Freude zu machen.

»Und das war seine Frau.« Sie sah nicht so aus, wie er erwartet hatte. Vielleicht war er auch nur falsch informiert.

Sie sah ihn direkt an. »Es ist nicht seine Frau. Nach allem, was man so hört, kann man es ihm nicht übel nehmen. Er ist sehr attraktiv, wenn ich als Frau das sagen darf.«

Auch andere brachen jetzt auf, hatten offensichtlich ihre Pflicht getan. Plötzlich fragte sie: »Abkommandiert, sagten Sie. Wann müssen Sie aufbrechen?« Sie lächelte und verneigte sich, um einen dicken rotgesichtigen Herrn und seine Dame zu verabschieden. »Ich bin Ihnen für Ihren Besuch äußerst dankbar, Euer Gnaden.« Ebenso schnell verschwand das Lächeln wieder. »Also wann?«

Er zuckte mit den Schultern. »Ich kehre zum Geschwader von Sir Richard Bolitho zurück!«

Wieder legte sie die Hand an die Brust, wie überrascht, wehrlos. »Nach Amerika? In den Krieg?«

Er lächelte. »Das Los von Seeleuten, Madam!«

Wieder drehte sie sich um, als zwei Damen den Raum verließen. Sie lächelten wie alte Freunde, doch die eine sah Avery sehr neugierig an.

»Wer war denn das?« wollte Avery sofort wissen.

Sie griff nach seinem Arm. Entweder hatte sie die Gäste vergessen oder die Konsequenzen waren ihr egal.

»Das war die Frau Ihres Admirals, Lady Bolitho. Kannten Sie sie nicht?«

Avery schüttelte den Kopf. »Dies ist nicht meine Welt.« Er sah zur Tür hinüber. »Ich habe noch ein paar Sachen zu erledigen, Mylady. Ich wollte Sie nicht stören. Das war nicht meine Absicht.« Er sah plötzlich Zweifel in ihrem Blick.

»Haben Sie eine Kutsche?«

»Die kann ich mir jederzeit rufen. Ich fahre nach Chelsea.«

Irgend jemand rief ihren Namen, aber sie schien nicht hinzuhören. Sie sagte: »Meine Kutsche kann Sie dorthin bringen – und sehr viel bequemer.« Sie hielt seinen Arm fester. »Bitte.« Und dann gab es kein Verstellen mehr. »Bitte bleiben Sie!«

»Ich denke, wir müssen Lady Mildmay sehr dankbar sein für ihre große Gastfreundschaft. Und für die Hingabe, mit der sie sich immer für die einsetzt, die im Leben weniger Glück haben.«

Sie verbeugte sich mit sicherem Lächeln. Als sie sich wieder aufrichtete, sah sie ihm gerade in die Augen. »George, bitte, geh erst morgen!«

Es war Wahnsinn. So ein Wahnsinn wie der, den sie alle immer wieder teilten. Das Donnern der großen Kanonen, Schreie und Schrecken der Schlacht. Was sollte er erklären, wie sich hier zurückziehen? Doch sie war schon zwischen den übrigen Gästen verschwunden.

Avery bewegte sich durch die Zimmer, bis er den Garten fand, in dem schon Dämmerung herrschte.

Wahnsinn also. Sei es drum.

Die Kutsche hielt auf dem Kamm der Anhöhe. Die Pferde stampften auf der groben Straße. Die kühle Morgenluft machte ihnen nichts aus.

Bolitho drehte sich ihr zu, hielt ihre Hand unter dem

schweren Mantel und fragte sich, warum die Zeit so schnell und so gnadenlos vergangen war.

»Wir sind bald da, Kate!«

»Ich weiß. Ich erinnere mich.«

Sie hätten von Falmouth den ganzen Weg ohne Zwischenaufenthalt fahren können, aber sie hatten die Nacht in einem Gasthaus kurz vor Liskeard verbracht. Bolitho war sich der Gefahr bewußt, sein Schiff wegen verspäteter Ankunft zu verpassen – oder wegen irgendeines Unfalls unterwegs. Daß die Tide auf niemanden wartet, hatte man ihm eingeprägt, seit er mit zwölf Jahren zum ersten Mal auf See gegangen war. Oder vielleicht sogar noch früher, da er als Kind seinem Vater und den Männern des Ortes gelauscht hatte, die von und auf der See lebten. Ohne Pause hätte er Catherine so weit nicht reisen lassen wollen.

Sie hatten das Gasthaus Turk's Head früh verlassen. Beide wollten kein Frühstück. Selbst in so einem kleinen Ort konnte er seinem Ruhm nicht entrinnen. Vor dem Gasthaus warteten Leute, winkten und riefen ihm Glück- und Segenswünsche nach. Catherine hatte darauf wie immer reagiert. Die Freundlichkeit der Leute brach ihr fast das Herz. Es ging nicht um die nächste oder übernächste Woche. Sondern um heute.

Die anderen aus seiner »kleinen Familie« würden schon an Bord sein: Avery, zurückgezogener als je zuvor nach seinem Londoner Aufenthalt. Yovell mit seiner Bibel und seinen Büchern – unbewegt wie eh und je. Ozzard, der sich nie etwas anmerken ließ. Und natürlich Allday. Allday zeigte wirklich Trauer, weil er Frau und Kind zurücklassen mußte. Doch er zeigte auch etwas anderes: Stolz oder eine gewisse Befriedigung, weil er immer noch gebraucht wurde und er an seinen wahren Platz im Leben zurückkehren konnte.

Er hatte die ganze Nacht mit Catherine gesprochen.

Die *Royal Enterprise* war ein schnelles Transportschiff, sehr viel schneller als die meisten Handelsschiffe. Sie transportierte gewöhnlich bedeutende Passagiere in die Teile der Welt, die ihre Lordschaften ausersehen hatten. Diese Reise würde – wenn das Wetter es zuließ – drei bis vier Wochen dauern. Die Kommandanten solcher Schiffe waren sehr erfahren und holten aus den herrschenden Winden immer das beste für eine ungestörte Reise heraus. In Cornwall würde sich zart der Frühling melden, wenn er in Halifax auf der *Indomitable* seine Flagge setzte.

Endlich würde er wieder James Tyacke um sich haben und Adam und Keen, die ihm halfen.

Wen würde sie haben?

Er hatte ihr von Belinda berichtet und ihrem Wunsch nach mehr Geld. Catherine hatte das gewußt oder geahnt.

»Braucht mehr? Will mehr ausgeben, das ist's. Ich will nicht, daß diese Frau dich weiter belästigt, Richard.«

Dann herrschte Stille im Gasthaus. Sie hielten sich in den Armen, sprachen leise und liebten sich noch einmal mit verzweifelter Hingabe – zum letzten Mal.

Sie hörten Matthew leise mit Ferguson reden. Ferguson hatte darauf bestanden, sie zu begleiten. Er selber würde Catherine auf dem Rückweg eskortieren, statt sie irgendeinem bezahlten Begleiter zu überlassen. Er und Matthew hockten redend und trinkend im Vorraum. Dann hatte Ferguson sich in ein Zimmer zurückgezogen und Matthew zu den Pferden in den Stall. Unterwegs schlief er immer bei ihnen.

Catherine drehte sich um, um ihn wieder anzuschauen. »Denk dran, ich bin immer bei dir. Ich werd dir oft schreiben, damit du weißt, was hier in Falmouth passiert, in unserem Haus.« Sie berührte die Locke über seinem rechten Auge. Sie war jetzt fast weiß, und sie wußte, daß er sie nicht mochte. Sie dachte an die tiefe Narbe darunter, die wohl der Grund dafür war. Sein Haar war sonst so schwarz wie an jenem Tag, da sie sich zuerst begegnet waren.

Sie murmelte: »So stolz auf dich, Richard!« Sie senkte den Kopf und hieb mit der Faust auf den Sitz. »Ich werde nicht weinen. Wir haben so viel gemeinsam erlebt und haben so viel Glück. Ich werde *nicht* weinen.«

Sie hatten beschlossen, sich zu trennen, ehe er an Bord ging. Es würde also ganz anders sein als damals, als sie über die Seite der *Indomitable* geklettert war und Tyakkes Männer sie jubelnd begrüßt hatten. Wie viele von denen waren wohl gefallen im letzten Gefecht mit Beers *Unity?*

Jetzt, da die Zeit gekommen war, war es schwer, an ihren Abschied zu glauben.

Sie las seine Gedanken und sagte plötzlich: »Können wir für ein paar Augenblicke aussteigen?«

Sie verließen die Kutsche, und er hielt ihren Arm, als der Wind ihren Mantel blähte. Bolitho brauchte keinen Windmesser, er fühlte diesen Seemannswind. Die *Royal Enterprise* würde an ihrer Ankerleine rucken – ungeduldig, um endlich das Land hinter sich zu lassen. Das hatte er sein ganzes Leben erlebt, wenn auch selten genug als Passagier.

Und unten lag wie eine dunkle, sich windende Schlange der Hamoaze und dahinter verschwommen in der dunstigen Luft Plymouth und der Sund.

Leise sagte sie: »Die Hügel von Devon, Richard. Wie gut ich diese Orte kenne, durch dich.«

»Wir haben so viel gemeinsam erlebt!«

Sie legte ihm den Finger auf den Mund. »Sag, daß du mich immer lieben wirst!«

Sie traten an die Kutsche zurück. Matthew stand neben den Pferden. Ferguson saß oben, in den großen Kapuzenmantel des Kutschers gehüllt, schweigend, teilnehmend wie so oft schon.

Die Kutschtür fiel hinter ihnen zu, und sie fuhren wieder. Jetzt ging es bergab. Viele Leute waren auf der Straße, einige wiesen auf das Wappen auf der Tür und jubelten, ohne zu wissen, ob die Kutsche leer oder besetzt war.

Dann kamen Häuser, ein Stall, an den er sich noch aus seinen Tagen als junger Leutnant erinnerte. Er hielt sie fest und sah sie an und wußte, was diese Augenblicke sie beide kosteten. Sie war schön, trotz der Schatten unter den Augen. So würde er sich immer an sie erinnern, auch wenn der Ozean zwischen ihnen lag.

Sie sagte: »Ich werde mich beschäftigen, Richard. Ich werde Bryan helfen und Nancy öfter besuchen. Ich weiß, sie nörgelt an Lewis rum und macht sich Sorgen. Er tut nichts von dem, was die Ärzte ihm sagen.«

Matthew rief: »Wir sind da, Sir Richard.«

Sie klammerte sich an seinen Arm. »Ich werde mit dir bis zum Anleger gehen. Sie haben vielleicht noch kein Boot geschickt. Ich werde dir Gesellschaft leisten.«

Er streichelte ihr Gesicht, ihr Haar. »Das Boot ist da. Ich bin Admiral. Vergiß das nicht!«

Sie lachte. »Und du hast damals vergessen, es mir zu sagen.«

Er umarmte sie. Keiner bewegte sich. Es gab kein Gepäck. Das war längst vorausgeschickt worden. Alles, was er jetzt tun mußte, war aussteigen und durch das Tor auf den Steg gehen. Es war ganz einfach. Das hatten sich wahrscheinlich auch die gesagt, die auf ihrem letzten Weg zur Guillotine schritten ...

Er öffnete die Tür. »Bleib bitte hier, Kate.« Er umarmte sie noch einmal, und sie lehnte sich vor und küßte ihn. Dann trat er zurück und sah die anderen an. »Kümmert euch gut um sie.« Er konnte sie kaum erkennen. »Tut es mir zuliebe.«

Matthew grinste: »Worauf Sie sich verlassen können, Sir!« Doch das Lächeln erreichte nicht seine Augen.

Ferguson stand neben ihm auf der Straße. »Gott schütze Sie und gebe Ihnen eine gute Reise, Sir Richard!«

Bolitho stand ganz unbewegt. Dann drehte er sich auf dem Absatz um und schritt durch die Tür.

Sie sah ihm mit schmerzenden Augen nach, fürchtete, den Moment zu verpassen, da er sich umdrehen und zurückblicken würde. Er hatte recht. Man erwartete ihn bereits. Blaue Uniformen und scharlachrote. Formelle Worte, unbewegte Stimmen. Achtung vor ihrem Mann, einem Admiral Englands.

Aber dann drehte er sich doch um, hob langsam seinen Hut und verbeugte sich in ihre Richtung. Als sie wieder hinsah, war er verschwunden.

Sie wartete darauf, daß Ferguson in die Kutsche kletterte, und bat ihn: »Sagen Sie Matthew, er möge denselben Weg zurückfahren.«

»Das Schiff wird auf einem Bug weit nach draußen segeln, ehe es wendet, Mylady«, sagte Ferguson. »Wir werden nicht viel von ihm sehen können.«

Sie lehnte sich in ihren Sitz zurück. »Ich werde ihn schon sehen.« Sie blickte auf die Bauernhäuser, an denen sie vorbeifuhren. »Und er wird es wissen.«

IV Kapitäne

Als acht Glasen vom Glockengalgen im Vorschiff herüberwehten, kletterte Kapitän James Tyacke aus dem Niedergang auf das breite Achterdeck. Die Luft war – wie alles um ihn herum – naß und kalt und klebrig. Ein unbeweglicher Vorhang aus dichtem Nebel schien das

Schiff umfangen zu haben und es festzuhalten. Er drückte die Hände fest hinter dem Rücken zusammen und lauschte auf das Stakkato der Hämmer und das gelegentliche Quietschen der Blöcke, wenn irgendein Teil des Riggs nach oben zu den oberen Rahen gehievt wurde. Der Blick verschwand dort im Unwirklichen: Die Großstengen und die Bramrahen waren vom Nebel wie abgeschnitten, so als sei die Fregatte *Indomitable* in einem Geistergefecht entmastet worden.

Er zitterte und haßte das hiesige Wetter, weil er inzwischen mehr an die afrikanische Sonne und die klaren blauen Horizonte des Südens gewöhnt war.

Er blieb an den leeren Finknetzen stehen und blickte nach unten ins Wasser. Leichter hatten am Rumpf festgemacht, und wie Wasserläufer bewegten sich Boote hierhin und dorthin, verschwanden schnell im Nebel oder tauchten ebenso plötzlich auf.

Dies also war Halifax auf Neuschottland. Ein geschäftiger, wichtiger Hafen und eine hübsch anzuschauende Stadt, nach dem bißchen beurteilt, das er bisher gesehen hatte. Er berührte die Netze, die an diesem trostlosen Tag kalt wie Eisen waren. Doch sicherlich nicht mehr lange, sagte er sich. Die Arbeiten wären bald abgeschlossen. Angesichts des bitteren Winterwetters und der Bedürfnisse all der anderen Kriegsschiffe, die hier Schutz gesucht hatten, war das ein Rekord, auf den man stolz sein konnte. Vor sechs Monaten waren sie nach dem wilden Gefecht mit den beiden amerikanischen Fregatten hier eingelaufen. *Unity*, die größte Prise, war bereits nach England unterwegs, wo sie alle gebührende Aufmerksamkeit erfahren würde. Sie war im Gefecht so böse zugerichtet worden, daß sie nur den Atlantik überqueren konnte, wenn die Pumpen tagaus, tagein arbeiteten.

Er preßte die Zähne aufeinander, um ein Klappern zu unterdrücken. Andere Kommandanten hätten sich zum

Schutz vor der Kälte sicher in ihren dicken Bootsmantel gehüllt. James Tyacke konnte sich mit solch einem Gedanken nicht anfreunden. Die Männer der *Indomitable* mußten in ihrer alltäglichen Kleidung die Arbeit verrichten, darum hielt er es nicht für richtig, Vorteile aus seiner Stellung zu ziehen. Damit wollte er seine Männer keineswegs beeindrucken. Es war nur seine ganz persönliche Art, sich zu geben.

Ähnlich hielt er es mit den Finknetzen. Normalerweise wurden die Hängematten dort sauber gestaut, sobald die Männer ihren neuen Arbeitstag antraten. Und dort blieben die Hängematten auch den ganzen Tag über. Im Kampf boten sie den Rudergängern und den Offizieren auf dem Achterdeck den einzigen Schutz vor fliegenden Splittern. Doch das Leben auf einem Schiff des Königs war hart genug, dachte Tyacke. Die einzige Wärmequelle in den beachtlichen hundertachtzig Fuß des Schiffes war in der Kombüse. Da hätten am Ende eines kalten Tages nasse Hängematten das Leben noch ungemütlicher gemacht.

Gestalten tauchten auf und verschwanden wieder im Nebel. Offiziere kamen mit Fragen, andere erwarteten klare Instruktionen, ehe sie sich an Land rudern ließen: Wie viele Vorräte mußte dieses Kriegsschiff bunkern? *Mein Schiff.* Doch die wahre Befriedigung kam nicht. Der Stolz, den er manchmal für dieses Schiff empfand, hielt sich durchaus in Grenzen.

Man schrieb März im Jahre 1813. Er starrte über das Deck. Er konnte kaum glauben, daß er im nächsten Monat schon zwei Jahre lang die *Indomitable* kommandiert hatte. Was kam als nächstes? Wohin ging es, mit welchem Ziel? Die *Indomitable* war sehr viel mächtiger als andere Schiffe ihrer Klasse. Sie war als Linienschiff dritter Klasse gebaut und auf eine schwer bewaffnete Fregatte reduziert worden. Im September, als sie sich neben die U.S.S.

Unity legte, konnte sie es mit der überragenden Feuerkraft des Amerikaners mit ihren vierzig Vierundzwanzigpfündern und vier Achtzehnpfündern durchaus aufnehmen.

Umschwärmt von Seeleuten, die er kaum erkennen konnte, setzte Tyacke seinen Spaziergang fort. Man respektierte seinen Wunsch nach Einsamkeit am Morgen. Er lächelte kurz. Leicht war es nicht gewesen, doch er hatte die Männer zu einer Mannschaft zusammengeschmiedet. Sie hatten ihn verflucht, ihn gefürchtet, ihn sogar gehaßt – doch das war alles Vergangenheit.

Sie hatten ihre Lektionen gelernt. Wieder schaute er auf die nassen Decksplanken. Sie hatten dafür auch bezahlt. Wenn der Nebel sich hob, wie Master Isaac York vorhergesagt hatte, würden die Reparaturen, die neuen Planken und Hölzer sichtbar werden, trotz des Kalfaterns und des Teers, trotz der frischen Farben und Lackierungen. Zuhauf waren Männer an jenem Septembertag gefallen. Matthew Scarlett war von einer Enterpike aufgespießt worden. Sein letzter Schrei war im allgemeinen Gebrüll und im Lärm, wenn Stahl auf Stahl traf und Kanonen röhrten, verhallt. Schiffe kämpften, und Männer starben. Sicher waren schon viele vergessen. Und da ... Er blickte auf den Stapel frisch gepönter Geschützkugeln. Eine gewaltige Kugel der *Unity* hatte den Midshipman Deane, kaum älter als ein Kind, zermalmt. Und währenddessen waren der Admiral und sein großer Flaggleutnant über das zersplitterte Deck geschritten, damit die Männer, die von Preßgangs oder Vaterlandsliebe an Bord getrieben worden waren und jetzt um Schiff und Leben bangen mußten, sie sehen konnten.

Tyacke hatte die Vorstellung immer gehabt, auf einem großen Kriegsschiff zu dienen, geschweige denn auf einem unter einer Admiralsflagge. Bolitho hatte seine Einstellung geändert. Seltsamerweise fühlte sich Tyacke nicht unabhängiger oder freier, wenn Bolitho nicht an Bord war und seine Flagge nicht an der Großmaststenge auswehte. Der Zwang, wegen Reparaturen im Hafen zu bleiben und auf neue Befehle zu warten, verstärkte nur sein Gefühl, eingeschlossen zu sein. Tyacke liebte die offene See – und brauchte sie mehr als andere. Er berührte seine rechte Gesichtshälfte und sah sie vor sich wie jeden Morgen beim Rasieren. Weggerissen, verbrannt, nichts Menschliches. Warum sein Auge unverletzt war, blieb ein Wunder.

Er dachte an die kürzlich an Bord Gefallenen, nicht zuletzt an Troughton, den einbeinigen Koch. Er konnte sich noch gut an den Augenblick erinnern, als er das Kommando über die *Indomitable* übernommen hatte und sich mit einem nervösen Knoten im Magen laut vor versammelter Mannschaft einlas. Auf seinem letzten Kommando auf der Brigg *Larne* hatte er sich gezwungen, das neugierige Anstarren und das Mitleid zu akzeptieren. Klein und intim war sie gewesen, jeder konnte sich auf den anderen verlassen. Bolitho hatte einst von ihr als dem sicherlich einsamsten Kommando der Welt gesprochen. Trotzdem war sie sein Leben gewesen. Bolitho verstand, daß Tyacke Einsamkeit mehr als alles andere suchte.

Schon am ersten Tag an Bord der *Indomitable* war ihm klar geworden, daß die, die ihm da schweigend zuhörten, ohne Zweifel mehr am Charakter des neuen Kommandanten interessiert waren als an seiner Entstellung. Schließlich war er der Herr und Meister an Bord, der jedermann fördern oder zerbrechen konnte – wie immer er wollte. Der Neubeginn auf einem so riesigen Schiff unter den Augen Fremder erleichterte sein Los nicht. Eine Mannschaft von zweihundertsiebzig Offizieren, Seeleuten und Seesoldaten – eine ganz andere Welt.

Einer hatte ihm die neue Aufgabe leicht gemacht –

Troughton. Ungläubig hatten die Angetretenen beobachtet, wie ihr neuer und schrecklich entstellter Kommandant einen Mann umarmte, den dieselbe Breitseite zum Krüppel gemacht hatte. Sie war während der Schlacht vor Alexandrien in die brüllenden, schwitzenden Mannschaften an den Kanonen gefahren. Troughton war damals junger Seemann. Tyacke hielt ihn für tot wie die meisten, die um ihn herum gefallen waren.

Jetzt war auch Troughton nicht mehr da. Tyacke hatte erst zwei Tage nach dem Gefecht mit den Amerikanern davon erfahren. Er wußte nicht einmal, woher er stammte und ob irgend jemand seinetwegen trauerte.

Er fühlte einen leichten Hauch auf seiner Wange. Der Wind meldete sich wieder. York würde also wie immer recht behalten. Er hatte Glück mit seinem Master. York hatte als Gehilfe des Masters hier an Bord angefangen und war auf die einzige Art befördert worden, die Tyacke respektierte: aufgrund von Können und Erfahrung.

Der Nebel würde sich also lichten, und sie würden endlich wieder den Hafen sehen, Schiffe und Stadt und die gut plazierten Batterien. Sie würden jeden Versuch abschrecken, selbst den eines tollkühnen Draufgängers, die Leinen eines Handelsschiffs oder einer amerikanischen Prise zu kappen, die hier ankerten.

Einsam und so, wie sie nach dem Gefecht hierher geschleppt worden war, lag die *Baltimore* da – ohne Aussicht auf Wiederherstellung. Man würde sie vielleicht gerade noch als Hulk oder Vorratsschiff verwenden können. Doch fern und halb auf Grund liegend war sie eine Erinnerung an jenen Tag, als Amerikas überlegene Fregatten angegriffen und besiegt worden waren.

Sir Richard Bolitho würde bald wieder hier sein. Tyacke verlangsamte seine gleichmäßigen Schritte. Und wenn er jetzt woandershin befohlen worden wäre? Die

Admiralität war nie abgeneigt, eine gemeinsame Vorstellung zu ändern. Depeschen des letzten Kurierschiffs hatten ihm die bevorstehende Ankunft von Valentine Keen in Halifax mitgeteilt. Er würde seine Flagge auf der *Valkyrie* setzen, die auch wie die *Indomitable* zu einem Zweidekker umgebaut worden war. Adam Bolitho war Keens Flaggkapitän. Er verstand immer noch nicht genau, warum er in diese Gewässer zurückkehrte. Tyacke war mit Keen bekannt, hatte als Gast an seiner Hochzeit teilgenommen, doch das genügte ihm nicht, um sich ein Urteil über den Mann Keen zu bilden. Dies wäre sein erstes Kommando als Flaggoffizier. Vielleicht ging es ihm dabei um Ruhm. Er hatte kürzlich Frau und Kind verloren. Wieder berührte Tyacke sein verbranntes Gesicht. Solch ein Verlust konnte einen Mann gründlicher verändern, als viele annahmen.

Er sah voraus ein Wachboot vor dem Bug vorbeiziehen. Auf der Heckbank nahmen die Seesoldaten Haltung an, als über ihnen im dünner werdenden Nebel die *Indomitable* erkennbar wurde.

Er ließ seine Gedanken wieder um die *Valkyrie* kreisen, die immer noch unsichtbar im Hafen ankerte. Peter Dawes war ihr jetziger Kommandant und bis zu Keens Ankunft sogar Commodore. Er war ein Kapitän mit vollem Rang, jung, verbindlich, kompetent. Aber er hatte auch seine Grenzen. Dem Sohn eines Admirals folgten Gerüchte, daß er nach seiner Ablösung hier sofort zum Flaggoffizier befördert würde. Tyacke hatte immer seine Zweifel an ihm gehegt und offen darüber mit Bolitho gesprochen. Dawes könnte zögern, seinen Ruf und seine Aussicht auf Beförderung aufs Spiel zu setzen, wenn man seine Unterstützung dringend brauchte. Das stand nun alles als Geschichte in den Büchern. Sie hatten gekämpft und den Tag für sich entschieden. Tyacke erinnerte sich an seine eigene Wut und Verzweiflung. Er hatte ein herumliegendes Enterbeil ergriffen und es in eine Leiter der *Unity* gehauen. Noch heute bedrängten ihn nachts seine eigenen Worte: *Und wozu das alles?*

Er wußte, daß Bolitho sie alle vorgewarnt hatte. Dies war kein gewöhnlicher Gegner, kein Fremder, auch wenn die Flaggen es zu sagen schienen. Nicht Franzose, nicht Holländer, nicht Spanier – kein vertrauter oder alter Feind. Diese Siedler aus der neuen Welt, die für das kämpften, was sie für ihre Freiheit hielten, sprachen dieselbe Sprache: Dialekte aus dem Süden und dem Westen Englands, aus Norfolk und Schottland. Es war, als kämpfe man gegen sein eigen Fleisch und Blut. Das war der entscheidende Unterschied in diesem Krieg.

Bei einem seiner Besuche an Bord der *Valkyrie* hatte Tyacke seine Meinung über Bolithos Rückruf nach London geäußert. Er hatte aus seinem Herzen keine Mördergrube gemacht und den Befehl sinnlos genannt. Bolitho wurde hier gebraucht, mußte hier führen und den hart erkämpften Sieg weiter ausbauen.

Er war in der großen Kajüte auf und ab geschritten, während Dawes am Tisch saß, ein kostbares Glas in der Hand. War er amüsiert oder nicht betroffen?

Tyacke hatte hinzugefügt: »Das Wetter wird bald besser. Die Yankees müssen etwas unternehmen. Wenn sie auf See nicht gewinnen können, werden sie an Land Druck machen. Sie werden ihre Artillerie bis an die kanadische Grenze bringen.«

Dawes schüttelte den Kopf. »Das glaube ich nicht. Man wird irgendeine Vereinbarung treffen. Sie sollten Ihren Lordschaften mehr Glauben schenken, sie sind erfahren und wissen viel.«

Tyacke hatte ihm kaum zugehört. »Unsere Truppen haben Detroit eingenommen und die ganze Armee der Yankees gefangengesetzt, die die Stadt verteidigte. Glauben Sie nicht auch, daß die Yankees alles daran setzen werden, die Stadt zurückzuerobern und unseren Soldaten die Schädel blutig zu schlagen?«

Dawes hatte plötzlich die Geduld verloren: »Man muß große Seen überqueren, Flüsse befahren und Forts erobern, ehe man das kann. Glauben Sie nicht, daß unsere amerikanischen Vettern, die Sie so bildvoll Yankees nennen, sich die Kosten für eine derartig verrückte Aktion genau überlegen?«

Seither hatten sie nur noch selten miteinander geredet. Einmal ging es um die Einladung zu einer Gesellschaft des Ortskommandanten am Weihnachtsabend. Tyacke hatte seine Teilnahme abgelehnt.

Nichts war Dawes wichtiger, als Admiral zu werden. Und jetzt schien das Nichtstun und das Zurückhalten des größten Teils des Geschwaders in Halifax ihm attraktiver, als die Initiative zu ergreifen. Ihre Folgen könnten immerhin auf ihn persönlich zurückfallen und als Fehler oder Schlimmeres gewertet werden.

Tyacke begann wieder auf und ab zu gehen. Dort draußen kreuzten feindliche Schiffe, ob man's nun mochte oder nicht. Sie waren eine ständige Bedrohung. Dawes hatte nur örtliche Patrouillen erlaubt und nichts Größeres als eine Brigg detachiert. Er war der Ansicht, daß die Amerikaner es sich gründlich überlegen würden, ehe sie erneut Geleitzüge zwischen Halifax und Westindien bedrängten. Schließlich war Adam Bolitho geflohen und hatte mit seiner *Zest* Rache genommen. Und außerdem hatte Bolitho persönlich sie besiegt. Napoleon zog sich überall zurück, die Depeschen waren voll davon. Tyacke fluchte verärgert. Er hatte diese Nachricht nun schon jahrelang gehört, das erste Mal, als Napoleon in Ägypten landete und französisches Feuer sein Gesicht weggebrannt hatte.

Das alles bedeutete für die Amerikaner, sofort und ohne Zögern zu handeln, und zwar solange die britischen Streitkräfte und eine ganze Flotte, die sonst in diese Gewässer geschickt werden könnte, sich noch mit dem alten Feind Frankreich befaßten.

Und wenn – unmöglicher Traum! – Frieden geschlossen würde? Was wären dann seine persönlichen Pläne? In England gab es für ihn nichts zu tun. Er war sich bei seinem letzten Besuch, als er die *Indomitable* übernahm, fremd vorgekommen. Also Afrika? Dort war er immer glücklich gewesen. Oder hatte er sich das nur eingebildet?

Er bemerkte John Daubeny, den Ersten Offizier, der offensichtlich mit ihm sprechen wollte. Tyacke hatte mit dem Gedanken gespielt, einen erfahreneren Offizier als Ersatz für Scarlett anzufordern. Wie die meisten Mitglieder der Offiziersmesse an Bord war Daubeny jung, vielleicht sogar zu jung für die Aufgaben eines Ersten Offiziers. Aber Dawes hatte angedeutet, lieber einen seiner eigenen Leutnants dazu zu ernennen. Tyacke grinste verwegen. Diese Andeutung hatte seine Entscheidung herbeigeführt. Wie auch immer – an jenem Septembertag war Daubeny gereift wie die meisten Überlebenden. So war's eben in der Königlichen Marine: Ein Mann fiel oder wurde versetzt, und ein anderer nahm seine Stelle ein, schlüpfte wie in die Schuhe eines Toten nach dessen Hinrichtung. Selbst der pompös auftretende Midshipman Blythe, der jetzt als Leutnant bestätigt und damit der jüngste Offizier an Bord war, hatte sich sehr bewährt. Er trieb Sachen voran und vergaß dabei auch Einzelheiten nicht. Das überraschte Tyacke ebenso wie die Tatsache, daß Blythe' eigene Division ihm murrend Respekt zollte, nachdem sie ihn zuvor wegen seiner Überheblichkeit als Midshipman abgelehnt hatten. Lieben würden sie ihn nie, doch jetzt gab es zwischen ihnen einen Neuanfang, und damit war Tyacke zufrieden.

»Ja, Mr. Daubeny?«

Daubeny legte grüßend die Hand an den Hut. »Wir werden das Stauen heute abschließen, Sir!«

Tyacke räusperte Zustimmung. Er stellte sich sein Schiff aus der Ferne vor, ihren Trimm im Wasser, und versuchte, dafür ein Gefühl zu entwickeln.

Er sagte: »Sagen Sie meinem Bootsführer, er soll meine Gig bereithalten, wenn es soweit ist. Ich möchte sie noch einmal von allen Seiten sehen. Vielleicht müssen wir das zusätzliche Schießpulver und die Kugeln weiter achtern stauen.« Er spürte den Stolz nicht, der in seiner Stimme mitschwang. »Diese Dame hier muß fliegen wollen, wenn sie wieder offenes Wasser vor sich hat.«

Daubeny hatte verstanden. Er wußte, daß er seinem Kommandanten nie sehr nahe stehen würde. Tyacke hielt auf emotionale Ferne, als fürchte er, seine wahren Gefühle zu enthüllen. Nur gegenüber Sir Richard Bolitho hatte er eine Änderung in Tyackes Verhalten bemerkt, hatte Wärme zwischen beiden gespürt, ein unausgesprochenes gegenseitiges Verstehen und gegenseitige Anerkennung. Er erinnerte sich an beide auf diesem ungestörten Achterdeck. Daß so etwas geschehen war, war kaum zu glauben. Er hörte eine innere Stimme: *Daß ich überlebt habe . . .*

Er sagte: »Ich freue mich, wenn wir Sir Richards Flagge wieder gesetzt haben, Sir!«

Er zuckte nicht zusammen, als Tyacke ihn anstarrte wie einst. Wieviel schwerer er es doch hat, dachte er. Die neugierigen Blicke, das Zurückzucken – und ja, die Ablehnung.

Doch überraschenderweise lächelte Tyacke: »Sie sprechen mir aus dem Herzen, Mr. Daubeny.«

Tyacke drehte sich um, als Master York aus dem Niedergang auftauchte und den Nebel, der sich auflöste, keines Blickes würdigte.

»Sie hatten recht, Mr. York! Sie haben uns besseres

Wetter beschert.« Dann hob er die Hand. »Hören Sie!« Das Hämmern und die dumpfen Schläge in den Decks hatten aufgehört – ganze sechs Monate nachdem die letzte Kugel Männer blutig zerschmettert hatte. Schnelle und gute Arbeit.

York musterte ihn ernst. Wie oft hatte er in den letzten beiden Jahren die Launen seines Kommandanten beobachtet, seine Qual und seinen Trotz. Er hatte mal gehört, was Tyacke über Sir Richard Bolitho sagte: Ich könnte keinem anderen dienen. Dasselbe würde er von diesem tapferen, einsamen Mann sagen.

»Dann sind wir also soweit, Sir!« sagte er.

Daubeny hörte zu, nahm teil. Anfangs hatte er geglaubt, niemals die Aufgaben des gefallenen Leutnants Scarlett erfüllen zu können. Er hatte sogar Furcht davor gehabt. Aber das war gestern. Heute war Scarlett nur noch ein Schatten, eine Erinnerung ohne Bedrohung.

Er sah zu den aufgetuchten Segeln hoch. Nässe tropfte von ihnen wie tropischer Regen. Wie sein Schiff – *Old Indom* nannten die Matrosen sie – war auch er bereit.

Drei Wochen nach dem Ankeraufgehen in Portsmouth, Hampshire, mit dem Ziel Halifax, Neuschottland, hatte Seiner Britannischen Majestät Schiff *Wakeful* nur noch wenige Tage bis zum Einlaufen. Selbst Adam Bolitho, der als Kommandant von Fregatten wirklich harte Erfahrungen gesammelt hatte, konnte sich an keine bewegtere Reise erinnern. Der Februar ging über in den März, und der Atlantik setzte jede Laune und jeden Trick gegen sie ein.

Es war das erste Kommando des jungen Kommandanten der *Wakeful*, und er hatte es jetzt zwei Jahre. Und zwei Jahre auf einer Fregatte, die fast ausschließlich für den Transport lebenswichtiger Depeschen an entfernte Flaggoffiziere oder Geschwader eingesetzt wurde, ersetzte ein ganzes Leben auf anderen Schiffen. Auf Südwestkurs in den Rachen atlantischer Stürme, die mit ihren rasenden Seen Männer bewußtlos schlugen oder sie ständig der Gefahr aussetzten, von den oberen Rahen herabgeworfen zu werden, während sie mit Füßen und Fäusten gegen die halbgefrorene Leinwand ankämpften. Das Wachegehen wurde zum Alptraum aus Lärm und grausamer Schinderei. Weil sie nicht einmal ein Log aussetzen konnten, mußten sie sich beim Berechnen ihres Etmals auf Koppelungen verlassen oder, mit den Worten des Masters, auf Gott und Gissen.

Auch die Passagiere achtern fanden es ungemütlich. Doch sie schienen irgendwie nicht zum Rest des Schiffes zu gehören oder zu seiner erschöpften Mannschaft, die immer wieder an die Brassen gepfiffen wurde oder nach oben, um Segel zu reffen. Auch wenn sie gerade einen Augenblick in der Messe Luft holten. Schon der Transport warmen Essens aus der stampfenden und rollenden Kombüse war ein Akrobatikakt.

So getrennt von dem Treiben auf dem Schiff und seinem ununterbrochenen Kampf gegen den gemeinsamen Feind, blieben sich Adam und sein neuer Vorgesetzter seltsam fremd. Keen verbrachte die meiste Zeit mit dem Lesen langatmiger Instruktionen der Admiralität, oder er machte sich Notizen, während er unter den wild schwankenden Laternen die Seekarten studierte. Sie brannten Tag und Nacht. Durch die Heckfenster kam nur wenig Licht. Entweder strömte Wasser über sie, das ein achterlicher Sturm vor sich her jagte, oder sie waren so mit Salz verkrustet, daß selbst die rollenden Seen so verzerrt schienen wie wilde, drohende Tiere.

Adam hatte für all das Verständnis. Wäre die *Wakeful* eine ganz gewöhnliche Fregatte der Flotte gewesen, wäre sie wahrscheinlich unterbemannt oder mit unerfahrenen Männern besetzt gewesen, die die Preßgangs aufgegriffen oder die örtlichen Gerichte ihnen angeboten hatten. Doch das hier verlangte erfahrene Seeleute, die lange genug zusammengearbeitet hatten, die Stärke ihres Schiffes kannten und die Erfahrung ihres Kommandanten einschätzen konnten. Oft genug hatte er dabei an die *Anemone* gedacht.

Wenn seine Pflicht es zuließ, hatte Kapitän Hyde sie aufgesucht. Kein Wunder, daß er ihnen seine eigene Kajüte überlassen hatte. Hyde verbrachte genauso viele Stunden, wenn nicht gar mehr, wie seine Männer an Deck.

Sooft wie möglich hatte Adam mit Keen in der Kajüte gesessen, um das Essen aus der Kombüse mit viel Wein herunterzuspülen. Ein heißes Getränk zu bekommen, war unmöglich. Doch der Wein hatte sie in ihrem Umgang nicht vertrauter werden lassen.

Es mußte Hyde aufgefallen sein, daß Keen keine übertriebenen Forderungen stellte. Er hatte nicht über Unbequemlichkeiten geklagt, hatte auch keine Kursänderung in ruhigere Gewässer verlangt, selbst wenn das eine längere Reise bedeutet hätte. Offensichtlich überraschte Hyde das.

Ein einziges Mal hatte Hyde den Kampf aufgegeben. Beigedreht lag die *Wakeful* unter Sturmsegeln und wartete auf leichteres Wetter. Da schien Keen bereit, ihn ins Vertrauen zu ziehen. Später meinte Adam, sie hätten es leichter gehabt, wenn sie sich als gänzlich Fremde begegnet wären.

Keen hatte gesagt: »Ich kann Ihnen sicher kaum vermitteln, wie bewegt ich von Ihrem Brief war, mit dem Sie diese Ernennung annahmen. Wir kennen uns ja schon lange, und wir haben gemeinsame Freunde und viele auch verloren.« Er unterbrach sich, dachte vielleicht an die *Hyperion* zurück. Er war Bolithos Flaggkapitän gewesen, als das alte Schiff mit fliegenden Fahnen unterging.

»Wir haben erlebt, wie gute Schiffe zerstört wurden.« Sie lauschten auf den Wind und hörten das Zischeln der See an den Heckfenstern. »Die See ist manchmal kein kleinerer Tyrann als der Krieg.«

Er schien bereit für ein Gespräch, und Adam hatte seinen Begleiter mit neuen Augen gesehen. Als Keen in Portsmouth mit allen Ehren an Bord gepfiffen wurde und der Hafenadmiral ihn persönlich begrüßte, hatte Adam die alte Verletzung und Ablehnung wieder gespürt. Keen trug keine Trauer, damals nicht und auch jetzt nicht. Er hatte auch Zenoria nur einmal erwähnt, als er das bedeutungslose Beileidsgemurmel des Hafenadmirals entgegennahm.

Keen fuhr fort: »Als ich damals Flaggkapitän Ihres Onkels war, war ich mir über das Maß unseres Vertrauens nicht klar, obwohl ich ihn seit meiner Zeit als kleiner Midshipman kannte. Vielleicht kannte ich den wahren Unterschied nicht zwischen der Position eines Flaggkapitäns und der eines Kapitäns wie unseren jungen Martin Hyde. Sir Richard wies mir die Richtung, ohne mir zu schmeicheln, aber auch ohne meine Ansichten wegzuwischen. In seiner Position wäre das kein Problem gewesen. Mir hat das viel bedeutet, und ich hoffe, ich habe sein Vertrauen nicht enttäuscht.« Er lächelte traurig. »Oder seine Freundschaft, die mir so viel bedeutet und meine Seele rettete.«

Er konnte sie sich nicht zusammen vorstellen. Keen, nach außen hin immer ganz selbstsicher, ein Mann, der auf Frauen wirkte, sein Haar so blond, daß es über dem gebräunten Gesicht fast weiß schien. Doch als Liebhaber ... Er fühlte sich abgestoßen von dem bloßen Gedanken.

John Whitmarsh stemmte die Beine gegen das taumelnde Deck, biß sich voller Konzentration auf die Unterlippe und stellte neuen Wein auf den Tisch.

Keen beobachtete ihn dabei. Als er gegangen war, sagte er: »Ein angenehmer Junge. Was haben Sie mit ihm vor?« Auf eine Antwort wartete er nicht. »Für meinen Sohn Perran hatte ich schon Pläne geschmiedet. Ich wünschte, ich hätte mehr Zeit gehabt, mich um ihn zu kümmern.«

Whitmarsh und ein Messesteward hatten den Tisch abgeräumt. Leise fügte er hinzu: »Ich möchte, daß Sie mir immer offen Ihre Meinung sagen, Adam, als Freund. So wie ich ein Freund Ihres Onkels war und immer noch bin.« Irgend etwas schien ihn zu beunruhigen, ein flüchtiger Gedanke. »Und von Lady Catherine – was sich ja von selbst versteht.«

Und dann war die *Wakeful* endlich auf einen anderen Kurs gegangen, Nordwest bei Nord, um die passenden Westwinde auszunutzen. Mit dichtgeholten Segeln begannen sie den letzten Schlag ihrer Reise.

Keen wußte von Halifax zu berichten: »Mein Vater hat dort Freunde.« Bitterkeit war aus seinen Worten zu hören. »Geschäftsfreunde, nehme ich an.« Und dann: »Ich muß irgendwas unternehmen. Ich hoffe, Peter Dawes hat neue Nachrichten, wenn wir ankommen.«

Bei anderer Gelegenheit konnten sie auf dem Achterdeck auf und ab gehen. Auf den dunklen, steil aufspringenden Kämmen lag eine Spur von Sonnenlicht. Keen war auf Adams Flucht zu sprechen gekommen und auf John Alldays Sohn, der mit seiner Hilfe alles riskiert hatte, nur um dann im Gefecht mit der *Unity* zu fallen. Keen hatte innegehalten und Möwen beobachtet, die wenige Zoll über der unruhigen See trieben und ihre Willkommensgrüße schrien. Er sagte: »Ich erinnere mich noch genau, wie wir alle zusammen im Boot saßen, nachdem die verdammte *Golden Plover* untergegangen war.« Er sprach so bewegt, daß Adam spürte, wie er das alles aufs neue durchmachte. »Ein paar Vögel flogen über das kleine Boot. Wir waren fast am Ende. Ich wüßte nicht, ob wir ohne Lady Catherine durchgekommen wären. Ich hörte, wie ihr Onkel zu ihr sagte: *Heute Nacht werden diese Vögel an Land nisten.*« Er schaute Adam blicklos an. »Das war entscheidend. Land, dachte ich. Wir sind nicht länger allein und ohne Hoffnung.«

Während die Meilen im unruhigen Kielwasser der *Wakeful* achteraus blieben, hatte er kaum weitere Vertraulichkeiten mit seinem neuen Konteradmiral gewechselt. Vielleicht dachten andere, er sei begünstigt und habe alles erreicht. In Wirklichkeit besaß er nichts als seinen Rang.

Dann kam der letzte Tag. Beide waren an Deck. Die Luft schnitt wie Messer in ihre Gesichter.

»Haben Sie je daran gedacht zu heiraten, Adam? Sie sollten heiraten. Unser Leben ist zwar kein leichtes für unsere Frauen, doch manchmal denke ich . . .«

Just in diesem Augenblick hatte der Ausguck gnädig gerufen: »An Deck! Land in Luv voraus.«

Hyde trat zu ihnen, strahlte breit und rieb sich die rauhen Hände. Er war froh, daß bald alles vorbei und er die zusätzliche Verantwortung los war.

»Bei etwas Glück werden wir morgen früh vor Anker gehen, Sir!« Zwar sah er den Konteradmiral an, doch seine Worte galten Adam. Die Zufriedenheit, wenn man endlich Land erreicht. Selbst der Ozean schien jetzt friedlicher – bis zum nächsten Angriff.

Keen war an die Heckreling getreten. Er bemerkte die Freiwachen nicht, die miteinander schwatzten oder sogar lachten und dieselbe Freude über das Erreichte wie er selber fühlten. Männer gegen die See.

Ohne sich umzudrehen, sagte er: »Sie können mit dem ersten Tageslicht meine Flagge im Besan setzen, Kapitän Hyde.« Doch dann drehte er sich um und sah sie direkt an. »Und vielen Dank.« Doch er sah an ihnen vorbei, durch sie hindurch, als spreche er mit jemand ganz anderem.

Hyde fragte: »Darf ich Sie und Kapitän Bolitho heute einladen zum Abendessen mit meinen Offizieren, Sir? Dies ist für uns ein ganz besonderer Tag!«

Keens leeres Gesicht sah aus wie das eines Fremden.

»Ich glaube nicht, Kapitän Hyde. Ich muß einige Papiere durcharbeiten, ehe wir ankern.« Er gab sich dann doch einen Ruck. »Mein Flaggkapitän wird Ihnen gern die Ehre erweisen.«

Bei diesen Worten, und erst jetzt, hatte ihn der Verlust mit voller Wucht getroffen.

Man müßte ganz neu beginnen. Das galt für beide.

Richard Bolitho ging durch die Kajüte an den Tisch, an dem Yovell Siegellack auf einen der vielen Befehle tropfen ließ, die er abgeschrieben hatte.

»Ich glaube, das war's für heute.« Wieder hob sich das Deck. Der Ruderkopf schlug dumpf an, als die *Royal Enterprise* sich wieder einmal hob und dann in schräg anlaufende Wellentäler fiel. Er wußte, daß Avery ihn aus seinem sicheren Stuhl beobachtete, der zwischen zwei Ringen an das Deck festgelascht war. Es war eine rauhe Reise, selbst für ein Transportschiff, das derartiges gewöhnt war. Sie ging bald zu Ende, und er hatte sich immer noch nicht gefangen oder seine Zweifel beseitigt. Er hatte in einen Krieg zurückzukehren, der nie gewonnen werden konnte, doch auch nie verloren werden durfte. Er hielt einfach nur durch, weigerte sich aufzugeben, auch wenn ein Ozean sie trennte.

Er sagte: »Also, George, wir werden gleich essen. Ich bin froh, daß ich einen Flaggleutnant habe, dessen Appetit selbst ein ungnädiger Atlantik nicht dämpfen kann.«

Avery lächelte. Er sollte sich inzwischen daran gewöhnt haben, auch an den Mann. Aber Bolitho überraschte ihn immer wieder mit seiner Art, seine persönlichen Belange hinter sich zu lassen oder sie wenigstens vor anderen zu verbergen. *Vor mir.* Avery konnte sich vorstellen, was die Rückkehr zu den Pflichten ihm abverlangt hatte. Doch als er in Plymouth an Bord geklettert war, hatte nichts seinen Abschiedsschmerz von der Geliebten verraten.

Bolitho sah den letzten Siegellack wie Blut auf einen Umschlag tropfen, ehe Yovell sein Siegel hineindrückte. Er hatte sich selber nicht geschont, doch er war sich sehr wohl klar darüber, daß die Lage sich ganz anders darstellen könnte, wenn sie in Halifax auf ihr Geschwader stießen. Ihre letzten Nachrichten könnten völlig überholt sein. Zeit und Entfernungen bestimmten den Charakter des Krieges auf See. Instinkt, Schicksal, Erfahrung – machten alles oder nichts aus, aber Nichtwissen war oft lebensgefährlich.

Avery sah die Seen über die großen Heckfenster wischen. Das Schiff war gemütlicher als erwartet. Die zähe und gut gedrillte Mannschaft war schnelle Reisen gewöhnt und wich verdächtigen Segeln aus, statt sich auf Kämpfe einzulassen. Die Befehle der Admiralität machten das jedem Kommandanten eines solchen Schiffes ohne Zweifel klar: Sie hatten ihre Passagiere oder ihre kleine, wichtige Fracht um jeden Preis ans Ziel zu bringen. Doch gewöhnlich trugen sie viel zu wenig Waffen. Die *Royal Enterprise* hatte ein paar Neunpfünder und ein paar Drehbassen. Ihr ging es um Schnelligkeit, nicht um Ruhm.

Nur einmal hatten sie Pech. Eine wilde Bö war über sie hergefallen, als sie gerade über Stag gingen. Die Fockbramstenge war mitsamt ihrer Rah gebrochen und wie ein Stückchen Strandgut über Bord geschleudert worden. Die Mannschaft hatte sofort zugepackt. Sie waren derlei Unfälle gewöhnt, doch ihr Master, ein gewaltiger Kerl namens Samuel Tregullon, war sauwütend über den Bruch. Er stammte aus Penzance in Cornwall und war unendlich stolz auf den Ruf seines Schiffes, mit dem er in der Lage war, die Befehle der Admiralität buchstabengetreu zu befolgen. Es war schon schlimm genug, sich mit einem so wichtigen Passagier in seiner Obhut und einem Landsmann aus derselben Grafschaft noch dazu zu verspäten. Aber wie er bei einem Krug Rum in der Kajüte verlauten ließ, hatte ein zweiter Transporter, fast ein Schwesterschiff, die *Royal Herald*, Plymouth ein paar Tage nach ihnen verlassen. Sie würde in Halifax vor ihnen eintreffen.

Hinterher meinte Bolitho zu Avery: »Wieder so eine Rivalität zwischen Männern aus Cornwall. Ich wette, hinterher weiß keiner mehr, wie alles begann.«

Bolitho hatte ihn über London befragt, doch Avery war dankbar, daß er nicht zu viel wissen wollte. Während der langen Nächte, in denen er schlaflos dem Röhren der See und den Protesten der Schiffswände gelauscht hatte, hatte er kaum an etwas anderes gedacht.

Er hatte weder Triumph noch Genugtuung gefühlt, obwohl er das einst angenommen hatte. Hatte sie mit ihm nur ihren Spaß gehabt, mit ihm wie einst nur gespielt? Oder hatte er sich das auch nur eingebildet? Eine Frau mit solcher Haltung, so selbstsicher unter Menschen in einer ganz anderen als seiner Welt ... Warum sollte sie alles aufs Spiel setzen, wenn sie kaum etwas für ihn empfand?

Keine dieser Fragen hatte er beantworten können, wie häufig er sie auch stellte.

Er hätte sie nie treffen sollen, hätte sie vor allem nicht in ihrem Haus besuchen dürfen. Er schaute zu Bolitho hinüber, der sich mit Yovell wie mit einem Freund unterhielt, nicht wie ein Admiral mit seinem Sekretär. Was würde Bolitho wohl sagen, wenn er erfuhr, daß an jenem Tag auch Belinda, seine Frau, dort gewesen war – und sich offensichtlich in dieser eleganten und oberflächlichen Welt so zu Hause fühlte wie alle anderen auch?

Yovell stand auf und grinste, als das Deck wieder unter seinen Füßen schwankte. »Ach, Sie hatten, was mich anging, schon recht, Sir Richard. Wer das Leben eines Seemanns teilt, muß verrückt sein!«

Er sammelte seine Papiere ein und wollte gehen, wahrscheinlich um vor dem Essen noch Allday und Ozzard zu treffen. Allday würde die Trennung sehr deutlich spüren, und er würde lange auf den ersten Brief warten müssen, den er Avery zum Vorlesen brachte. Das war auch so etwas Wertvolles, das die kleine Mannschaft zusammenhielt: Allday war ein stolzer Mann. Avery war gerührt von seiner einfachen, doch würdevollen Bitte, ihm die Briefe von Unis vorzulesen, weil er selber es nicht konnte.

Würde Susanna ihm je schreiben? Er lachte beinahe über seine hochtrabende Hoffnung. Natürlich würde sie das nicht. In ein paar Wochen würde sie ihn gänzlich vergessen haben. Sie besaß ein Vermögen, war schön, war frei. Doch heute nacht würde er wieder an sie denken müssen.

Er versuchte, seine Situation mit der zwischen Bolitho und Lady Catherine zu vergleichen, obgleich ihm das lächerlich erschien. Man konnte sie nicht vergleichen. Bis auf die eine Erinnerung lag alles wie hinter einer geschlossenen Tür und war das Ende von etwas, für das nie Hoffnung bestanden hatte.

Er sah auf, verwirrt, fürchtete, etwas überhört zu haben, was Bolitho gesagt haben könnte. Aber alles war wie vorher. Sie standen vor den grauen Heckfenstern. Die See verlor in dem schwächer werdenden Licht ihre Bedrohlichkeit.

Bolitho drehte sich um zu ihm. »Haben Sie das eben gehört?«

Yovell suchte Halt am Tisch: »Wieder ein Gewitter, Sir Richard!«

»Das Glas meint es anders.« Er richtete sich auf. »Hören Sie!«

»Donner?« fragte Yovell.

Avery sprang auf. Dies war eben doch kein Kriegsschiff. Sie waren schon viel zu lange unterwegs – und nur die See hatte sie angegriffen, Tag für Tag, Woche auf Woche. Doch jetzt waren Langeweile und laute Routine vergessen.

»Kanonendonner, Sir!«

Es klopfte an der Tür, und Allday trat ein. Wenn er wollte, bewegte er sich sehr leise für einen so großen Mann, den seine alte Wunde mehr schmerzte, als er je zugeben würde.

Bolitho fragte: »Du hast das gehört, alter Freund?«

Allday sah sie an. »Ich war mir zuerst nicht ganz sicher.« Er schüttelte seine gewaltige Mähne. »Das wird Sie nicht ruhen lassen, Sir Richard!«

»Soll ich mit dem Master reden?« fragte Avery.

Bolitho schaute auf die leichte Tür. »Nein. Das ist nicht unsere Sache.« Er lächelte Ozzard zu, der mit einem Tablett voller Gläser erschienen war. »Jedenfalls noch nicht.«

Schließlich kam Samuel Tregullon nach achtern, hielt den mitgenommenen Hut wie ein Stückchen Filz in seiner gewaltigen Pranke.

»Entschuldigung, Sir Richard, aber Sie wollen sicher mehr über den Kanonendonner wissen.« Er schüttelte den Kopf, als Ozzard ihm ein Glas anbot, nicht weil er so mit seinem Schiff beschäftigt war, sondern weil er aus Gewohnheit nur puren Rum trank. Er war Seemann mit klarem Blick und kräftigen Handgelenken und Händen so groß wie Fleischbrocken. Kohlenbrigg, dann Paketboot von Falmouth aus, sicherlich auch mal Schmuggler und jetzt Mann des Königs. Bolithos Vater hätte ihn einen in der Wolle gefärbten Salzbuckel genannt.

Tregullon nickte kurz, als Ozzard das Glas durch einen Krug ersetzte. »Machen Sie sich keine Sorgen, Sir Richard, ich bringe Sie wie befohlen nach Halifax – ganz bestimmt. Ich kann noch jeden Schurken aussegeln, egal ob ihre oder unsere.« Er grinste. Seine unregelmäßigen Zähne erinnerten an einen zerbrochenen Zaun. »Ich hab zuviel hinter mir, als daß man mich übertölpeln könnte.«

Als er gegangen war, hörte man das Kanonenfeuer noch eine halbe Stunde. Dann endete es, als habe die See es geschluckt.

Der Master kam mit grimmigem Gesicht zurück und meldete, daß er wenden und wieder auf Kurs gehen würde. Alles war vorbei.

Plötzlich sagte Bolitho: »Sie haben doch eine erfahrene Mannschaft, Kapitän Tregullon. Niemand ist für unsere Aufgabe besser geeignet als sie, sagten Sie das nicht?«

Tregullon beäugte ihn mißtrauisch. »Das sagte ich, Sir, das ist auch wahr!«

»Dann sollten wir unbedingt versuchen herauszubekommen, was wir da gehört haben. Im Morgengrauen wird wieder eine leichtere See laufen. Ich spür sie schon.«

Tregullon war nicht überzeugt. »Ich habe meine Befehle, Sir. Die kommen direkt von den Lords der Admiralität. Es spielt überhaupt keine Rolle, was ich davon halte, ich kann und will diese Befehle nicht ändern.« Er versuchte zu lächeln – ziemlich vergeblich. »Nicht einmal um Ihretwillen, Sir!«

Bolitho trat an das Heckfenster und lehnte sich gegen das Glas. »Die Lords der Admiralität, sagten Sie?« Er drehte sich um. Sein Gesicht lag im Schatten. Die weiße

Locke in seiner Stirn leuchtete wie ein Farbstrich. »Wir hier sind alle Seeleute. Wir wissen sehr genau, daß jemand sehr viel höheres unser Leben kontrolliert und unsere Verzweiflung hört, wenn es ihm gefällt.«

Tregullon fuhr sich mit der Zunge über die Lippen. »Das weiß ich auch, Sir. Aber was kann ich tun?«

Leise sagte Bolitho. »Da draußen sind Männer in Not. Wahrscheinlich voller Furcht, Kapitän Tregullon. Es ist vielleicht schon zu spät, und ich bin mir des Risikos für Sie und Ihr Schiff durchaus bewußt, für Sie und Ihre Mannschaft.«

»Und auch für Sie, Sir.« Doch aller Widerstand war in seiner Stimme erloschen. Er seufzte. »Also gut, ich mache es.« Ärgerlich blickte er auf. »Nicht Ihretwegen, bei allem Respekt, und nicht für seine Majestät, Gott schütze sie.« Er sah auf seinen zerknüllten Hut. »Ich tu's für mich. Und dabei bleibt's.«

Bolitho und Avery aßen schweigend ihr Abendbrot. Das ganze Schiff schien den Atem anzuhalten. Nur das Ruder quietschte, und ab und an hörte man oben dumpfe Schritte, die andeuteten, daß sich alles an Bord geändert hatte.

Im ersten Morgengrauen waren Wind und See leichter geworden, wie Bolitho vorausgesagt hatte. Tregullon kürzte Segel. Er hatte jedes Teleskop und jeden Ausguck an Bord eingesetzt, um nach möglichen Gefahren auszuschauen. Er selber beobachtete mit verschränkten Armen die schwindende Dunkelheit und die See, deren Wellen und Kämme erstes Silber trugen.

Avery trat neben Bolitho auf das breite Achterdeck, wo er still an der Luvseite stand. Ungeschützt wehte sein schwarzes Haar in der kalten Luft aus. Ein- oder zweimal sah Avery ihn über sein verletztes Auge streichen. Er schien ungeduldig und mißmutig, daß seine Konzentration gestört worden war.

Kapitän Tregullon trat zu ihnen und sagte rauh: »Wir haben's versucht, Sir Richard! Wenn's was gab, sind wir zu spät gekommen.« Er sah Bolitho von der Seite an, als suche er etwas. »Ich lege sie am besten auf einen neuen Kurs!«

Er wollte sich gerade davonmachen, als von oben der Ruf kam, scharf und klar wie der Schrei eines Falken.

»Wrackteile im Wasser, Sir! In Lee!«

Es waren viele Teile. Planken und Hölzer, treibendes Tauwerk und zerschossene oder umgekippte Boote, die meisten verkohlt und zersplittert durch wildes Kanonenfeuer.

Bolitho wartete, bis das Schiff in den Wind gedreht hatte. Ein Boot wurde ausgesetzt mit dem Gehilfen des Masters als Führer.

Es gab auch ein paar Tote. Sie trieben wie Schlafende in den Wellen. Langsam bewegte das Boot sich zwischen ihnen hindurch. Der Bugmann zog mit dem Enterhaken jeden Toten zu sich heran und ließ ihn schnell wieder treiben, als wolle er diese letzte Reise auf keinen Fall aufhalten.

Bis auf einen. Mit dem ließ der Gehilfe des Masters sich mehr Zeit. Selbst ohne Fernglas konnte Avery das Gesicht des Toten erkennen, die klaffende Wunde, alles, was von dem Mann geblieben war.

Das Boot kehrte zurück und wurde ohne viel Aufhebens an Bord zurückgehievt. Avery hörte den Master Befehle für den neuen Kurs geben, dumpf und ohne Eile. Wie immer kam das Schiff zuerst.

Dann kam er nach achtern und wartete darauf, daß Bolitho sich ihm zuwandte. »Mein Maat kannte den letzten Toten, Sir Richard. Ich glaube, wir kannten die meisten.«

»Sie sind von der *Royal Herald*, nicht wahr?« fragte Bolitho.

»Sie waren es, Sir. Als wir die Vorstenge verloren, hat sie uns überholt. Man hat ihr aufgelauert. Man wußte, daß wir kamen.« Dann flüsterte er rauh: »Sie waren hinter Ihnen her, Sir Richard. Sie wollten Sie töten!«

Bolitho berührte seinen kräftigen Arm. »Das scheint mir auch. Statt meiner starben viele gute Männer.«

Dann drehte er sich zu Avery und zu Allday um. »Und wir dachten, wir haben den Krieg hinter uns gelassen, Freunde. Jetzt ist er wiedergekommen und wartet auf uns.«

Er sprach ohne Ärger oder Bitterkeit. Nur mit Sorge. Die Ruhe war vorüber.

V Ein Gesicht in der Menge

Bolitho setzte die leere Tasse ab und ging langsam auf das hohe Heckfenster zu. Um ihn und über ihm schien die *Indomitable* vom vielen Kommen und Gehen zu beben – ganz anders als die *Royal Enterprise*, die er gestern nachmittag verlassen hatte. Er sah sie durch das dicke Glas hindurch vor Anker liegen. Mit geübtem Blick beobachtete er Männer auf den oberen Rahen und im Rigg und andere, die frische Vorräte aus einem Leichter übernahmen, der längsseits gegangen war. Die *Royal Enterprise* würde schnell wieder Segel setzen mit einem neuen Auftrag, und immer noch würde ihr Master sich den Kopf zerbrechen über das brutale Ende des anderen Transporters, den er und seine Leute so gut gekannt hatten. Er würde jetzt sicher weniger davon überzeugt sein, daß man nur Geschwindigkeit brauchte, um sich vor einem entschlossen angreifenden Gegner zu schützen.

Der Vormittag war schon zur Hälfte vergangen. Bolitho hatte seit dem ersten Frühlicht gearbeitet. Die Herzlichkeit seines Empfangs hatte ihn überrascht und gerührt. Tyacke war persönlich erschienen, um ihn von der *Royal Enterprise* abzuholen. Seine Augen standen voller Fragen, als Tregullon von dem Angriff auf das Schwesterschiff berichtete.

Er sah sich in der Kajüte um, die ihm trotz seiner Abwesenheit in England so vertraut war. Tyacke hatte einiges in Bewegung gesetzt, um das Schiff wiederherzustellen und es seeklar zu machen, denn auch im Hafen lud das Wetter zu solchen Arbeiten nicht ein. Jetzt fiel ein bißchen Sonnenlicht über die Schiffe und ließ die Illusion entstehen, daß es warm sei. Er berührte das Fensterglas. Die Illusion war in der Tat falsch.

Daran sollte er sich gewöhnt haben. Dennoch war die Verwandlung der Kajüte ein Kompliment für den Kommandanten der *Indomitable*. Auch von dieser Kajüte aus hatten die Kanonen verächtlich gebrüllt. Jetzt war jede sicher hinter geschlossenen Luken festgelascht, die Lafetten waren gestrichen, und auf den Läufen fehlte jede Spur von Feuer und Rauch.

Er schaute in seine leere Tasse. Exzellenter Kaffee, und er fragte sich, wie lange sein Vorrat reichen würde. Er konnte sich Catherine in dem Laden in der St. James Street Nr. 3 vorstellen, der zu der Welt gehörte, die sie ihm eröffnet hatte. Kaffee, Wein, viele kleine luxuriöse Wohltaten – sie wußte genau, er hätte sich selber nie darum gekümmert und auch niemand aus seiner Umgebung.

Keen würde in etwa einer Stunde an Bord kommen. Er hatte ausrichten lassen, daß ihn irgendein Militär zurückhielt, der mit ihm die verbesserten Verteidigungsanlagen und die Strandbatterien besprechen wollte. Schon ein flüchtiger Blick auf die Karte zeigte, wie sinnvoll sie waren. Halifax war die einzige Marinebasis, die ihnen an der Atlantikküste geblieben war. Die Amerikaner konnten wählen zwischen Boston, New York, Philadelphia und zwischen Dutzenden von Buchten und Flußmündungen, in denen sie, wenn sie wollten, ganze Armadas verbergen konnten.

Er fragte sich, wie Adam sich als Flaggkapitän fühlte. Nach der Freiheit einsamer Aufträge wäre dies vielleicht genau das, was er brauchte. Andererseits könnte ihn die neue Aufgabe grausam daran erinnern, wieviel besser er es gehabt hatte.

Er klappte die Leinwandmappe zu, die Keens Bericht enthielt, und dachte nach. Einem Geleitzug von fünf Handelsschiffen war befohlen worden, in der Nähe der Bermudas auf stärkeren Schutz für den Rest der Passage zu den westindischen Inseln zu warten. Bis dahin hatte Dawes ganze zwei Briggs detachiert, um die Handelsschiffe zu verteidigen.

Der Konvoi hatte die Bermudas nie erreicht. Die Schiffe waren entweder aufgebracht oder versenkt worden.

Beim Treffen mit Keen würde er dessen wahre Einschätzung der Ereignisse kennenlernen. Das Unglück war ein paar Tage, nachdem er seine Flagge auf der *Valkyrie* gesetzt hatte, geschehen. Er selber hatte nichts tun können. Aber wie stand es wirklich um Dawes, der bis zu Keens Ankunft verantwortlicher Commodore gewesen war? Vielleicht hatte er gute Gründe, Handelsschiffe ungeschützt in Seegebiete zu schicken, die Jagdgründe für feindliche Kriegsschiffe und Kaperer waren.

Er hatte Tyackes Meinung erfragt, und der hatte mit ihr nicht zurückgehalten. »Der kümmert sich zu sehr darum, sein eigenes Haus in Ordnung zu halten. Ich weiß, daß Beförderungen Männer manchmal so verändern können.« Das war deutlich und direkt, so wie immer. Tyacke hatte selbst über seine beiden neuen Schulterstücke gespottet, nachdem er zum Kapitän mit vollem

Rang befördert worden war. Die üblichen drei Dienstjahre als Kapitän hatte man ihm als Zeichen der Wertschätzung erlassen. »Ich bin immer noch der gleiche, Sir Richard! Die Herren Lords der Admiralität haben sicher ganz andere Werte vor Augen.« Er hatte ein bißchen geseufzt. »Aber ich weiß, daß Sie sich um mich gekümmert haben – und das respektiere ich!«

Ja, in der Tat überraschte es Bolitho, daß seine Rückkehr wie eine Heimkehr war. Und trotz seiner Hoffnungen und Wünsche wußte er, daß er wirklich hierhergehörte.

Er hatte den Angriff auf die *Royal Herald* beschrieben und das vernarbte Gesicht Tyackes dabei beobachtet. Nachdenklich wertete er jedes Fetzchen Information aus und setzte es in Beziehung zu allem, was er selber wußte.

Eine recht lange Beschießung, um das Transportschiff zu fangen und es zu zerstören, ehe es in die Dunkelheit fliehen konnte. Keiner hatte auch nur einen einzigen Schuß gehört, der als Antwort abgefeuert worden war – als Geste oder als Zeichen von Todesverachtung vor dem sicheren Ende. Nichts dergleichen. Es war kalkulierter Mord. Hatte die Falle der *Royal Enterprise* gegolten, also ihm? War es möglich, daß ein einzelner die Falle so sorgfältig aufgestellt hatte und sie nur durch eine Wetterlaune und einen Unfall falsch zuschnappte?

Er las jeden einzelnen Bericht, den Keen für ihn gesammelt hatte, daraufhin durch. Keen wußte, daß sein Admiral sich als erstes mit ihnen vertraut machen wollte. Wenn da draußen auf See nicht ein zweiter Nathan Beer lauerte, den die örtlichen Patrouillen auf der Suche nach plötzlichen Bewegungen größerer Schiffe nicht entdeckt und von dem sie nichts gehört hatten, dann machte seine Theorie wenig Sinn – genausowenig allerdings wie die Annahme eines Zufalls.

Sie wollten Sie töten!

Also kein zweiter Nathan Beer. Vielleicht gab es keinen zweiten Offizier mit so gründlicher Erfahrung und einem so ausgeprägten Ehrgefühl. Vor allem anderen war Nathan Beer Seemann gewesen. Er hätte niemals unbewaffnete Männer, die keinen Widerstand leisten konnten, getötet. Er fragte sich, ob Beers Witwe in Newburyport Beers Säbel erhalten hatte, den Bolitho ihr persönlich hatte zuschicken lassen. Bedeutete er ihr etwas? Er blickte auf seinen alten Familiensäbel, der an der Kajütenwand ruhte. Allday pflegte ihn regelmäßig. Würde der Säbel Catherine helfen, falls ihm selber das Schlimmste widerfuhr? Er dachte an das Bild, das sie von sich hatte malen lassen. Die wahre Catherine, hatte sie es getauft. Der Maler hatte sie so auf die Leinwand gebannt, wie sie im Gedächtnis behalten werden wollte – in der groben Seemannskleidung, die sie im offenen Boot getragen hatte. Vielleicht würde sie den alten Säbel sehr schätzen ...

Die Tür wurde einen Spalt breit geöffnet, Avery schaute herein. Der kurze Aufenthalt in England hat ihn verändert, dachte Bolitho. Er war immer zurückhaltend gewesen, doch jetzt hatte er sich in sich zurückgezogen, schien besorgt und nach innen gewandt. Bolitho schätzte George Avery viel zu sehr, um neugierig nachzufragen. Zu oft hatten sie Gefahren gemeinsam gemeistert und wußten, daß dieses schweigende gegenseitige Verstehen sie beide wie ein Anker hielt.

Avery meldete: »Signal von der *Valkyrie*, Sir Richard! Konteradmiral Keen wird gleich zu uns ablegen.«

»Informieren Sie bitte Kapitän Tyacke!«

Sanft antwortete Avery: »Er weiß es schon!«

Bolitho griff nach seiner schweren Uniformjacke. Irgendwie trug er sie beim Arbeiten am Tisch in seiner Kajüte nicht gern. Er meinte, sie beeinflusse seine Entscheidungen. In ihr würde er eher als Admiral und weniger als Mann denken und fühlen.

Es war wahr: Tyacke schien alles zu wissen, was an Bord seines Schiffes geschah. So hatte er wahrscheinlich seine Ablehnung oder gar Furcht vor diesem Kommando oder vor dem neuen Rang als Flaggkapitän nach der fast privaten Welt auf der *Larne* überwunden. James Viney, Zahlmeister auf der *Indomitable*, war als krank und ungeeignet für weitere Verwendung auf See entlassen worden. Bolitho hegte den Verdacht, daß Tyacke von Anfang an Vineys Umtriebe geahnt hatte. In enger Zusammenarbeit mit ebenso unehrlichen Schiffshändlern an Land hatte er habgierig seine Bücher gefälscht. Solche Vergehen waren allgemein üblich, und einige Kapitäne unternahmen nichts dagegen. Anders James Tyacke.

Bolitho ließ seine Gedanken wieder zu dem Angriff zurückkehren. Angenommen, er sollte getötet werden. Damit konnte er sich abfinden, doch die Frage nach dem Motiv war eine ganz andere. Ein einzelner Mann war doch nie so wichtig! Nelson war bisher der einzige, der einen überwältigenden Sieg mit reiner Intuition erfochten hatte, ehe er tödlich verwundet gefallen war.

Abrupt meldete sich Avery wieder: »Ich wollte Ihnen etwas sagen, Sir Richard!« Er schaute sich um, wurde verunsichert durch das Stampfen der Stiefel der Ehrenwache an der Pforte. Die Seesoldaten bereiteten sich darauf vor, den Besucher mit allen militärischen Ehren zu empfangen. »Ach, das kann warten.«

Bolitho saß auf einer Ecke des Tisches. »Ich glaube, das kann es nicht. Irgend etwas zerreißt Sie innerlich. Ob's nun etwas Gutes oder Schlimmes ist, oft hilft's einem selber, wenn man den anderen ins Vertrauen zieht.«

Avery hob die Schultern. »Ich war auf einem Empfang in London.« Er versuchte ein Lächeln. »Mir ging's wie einem Fisch auf Land.« Das Lächeln erreichte seine Augen nicht. »Ihre ... Lady Bolitho war dort. Wir unterhielten uns natürlich nicht. Sie kennt mich ja gar nicht!«

Das also war's. Er wollte nicht davon sprechen, um mich nicht zu beunruhigen. Und dann dachte er über den Grund nach, der Avery auf einen Empfang geführt hatte.

»Davon bin ich nicht so überzeugt, aber Dank für die Meldung. Es erforderte Mut, nehme ich an.« Er griff nach seinem Hut, als er vor der leichten Tür eilige Schritte hörte. »Ganz besonders, weil auch die Stimmung Ihres Admirals seit längerem nicht die beste war!«

Es war der Erste Offizier, steif und beklommen in seiner neuen Aufgabe.

»Der Kapitän läßt grüßen, Sir Richard!« Sein Blick eilte flink durch die große Kajüte.

Bolitho lächelte. »Äußern Sie sich, Mr. Daubeny. Wir sind schon ganz gespannt.«

Der Leutnant grinste nervös. »Das Boot von Konteradmiral Keen hat abgelegt, Sir!«

»Wir kommen gleich an Deck!«

Nachdem die Tür zugefallen war, fragte Bolitho: »Man hat also nicht versucht, Sie in unseren Skandal hineinzuzerren?«

»Das hätte niemand mit mir machen können, Sir Richard!«

Trotz tiefer Falten im Gesicht und trotz grauer Strähnen im dunklen Haar sah er aus wie ein viel jüngerer Mann, und klang so verletzbar.

Ozzard hielt ihnen die Tür auf, und sie gingen an ihm vorbei.

Am Fuß des Niedergangs blieb Bolitho stehen und musterte mit plötzlicher Eingebung seinen Flaggleutnant. *Er sieht aus wie ein Mann, der sich plötzlich verliebt hat und nicht weiß, was er jetzt tun soll.*

Als er das naßglänzende Achterdeck überquerte, sah er Tyacke, der ihn erwartete.

»Das sieht alles sehr ordentlich aus, Kapitän Tyacke!«

Das harte, vernarbte Gesicht zeigte kein Lächeln.

»Ich werde das an die Ehrenwache weitergeben, Sir Richard!«

Avery hörte zu, ihm entging nichts, und doch dachte er immer noch an den Empfang, die gewagten Kleider der Damen, die Arroganz der Gäste. Was wußten die wohl von Menschen wie diesen? Tyacke mit seinem zerstörten Gesicht und seinem Mut, das Angestarrtwerden auszuhalten, das Mitleid und die Ablehnung. Oder von Sir Richard, der hier auf dem blutüberströmten Deck gekniet hatte, um die Hand eines sterbenden amerikanischen Kapitäns zu halten.

Wie sollten sie auch von all dem hier etwas ahnen?

Die Gehilfen des Bootsmanns befeuchteten die Pfeifen mit dem Mund, die Jungen warteten unterhalb der Pforte, um die schmucke grüne Barkasse abzuhalten, und die doppelte Linie der scharlachroten Seesoldaten schwankte leise in der Dünung des Hafens.

Dies ist mein Leben. Ich will nichts anderes.

»Seesoldaten! Präsentiert das . . .!« Den Rest übertönten die schrillenden Pfeifen.

Sie waren wieder alle eine Mannschaft.

Nach dem langen Tag schien die *Indomitable* jetzt ruhig und friedlich. Offiziere waren gekommen und gegangen, örtliche Würdenträger entboten dem Admiral ihre Grüße, und jeder einzelne wurde mit den ihm gebührenden Ehren empfangen und entlassen. Die Pfeifen hatten den Männern Nachtruhe verkündet. Nur noch Wachen und scharlachrot gekleidete Posten bewegten sich auf den oberen Decks.

Achtern in seiner Kajüte beobachtete Bolitho die Sterne. Sie schienen glitzernd die Lichter der Stadt zu reflektieren und sich mit ihnen zu mischen. Hier und da bewegte sich eine kleine Laterne auf dem dunklen Wasser – ein Wachboot, ein Bote oder vielleicht sogar ein Fischer.

Der Tag hatte ihn ermüdet. Adam und Valentine Keen waren zusammen an Bord gekommen, und einen Augenblick waren sie unsicher gewesen, als sie Tyacke und Avery wiedertrafen. Keen hatte auch seinen neuen Flaggleutnant, den Ehrenwerten Lawford de Courcey mitgebracht, einen schlanken jungen Mann, dessen Haar fast so hell war wie das seines Admirals. Er war ihm sehr ans Herz gelegt worden, berichtete Keen, war intelligent und sehr einsatzfreudig. Nach dem wenigen zu urteilen, was er sagte, war er auch ehrgeizig – als Sprößling einer einflußreichen Familie, allerdings keiner mit Marinetradition. Keen war mit allem sehr zufrieden. Doch Bolitho fragte sich, ob die Kommandierung wohl einem der vielen Freunde von Keens Vater zu verdanken war.

Adam hatte ihn herzlich begrüßt, hielt jedoch Abstand von den anderen. Bolitho spürte, daß er verbergen wollte, wie bedrückt er war. Keen seinerseits war sehr an der aktuellen Kriegslage interessiert und wollte wissen, was sie erwarten konnten, sobald das Wetter sich besserte. Auch er konnte sich die Zerstörung der *Royal Herald* nicht erklären. Die meisten aktiven amerikanischen Schiffe lagen im Hafen. Sie wurden sehr genau beobachtet von vielen Briggs und anderen kleinen, beschlagnahmten Fahrzeugen. Auf jedem dieser kleinen Schiffe könnte sich dem befehlshabenden Leutnant die große Chance bieten, befördert zu werden – wenn das Glück ihm hold war. Bolitho hatte einst solch eine Chance gehabt. Er berührte sein Auge und runzelte die Stirn. Das schien eine Ewigkeit her zu sein.

Er hatte zusammen mit Tyacke die *Indomitable* inspiziert, um einerseits gesehen zu werden und andererseits die Qualität der Reparaturen zu begutachten. Im Gefecht mit der *Unity* hatte er siebzig seiner Offiziere, Matrosen und Seesoldaten verloren – als Verwundete oder Gefallene. Ersatz war gefunden worden, war von Schiffen übernommen worden, die nach England segelten. Überraschend viele Neuschottländer hatten sich freiwillig gemeldet. Sie verdienten auf der See ihr Brot, bis streunende Kriegsschiffe und Kaperer ihnen auch das streitig machten.

Sie würden sich auf der *Indomitable* einleben. Doch erst auf See, eng verwoben in die ursprüngliche Mannschaft, würde man ihren wahren Wert erkennen können.

Bolitho war auf verblüffte und neugierige Blicke von Matrosen gestoßen, die den Mann, dessen Flagge über ihnen allen im Großtopp wehte, noch nie gesehen hatten. Nur einige ältere Männer, die grüßend die Hand an die Stirn legten oder grüßend eine teerdunkle Faust hoben und damit zeigten, daß sie den Admiral kannten, hatten schon Schlachten mit ihm geschlagen, bis im Rauch die Flagge des Feindes an Deck gerauscht war.

Bethune hatte sein Kommando Leegeschwader getauft. Die Lordschaften hatten sich generöser gezeigt, als er zu hoffen gewagt hatte, indem sie ihm acht Fregatten und genauso viele Briggs unterstellten. Nicht eingeschlossen waren in dieser Zahl die schwer bewaffneten *Valkyrie* und *Indomitable*. Außerdem zählten dazu noch Schoner, einige Brigantinen und zwei Bombenschiffe, nach deren Zweck niemand in der Admiralität gefragt hatte. Also ein starkes, schnell bewegliches Geschwader, zu dem später die *Redoubtable* stoßen würde, ein altes Linienschiff mit vierundsiebzig Kanonen, das nach Antigua beordert worden war.

Wenn die kleinen Patrouillenboote bei ihren endlosen Suchen und Befragungen brauchbare Informationen sammelten, würden sie es mit jeder neuen feindlichen Taktik aufnehmen können. Zwar hatten die größeren und besser bewaffneten amerikanischen Fregatten ihre Überlegenheit bereits bewiesen, bevor die *Unity* auf dieses Schiff traf. Und dann ... Doch irgend etwas fehlte ihm noch.

Er schritt auf und ab, ging kreuz und quer über das schwarzweiße Segeltuch, das den ganzen Boden seiner Kajüte bedeckte. Sein Haar streifte fast die gewaltigen Balken. Die *Royal Herald* war zusammengeschossen worden, also war ein Schiff, vielleicht sogar zwei, den Patrouillen entwischt oder bei dem schlechten Wetter ungesehen aus ihrem Hafen ausgelaufen. Es war zwecklos, das Ereignis wegzuwischen oder es mit einem Zufall zu erklären. Wenn es als gezielter Angriff keinen Erfolg gebracht hatte – was mußte er dann tun? Sehr bald würden die Amerikaner einen neuen Angriff starten müssen. Tyacke war überzeugt, es würde eine Operation an Land geben, bei der das Heer direkt in Kanada einfallen könnte. Alle Berichte hielten das für wahrscheinlich. Die britischen Truppen stammten zwar aus kriegserprobten Regimentern, doch aus eigener bitterer Erfahrung aus jenem ersten amerikanischen Krieg wußte Bolitho, daß man sich oft viel zu sehr auf örtliche Miliz und Freiwillige verließ oder auf indianische Scouts, die an das harte Leben und die Kampfesweise der Infanterie nicht gewöhnt waren.

Schnelligkeit war entscheidend für die Amerikaner. Napoleon zog sich zurück. Und jeden Tag in diesem Krieg verließen ihn jetzt Freunde und einstige Alliierte. Ganz sicher war seine Niederlage unvermeidlich, wahrscheinlich sogar eher, als die Strategen in London zu hoffen wagten. Wenn das eintreffen würde... Wieder hörte Bolitho die Meinung Bethunes: Die Niederlage der Franzosen würde sofort viel mehr Schiffe für den amerikanischen Kriegsschauplatz freisetzen. Doch bis dahin... Er blieb am Heckfenster stehen und starrte nach unten in die dunkle, wirbelnde Strömung.

Das alles war in Bethunes gefälligen Räumen in der Admiralität geschehen. Keiner hatte es gesehen oder es beachtet. Er blickte in die sich spiegelnden Lichter, bis seine Augen tränten. Die sorgsam formulierten Depeschen, die Listen von Schiffen und Geschwadern, die Tag für Tag die Versorgungslinien zu Wellingtons Armeen unterhielten. Schiffe fütterten seine siegreichen Regimenter und erlaubten auch kleinste Vormärsche. Sogar Sillitoe hatte es nicht gesehen, weil es in seine feingesponnenen Pläne und Einschätzungen, die er dem Prinzregenten präsentierte, nicht paßte. Arroganz, überhebliches Vertrauen – nicht zum erstenmal würde die sorgfältige strategische Planung von Mächtigen vom Tisch gewischt, weil sie nur im Blick hatten, was sie sehen wollten.

Es gab bei allem einen Makel. Ein Gesicht in der Menge, gegenwärtig, doch unerkannt.

Alles, was sie sehen konnten, war die endgültige Niederlage Napoleons. Nach zwanzig Jahren Krieg schien sie endlich so nah wie ein kaum noch für möglich gehaltener Landfall. Er wußte, daß Tyacke nicht einmal den Versuch unternommen hatte, seine Ablehnung Dawes gegenüber zu verbergen. Er mochte auch dessen Art nicht, das Geschwader in Abwesenheit des Admirals einzusetzen. Vielleicht war Dawes auch so einer, der nur sein eigenes Vorankommen im Blick hatte, allem anderen gegenüber blind war. Eine Beförderung, die wie Nebel in der Sonne verschwand, wenn der Krieg plötzlich vorüber war.

Dann dachte Bolitho über seine Besucher nach. Keen verhalten enthusiastisch über sein neues Kommando, wild entschlossen, seine Vergangenheit hinter sich zu lassen und seinen Verlust zu begraben. Nur Adam schien nicht in der Lage oder willens zu vergessen.

Er hörte etwas in der Kammer rascheln, ein feines Signal Ozzards, daß er noch auf den Beinen war, falls man ihn brauchte.

Und was kann ich? Verbittert über die Trennung von

der geliebten Frau hatte er seine Gefühle vergessen, die in den vielen Jahren als Kommandant einer Fregatte in ihm gewachsen waren.

Vielleicht sollte alles einmal so enden. Er hatte die leichte Tür geöffnet, ohne es recht zu bemerken. Verblüfft glotzte ihn der Posten vor der Tür an. Da stand der Admiral in der feuchten Luft zwischen den Decks ohne Uniformjacke. Er bräuchte nur einen Finger zu heben, und jedermann würde sich die Beine für ihn ausreißen. Was also war jetzt los mit ihm?

Aus der Offiziersmesse hörte Bolitho Stimmengemurmel. Vielleicht war Avery dort. Und auch James Tyacke, obwohl der lieber allein in seiner Kammer arbeitete. Er schlief nie mehr als ein oder zwei Stunden in einem Stück. Doch irgendwo würde es jemanden geben, mit dem er sich unterhalten könnte.

»Stimmt was nicht, Sir Richard?«

Bolitho ließ seine Arme sinken. Natürlich war es Allday, der ihn nie aus den Augen verlor. Er war nicht überrascht, hatte auf diese Begegnung wohl gewartet.

»Ich möchte mit jemandem reden, alter Freund. Über nichts Besonderes . . . ich weiß selber nicht.« Er wandte sich an den stockssteifen Posten, der ihn mit Glubschaugen anstarrte, als würge ihn sein Kragen. »Rühren, Wilson. Sie haben nichts zu befürchten.«

Der Seesoldat schluckte. »Jawohl, Sir.« Als er die Tür hinter sich zufallen hörte, wischte er sich mit dem Ärmel über das Gesicht. Sein Sergeant hätte ihn deswegen zur Schnecke gemacht. Doch er war mit seinem Trupp oben im Großtopp gewesen bei den anderen Scharfschützen, als sie donnernd neben dem Gegner lagen. Nur einen Augenblick lang, der sicher nichts bedeutete. Laut sagte er: »Er kannte meinen Namen. Er kannte wirklich meinen Namen.«

Ozzard hatte einen kleinen Krug mit Rum gefüllt und

ihn so auf den Tisch plaziert, daß Allday keineswegs annehmen konnte, er bediene auch ihn.

Allday hockte auf der Bank unter dem Fenster und schaute Bolitho nach, der unruhig in der Kajüte auf und ab ging wie in einem Käfig.

»Erinnerst du dich an die Schlacht bei den Saintes, alter Freund?«

Allday nickte. Bryan Ferguson hatte ihn das gleiche gefragt, als sie auf Bolitho und seine Dame warteten, die aus London zurückkehren sollten.

»Ja, Sir Richard. Ich erinnere mich sehr gut.«

Bolitho fuhr mit seiner Hand über die gebogenen Hölzer, als wolle er das Leben, den Herzschlag des Schiffes ertasten.

»Diese alte Dame war auch dabei, obwohl ich mich nicht an sie erinnere. Ich konnte mir sicher auch nicht vorstellen, was sie mir eines Tages bedeuten würde. Damals war sie ganze fünf Jahre alt.«

Allday sah ihn lächeln, wie jemanden, der von einem alten Kameraden erzählt.

»Viele Meilen, viele Menschen seither, oder?« Er sah fast traurig zur Seite. »Wir hatten natürlich damals ein anderes Schiff, die *Phalarope*.«

Allday schlürfte an seinem Rum. Augenblicke wie diese hatte es viele gegeben – als die Admiralsflagge noch nicht wehte, der Ruhm noch nicht blühte, der Skandal noch nicht brannte. Viele solcher Augenblicke – ja, wirklich. Er sah ihn an, teilte diese Momente mit ihm und war sich bewußt, daß er einer der wenigen Menschen war, denen sich dieser Mann, dieser Held, offen mitteilen konnte.

Das könnte er Unis nicht berichten, jedenfalls nicht, bis er sie wiedersah. Er konnte unmöglich Leutnant Avery bitten, es für ihn niederzuschreiben. Also mußte er mit dem Bericht auf den rechten Augenblick warten, auf einen Punkt wie den, als er ihr vom Tode seines Sohns erzählt hatte. Er schaute nach oben auf das geschlossene Skylight. *Er war nur ein paar Schritte entfernt gefallen.*

Bolitho sagte: »Admiral Rodney durchbrach an jenem Tag die feindliche Linie, weil die Fregatten des Gegners seine Absichten nicht erkannten. Unsere Fregatten hatten sich nicht geirrt.«

Sein Blick schien fern. Er erinnerte sich weniger an die Schlacht der beiden großen Flotten als an die langsame Umklammerung und das folgende Blutvergießen. Er hatte zu viele solcher Schlachten erlebt. Und wie einen körperlichen Angriff fühlte er immer noch die Feindseligkeit, die ihm in der Admiralität seiner Einschätzung wegen, daß die Zeit der Schlachtlinien endgültig vorbei war, entgegengeschlagen war. Die hatten das als Gotteslästerung empfunden. *Ich bin ganz und gar überzeugt, daß wir kein weiteres Trafalgar erleben werden.*

»Es ist die Hauptaufgabe und die Pflicht eines jeden Kommandanten einer Fregatte, zu entdecken, zu beobachten und dann zu handeln.«

Ozzard runzelte die Stirn, als die Tür einen Spalt breit aufgestoßen wurde. Avery zögerte, war sich nicht klar, warum er hier eindringen sollte.

»Es tut mir leid, Sir Richard. Ich hörte . . . Also jemand sagte . . .«

Bolitho wies auf einen Stuhl. »Diesmal hatten Sie keinen weiten Weg, keinen wie den Ritt von Portsmouth nach London.«

Avery nahm Ozzard ein Glas aus der Hand. Er sah etwas zerzaust aus. Er hatte wahrscheinlich gerade einschlafen wollen, als ihn sein Instinkt wieder wachwerden ließ.

Allday nickte im Schatten. Das war gut so. So mußte es sein.

Bolitho sah sie mit wachen grauen Augen an. »Kapitän

Dawes sah nichts, weil es nichts zu sehen gab. Er erfüllte meine Befehle, erhielt die Kraft des Geschwaders und reparierte die Schiffe, die es am nötigsten hatten. Das alles lief nach einem geordneten Plan ab – ohne Zweifel und ohne Frage.«

Avery fragte: »Glauben Sie, daß das Ende des Krieges immer noch unentschieden ist, Sir?«

Bolitho lächelte. »Wir haben jahrelang gegen den einen oder gegen den anderen Gegner gekämpft. Einige von uns ein ganzes Leben lang. Doch immer waren die Franzosen mit dabei, immer die Franzosen.«

»Ich kann Ihnen nicht ganz folgen, Sir Richard!«

»Wir sind drauf und dran, die Franzosen ohne weitere Verzögerung zu schlagen. So können wir hier schnelle Verstärkung bekommen, um mit unseren Schiffen die Amerikaner in den Häfen zu halten. Das heißt aber für die Amerikaner, daß sie ausbrechen müssen, ehe wir soweit sind. Ich bin überzeugt, daß die *Royal Herald* von einer unbekannten Zahl von Schiffen aufgebracht und versenkt wurde. Von Amerikanern oder Franzosen, oder von beiden zusammen – doch unter einer einzigen Führung. Die wird nicht eher ruhen, bis unsere Patrouillen versenkt sind und notfalls unser ganzes Geschwader.«

Jetzt war auch Kapitän James Tyacke wieder dabei, seine zerrissene Gesichtshälfte im Schatten, seine blauen Augen auf Bolitho fixiert.

»In keinem Bericht liest man etwas darüber, daß die Amerikaner etwas gegen die Anwesenheit von Franzosen hier haben. Und doch ist uns das nicht aufgefallen, oder wir haben diese simple Tatsache übersehen, daß ein Krieg ungewöhnliche Verbündete macht. Ich glaube, hier steht ein erfahrener und entschlossener Amerikaner hinter all dem. Er hat sein Blatt gezeigt. Jetzt müssen wir ihn finden und schlagen.« Er sah sie nacheinander an und fühlte, welche Kraft sie ihm mit ihrem Vertrauen gaben. »Das Gesicht in der Menge, Freunde. Es war von Anfang an da, aber keiner hat es gesehen.«

Kapitän Adam Bolitho trat an die Reling des Achterdecks und sah die Nachmittagswachen arbeiten. In kleinen Gruppen, nach Aufgaben und Können getrennt, hielten sie sich auf dem Deck auf wie Gruppen auf einem Marktplatz. Kein Wunder, daß man das Deck oft genug Marktplatz nannte. Die *Valkyrie* war groß für eine Fregatte. Wie die *Indomitable* hatte sie ihr Seeleben als kleines Schiff dritter Ordnung, als Linienschiff begonnen.

Bei einem ersten informellen Treffen war er bereits all seinen Offizieren einzeln begegnet. Einige von ihnen wie John Urquhart, der Erste Offizier, gehörten zur ursprünglichen Besatzung. Als die *Valkyrie* in Dienst gestellt wurde, wehte die Flagge seines Onkels, des Vizeadmirals, am Fockmast aus. Sie war allen Berichten zufolge ein unglückliches Schiff, hatte eine unzufriedene Besatzung und entsprechend viele Auspeitschungen an der Gräting gesehen. Ihr letztes Gefecht war indes berühmt. Es hatte zur Vernichtung des Geschwaders des berüchtigten Baratte geführt. Dabei hatte sich ihr Kapitän Trevenen als Feigling erwiesen. Feigheit führte ja oft zu tyrannischem Handeln. Anschließend war der Kapitän unter nie geklärten Umständen über Bord gegangen.

Adam schaute hoch auf Keens Flagge, die steif am Besan auswehte. Überall hier unten waren Männer gestorben. Sein Onkel war verletzt worden, auch das andere Auge war einige Zeit lang beeinträchtigt gewesen. Der Kampf schien verloren. Da war Konteradmiral Herrick an Deck gestürmt, der sich unten von der Amputation seines rechten Arms erholte. Adam sah auf den Niedergang und das unbemannte Rad. Leutnant Urquhart hatte das Kommando übernommen und bewiesen, was in ihm steckte. Ein ruhiger, ernster Offizier, der bald ein eigenes Kommando haben würde, wenn es wieder an den Feind ging.

Er beobachtete die Arbeitenden und war sich wohl bewußt, daß sie seine Anwesenheit längst bemerkt hatten. *Der neue Kommandant.* Er war bereits jedermann bekannt, wegen seiner Erfolge mit der *Anemone* und wegen seines Namens, denn der Admiral war immer wieder Tagesgespräch. Doch für diese Männer hier war er nur der neue Vorgesetzte. Nichts, was ihm vorauseilte, war von Bedeutung, bis sie erlebt hatten, wer er wirklich war.

Da saßen der Segelmacher und seine Gehilfen mit verschränkten Beinen. Ihre Hände mit den glitzernden Nadeln fuhren auf und ab. Sie verschenkten keinen einzigen Fetzen Leinwand, weder das Segel, das der Sturm zerrissen hatte, noch die Bahn, in die man eine Leiche für ihre letzte Reise zum Grund des Meeres einnähen konnte.

Dort der Zimmermann und seine Gehilfen. Der Bootsmann inspizierte zum letzten Mal die Blöcke und Taljen an den Bootsgalgen. George Minchin, der Schiffsarzt, ging allein an der Backbord-Gangway spazieren, sein Gesicht ziegelrot im harten Nachmittagslicht. Auch seine Vergangenheit kannte niemand. Er war vor dem Untergang auf der alten *Hyperion* gewesen, als Keen sie führte. Ja, die königliche Marine war wie eine große Familie. Doch immer wieder fehlten vertraute Gesichter.

Mit dem ersten Tageslicht war Adam an Deck gestiegen, als die *Indomitable* ankerauf und mit zwei weiteren Fregatten und einer Brigg in See ging. Sie bot einen prächtigen Anblick. Ihre Segelpyramiden überragten die der anderen Schiffe. Straff und glänzend wie Harnische standen die Segel im scharfen Nordwest. Er hatte seinen Hut gezogen und wußte, daß sein Onkel, von allen unbemerkt, seinen sehr persönlichen Gruß erwiderte. Manchmal beneidete er Tyacke um sein Kommando als Bolithos Flaggkapitän, obwohl er ebenfalls ahnte, daß dies für ihn selber wohl das Schlimmste bedeutet hätte. Dies hier war sein Schiff. Er war für dieses hier verantwortlich – und durch Keens Flagge wurde seine Aufgabe wichtig. Weiter aber ging es nicht. Selbst bei größter Anstrengung würde er dieses Schiff nicht mehr lieben als die *Anemone.*

Er dachte an Keen. Sein energisches Auftreten hatte alle überrascht, die eigentlich ein etwas lässigeres Bordleben erwartet hatten. Keen hatte oft an Land zu tun. Er traf dort nicht nur Militärbefehlshaber, auch höhere Regierungsbeamte und bedeutende Handelsherren aus Halifax luden ihn immer wieder ein.

Adam hatte ihn öfter begleitet, mehr aus Pflichterfüllung denn aus Neugier. Einer der bedeutendsten Männer war ein Freund von Keens Vater, ein Mann, der kein Blatt vor den Mund nahm und seine Ziele direkt ansteuerte. Sein Alter war schwer schätzbar und mochte so etwa zwischen fünfzig und siebzig liegen. Seine heutige Position hatte er durch Schweiß, nicht durch Einfluß gewonnen. Er lachte häufig, doch Adam war aufgefallen, daß seine Augen dabei immer kühl blieben wie blauer deutscher Stahl. Er hieß Benjamin Massie. Keen berichtete ihm, daß Massie in ganz London bekannt war wegen seiner Ansichten über die Ausdehnung des Handels mit Amerika. Ebenso bekannt war seine Ungeduld. Warum kamen die Feindseligkeiten zu keinem Ende?

Er war nicht der einzige, den Keen hier kannte. Ein weiterer Freund seines Vaters war etwas früher angekommen. Er hatte den generellen Auftrag der Admiralität, zu prüfen, ob der Schiffbau hier intensiviert werden könnte. Nicht nur für die königliche Marine, sondern auch mit Blick auf die nahe Zukunft und den Ausbau des Handels mit den südlich gelegenen Häfen. *Feind* oder *Gegner* waren Worte, die weder Massie noch seine Freunde goutierten.

Was würde also als nächstes geschehen? Keen hatte Patrouillen formiert, die ein großes Gebiet beobachteten, das sich von Boston und der Sable Insel im Südwesten bis zu den Grand Banks sechshundert Meilen in die andere Richtung erstreckte. Ein großes Gebiet, ohne Zweifel, doch nicht so groß, daß die Patrouillen einander aus den Augen verlören, sollte der Feind auslaufen. Auch Geleitzüge oder einzelne Schiffe nach Halifax könnte man hier kaum angreifen. Sie wären bald in Sicherheit. Wie die *Royal Herald*. Ein kühner, gut geplanter Angriff mit dem einzigen Ziel, seinen Onkel zu töten. Er war sich nicht sicher, ob Keen diese Deutung akzeptierte. Er hatte gemeint: »Wir bewerten jede Sichtung und jedes Gefecht für sich – wie es kommt. Wir lassen uns nicht teilen und unsere Flottillen auf diese Weise schwächen.«

Ein Gehilfe des Masters hob grüßend die Hand an den Hut. Adam versuchte sich an seinen Namen zu erinnern und lächelte. Vielleicht gelang es ihm beim nächsten Mal.

Er hörte hinter sich auf dem Achterdeck leichte Schritte und fragte sich, warum er den neuen Flaggleutnant so wenig mochte. Bisher hatten sie kaum miteinander gesprochen. Vielleicht lag es daran, daß der Ehrenwerte Lawford de Courcey mit solchen Leuten auf gutem Fuß stand. Er wußte, wer bedeutend war und warum, auf wen man sich verlassen konnte und wer in London für Unannehmlichkeiten sorgen könnte, sollte man ihn hier ärgern oder übergehen. Bei Hofe würde er sich sicher ganz wohl fühlen – doch auch im Rauch einer feindlichen Breitseite? Das bliebe abzuwarten.

Er gab sich einen Ruck. Es spielte jetzt keine Rolle. In zwei Tagen würden sie ankerauf gehen. Seeluft brauchten alle dringend. *Und ich besonders.*

Der Flaggleutnant überquerte das Deck und wartete darauf, angesprochen zu werden.

»Der Admiral läßt grüßen. Würden Sie bitte sein Boot zu Wasser bringen lassen!«

Adam wartete. Und als de Courcey schwieg, fragte er: »Warum?«

De Courcey lächelte. »Konteradmiral Keen geht an Land. Mr. Massie möchte einiges mit ihm besprechen. Außerdem wird es irgendeinen gesellschaftlichen Empfang geben, glaube ich.«

»Ach so! *Ich* möchte gern eine weitere Patrouille mit dem Admiral besprechen!«

Er ärgerte sich, daß er in de Courceys Köder gebissen hatte. »Deswegen sind wir hier, wie Sie sicher wissen!«

»Wenn ich etwas vorschlagen darf, Sir . . .«

Adam sah an ihm vorbei auf die Stadt. »Sie sind Adjutant des Admirals, nicht meiner.«

»Der Admiral möchte, daß Sie ihn begleiten, Sir!«

Adam sah den wachhabenden Offizier, der mit dem Teleskop genau das Land studierte und zweifellos sehr gespannt ihrer Unterhaltung folgte.

»Mr. Finlay, lassen Sie das Boot des Admirals zu Wasser, bitte!« Er hörte schrilles Pfeifen, eilige Schritte und gebrüllte Befehle. Das war alles wie ein Teil von ihm, und doch schien er weit entfernt davon. Kein Fehler de Courceys. Adam war selbst einst Flaggleutnant gewesen: Keine leichte Aufgabe, selbst dann nicht, wenn man einem Mann diente, den man liebte.

Er drehte sich um in der vagen Absicht, die Luft zwischen ihnen zu reinigen, doch da war der hellhaarige Leutnant bereits verschwunden.

Als er kurz darauf nach achtern ging und meldete, daß das Boot längsseits lag, fand er Keen in Uniform und bereit, das Schiff zu verlassen.

Nachdenklich blickte er Adam an und sagte: »Ich habe die zusätzliche Patrouille nicht vergessen. Wir werden mehr wissen, wenn der Schoner *Reynard* einläuft. Wir haben sie in die Fundy-Bucht geschickt, doch ich glaube kaum, daß sich der Gegner dort verbirgt.«

»De Courcey hat Ihnen das vorgetragen, Sir, nicht wahr?«

Keen lächelte. »Das ist schließlich seine Pflicht, Adam.« Er wurde wieder ernst. »Haben Sie Geduld mit ihm. Er wird seinen Wert schon noch zeigen.« Er machte eine kurze Pause. »Wenn er die Gelegenheit dazu bekommt.«

Nebenan aus der Kajüte hörte man schwere Schritte. Zwei Seeleute stapften mit einer offensichtlich leeren Seekiste vorbei, um sie zu stauen.

»Sie sehen, ich lasse mich nieder«, sagte Keen. »Kein Linienschiff, aber für den Augenblick reicht sie mir ... Man meinte, ich sollte an Land Quartier beziehen, aber davon halte ich nichts. Geschwindigkeit entscheidet immer wieder die Lage.«

Adam schwieg. Wer hatte den Vorschlag gemacht? Er sah, wie sein junger Diener John Whitmarsh ein paar Messestewards half, eine weitere Kiste auszupacken.

Warum bin ich nicht wie er und versinke in dem, was ich am besten kann?

Ein kleines Buch mit Samteinband lag auf dem Tisch. Er spürte eine Gänsehaut, als erwache er aus einem grausamen Traum.

Keen folgte seinem Blick und meinte: »Gedichte. Meine verstorbene ... Das Buch wurde aus Versehen eingepackt. Meine Schwester weiß nicht genau, was man im Krieg braucht und was nicht!«

Meine verstorbene ... Keen hatte nicht einmal Zenorias Namen aussprechen können. Er hatte das Buch schon einmal gesehen, als er Zenoria in Hampshire unter irgendeinem Vorwand besuchte. Als sie ihn zurückgewiesen hatte.

Keen fragte: »Interessiert Sie das Buch?«

Er war überrascht über seine Ruhe. Er fühlte nichts, sah sich wie einen Fremden im Spiegel.

»Ich habe die Absicht, dem jungen Whitmarsh Lesen beizubringen. Dabei kann es helfen, Sir!«

Er nahm das Buch in die Hände, wagte kaum, es anzusehen.

Keen hob die Schultern. »Also gut. So erfüllt es wenigstens einen Zweck.« Und dann: »Sie werden mich doch begleiten, Adam?«

Jetzt konnte er sogar wieder lächeln. »Ja, Sir.« Der weiche Samt fühlt sich wie Haut an, wie ihre Haut. »Ich hole nur meinen Säbel.«

In seiner Kajüte lehnte er mit dem Rücken an der Tür und hob langsam das Buch an die Lippen und war verblüfft, wie ruhig seine Hände waren.

Wie kam er zu diesem Buch? Er schloß seine Augen wie im Gebet und öffnete sie wieder. Es war immer noch da.

Er hielt es mit großer Andacht. Um ihn versanken Lärm und Bewegung des Schiffes, so als sei er in einer anderen Welt.

Die Rosenblätter, die so lange zwischen den Seiten gepreßt gelegen hatten, waren durchsichtig wie Spitzen oder feines Gewebe. Er hatte die wilden Rosen damals im Juni für sie geschnitten, als sie an seinem Geburtstag zusammen ausgeritten waren. Und sie ihn geküßt hatte.

Er schloß das Buch und drückte es ein paar Augenblicke an sein Gesicht. Man konnte nicht fliehen. Er legte das Buch in seine Seekiste und schloß sie ab. Er fühlte eine unglaubliche Erleichterung, als er entdeckte, daß er die Erinnerung an sie nie aufgeben wollte.

Er straffte sich, griff nach dem Säbel. *Von Zenoria also.*

VI Böses Blut

Seiner Britannischen Majestät Schiff *Reaper* stand wie ein perfektes Modell über ihrem eigenen Spiegelbild und würde die Bewunderung jedes zufälligen Beschauers ebenso erregt haben wie die eines Berufsseemannes. Als Fregatte mit sechsundzwanzig Kanonen war sie typisch für die Schiffe, mit denen vor mehr als zwanzig Jahren der Krieg gegen das revolutionäre Frankreich begonnen worden war. Sie hatte schlanke Linien und ein gefälliges Aussehen – doch damals wie heute gab es von diesen Schiffen viel zu wenige. Jeder junge Offizier träumte davon, das Kommando über ein solches Schiff zu übernehmen. Mit ihr hing man nicht mehr am Schürzenzipfel der Flotte und war auch den Launen eines Admirals nicht mehr ausgeliefert. Auf ihr hatte man endlich Gelegenheit zu beweisen, was in einem steckte, notfalls sogar gegen überwältigende Gegner.

Nach heutigen Begriffen schien die *Reaper* klein, kaum größer als eine Kriegsslup. Und sie war sicher auch kein Gegner für die neuen amerikanischen Fregatten, die ihre Überlegenheit bezüglich Bewaffnung und Ausdauer bereits bewiesen hatten.

An diesem flimmernden Apriltag lag die *Reaper* fast wie in einer Flaute. Ihre Segel hingen bewegungslos, der Wimpel im Mast leblos. Vor ihrem Bug sah man zwei Boote liegen. Müder Riemenschlag versuchte sie in Position zu halten, bis der Wind endlich wieder wehte.

Sie war jetzt fast am Ende ihrer Reise. Für zwölfhundert Meilen von Kingston, Jamaica, hatte sie fast zwei Wochen gebraucht. Gestern in der Dämmerung hatten sie den dreißigsten Breitengrad überquert, und morgen im Frühlicht würden sie, wenn der Wind sie endlich wiederfände, die farbigen Buckel der Bermudas sehen können.

Sie hatte Begleitschutzaufgaben, eine elende Aufgabe

für jedes schnelle Kriegsschiff. So etwas war notwendig, aber ermüdend. Ständig mußten die Segel getrimmt werden, damit sie in der Nähe ihrer behäbigen Schützlinge auf Station blieb. Das erschöpfte die Geduld selbst des willigsten Kommandanten. Diesmal mußte nur ein einziges großes Handelsschiff zu den Bermudas begleitet werden; alle anderen waren unter sicherem Schutz zu den anderen Inseln unter dem Winde unterwegs. Das schwer beladene Schiff, die *Killarney*, würde bei den Bermudas einen Konvoi treffen, der mit starkem Begleitschutz nach England weitersegelte. Viele Seeleute hatten in die leblosen Segel geschaut, voller Neid und Heimweh bei dem bloßen Gedanken.

Die einzige Begleitung der *Reaper* war eine kleine, kräftige Brigg, die *Alfriston*. Sie hatte, wie viele der hart geforderten Schiffe dieser Bauart, ihren Dienst in der Handelsmarine begonnen. Dann hatten die Forderungen des Krieges ihr neue Aufgaben zugeteilt. Mit einem guten Fernrohr konnte man sie weit hinter dem Handelsschiff entdecken. Sie lag in einer Flaute, zeigte ihr Heck und erinnerte an eine Motte, die auf dem Wasser gelandet war.

Wenn sie den langsamen Schützling erst einmal losgeworden war, wäre die *Reaper* wieder frei. Was also unterschied sie von anderen Fregatten, die sich über alle Widrigkeiten und Katastrophen des Krieges erhoben hatten und zu Legenden geworden waren?

Vielleicht war es die Stille. Obwohl sie mehr als einhundertfünfzig Offiziere, Seeleute und Seesoldaten an Bord hatte, erschien sie leblos. Nur das gelegentliche Flappen leerer Segel gegen Rahen oder Wanten oder das seltene Kreischen des Ruders unterbrach die unnatürliche Ruhe. Ihr Deck war sauber und wie der ganze Rumpf neu gestrichen und gut gepflegt. Kaum eine Narbe verriet etwas von den Verletzungen, die sie – wie die anderen Schiffe auch, die mitgefochten hatten – an jenem Septembertag 1812 erlitten hatte. Ihre wirkliche Verletzung reichte wie eine Schuld sehr viel tiefer – die Schande.

An der Achterdecksreling stand der Kommandant der *Reaper* mit gekreuzten Armen, eine Pose, die er bei tiefem Nachdenken gern einnahm. Mit seinen siebenundzwanzig Jahren war er bereits Kapitän mit vollem Rang. Seine helle Haut ließ nichts von der Hitze der Karibik oder den überraschenden Wutanfällen des Atlantiks ahnen. Ein ernstes Gesicht, das man hätte gefällig nennen können, wenn die Lippen nicht so schmal gewesen wären. Viele würden ihn einen Mann mit Fortüne nennen, auf dem richtigen Posten für die nächste Beförderung. Dies war der erste operative Einsatz der *Reaper* nach Abschluß der Reparaturen in Halifax und auch sein erster Einsatz als Kommandant. Ein notwendiger Schritt, aber er wußte auch, warum er das Kommando übernommen hatte. Sein Vorgänger war alt für seinen Rang. Als sehr erfahrener Mann hatte er die geordneten Dienste der Ostindischen Handelsgesellschaft verlassen und war in die Königliche Marine zurückgekehrt. Hier war er der Unbarmherzigkeit des Kriegs zum Opfer gefallen.

Reaper war schon auf weite Entfernung von der gewaltigen Artillerie der amerikanischen Schiffe beschossen worden. Man sprach von einer einzigen Breitseite, doch von den Teilnehmern des Gefechts konnten sich nur wenige genau erinnern. Die *Reaper* wurde fast gänzlich entmastet, fallende Rahen und stürzendes Rigg begruben ihr Deck, ihre Mannschaft war zerschossen. Die meisten Offiziere waren zusammen mit dem tapferen Kapitän sofort gefallen. Wo einst Ordnung herrschte, tobten jetzt Chaos und Terror. Zwischen den umgestürzten Kanonen hindurch und über die zersplitterten Decks hinweg hatte jemand die Flagge niedergeholt. Und um sie herum hatte weiter der Kampf getobt, bis die amerikanische Fregatte *Baltimore* steuerlos davongetrieben war, mit vielen Toten und Verwundeten an Bord. Commodore Beers Flaggschiff, die *Unity*, war von Bolithos Seeleuten und Seesoldaten geentert und erobert worden. Ein knapper Sieg, doch in jedem Seegefecht gibt es immer nur einen Sieger.

Die *Reaper* hätte nichts mehr ausrichten können. Man hatte sie als treibendes Wrack aufgeben müssen. Aber die, die gekämpft und jenen Tag überlebt hatten, erinnerten sich an sie als ein Schiff, das sich ergeben hatte, obwohl die Schlacht um sie herum noch tobte. Ihre Lordschaften wußten in dieser entscheidenden Phase des Kriegs den Wert selbst einer kleinen Fregatte genau einzuschätzen. Jedes Schiff war nur so stark wie sein Kommandant. Hast und Eile und der Wunsch zu vergessen hatten eine Rolle gespielt, doch auch an diesem hellen Frühlingsmorgen, an dem die Sonne zwischen den hängenden und flappenden Segeln hindurch auf das Deck brannte, war die Schande noch zu spüren. Weniger als die Hälfte der jetzigen Besatzung gehörte zur ursprünglichen der *Reaper*. Viele waren im Kampf gefallen, andere so schwer verwundet, daß man für sie keine weitere Verwendung hatte. Doch in dem kleinen, eng zusammenarbeitenden Geschwader war die *Reaper* wie eine Aussätzige. Ihre Schande mußten alle mittragen.

Der Kommandant kam aus seinen Gedanken hoch. Er sah den Ersten Offizier nach achtern kommen und hier und da mit Arbeitsgruppen sprechen. Sie waren in derselben Stadt aufgewachsen und als Midshipmen fast zur gleichen Zeit in die Marine eingetreten. Trotz seiner Jugend war der Erste ein erfahrener und kluger Offizier. Nur einen Fehler hatte er: Er unterhielt sich gern mit den Männern, selbst mit den neuen, noch untrainierten, als stünden sie mit ihm auf gleichem Fuße. Das mußte anders werden. *Reaper* mußte wieder in die nötige Kampfbereitschaft gebracht werden, und an Bord hatte wieder der richtige Ton zu herrschen – unter allen Umständen. Er verzog seine Lippen. Es gab noch eine Verbindung zwischen ihnen. Er hatte um die Hand der Schwester des Ersten Offiziers angehalten und würde sie heiraten. Das nächste Kommando wäre also entscheidend ...

Er unterbrach sein Nachdenken, als von oben der Ruf kam: »Signal von der *Alfriston*, Sir!«

Der Kommandant fuhr einen der aufmerksam wartenden Midshipmen an: »Schnappen Sie sich ein Glas und kriegen Sie raus, was der Narr da oben meint.«

Der Erste Offizier war zu ihnen getreten. »Ich fürchte, der Ausguck hat keinerlei Erfahrung im Erkennen von Signalen, Sir!«

»Dann bringt er sich das besser sehr schnell bei, verdammt noch mal, oder ich seh mir sein Rückgrat auf der Gräting an. Wahrscheinlich bedeutet das alles aber gar nichts.«

Ein Kommando war zu hören, und ein paar Männer eilten eifrig an die Bootshalterung. Der Erste Offizier hatte sich daran schon gewöhnt, obwohl er es nicht akzeptieren wollte: das Schweigen an Bord, der eilfertige Gehorsam, jeder Befehl wurde rasend schnell befolgt.

Der Kommandant sagte: »Wenn wir neue Befehle erhalten und die *Killarney* endlich los sind, erwarte ich täglichen Segel- und Kanonendrill, bis wir ordentliche Zeiten erreichen. Ich werde keine Lahmheit dulden – von niemandem.«

Der Erste Offizier sah ihn an und schwieg. Was hatte den Offizier so verändert, der bereits erfolgreich ein Kommando innegehabt hatte? *Würde ich mich auch so ändern?*

Heute nachmittag würde die Trommel wieder zur Bestrafung rufen. Zwei Auspeitschungen an der Gräting, beides harte Strafen. Doch wenigstens eine hätte man nicht zu verhängen brauchen, oder sie wesentlich milder ausfallen lassen können. Das Rollen der Trommeln und der Knall der Peitschenhiebe auf einem nackten Männerrücken – immer wieder und immer wieder, bis man glauben konnte, ein wildes Tier habe sich über den Mann hergemacht und seinen Körper zerfetzt.

Wenn er seine Meinung zu derartig harten Strafen geäußert hatte, zumeist auf Drängen von jüngeren Offizieren oder Midshipmen, hatte sein Kommandant ihn abgewiesen: »Beliebtheit ist ein Mythos, eine Täuschung. Nur Gehorsam und Disziplin zählen – jedenfalls für mich und auf meinem Schiff.«

Vielleicht würde sich alles ändern, wenn sie erst einmal wieder in Halifax wären.

Fast ohne nachzudenken, meinte er dann: »Es scheint so, als ob Sir Richard Bolitho seine Flagge wieder in Halifax gesetzt hat, Sir!«

»Vielleicht.« Der Kapitän dachte nach, suchte nach irgendeiner verborgenen Bedeutung. »Ein Flaggoffizier mit einem Namen. Doch man darf nie vergessen, ein Admiral ist immer nur so stark wie seine Kapitäne – und was sie leisten!«

Der Erste Offizier hatte nie unter Sir Richard Bolitho gedient, doch wie vielen anderen Kameraden schien es auch ihm, als kenne er den Admiral persönlich.

Der Kapitän lächelte. »Nun, wir werden's ja erleben.«

Schrill war oben aus dem Mast der Midshipman zu hören. »Signal von der *Alfriston*, Sir. *Segel in Sicht im Nordwesten.*« Eine kleine Pause, so als habe ihn sein eigener Lärm erschreckt. »Eine Brigantine, Sir!«

Der Kapitän rieb sich kurz die Hände, eine seltene Gefühlsäußerung. »Keine von uns, oder unsere Depeschen sind falsch.«

Er drehte sich um, als Fallen und Leinwand sich bewegten. Der Wimpel im Mast wehte wiederbelebt aus.

»Der Master hatte recht, Sir«, rief der Erste. »Der Wind kommt wirklich wieder.«

Der Kapitän nickte. »Rufen Sie die Boote zurück, und nehmen Sie sie wieder an Deck. Wir liegen gut in Luv von Freund oder Feind. Also werden wir eine weitere Prise auf unserer Liste eintragen, oder?« Er legte die Hand über die Augen und sah, wie die beiden Boote die Leinen loswarfen und zum Schiff zurückpullten. »Etwas für die Mitgift Ihrer Schwester!«

Der schnelle Stimmungswechsel überraschte den Ersten Offizier. Es würde jedenfalls die Monotonie dieses Schneckentempos brechen.

Er sah zur Seite, als der Kapitän nachdenklich fortfuhr: »Setzen Sie die Bestrafung eine Stunde früher an. Das beschäftigt sie und erinnert sie an ihre Pflichten.«

Pfeifen schrillten. Männer rannten, um die tropfenden Boote hochzuhieven und einzuschwenken. Andere liefen an die Webleinen, warteten auf den Befehl, mehr Segel zu setzen. Die Leinwand flappte kräftiger und blähte sich dann im Wind. Der Leutnant sah unter sich das Meer, auf dem die Schatten von *Reapers* Masten und Segeln jetzt unscharf wurden wie zottelige Pelze. Der Rumpf legte sich erst leicht und dann deutlicher schräg unter dem Druck von Ruder und Wind.

Auf Augenblicke wie diesen wartet jeder Offizier auf einer Fregatte. Doch ein erhebendes Gefühl stellte sich bei ihm diesmal nicht ein.

Kapitän James Tyacke klemmte sich den Hut unter den Arm und wartete darauf, daß der Posten der Seesoldaten ihn eintreten ließ. Er sah hinter der Leinwandtür einen Schatten vorbeieilen. Der stets wachsame Ozzard wollte schon genau wissen, wer als Besucher kam.

Bolitho saß am Tisch, als Tyacke eintrat. Zwei Bücher, in grünes Leder gebunden und mit vergoldeten Rücken, hielten ein paar Seekarten mit handschriftlichen Anmerkungen auf der Platte fest. Tyacke wußte, daß sie zu der Sammlung gehörten, die Lady Catherine Somervell dem Admiral an Bord geschickt hatte. So war sie auch hier, viele tausend Meilen von England entfernt, diesem ruhelosen und sensiblen Mann nahe.

»Ah, James!« Er sah auf und lächelte warm. »Ich hatte sehr gehofft, daß Sie mit mir zu Abend essen würden. Und Ihre Probleme wenigstens einmal Ihren Leutnants überlassen würden.«

Tyacke sah an ihm vorbei auf die blaugraue ungebrochene Weite des Ozeans, die nur gelegentlich durch lange, gläserne Roller gehoben wurde. Er sah sie alle im Geist: die *Indomitable* im Zentrum und die beiden Fregatten *Virtue* und *Attacker* jeweils acht Seemeilen dwars entfernt. Bei Beginn der Dämmerung würden sie näher kommen. In dieser Formation konnten sie einen gewaltigen Abschnitt von Horizont zu Horizont beobachten. Tyacke konnte sich die Kommandanten vorstellen, und er wußte, wie Bolitho die Stärke jedes Schiffs unter seinem Kommando einschätzte. Weit nach Luv lief wie ein treuer Terrier die Brigg *Marvel* und ergänzte so die kleine, sehr effektive Flottille.

»Ich merke an Ihrem Ausdruck, James, daß Sie die Bedeutung dieses Tages vergessen haben«, sagte Bolitho.

»Nur einen Augenblick lang, Sir Richard!« Eine winzige Stille. »Vor zwei Jahren übernahm ich das Kommando über dieses Schiff.« Und dann sagte er leise, als füge er etwas ganz Persönliches hinzu: »Über die gute alte *Indom*.«

Bolitho ließ ihn sich setzen. Das war wie ein Signal. Ozzard kam aus der Pantry. Der Flaggkapitän würde eine Weile bleiben.

»Wir haben viel erledigt in dieser Zeit«, sagte Tyacke.

Bolitho schaute auf die ledergebundenen Bücher und erinnerte sich, wie sie sich in der Kutsche in Plymouth verabschiedet hatten. »Manchmal möchte ich gern wissen, wo das alles enden wird. Oder ob wir durch Abwarten irgend etwas gewinnen; durch dieses ewige Warten, daß der Gegner seine Zähne endlich zeigt.«

»Es wird schon werden. Ich spüre es genau.« Er zögerte einen Augenblick, als ob ihn der nächste Gedanke immer noch schmerzte. »Als ich die *Larne* kommandierte, hatten die Sklavenhändler den ganzen Ozean zur freien Verfügung. Die armen Schwarzen, die sie als Fracht nach Westindien oder Amerika transportierten, konnten sie überall aufnehmen oder über Bord gehen lassen, wenn wir oder ein anderes Patrouillenschiff in die Nähe kam. Aber immer wieder . . .« Er lehnte sich in seinem Stuhl vor. Sein vernarbtes Gesicht schien klar und abschreckend im Sonnenlicht. »Ich wußte einfach manchmal, was kommen würde. So wie Sie das mit der *Unity* lange vorher ahnten. Dieser sechste Sinn, Instinkt meinetwegen – oder wie immer Sie es nennen wollen.«

Bolitho spürte die Kraft dieses Mannes, seinen tiefverwurzelten Stolz auf das, was er leisten konnte. Das war nichts Selbstverständliches, keine Täuschung, sondern wahr und faßbar wie der alte Säbel auf seinem Gestell. Es war wie damals im September, als sie an Deck auf und ab gegangen waren und Splitter der Planken um sie herumwirbelten. Scharfschützen wollten die beiden Gestalten da unten erledigen.

Auch Avery war an jenem Tag mit ihnen auf und ab gelaufen. Wenn er auf diesem Schiff einen weiteren Freund außer Bolitho hatte, dann war es Tyacke. Er fragte sich, ob Avery seine Londoner Erlebnisse dem anderen wohl mitgeteilt hatte, und wußte dann, daß dies nicht geschehen war. Zwei ganz unterschiedliche Männer, jeder ganz anders, jeder sehr zurückgezogen. Nein, Avery würde nichts mit Tyacke diskutieren und ganz bestimmt nicht, wenn eine Frau im Spiel sein sollte.

Unbewußt hatte er den Band mit den Sonetten Shakespeares berührt. Sie hatte diese Ausgabe sorgfältig ausgewählt, denn die Schrift war sehr deutlich und leicht zu lesen. *So fern von allem.* Frühling in den westlichen Grafschaften, Bachstelzen am Strand, wohin sie gewandert waren, Mauersegler und Dohlen – Schönheit und Leben waren ins Land zurückgekehrt.

Tyacke beobachtete ihn bewegt. Vielleicht war es besser, wenn man allein blieb, wenn niemand einem am Herzen lag, einem das Herz zerriß. Wenn es keinen Schmerz gab. Dann erinnerte er sich, wie Bolithos Dame an Bord gekommen war, die Seite hinaufgeklettert war wie jede andere Teerjacke – unter dem Jubeln der Männer. Nein, es war nicht wahr. Jemanden zu haben, zu wissen, daß jemand da war... Dann schob er solche Gedanken zur Seite: Für ihn würde es das nie geben.

»Ich gehe besser wieder nach oben, um mir mal den Kanonendrill am Nachmittag anzuschauen, Sir.« Sein Kopf berührte die Deckenbalken. Er schien das nicht zu bemerken. Bolitho wußte, daß Tyacke nach seiner Zeit auf der *Larne* die *Indomitable* wie ein Palast vorkommen mußte.

»Bis heute abend also«, sagte er.

Doch Tyacke starrte auf die leichte Tür, hob die Hand, als höre er etwas. Dann klangen Schritte, das Knallen des Gewehrkolbens des Postens und sein Ruf: »Der Erste Offizier, Sir!«

Leutnant John Daubeny trat in die Kajüte; seine Wangen waren von der Salzluft gerötet.

Tyacke sagte: »Ich hörte einen Ruf aus dem Mast. Worum geht's?«

Bolitho war plötzlich angespannt. Er selber hatte den

Ruf nicht gehört. Tyacke war Teil seines Schiffes geworden, war das Schiff. Obwohl er damals das Kommando nicht haben wollte, als man es ihm angetragen hatte, waren das Flaggschiff und er eins geworden.

»Signal von der *Attacker*, Sir. *Segel in Sicht im Nordwesten*. Eine Brigg, eine von uns.« Er zuckte ein bißchen unter Tyackes festem Blick. »Sie sind sich ganz sicher.«

Tyacke antwortete knapp: »Halten Sie mich auf dem laufenden. Stellen Sie ein paar gute Signalgasten zusammen, und bitten Sie Mr. Carleton, sich bereitzuhalten.«

»Das habe ich bereits erledigt, Sir!«

Die Tür fiel hinter ihm zu, und Bolitho sagte: »Sie haben sie gut gedrillt, James. Die Sichtung, was halten Sie von ihr?«

»Wir erwarten keinen Kurier, Sir. Nicht hier. Und noch nicht.« Er dachte laut nach. »Bei den Bermudas wäre es etwas anderes. Da sammelt sich ein Konvoi, oder sollte es jedenfalls.«

Bolitho teilte seine Ansicht und erinnerte sich, wie er sich selber fühlen würde. Am liebsten wäre er an Deck, doch er wußte, daß seine Offiziere es als mangelndes Vertrauen empfinden würden. Oder seine Anwesenheit sogar für Besorgnis hielten. Er erinnerte sich sehr lebhaft an seine eigene Zeit als Kommandant eines Schiffes – und heute war nichts anders. Wenn die Wachen wechselten oder alle Mann zum Reffen nach oben gepfiffen wurden, protestierte alles in ihm gegen seine Abwesenheit, dagegen, daß er sich fernhielt von dem Schiff, das ihm diente.

Der Posten meldete laut: »Der Erste Offizier, Sir!«

Wieder trat Daubeny ein, noch geröteter als zuvor. »Die *Alfriston*, Sir, vierzehn Kanonen. Commander Borradaile . . .«

Bolitho fragte sofort: »Ich kenne ihn nicht, oder?«

Tyacke schüttelte den Kopf. »Die *Alfriston* stieß zum

Geschwader, als Sie in England waren, Sir.« Und dann fiel ihm dazu ein: »Borradaile ist ein guter Mann. Er hatte keine leichte Karriere.«

Bolitho stand sofort. »Signal an *Attacker*, gleiches an *Alfriston: Zum Flaggschiff aufschließen!*« Er sah durch das dicke Glas nach draußen. »Ich möchte ihn vor der Dunkelheit hierhaben. Ich kann nicht noch einen Tag verlieren.«

Daubeny war ganz und gar unbewegt, denn alle Verantwortung ruhte jetzt bei seinen Vorgesetzten. Er meinte: »Sie sollte eigentlich beim Lee-Geschwader als Geleitschutz sein, Sir.« Seine Sicherheit zerbröckelte unter den fragenden Blicken der beiden. Fast unterwürfig fügte er hinzu: »So stand es jedenfalls in den Befehlen, Sir!«

Tyacke sagte: »In der Tat, Mr. Daubeny. Und nun bitten Sie Mr. Carleton, das Signal zu setzen.«

Ozzard schloß die Tür. »Was das Abendessen angeht, Sir Richard . . .«

»Es muß vielleicht verschoben werden.« Er blickte zu Tyacke hinüber. »Aber wir könnten jetzt ein Glas trinken, denke ich.«

Tyacke nahm wieder Platz. Mit geneigtem Kopf versuchte er die gedämpften Geräusche von draußen aufzufangen. Das Quietschen der Fallen, die Stimme des Signalgasten, eines Midshipman, der seinen Männern mit durchdringender Stimme die Nachricht buchstabierte.

Er sagte: »Sie halten das für ein schlechtes Zeichen, Sir.« Es klang nicht wie eine Frage.

Bolitho beobachtete, wie Ozzard mit dem Tablett hereinkam. Der kleine Mann hatte keine Mühe mit dem sich bewegenden schrägen Deck.

»Wir werden sicher bald etwas unternehmen, James, aber ich fürchte nichts Gutes.«

Sie tranken schweigend.

Jacob Borradaile, Commander der *Alfriston*, war ganz und gar nicht der Mann, den Bolitho erwartet hatte. Er beobachtete von Deck aus, wie die Brigg geschickt herankreuzte. In der sinkenden Sonne schienen ihre prallen Segel lachsrot. Sie verlor keine Zeit, ihre Position in Lee der *Indomitable* zu suchen, sondern schickte sofort ein Boot über die schwere Dünung.

Tyacke hatte Borradaile einen guten Mann genannt. *Er hatte keine leichte Karriere.* Aus seinem Mund konnte es kein treffenderes Lob geben.

Während Tyacke ihn nach achtern geleitete, meinte Bolitho, er habe noch nie zuvor einen so ungepflegten, erschreckend aussehenden Mann gesehen. Wahrscheinlich stand er im gleichen Alter wie Avery oder Tyacke. Doch er sah aus wie die riesige Karikatur eines Seemanns mit wildem, schlecht geschnittenem Haar und tiefliegenden Augen. Nur die schlechtsitzende Uniform wies ihn als Offizier des Königs aus. Dennoch war Bolitho, der schon jedem Typ Mann begegnet war, älteren wie jüngeren, sofort beeindruckt. Er betrat die Kajüte und ergriff die ausgestreckte Hand ohne Vorbehalte. Ein fester Handgriff, hart wie der eines wahren Seemanns.

Bolitho sagte: »Sie haben eilige Nachrichten?« Er spürte, wie sein Gegenüber ihn schnell abschätzte, so wie man einen neuen Rekruten mißt. »Aber Sie werden sicher zuerst ein Glas mit mir trinken.«

Borradaile nahm in dem Stuhl Platz, den Ozzard vorausahnend bereitgestellt hatte. »Danke, Sir Richard! Was immer Sie trinken, wird mir sehr behagen.«

Bolitho nickte Ozzard zu. Borradaile hatte den Akzent eines Mannes aus Kent, genau wie sein alter Freund Thomas Herrick.

Er saß auf der Heckbank und maß seinen Besucher. In seiner Faust sah das feine Glas aus wie ein Fingerhut.

»Berichten Sie. Ich möchte, daß Sie dann schnell wieder auf Ihr Schiff zurückkehren können.«

Borradaile sah auf die geschlossene Kanonenpforte, als könne er durch sie hindurch über den Streifen unruhigen Wassers die Brigg erkennen. Die *Alfriston* war hervorragend gesegelt, so als hätte ein einzelner Mann und nicht eine wohltrainierte Mannschaft sie unter Kontrolle gehalten. Tyacke würde sich das gleiche denken und sich dabei an sein ehemaliges Kommando erinnern.

Borradaile berichtete jetzt: »Es war die *Reaper*, Sir Richard! Einen Tag vor den Bermudas entfernte sie sich, um ein fremdes Schiff zu verfolgen, ein kleines Fahrzeug – höchstwahrscheinlich eine Brigantine. Die *Alfriston* lief in eine Flaute, die See war wie ein Dorfteich. Und dem einzigen Handelsschiff, das wir zu schützen hatten, der *Killarney*, ging es nicht besser als uns. Aber die *Reaper* hatte Wind unter den Röcken und begann die Verfolgung.«

Leise fragte Bolitho: »Überraschte Sie das – so kurz vor dem Ziel?«

»Nein, ich denke nicht.«

Bolitho meinte: »Also Schiff gegen Schiff! Das ist wichtig. Das ist mir wichtig und wahrscheinlich jedem von uns.«

Der hohle Blick blieb auf ihm haften. Bolitho hörte fast des anderen Gedanken, spürte, wie er Richtiges und Falsches abwog, das vielleicht zu einem Kriegsgerichtsverfahren führen könnte. Dann kam er fast sichtbar zu einer Entscheidung.

»Der Kommandant war neu auf der *Reaper*. Und dies war seine erste Patrouille weitab vom Geschwader!«

»Kannten Sie ihn?« Vielleicht keine faire, aber eine wichtige Frage.

»Ich hatte von ihm gehört, Sir!« Er machte eine Pause. »*Reaper* hat ja einen besonderen Ruf. Vielleicht wollte er ihr etwas von dem zurückgeben, was sie verloren hatte.«

Die Geräusche im Schiff schienen zu verstummen, als Borradaile über die Stunden berichtete, in denen sich *Reapers* Schicksal entschieden hatte.

»Es waren zwei Fregatten, Sir. Französische Bauart, nach meiner Einschätzung, aber unter der Flagge der Yankees. Sie hatten die Brigantine als Köder geschickt. Und als dann die *Reaper* auf den anderen Bug ging, um sie zu verfolgen, tauchten sie auf.« Er fuhr sich über die knochigen Fingergelenke. »*Reaper* war schon viel zu weit nach Lee gelaufen, um auf ihre Position zurückzukehren. Sie mußten sich ins Fäustchen gelacht haben, so leicht war das Spiel.«

Bolitho sah Tyackes steinernes Gesicht, das Kinn auf die Faust gestützt.

»Ich konnte nichts tun, Sir«, fügte Borradaile hinzu, »wir hatten kaum Wind. Alles was wir konnten, war zusehen.«

Bolitho wartete schweigend, um die Erinnerung des Mannes nicht zu stören. So etwas geschah immer mal wieder. Ein junger Kapitän, erpicht auf eine Prise, egal wie klein, und darauf bedacht, seinen Männern irgend etwas zu beweisen. Er wußte von den bitteren Gefühlen auf der *Reaper* nach der Schlacht, als ihr tapferer Kommandant James Hamilton von der ersten Breitseite getötet worden war. Es fiel einem erfahrenen und gefährlichen Gegner leicht, jemanden für ein paar Augenblicke abzulenken. *Mir ging's ja fast genauso, als ich jung war ...*

Borradaile seufzte schwer. »*Reaper* halste, als ihr Kommandant merkte, was los war. Ich sah mit unserem Signal-Teleskop zu – ich dachte, ich müßte das tun. Verrückt, dachte ich. Die *Reaper* hatte wirklich keine Chance. Ein kleines Schiff der sechsten Klasse gegen zwei Riesen – ich schätze, jeder mit vierzig Kanonen. Aber was blieb ihm übrig? Was würden wir getan haben, fragte ich mich?«

»Haben sie sofort das Feuer eröffnet?«

Borradaile schüttelte den Kopf. Plötzlich schien sein grobes Gesicht tieftraurig. »Es fiel überhaupt kein Schuß. Kein einziger. Die *Reaper* hatte ein paar Kanonen ausgerannt, aber nicht alle. Da setzte der Yankee, der am nächsten dran war, eine weiße Flagge, um zu verhandeln, und ließ ein Boot zu Wasser. Das ruderte zur *Reaper* rüber.«

Bolitho konnte sich alles vorstellen: drei Schiffe, die anderen nur Zuschauer.

»Dann verging eine Stunde, vielleicht nicht ganz eine, und dann strich die *Reaper* ihre Flagge.« Wütend spuckte er aus. »Ohne auch nur den kleinen Finger erhoben zu haben!«

»Kampflos ergeben?« Tyacke lehnte sich ins Licht vor. »Kein Widerstand?«

Der Kommandant der *Alfriston* schien ihn jetzt zum ersten Mal zu bemerken und wirkte mitleidig, als er die ganze Entstellung des Gesichts bemerkte. »Es war Meuterei!« sagte er.

Das Wort hing in der feuchten Luft wie eine grobe Obszönität.

»Das nächste, was ich sah, war ein Boot, das mit einigen der ›loyalen‹ Männer die *Reaper* verließ.« Er drehte sich wieder zu Bolitho um. »Und mit ihrem Kapitän!«

Bolitho wartete. Dies hier war schlimm, schlimmer als er befürchtet hatte.

Langsam fuhr Borradaile fort. »Ehe die *Reaper* ausscherte, wurden Männer ausgepeitscht. Ich traute meinen Augen nicht.« Das klang ablehnend und entsetzt. Dieser Mann hatte es nicht leicht gehabt, aus der Mannschaft aufzusteigen bis zu einem eigenen Kommando. Er hatte auf seinem langen Weg sicherlich jedes Leiden und jede Brutalität erfahren, die das Leben unter Deck kennzeichnete.

»War er tot?«

»Nein, noch nicht, Sir. Die Yankee-Offiziere, die als Unterhändler übergesetzt hatten, hatten die Männer der *Reaper* eingeladen, zu ihnen überzulaufen. Ich hörte das von ein paar Leuten, die mit dem Boot davonrudern durften. Es war die alte Geschichte, Sir – Dollars gegen Schillinge, die Chance für ein neues Leben, bessere Bezahlung und unter den Stars und Stripes auch eine bessere Behandlung.«

Bolitho mußte an Adams *Anemone* denken. Ein paar Männer waren damals auch übergelaufen, als die Flagge gestrichen wurde. Doch dies war etwas ganz anderes – nicht Desertion, die schlimm genug war. Hier ging es um Meuterei.

»Als sie zugestimmt hatten, hat der Yankee ihnen gesagt, sie könnten jetzt ihren Kapitän auf dieselbe Art bestrafen, wie sie unter ihm gelitten hatten. Und das taten sie sofort. Erst fingen ein paar hartgesottene Übeltäter damit an, dann griff es um sich, wie Wahnsinn. Sie banden ihn fest und peitschten ihn aus, bis er nur noch ein blutiger Fetzen war. Zweihundert, dreihundert Hiebe, wer wollte sie zählen? Auf der *Alfriston* haben wir keinen Schiffsarzt, aber wir taten für ihn, was wir konnten, und auch für den Ersten Offizier, auf den man eingestochen hatte, als er versuchte, den Kapitän zu verteidigen. Der arme Hund wird wahrscheinlich überleben. Aber ich möchte nicht für einen Sack voll Gold in seinen Schuhen stecken.«

»Und dann?«

»Sie enterten die *Killarney* und machten sich mit ihr davon. Ich wartete weiter und setzte dann meine Reise zu den Bermudas fort. Da habe ich die Überlebenden an Land gesetzt und dem Befehlshaber Bericht erstattet. Der hat mir befohlen, Sie zu finden und Ihnen alles zu berichten.« Er sah sich in der großen Kajüte um, als habe er sie bisher nicht bemerkt. »Sie hätten auch die *Alfriston* nehmen können, wenn sie gewollt hätten.«

Bolitho stand auf und trat an die Heckgalerie. Er konnte gerade noch die dunklen Umrisse der kleinen Brigg erkennen und im fallenden Licht hellrosa die Topprahen.

»Nein, Commander Borradaile. Sie sollten Zeuge sein, der Beweis dafür, daß eine Meuterei ausgebrochen war. Sie wurde vielleicht provoziert, aber man kann sie nicht verzeihen. Als Befehlshabende müssen wir solcher Gefahren immer bewußt sein. Und Sie sind hier. Das ist der zweite Grund.«

»Um Ihnen Bericht zu erstatten, Sir? Das dachte ich auch«, meinte Borradaile.

»Und der Kapitän?« wollte Bolitho wissen.

»Er starb, Sir. Verfluchte und verdammte bis zum Ende alles. Seine letzten Worte waren: *Dafür werden sie hängen!*«

»Und das werden sie, wenn wir sie kriegen.« Er durchquerte die Kajüte und ergriff die Hand des schmuddligen Borradaile. »Sie haben sehr klug gehandelt. Ich werde das in meinen Berichten festhalten.« Er schaute zu Tyacke hinüber. »Ich würde Sie gerne befördern, aber ich denke, dafür würden Sie mich verfluchen. Sie wollen sicher Ihre *Alfriston* unter allen Umständen behalten!«

Ohne Zweifel war Borradaile froh, daß die Männer der *Reaper* die *Alfriston* verlassen hatten. Die Schande, sich ergeben zu haben, konnte Männer verderben. Es war besser, die Leute von der *Reaper* losgeworden zu sein.

»Begleiten Sie Commander Borradaile von Bord, James!« Er sah sie gehen, trat dann an die Heckgalerie und öffnete ein Fenster. Die Luft war überraschend kalt, doch sie half ihm, wieder klare Gedanken zu fassen.

Avery, der die Szene beobachtet und die ganze Zeit über geschwiegen hatte, meinte leise: »Eine gut geplante

Falle. Eine Flagge, unter der man verhandeln will, dann eine provozierte Meuterei, falls eine Provokation überhaupt nötig war. Und jetzt segelt eins unserer Schiffe unter ihrer Flagge.«

Bolitho sah ihn an, Gischt auf dem Gesicht wie kalte Tränen.

»Reden Sie weiter, Mann. Sagen Sie, was Sie denken.«

Avery hob die Schultern kaum merklich. »Gerechtigkeit, Rache, nennen Sie es, wie Sie wollen. Ich denke, ich verstehe jetzt, was Sie mit dem Gesicht in der Menge meinten. Es droht immer, will in eine Falle locken, will brutale Rache provozieren. Man will Sie, ohne Zweifel!«

Bolitho hörte das Schrillen der Bootsmannspfeifen, als ein Kommandant dem anderen seinen Respekt erwies.

Wie Tyacke teilte wohl auch Avery die persönliche Ansicht des riesigen Mannes, der gerade von Bord ging: Der Kommandant der *Reaper* hatte für seine Tyrannei den rechten Preis bezahlen müssen. Er war nicht der erste. Gebe Gott, daß er der letzte war.

Er dachte an die Flagge, die im Masttopp hoch über dem Deck wehte und ihm war, als höre er ihre Stimme: *Mein Admiral von England.*

Er war sich völlig klar, wo die wahre Verantwortung ruhte und wen man zur Rechenschaft ziehen würde.

VII Der älteste Trick

Adam Bolitho blieb vor dem breiten, beeindruckenden Haus einen Augenblick stehen und fragte sich ungeduldig, warum er hierher gekommen war. Wieder ein Empfang! Kaufleute, höhere Offiziere der Garnison und andere, die immer irgend jemanden kannten, der bedeutend war und über Einfluß verfügte. Er hätte eine

Entschuldigung finden können, um an Bord der *Valkyrie* zu bleiben. Doch er wußte, er war viel zu ruhelos, um allein in seiner Kammer zu bleiben oder sich eine Stunde mit seinen Leutnants zu unterhalten.

Ihn überraschte, wie unbewegt Keen diese Empfänge und Diskussionen durchstand. Adam war aufgefallen, wie freundlich und ohne Anstrengung Keen mit all den bedeutenden Leuten umging und dabei nie vergaß, was das Beste für seinen Auftrag und seine Aufgabe war.

Adam drehte sich um und sah sich den großen natürlichen Hafen an, den die Indianer einst *chebucto* genannt hatten. Er beeindruckte ihn wie kaum ein zweiter. Zwischen dem glitzernden, großen Bedford Basin und der fernen Enge lagen hier große und kleine Schiffe, und ein Wald von Masten bewies Halifax' wachsende strategische Bedeutung. Er hatte gehört, daß ein General Halifax als Teil des großen defensiven Quadrats beschrieb, zu dem neben England auch Gibraltar und die Bermudas zählten. Admiral Cornwallis hatte Klugheit und Weitsicht bewiesen, als er vor mehr als siebzig Jahren hier Fuß faßte und die ersten Befestigungsanlagen errichtete. Jetzt beherrschte die Zitadelle auf der Berghöhe den Hafen. Und außerdem schützten ihn Martello-Türme, die man eher im südlichen England und in der Bretagne fand. Mit ihren kleineren Batterien würden sie jeden Feind abschrecken, der verrückt genug war, um eine Landung zu versuchen.

Er sah nach drüben, wo die Kriegsschiffe ankerten. Er hatte nicht erwartet, daß ihn seine Pflichten als Flaggkapitän so frustrieren würden. Die *Valkyrie* hatte den Hafen bisher kaum verlassen und dann auch nur, um einen Geleitzug mit weiteren Soldaten hereinzubegleiten. Wenn sie noch mehr Truppen hier konzentrierten, würde die Halbinsel unter ihrem Gewicht versinken. Über den Krieg in Europa gab es wenig Neues. Die Straßen auf dem Festland waren aufgeweicht, einige immer noch gänzlich unpassierbar. Er sah das Licht über dem Hafen schwächer werden, die Laternen der kleinen Boote bewegten sich wie Insekten. Hier sah es besser aus als an Land. Auf dem Weg vom Anleger hierher hatte er sogar die Sonne im Gesicht gespürt.

Zögernd wandte er dem Hafen den Rücken zu. Die große Doppeltür hatte sich leise geöffnet, als habe man sein Erscheinen erwartet.

Ein schönes altes Haus. Nicht »alt« wie alte englische Häuser, aber gut proportioniert und etwas fremd. Wahrscheinlich war die Bauweise französisch beeinflußt. Er reichte seinen Hut einem beflissenen Diener und schritt auf die große Empfangshalle zu. Überall Uniformen, die meisten rot. Doch auch ein paar grüne mischten sich unter sie, die örtliche Leichte Infanterie. Wahrscheinlich hatte ein reicher Handelsherr dieses Haus erbaut. Jetzt wurde es fast ausschließlich von Leuten benutzt, die einer Welt angehörten, die er kaum kannte und auch nicht kennenlernen wollte. In ihr wanderten Männer wie Benjamin Massie auf dem schmalen Grat zwischen Politik und den Belohnungen des Kriegs. Er machte kein Hehl aus seiner Ungeduld, daß immer noch Krieg zwischen England und Amerika herrschte. Er nannte ihn unpopulär, so als sei er lediglich unbequem und nicht eine bittere Auseinandersetzung zwischen zwei Nationen.

Adam sprach mit einem Lakaien, während seine Blicke über die Versammelten huschten. Keen mit seinen hellen Haaren entdeckte er am anderen Ende bei Massie. Auch ein paar Damen waren in der Halle. Das war vor kurzem noch nicht üblich gewesen. Ja, er hätte sich eine Entschuldigung ausdenken und an Bord bleiben sollen.

»Kapitän Adam Bolitho!«

Einen Augenblick herrschte Stille, mehr aus Überraschung über seine Verspätung denn aus Neugier. Jedenfalls hatte der Lakai seinen Namen korrekt ausgerufen.

Er durchmaß die Halle an einer Seite. Hier hingen schwere Samtvorhänge, und zwei große Feuer brannten in Kaminen. Diese Häuser waren für die harten Winter in Neuschottland gebaut worden.

»Endlich sind Sie da, Kapitän!« Benjamin Massie schnippte mit seinen schweren Fingern, und wie von Zauberhand erschien ein Tablett mit Rotwein.

»Ich dachte schon, Sie hätten uns vergessen.« Er lachte laut. Wieder fielen Adam seine kalten Augen auf.

»Geschäfte des Geschwaders, Sir!« erklärte er.

Massie spöttelte. »Das ist ja das Schlimme mit Halifax. Mehr Soldaten als Arbeiter, mehr Kriegsschiffe als Handelsfahrer. Ich hab gehört, daß es hier vor fünf Jahren fünfmal mehr Bordelle gab als Banken!« Dann wurde er plötzlich ernst, als sei eine Maske über sein Gesicht gerutscht. »Aber alles ändert sich. Wenn der Krieg erst vorbei ist, wird der Handel sich ausdehnen. Es wird ganz neue Märkte geben. Dafür brauchen wir Schiffe und Männer, die auf ihnen dienen, ohne Furcht vor einem plötzlichen Tod in einer feindlichen Breitseite.« Er kniff ein Auge zusammen. »Oder unter den Peitschenhieben eines übereifrigen Offiziers, hab ich recht?«

Keen hatte sich zu ihnen gesellt und hörte zu. »Und der andere Freund meines Vaters? Ich dachte, ich würde ihn hier heute treffen!«

Adam sah ihn an. Keen hatte sie mit voller Absicht unterbrochen, um jede offene Auseinandersetzung zu unterbinden, noch bevor sie begann. *Sieht man mir das so an?*

»Ach, David St. Clair?« Er schüttelte den Kopf. »Es dauert noch etwas, bis er zurückkehren wird. Ungestüm, das ist unser David. Sie kennen ihn ja.«

Keen zuckte mit den Schultern. »Ich habe ihn selten

getroffen. Was ich sah, gefiel mir. Schiffbau – mit Unterstützung der Admiralität. Das klang alles sehr wichtig.«

»Nun ja, seit seine Frau starb ...« Er legte Keen die Hand auf den Arm. »Entschuldigung, Val. Ich hab nicht dran gedacht...«

Keen antwortete nur: »Ich hab von seiner Reise gehört. Ist er allein unterwegs?«

Massie grinste, hatte seine dumme Bemerkung von eben schon wieder vergessen. »Nein, seine Tochter ist bei ihm, können Sie sich das vorstellen? Ich wette, er bedauert, daß er Rücksicht auf eine Frau nehmen muß, selbst wenn sie zur Familie gehört.«

Adam hob sein Glas und hielt inne, als er Keens Gesicht sah. Überraschung? Nein, mehr als das.

»Ich dachte, sie ist verheiratet!«

Massie nahm wieder ein Glas vom Tablett. »Daraus wurde nichts. Ihr künftiger Ehemann war Soldat.«

Keen nickte. »Ja, das hörte ich.«

»Nun ja, er entschied sich, der Trommel zu folgen statt einem attraktiven Weibsbild.« Er seufzte schwer. »Und als dann plötzlich ihre Mutter starb, beschloß sie, David weiter Gesellschaft zu leisten.«

Keen starrte ins nahe Feuer. »Riskant, meiner Meinung nach.«

Massie wischte ein paar Tropfen Wein von seiner Jacke. »Hab ich nicht recht? Ihr Seeleute und Soldaten betrachtet alles aus dem Blickwinkel möglicher Gefahren, als Teil dunkler Strategien!« Er schaute auf die Uhr. »Zeit zum Essen.« Er ging davon, nickte gelegentlich Gästen zu und übersah andere geflissentlich.

Keen fragte: »Sie mögen ihn nicht sehr, oder?«

Adam beobachtete eine große Frau mit nackten Schultern. Sie beugte sich vor, um ihrem kleineren Begleiter zuzuhören. Dann lachte sie und streichelte ihn. Selbst ganz nackt hätte sie nicht aufreizender sein können.

»Ihn nicht und seinesgleichen auch nicht, Sir!« antwortete er. Ein Lakai zog die großen Vorhänge zu, und das dunkle Hafenwasser verschwand aus ihren Blicken. »Jeden Tag und jede Stunde sterben Männer. Doch wohl für etwas anderes als für Profite, oder?« Er hielt inne.

»Machen Sie weiter, Adam. Denken Sie an das, was Ihr Onkel sagen würde. Hier gibt es keine Offiziere, nur Männer.«

Adam setzte sein Glas ab und meinte: »Handelswaren, Lebensmittel – und Begleitschiffe, die diese Handelsschiffe schützen und die Seewege offenhalten –, das ist alles zweifellos nötig – *aber so werden wir keinen Krieg gewinnen*. Wir müssen uns mit ihnen einlassen wie mit den Franzosen und allen anderen, gegen die wir kämpften. Es reicht nicht, nur über die Zukunft des Handels zu räsonnieren und über sein Wachstum nachzudenken, wenn die blutige Arbeit hinter uns liegt!«

Leise antwortete ihm Keen: »Wissen Sie eigentlich, wie sehr Sie Sir Richard gleichen? Wenn nur . . .« Er sah zur Seite. »Verdammt noch mal.«

Aber er meinte nicht Massie, sondern den Flaggleutnant de Courcey.

Adam fragte sich, was Keen wohl sagen wollte und warum er so auf die Ankunft des Leutnants reagiert hatte.

»Ich entschuldige mich«, sagte de Courcey, »aber es kam jemand hierher, in dieses Haus, ohne Verabredung oder Entschuldigung und verlangte, Sie zu sehen.« Er schien entsetzt. »Ich habe ihn nach Hause geschickt mit einem gehörigen Anpfiff, glauben Sie mir.« Er blickte auf den Lakaien, der sich auf die Treppe gestellt hatte und den Stab hob, um das Abendessen anzukündigen. »Völlig unmöglich so was!«

Massie schob sich wie ein Pflug durch die Versammelten. Keen sagte: »Würden Sie sich der Sache annehmen, Adam? Ich bin heute der wichtigste Gast, wie Sie wissen.«

Adam nickte. Das hatte er nicht gewußt. Als er neben de Courcey in das angrenzende Zimmer ging, fragte er kurz: »Und wer ist dieser Eindringling?«

»So ein zerlumpter Kerl, eine verdammte Vogelscheuche in des Königs Uniform!«

»Sein Name, Mann!« Mit Mühe beherrschte er sich. Heute schien ihn alles anzugreifen. Selbst seine Leutnants hatten ihn vorsichtig gemustert und fragten sich, was ihm so naheging. Von oben herab antwortete de Courcey: »Borradaile, Sir. Ziemlich ungeschliffen. Ich weiß überhaupt nicht, wie einer wie er...«

Er zuckte zusammen, als Adam ihn am Arm packte. »Der Commander der *Alfriston*?« Sein Griff wurde so fest, daß de Courcey stöhnte und zwei Soldaten sich neugierig umsahen. »Antworten Sie, verdammt noch mal!«

De Courcey nahm sich zusammen. »Ja, also, in der Tat. Ich dachte, unter diesen Umständen...«

Adam ließ ihn los und sagte: »Sie sind ein Narr.« Er staunte über seine eigene Ruhe. »Was für ein Narr, werden wir gleich feststellen!«

De Courcey öffnete und schloß die Augen, als der Lakai dreimal den Stab auf die Treppe fallen ließ.

Adam sagte: »Warten Sie hier. Ich muß vielleicht eine Nachricht auf das Schiff schicken.«

Wie aus einer anderen Welt erklang der Ruf: »Die Damen und Herren werden höflich gebeten, Platz zu nehmen.«

»Aber Sir! Wir werden doch bei Tisch erwartet.«

Scharf antwortete Adam: »Sind Sie etwa auch noch taub?« Er drehte sich um und ging zum Hauptausgang.

In der Zwischenzeit arrangierten sich Massie und seine Gäste an zwei langen Tischen. Jedes Gedeck war durch eine Tischkarte mit dem Namen gekennzeichnet. So kannte jedermann seinen Status oder die Güte, die der Gastgeber ihm angedeihen ließ.

Etwas ungehalten meinte Massie: »Mit dem Tischgebet werden wir erst beginnen, wenn Ihr junger Kapitän sich von seinen Pflichten lösen kann.«

Keen saß rechts von Massie, ihm gegenüber eine Dame, die wohl Massies Ehrengast war, schön, selbstsicher und amüsiert über seinen Einwurf.

Plötzlich sagte Massie: »Mrs. Lovelace. Sie besitzt ein Haus in der Nähe vom Bedford Basin.«

Sie nickte. »Ich bedaure, daß wir nicht früher vorgestellt wurden, Admiral Keen.« Sie lächelte dabei. »Es ist ein schlechtes Zeichen, wenn unsere Admiräle so jung sind.«

Adam kam zwischen den Tischen hindurch zu Keen. Alle schwiegen.

Keen spürte Adams Atem an seiner Wange, schnell, ärgerlich. »*Alfriston* mit einer Meldung von Sir Richard. Die *Reaper* wurde aufgebracht, hat sich ergeben.« Dabei sah er die feinen Linien in Keens Gesicht. »Der Admiral wird beim Bermuda-Geschwader bleiben, bis der Konvoi aus der Gefahrenzone und sicher unterwegs ist.«

Keen tupfte sich den Mund mit der Serviette. »Ergeben?« Nur ein einziges Wort.

Adam nickte, sah die Dame gegenüber jetzt zum ersten Mal. Sie lächelte ihm zu und deutete auf den leeren Stuhl neben sich.

»Es war eine Meuterei, Sir!«

»Ich verstehe!« Dann sah er Adam ins Gesicht und fragte ganz ruhig und verbarg dabei, wie Adam sich später erinnerte, seine wahren Gefühle meisterhaft. »Ich nehme an, Sie haben das Schiff informiert?«

Er dachte an den echauffierten de Courcey. »Ja Sir. Sie sind vorbereitet.«

Keen ließ die Serviette auf seinen Schoß sinken. »Also

ist *Reaper* hierher unterwegs.« Er sah Zweifel in Adams Blick. »Schlag auf Schlag, wie Sie sehen.« Er erhob sich, und jetzt hingen alle Blicke an ihm. »Ich bedaure die Unterbrechung, meine Damen und Herren. Ich bin sicher, unser Gastgeber hat dafür Verständnis.« Er wartete, bis Adam um den Tisch herumgegangen war. Ein Lakai zog den Stuhl zurück. Seine Schritte klangen auf dem polierten Fußboden sehr laut und erinnerten ihn unangenehm an den schneeigen Tag in Portsmouth, an sein Kriegsgericht.

Laut räusperte sich Massie. »Bitte, jetzt das Tischgebet, Reverend!«

Adam fühlte den Fuß der Dame an seinem, gerade als das Gebet begann. Überrascht stellte er fest, daß er darüber lächeln konnte.

Schlag auf Schlag. Keen unterhielt sich leise mit Massie. *Wir kleiner Kreis Verschworener!* Ihm war, als habe das jemand laut gesagt. Er dachte an seinen Onkel. Er hatte ihnen allen seinen Stempel aufgedrückt.

Seine Begleiterin sagte sanft: »Sie reden so wenig, Kapitän. Soll ich beleidigt sein?«

Er drehte sich ihr zu. Sanfte braune Augen, ein Mund, der Lächeln gewöhnt war. Er sah ihre Hand, die seiner auf dem dicht gedeckten Tisch so nahe lag. Verheiratet, aber mit niemandem hier. Also Geliebte von jemandem?

»Entschuldigen Sie, Madam«, bat er. »Solchen Glanz bin ich nicht gewöhnt, nicht mal auf dem Meer!« *Schlag auf Schlag.*

Ein Lakai erschien, und ihr Fuß bewegte sich zur Seite.

Doch sie sah ihn wieder an und sagte: »Das müssen wir ändern, Kapitän!«

Adam sah zu ihrem Gastgeber hinüber. Ein verräterisches Wort. Erinnerte Keen sich daran, auch jetzt, da er äußerlich so beherrscht und kontrolliert erschien? Massie hatte geantwortet, als habe er von der Meuterei bereits gewußt. So ein Wort nahm niemand leichtfertig in den Mund. Vielleicht nur ein Gerücht, nur Geschwätz? Doch Massie hatte sicher seine Finger überall drin. Das alles konnte nur eins bedeuten. Die *Reaper* war schon hier.

»Sind Sie verheiratet, Kapitän?«

»Nein.« Das klang viel zu harsch, und er versuchte es sanfter: »Dieses große Glück hatte ich bisher noch nicht.«

Nachdenklich schaute sie ihn mit angehobenen Brauen an.

»Das überrascht mich.«

»Und Sie selber, Madam?«

Sie lachte, und er sah Massie herüberblicken. Zu ihnen beiden. »Wie ein Mantel, Kapitän«, antwortete sie. »Ich trag ihn, wenn es passend ist.«

Also, *Schlag auf Schlag.*

Der Kartenraum der *Valkyrie* war klein und praktisch, am Tisch hatten kaum mehr als drei Männer Platz. Adam lehnte sich über die Karte. Sein Zirkel wanderte ohne Eile über die Peilungen, die Tiefen und über die handschriftlichen Rechnungen, die einer Landratte nichts bedeuteten.

Die Tür war offen, und er konnte das helle Sonnenlicht wie das eines Leuchtturms im leichten Auf und Ab der Fregatte hin und her ziehen sehen. Sie hatten Halifax in Begleitung der kleinen Fregatte *Taciturn* und der Brigg *Doon* verlassen – mit sehr gemischten Gefühlen. Sie mußten die *Reaper* aufbringen, um das Ärgernis aus der Welt zu schaffen. Doch das hieß, daß sie dabei durchaus feindliches Feuer auf eins der eigenen Schiffe lenken könnten. Die Amerikaner hatten sicher noch keine Gelegenheit gehabt, die Mannschaft, die übergelaufen war, auszutauschen. Also würden die meisten an Bord, außer den Offizieren und den Berufsseeleuten, Meuterer sein.

Doch das hatten sie alles schon vor fünf Tagen bedacht. Er spürte jetzt Keens Unsicherheit, seine wachsende Sorge über die nächste Entscheidung.

Eine Spitze des Kartenzirkels lag auf Kap North, der Spitze Neuschottlands, die den südlichen Zugang zum Golf von St. Lawrence schützte. Jenseits der Meeresstraße lag Neufundland, rund fünfzig Meilen entfernt. Eine enge Passage, doch leicht zu nehmen, wenn der Kapitän entschlossen genug war, durch das Netz zu schlüpfen und einer Gefangennahme zu entgehen. Keen würde die gleichen Gedanken haben. Adam beugte sich tiefer über die Karte. Zwei winzige Inseln, St. Pierre und Miquelon im Süden der zerrissenen Küste Neufundlands, waren eigentlich französischer Besitz. Doch schon zu Beginn der Feindseligkeiten waren sie von Soldaten der britischen Garnison in St. John besetzt worden. Keen hatte aus seiner Überzeugung kein Hehl gemacht: Die *Reaper* würde genau diese Inseln ansteuern. Daß *Reaper* von den Amerikanern genommen worden war, wußten die örtlichen Patrouillen bestimmt noch nicht. Diese Strategie stimmte, wenn der Gegner die Garnison angreifen oder die Schiffahrt in diesen Gewässern stören wollte. Die Brigg *Doon* hatte das Gebiet durchsucht und war zu ihren Begleitern zurückgekehrt, ohne besondere Vorkommnisse zu melden. Dahinter lag der Golf des St.-Lawrence-Stroms, die offene Pforte nach Montreal und zu den Großen Seen, zur Marinebasis in Kingston und weiter nach York, der kleinen Hauptstadt des oberen Kanadas.

Doch der Golf war riesig. In den Buchten und hinter den Inseln konnte sich jedes Schiff verbergen und die Zeit abwarten, bis die Jagd abgeblasen war.

Er hörte gebrüllte Befehle und das Schrillen der Pfeifen. Die Nachmittagswache wurde achtern gemustert. Aus dem Schornstein der Kombüse drang fetter Rauch. Ein guter Schluck Rum würde den Geruch wegspülen.

Er blickte auf das Logbuch des Masters. 3. Mai 1813. Und dachte an das kleine, in Samt eingebundene Buch in seiner Seekiste, an die sorgsam gepreßten Teile der wilden Rosen. Mai in England. Ihm war, als erinnere er sich an ein fremdes Land.

Ein Schatten fiel über den Tisch – Urquhart, der Erste Offizier. Adam hatte in ihm einen guten und kompetenten Offizier entdeckt, fest, aber fair mit seinen Männern; selbst mit den härtesten Kerlen, die jeden Offizier erst einmal auf seine Schwächen hin abklopften. Es war nie leicht für einen Ersten, beides zu sein. Als der Kommandant der *Valkyrie* am Höhepunkt des Kampfes vor Angst zusammengebrochen war, hatte Urquhart das Kommando übernommen und Disziplin und Ordnung wiederhergestellt. Doch weder Trevenen, der auf dem Wege zur Kriegsgerichtsverhandlung auf mysteriöse Weise verschwunden war, noch sein Nachfolger, der zeitweilige Commodore Peter Dawes, hatten Urquhart zur Beförderung empfohlen. Urquhart hatte das nie erwähnt und dagegen auch nicht protestiert. Doch Adam nahm an, es lag nur daran, daß er seinen neuen Kommandanten noch nicht gut genug kannte. Adam warf sich das selber vor. Er war nicht in der Lage, irgendeine Art von Vertrautheit auf der *Valkyrie* zu etablieren. Immer wenn er einen Befehl gab, erwartete er, daß ganz andere ihn ausführten. Männer, die längst gefallen waren.

Urquhart wartete geduldig und sagte dann: »Ich möchte während der Nachmittagswache die Achtzehnpfünder exerzieren, Sir.«

Adam warf den Zirkel auf die Karte. »Vielmehr werden wir auch nicht tun können, scheint mir.«

Er erinnerte sich an den letzten Abend in Halifax, an das opulente Abendessen. Ihr Gastgeber Massie war von Minute zu Minute schwerzüngiger geworden. Er dachte auch an die einladende, sinnliche Mrs. Lovelace, die selbst über rüde Bemerkungen Massies lachte, doch unter dem Tisch ihren Fuß ständig gegen den Adams drückte.

Ich hätte diese Position nicht annehmen sollen! Hatte er die Aufgabe lediglich übernommen, um auf der *Zest* nicht durchzudrehen? Im tiefsten Inneren wußte er, daß er aus einer Verpflichtung heraus gehandelt hatte, vermutlich um irgend etwas wieder gutzumachen. Eine Schuld auszugleichen . . .

Urquhart sah jetzt auf die Karte. Er hatte ein kräftiges, nachdenkliches Profil. Adam konnte sich ihn gut als Kommandanten eines eigenen Schiffes vorstellen.

Urquhart meinte: »Das ist wie eine Stecknadel im Heuhaufen suchen, Sir. Sie könnte überall sein.«

»Das weiß ich selber, verdammt noch mal.« Er legte dem Leutnant die Hand auf den Ärmel. »Tut mir leid, John. Das hätte ich nicht sagen dürfen.«

Urquhart sah ihn überrascht an. Der Kapitän hatte ihn zum ersten Mal mit dem Vornamen angeredet. Ihm schien, als stünde er plötzlich einem ganz anderen Mann gegenüber, nicht dem gänzlich Fremden.

»Wenn wir tiefer in den Golf segeln«, sagte er, »werden wir Probleme haben, beisammen zu bleiben. Ja, wenn wir mehr Schiffe hätten . . .«

Ein Maat rief leise durch die offene Tür: »Der Admiral kommt, Sir!«

Adam wußte, das galt Urquhart. Der Mann vermied es, den Kommandanten anzuschauen.

Er straffte sich. »Nun ja, wir werden sehen!«

Keen stand an den Luvwanten, als sie aus dem Kartenhäuschen traten. Adam fiel sofort auf, wie müde und besorgt Keen aussah.

»Wann werden wir unseren Kurs ändern, Kapitän Bolitho?« fragte Keen.

Ebenso förmlich antwortete Adam: »In zwei Stunden,

Sir. Wir werden dann Nordwest laufen.« Er wartete, spürte Keens Zweifel, seine ungestellten Fragen.

»Sind *Taciturn* und *Doon* in Sicht?«

»Ja, Sir. Beim Wachwechsel hat der Ausguck sie beide gemeldet. Die Sicht ist gut. Wir würden auch jedes andere Segel schnell entdecken. Informationen hoffentlich oder irgendein Hinweis, daß man sie gesehen hat – von einem Fischerboot aus oder von einem Handelsschiff.« Er schaute zu Urquhart. »Mehr können wir nicht erwarten!«

Keen sagte: »Wir laufen querab von Kap North. Mit Beginn der Nacht sind wir zu weit auseinander, um uns gegenseitig zu helfen.«

Adam blickte zur Seite. Ohne zu wissen, warum, fühlte er sich unbehaglich. Noch vor dem Morgengrauen und mehrmals des Nachts war er an Deck gewesen. Es gab genügend navigatorische Gefahren in diesen Gewässern. Auf die Karten der Gegend konnte man sich nicht verlassen – vorsichtig ausgedrückt. Es war also nur gut, wenn die Männer auf Wache wußten, daß ihr Kapitän bei ihnen war.

»Nach dem, was wir von der *Alfriston* hörten, scheint dies hier die beste Gegend, um unabhängig zu operieren. Vielleicht können wir morgen früh entscheiden, ob wir diese Art Suche fortsetzen wollen.«

Keen sah zwei Seeleute neue Fallen über das Deck schleppen. »*Ich* werde entscheiden. Solange das Tageslicht noch reicht, schicken Sie bitte Nachrichten an *Taciturn* und *Doon*. Die Brigg soll längsseits kommen und meine Meldungen nach Halifax bringen.« Er sah Adam an und fügte knapp hinzu: »Wir werden die Suche vor Beginn der Dämmerung abbrechen.«

»Halifax, Sir?«

Keen schaute ihn entschlossen an: »Halifax!«

Er schritt zum Niedergang, und Adam sah den Flaggleutnant dort auf ihn warten.

»Befehle, Sir?« Urquhart fühlte sich sichtlich nicht wohl, daß er diesem Wortwechsel gefolgt war. Und zum ersten Mal hatte er erkannt, daß den Admiral und seinen Flaggkapitän offensichtlich etwas trennte.

Adam schaute nach oben auf den Wimpel in der Mastspitze. Der Wind stand stetig aus Südwest, tagelang schon. Auf einen Tag mehr würde es jetzt nicht ankommen. Und selbst wenn sie nach Halifax zurückkehrten, würden sie dort bestimmt keine neuen Nachrichten von Sir Richard erhalten.

Er war nur der Kommandant, und bei ihm lag nie die letzte Entscheidung. Das hatte er schon immer gewußt und Keens knappe Bemerkung hatte ihm das nur noch einmal deutlich gemacht. Es lag sicher daran, daß Keen an Linienschiffe gewohnt war und nur sehr jung auf Fregatten gedient hatte. Er versuchte zu lächeln, es wegzuwischen. *Mit den besten Lehrmeistern.* Aber Keen hatte nie eine Fregatte kommandiert. Eigentlich sollte das keinen Unterschied machen, doch es machte einen – seltsamerweise.

Gegen Ende der Nachmittagswache kehrte Keen an Deck zurück.

»Es wird wohl Zeit für das Signal.« Er sah den kleinen John Whitmarsh nach achtern gehen mit einigen säuberlich gefalteten Hemden im Arm. Er lachte unerwartet. »Wenn wir noch mal so alt wären, was?«

Die plötzliche Vertraulichkeit überraschte ihn. »Ja, Sir. Aber ich könnte ganz gut leben, wenn's einiges aus meiner Vergangenheit nicht gäbe.«

Keen gab sich einen Ruck. »Sie meinen sicher, ich gebe zu schnell auf. Sie meinen, wir sollten Tage, vielleicht Wochen drangeben, um etwas nachzujagen, was gar nicht da ist.«

Adam antwortete: »Ich glaub dennoch, wir sollten dranbleiben, Sir!«

Keen hob die Schultern. Die Brücke zwischen ihnen war wieder zerbrochen. »Es ist meine Entscheidung. Setzen Sie bitte das Signal.«

Adam sah de Courcey zu Midshipman Rickman eilen, der die Signalflaggen ordnete. Also zurück nach Halifax. Empfänge und Bälle. Und das Schiff setzte vor Anker Moos an.

»An Deck! Signal von *Taciturn*.«

Adam sah einen zweiten Midshipman nach einem Teleskop greifen.

»Los, hoch, Mr. Warren. Ein bißchen plötzlich, bitte!«

Er wußte, daß Urquhart ihn beobachtete. Er würde nie seine Meinung äußern oder gar weitersagen, was er gesehen oder gehört hatte. Adam legte die Hand über die Augen und starrte in die Sonne, die rotgolden glühte. Es war noch immer Zeit. Nur . . .

Aus dem Topp des Großmastes war die helle Stimme des Midshipman zu hören. »Von der *Taciturn*, Sir. Feind in Sicht in Nordost.« Selbst auf die Entfernung und über das trommelnde Dröhnen von Leinwand und Rigg hinweg konnte Adam seine Aufregung hören.

Auf die Enge zu, die sie gerade verlassen hatten. Eine Stunde später wären sie ungesehen aneinander vorbeigesegelt. Wer war der Feind, dessen sich die *Taciturn* so sicher war?

Wieder schrie Warren nach unten: »Sie ist die *Reaper*, Sir!«

Urquhart vergaß sich einen Moment. »Hölle und Teufel. Sie hatten recht, Sir!«

Keen war wieder aufgetaucht. »Was ist los? Sind Sie ganz sicher?«

»Absolut, Sir!« antwortete Adam.

»Sie werden fliehen.« Er klang unentschlossen. »Und versuchen, uns im Golf abzuschütteln.«

Adam wandte sich an Urquhart: »Lassen Sie bitte die

Bramsegel setzen.« Er sah hoch zur Besanstenge, wo die Flagge kräftig auswehte. »Dieses Schiff kann die *Reaper* aussegeln, egal was sie anstellt.« Seine eigene Stimme überraschte ihn. Er fühlte Stolz, wo er bisher nur Akzeptanz gespürt hatte, und Triumph, wo er kürzlich noch Bitterkeit empfunden hatte, als Keen seine Vorschläge abwies.

Pfiffe schrillten, und nackte Füße trommelten über das Deck, als die Männer losstürmten, um die Befehle zu erfüllen. Er spürte ihre Erregung, die Erleichterung, daß endlich etwas geschah. Und er merkte etwas vom Staunen der neuen Leute, die nach oben blickten, wo die Bramsegel von ihren Rahen geschüttelt wurden und im beständigen Wind sofort steifstanden.

Adam nahm ein Teleskop und stützte es auf die Schulter von Midshipman Rickman. Zuerst *Taciturn*. Die Brigg *Doon* war von Deck aus noch nicht auszumachen. Und dann ... Er fuhr zusammen, trotz der ersten Sonnenwärme spürte er einen Schauer über seinen Rücken laufen. Wie eine schmale Feder die helle Leinwand der *Reaper*. Sie floh noch nicht, doch sie hatte ihre Entdecker natürlich schon wahrgenommen. Drei Schiffe auf konvergierenden Kursen. Die Männer der *Reaper* würden mit dem Mut der Verzweiflung bis zum eigenen Tod kämpfen. Denn der stand ihnen nach einer kurzen formellen Kriegsgerichtsverhandlung sowieso bevor. Die Strafe, die auf Meuterei stand, kannten sie, noch ehe sie die Flagge gestrichen hatten. Er fuhr sich mit der Zunge über die trockenen Lippen. *Und ihren Kapitän ermordet hatten ...*

Keen lieh ihnen seine Stimme: »Sie werden sich auf keinen Kampf einlassen!«

Adam wandte sich wieder Urquhart zu. »Lassen Sie alle Mann auf Station pfeifen. Und machen Sie das Schiff dann kampfbereit.« Er schritt zur Achterreling und dann wieder nach vorn, in Gedanken ganz bei diesem plötzlichen Wechsel des Glücks. Wollten die nur ihre Verachtung zeigen, eine Drohgebärde? Wahrscheinlich beides. Denn schon die *Taciturn* allein war mit ihren Kanonen der kleineren *Reaper* weit überlegen. *Valkyrie* könnte sie gar aus dem Wasser pusten, ohne auch nur in ihre Schußweite zu kommen.

»Sie hält ihren Kurs!« sagte Keen. Er hob die Arme, als sein Diener erschien und ihm den Säbel einhängte.

»Schiff klar zum Gefecht, Sir!«

Adam sah den Ersten Offizier verblüfft an. Er hatte das Rasseln der Trommeln kaum gehört, auch nicht das Rennen der Seeleute und Seesoldaten auf ihre Stationen. Jetzt herrschte wieder Stille. Jede Kanone war vollständig bemannt, auf den Decks lag Sand gestreut. Die scharlachroten Jacken der Seesoldaten sah man an den Finknetzen und hoch oben in den Krähennestern für die Scharfschützen. Peter Dawes hatte sie gut gedrillt. Oder vielleicht lag es auch an Urquhart, der sich durch nichts beeindrucken ließ.

»Signal an die *Taciturn:* Zum Flaggschiff aufschließen!« sagte Keen. Er schritt davon, als de Courcey die Signalgasten zu größerer Eile antrieb. Die Flaggen rauschten nach oben.

»Befehl bestätigt, Sir!«

Von der *Doon* war noch nichts zu sehen. Ihre Toppleute würden sicher scharf Ausguck halten und dabei ganz froh sein, mit all dem hier noch nicht befaßt zu sein.

»Die *Reaper* zeigt ihre Zähne.«

Ohne Glas war keine Veränderung zu entdecken. Doch als Adam sein Teleskop wieder auf die Schulter des Midshipman stützte, sah er auf dem anderen Schiff die Linie der Kanonenmündungen durch die Geschützpforten ragen.

Keen sagte: »Sobald Sie bereit sind, Kapitän Bolitho!«

Sie sahen sich jetzt wie Fremde an.

Adam rief laut: »Wie beim Drill, Mr. Urquhart.« Einige Männer in seiner Nähe drehten sich um und grinsten. »Laden und ausrennen!«

»Geschützpforten auf!« Monteith, der Vierte Offizier, ließ seine Pfeife schrillen und mit lautem Gebrüll warfen die Männer sich in die Zugseile und rissen ihre Kanonen nach vorn, die Mündungen durch die offenen Pforten. Mit achterlichem Wind hatten sie es leicht. Falls sie den Kurs änderten oder die Luvposition verloren, wäre es schlimmer. Dann hätten sie die ganze Zeit bergauf zu arbeiten – nach den Worten erfahrener Stückführer.

Adam drehte sich um, als der junge Whitmarsh ohne Eile seinen Weg durch die Männer an den Kanonen und die aufmerksamen Seesoldaten fand. Er hielt Adams neues Entermesser wie einen Talisman. Adam schaute sich nach den anderen auf dem Achterdeck um. George Starr, sein alter Bootsführer, müßte doch eigentlich hier sein, genau wie Hudson. Doch beide waren tot wie die vielen anderen, an deren Gesichter er sich so schmerzlich erinnerte, daß er fast die Gegenwart vergaß.

Er wartete, bis der Junge das Entermesser eingehängt hatte und sagte: »Los, unter Deck, mein Junge. Keine Heldentaten heute.« Er sah, wie enttäuscht Whitmarsh war, und fügte sanfter hinzu: »Ich muß dich doch nicht jedesmal daran erinnern, oder?«

Keen stand jetzt neben ihm. »Was rechnen die sich aus?«

Adam sah, wie alle Gläser auf die ferne *Taciturn* gerichtet waren, und hörte de Courcey mit unbewegter Stimme ein Signal entziffern. Dann ließ er sein Glas sinken und plötzlich war ihm alles klar: »Sie haben Geiseln an Bord, Sir!«

»Das also haben sie vor. Sie werden an uns vorbeisegeln, weil sie wissen, daß wir nicht schießen werden.« Er dachte nach, schien das selber nicht zu glauben. »Ob sie das wirklich tun?«

»Vielleicht bluffen Sie nur, Sir.« Doch Adam wußte, daß dem nicht so war. Es war alles, was der Feind noch hatte. Bei diesem Wind wären sie in weniger als einer halben Stunde in Schußweite.

Keen sagte: »Das wäre Mord!«

Adam beobachtete ihn, fühlte Ärger und Ekel. *Seine Entscheidung*, auf der er ja eben bestanden hatte.

Als Adam schwieg, rief Keen laut: »Um Himmels willen, was soll ich machen!«

Adam berührte den Griff seines neuen Entermessers, das er mit großer Sorgfalt im Laden des alten Waffenschmieds in London ausgesucht hatte.

»Wenn wir kämpfen, werden Männer sterben, Sir. Aber wenn wir jetzt auch noch die *Reaper* ziehen lassen, wäre die Tragödie noch größer.«

Keen schien zu seufzen. »Signalisieren Sie der *Taciturn*, hinter uns ihre Position einzunehmen.«

Das Signal wurde bestätigt. Adam beobachtete, wie die Segel der führenden Fregatte einen Augenblick wild flappten, als sie, wie befohlen, wendete. Er empfand Mitleid und gleichzeitig Bewunderung für Keen. Diese erste Begegnung würde er keinem seiner Kommandanten überlassen. Wie Richard Bolitho immer wieder gesagt hatte: Hier fing die Verantwortung an, und hier endete sie auch. Wie die Flagge im Besan hatte sie etwas Endgültiges.

Er hatte Midshipman Warren vergessen, der immer noch oben im Großmast Ausguck hielt.

»An Deck!« Und wie ein Schock, an den er nicht glauben mochte: »Auf dem Deck der *Reaper* sind Gefangene, Sir.« Kurze Pause. »Auch Frauen!«

Scharf kam es von Keen: »Glauben Sie immer noch, daß die nur bluffen?«

Wie ein Alptraum, dachte Adam. Die *Reaper* würde noch einmal genau dasselbe über sich ergehen lassen;

sie würde unter Feuer genommen wie damals von den Amerikanern, ohne selber in Schußweite zu sein.

Urquhart war auf seinen Posten am Großmast gegangen, den blanken Säbel über der Schulter, als wolle er irgendein Zeremoniell beginnen.

Adam hielt sich an der Achterdecksreling fest. Niemand mußte ihm erklären, was geschehen würde, wenn die langen Achtzehnpfünder mit doppelter Ladung das sich nähernde Schiff unter Feuer nahmen.

Er spürte, daß einige der Mannschaften an den Kanonen nach achtern peilten. Am liebsten hätte er sie angebrüllt: *Hier gibt es keine andere Entscheidung als die: Sie dürfen nicht entkommen.*

Er hörte de Courcey: »Zwei Frauen, Sir. Alle anderen sind offenbar Seeleute.« Auch er klang wie benommen, als könne er nicht glauben, was er sah.

Adam rief mit lauter Stimme: »In der Aufwärtsbewegung feuern, Mr. Urquhart, wenn das Ziel erfaßt ist.« Urquhart wußte, was er zu tun hatte. Auch jeder andere an Bord kannte seine Pflichten. Aber sie mußten durch Befehle zusammengehalten werden – unabhängig von Erfahrungen und Überzeugungen.

»Bramsegel reffen!« Hoch über ihnen, fern von Spannung und Erwartung an Deck, bewegten sich Männer wie Affen.

Adam befahl jetzt dem Master: »Gehen Sie zwei Strich höher an den Wind, Mr. Ritchie. Dann werden wir feuern!«

Keen war in den Webleinen, scherte sich nicht um Gischt und Gefahr. Er hielt das Teleskop des Midshipman. Sein helles Haar wehte im Wind.

Wie damals in Zennor in der Kirche . . . Val und Zenoria . . . Er schloß die Augen, als Keen ihm mit rauher Stimme zurief: »Eine der Geiseln ist David St. Clair! Seine Tochter wird bei ihm sein!«

Er wischte seine Erinnerungen weg. Hier war nicht der Ort, sie zu pflegen. Er hörte Keen sagen: »Also doch kein Bluff!« Er kletterte an Deck und sah ihn direkt an.

»Alles klar!« befahl Adam. Er zwang sich, die sich nähernde Fregatte anzusehen. Sie lehnte über und zeigte ihren hellen Kupferbeschlag am Rumpf. Ihre vergoldete Galionsfigur mit der erhobenen Sichel war klar zu erkennen und fürchterlich anzuschauen.

Jeder Stückführer blickte nach achtern auf die einsame Gestalt an der Reling, auf den Kommandanten, dessen Ruhm ihnen bekannt war. Und jeder von ihnen wußte, was er sehen würde, wenn die *Valkyrie* den Kurs änderte und vor jeder Geschützpforte das Ziel lag. Jemand räusperte sich. Andere wischten sich den Schweiß von der Stirn.

Wenn sie sich nun weigerten, auf ihresgleichen zu feuern?

Adam fühlte, wie Wut ihn durchströmte. Die da waren eben nicht wie ihresgleichen. *Das darf ich nie glauben.*

Er zog sein Entermesser und hob es in Höhe seiner Schulter.

Lieber Gott, was machen wir bloß?

»Neuen Kurs anliegen, Mr. Ritchie!«

Er drehte sich um, als Kanonenfeuer dröhnte und über die kurzen, weißmähnigen Wogen echote.

Ungläubig sah er, wie die Kanonen der *Reaper* zurückrollten. Sie hatten einzeln oder paarweise gefeuert, zuletzt eine einzige Kanone im Bug. Also keine Breitseite!

Dann sah man fleckenweise Schaum hochsprühen. Die hohen Fontänen der schwereren Kanonen wühlten durch die Seen und verschwanden ganz plötzlich. Eine Breitseite also doch, ins Nichts gefeuert.

Keen sagte: »Sie wollten nicht auf uns feuern!« Er sah sich um. »Sie wußten, daß wir sie zerstören würden.«

»Der Bluff hat nicht gewirkt«, antwortete Adam. Er bemerkte, wie die eigenen Mannschaften sich über die Kanonen hinweg ungläubig anschauten. Zwei Männer langten sogar über die Läufe der Achtzehnpfünder hinweg, um sich die Hände zu schütteln. Das hier war kein Sieg, aber es war wenigstens auch kein blutiger Mord.

»Signal an sie: *Beidrehen!* Enterkommandos, bereithalten!«

Adam rief laut: »Klar zum Feuern! Wir lassen uns auf nichts ein!«

Er tippte an den Hut, als er sich an Keen wandte: »Ich werde mit nach drüben entern, Sir!«

Keen sah an ihm vorbei. Etwas, das wie ein tiefer Seufzer klang, war von den Seeleuten und Seesoldaten zu hören.

»Sie hat die Flagge gestrichen, Gott sei Dank!«

Ritchie, der alte Master, strich sich mit dem Handrücken über die Lippen. »Armes Mädchen. Ich glaub, mehr als das kann niemand aushalten.«

Adam schaute ihn überrascht an. Ein harter Berufsseemann ohne falsche Gefühle hatte all das, was sie dachten, mit einfachen Worten ausgedrückt.

»Kümmern Sie sich vor allem um St. Clair und seine Tochter. Die letzten Stunden werden sie ganz schön mitgenommen haben«, sagte Keen.

Adam sah die Boote. Sie wurden hochgehievt und an Steuerbord zu Wasser gelassen. Urquhart hatte sie gut gedrillt. Die Kanonen könnten immer noch feuern, ohne von ihnen behindert zu werden.

»Ich kümmer mich um beide, Sir!« Er starrte nach drüben. Mit flappenden Segeln drehte die *Reaper* in den Wind. Es hätte auch alles anders enden können – einen Augenblick später. Dennoch . . . Was hatte der Master gesagt? Worte wie auf einem Grabstein: Für das Schiff, nicht für die Männer, die es verraten hatten.

In Dwarslinie pullten die Boote der *Valkyrie* zur *Reaper* hinüber. Die Spannung war mit Händen zu greifen. Wenn die drüben sich entschlössen, doch noch Widerstand zu leisten, könnten sie die Segel wieder trimmen und davonsegeln – oder es wenigstens versuchen.

Adam sah sich die Boote genau an. Der Hauptmann der Seesoldaten, Loftus, war in seinem scharlachroten Umhang weithin sichtbar und bot jedem Scharfschützen ein leichtes Ziel. Auch seine eigenen Epauletten waren leicht auszumachen. Dennoch lächelte er. Gulliver, Sechster Offizier, schaute schnell zu ihm herüber. Offensichtlich tröstete ihn, was er sah.

Er sagte: »Das wird die Rechnung ausgleichen, Sir!«

Er sprach wie ein Veteran vieler Schlachten und war ganze zwanzig Jahre alt.

»*Reaper*, ahoi. Wir kommen an Bord. Legen Sie die Waffen nieder.«

Adam berührte unter seinem Uniformrock die Pistole. Jetzt kam es darauf an. Irgendein Heißsporn, der nichts mehr zu verlieren hatte, könnte diese letzte Gelegenheit nutzen. Boot nach Boot machte längsseits fest. Er spürte ein seltsames Verlassensein, denn dieser auf- und absteigende Rumpf verdeckte die *Valkyrie* vollständig. *Kein Risiko eingehen.* Aber würde Keen seinem Flaggschiff Feuer befehlen, wenn so viele seiner eigenen Leute hier an Bord wären?

Ein ganz neues Gefühl, ein totes Schiff. Sie kletterten nach oben und stiegen mit erhobenen Waffen in die Gangway. Vom anderen Ende des Schiffes schwärmten Seesoldaten bereits in den Bug. Sie hatten schon eine Karronade umgedreht und sie auf die schweigenden Männer gerichtet, die unten auf dem Kanonendeck standen.

Seine Männer traten zur Seite, um ihn durchzulassen. Jetzt, da sie die Flagge gestrichen hatte, musterte er sie mit anderen Augen. Die Kanonen, die blindlings ins Wasser gefeuert hatten, rollten ruhelos hin und her, nicht geladen und verlassen. Räumer und Schwämme lagen, wo man sie hatte fallen lassen. Adam ging nach achtern an das große Doppelrad, das zwei seiner Männer in Besitz genommen hatten. Die Geiseln, inzwischen befreit und offensichtlich unverletzt, hatten sich um den Besanmast gesammelt. Auf dem Kanonendeck standen sich die Männer der *Reaper* in zwei deutlich getrennten Gruppen gegenüber – offensichtlich die Meuterer auf der einen, das amerikanische Prisenkommando auf der anderen Seite.

Zwei amerikanische Leutnants erwarteten ihn.

»Gibt's noch andere Offiziere an Bord?«

Der Ältere der beiden schüttelte den Kopf. »Dies Schiff ist Ihres, Kapitän Bolitho!«

Adam ließ sich die Überraschung nicht anmerken. »Mr. Gulliver, durchsuchen Sie mit Ihren Männern das Schiff.« Und als der Leutnant davoneilte, rief er ihm laut nach: »Wer Widerstand leistet, wird erschossen!«

Sie kannten ihn also. Er fragte: »Was war Ihre Absicht, Leutnant?«

Der große Offizier zuckte mit den Schultern. »Ich bin Robert Neill, Kapitän. *Reaper* ist eine Prise. Sie hatte sich uns ergeben.«

»Und Sie sind jetzt Kriegsgefangener. Ihre Männer ebenfalls.« Er machte eine Pause. »Hauptmann Loftus, behalten Sie die anderen im Blick. Sie wissen, was Sie zu tun haben.« Und dann wieder an Neill gewandt: »Sie haben britischen Seeleuten die Gelegenheit zur Meuterei geboten. Genaugenommen haben Sie und Ihr Kommandant die Meuterei begonnen.«

Neill seufzte: »Dazu habe ich nichts zu sagen!«

Er sah, wie beide Offiziere einem Seesoldaten ihre Säbel überreichten. »Wir werden Sie anständig behandeln.« Er zögerte einen Moment, haßte die Stille, den

Geruch der Angst. »So wie Ihre Leute mich behandelt haben!«

Dann nickte er Loftus zu und ging zu den Geiseln, die längst auf ihn warteten.

Ein silberhaariger Mann mit einem wachen, jugendlichen Gesicht trat auf ihn zu, ohne sich um das drohende Bajonett eines Seesoldaten zu kümmern.

»Ich bin David St. Clair.« Er streckte ihm die Hand entgegen. »Hier ist meine Tochter Gilia. Ihr Erscheinen war ein Wunder, Sir, ein wirkliches Wunder.«

Adam sah die junge Frau an. Sie war, wie für eine Reise üblich, warm gekleidet und blickte ihn fest und ablehnend an, als sei dies hier der Überfall, nicht die Rettung.

Er sagte: »Ich habe wenig Zeit, Mr. St. Clair. Ich möchte Sie auf mein Schiff übersetzen, die *Valkyrie*, und zwar ehe es zu dunkel wird.«

St. Clair sah ihn fest an. »Ich kenne das Schiff.« Er ergriff seine Tochter am Arm. »Valentine Keens Schiff, erinnerst du dich?« Doch sie beobachtete die Seeleute und die Seesoldaten der *Valkyrie*, als spüre sie selber die Spannung zwischen ihnen und den Gefangenen.

»Sein Flaggschiff«, sagte Adam, »ich bin sein Flaggkapitän.«

Sanft meinte St. Clair: »Natürlich. Er ist ja befördert worden.«

»Wie hat man Sie gefangengenommen?« wollte Adam wissen.

»Wir segelten mit der *Crystal*, einem Schoner, von Halifax zum St. Lawrence in Geschäften der Admiralität.« Er schien Adams Ungeduld zu spüren und fuhr schnell fort: »Dies hier ist ihre Mannschaft. Die Frau da ist die Frau des Masters. Sie war mit an Bord.«

»Ich kannte Ihren Auftrag, Sir. Ich hielt ihn für gefährlich, kein Zweifel.« Er sah wieder das Mädchen an. »Und ich behielt recht, wie mir scheint.«

Ein Gehilfe des Bootsmanns versuchte, seinen Blick zu fangen.

»Ja, Laker, was liegt an?«

Der Mann schien überrascht, daß sein Kommandant seinen Namen kannte. »Die beiden Yankee-Offiziere, Sir...«

»Schicken Sie sie auf unser Schiff hinüber. Ihre eigenen Leute auch, und machen Sie schnell.«

Er schaute auf die Gangway. Dort war eine Kanone noch immer nicht wieder festgezurrt. Ein großer Fleck auf den Planken wie schwarzer Teer. Es konnte nur Blut sein. Vielleicht hatten sie an dieser Stelle ihren Kommandanten erbarmungslos ausgepeitscht.

Und dann rief er: »Und setzen Sie unsere Flagge.« Bei all der Schande war dies eine winzige Geste.

Einer der amerikanischen Leutnants wandte sich an ihn: »Sagen Sie mir, Kapitän, hätten Sie gefeuert, Geiseln hin, Geiseln her?«

Adam drehte sich um: »Bringen Sie sie nach drüben!«

Leise meldete sich St. Clairs Tochter: »Das habe ich mich auch gefragt, Kapitän!« Sie zitterte jetzt trotz ihrer warmen Kleidung. Der Schock und die Erkenntnis, was hätte geschehen können, wurde ihr nur allzu deutlich.

St. Clair legte den Arm um sie und meinte: »Die Kanonen waren geladen und feuerbereit. Im letzten Augenblick haben wohl einige von ihrer ursprünglichen Besatzung sie abgefeuert, um ihre Absicht deutlich zu machen!«

»Der amerikanische Leutnant, dieser Neill, stellt sich wahrscheinlich gerade dieselbe Frage.« Er sah der jungen Frau jetzt genau in die Augen. »Im Krieg gibt es nur wenige leichte Entscheidungen.«

»Das Boot ist klar zum Ablegen, Sir!«

»Haben Sie Gepäck, das nach drüben muß?«

St. Clair führte seine Tochter an die Reling, wo für sie ein Bootsmannsstuhl gerigg war.

»Keins. Wir hatten keine Zeit. Kurz darauf haben sie die *Crystal* zerstört. Irgend etwas explodierte auf ihr.«

Adam musterte das leere Deck und seine eigenen Männer, die darauf warteten, die *Reaper* wieder in Fahrt zu bringen. Sie hätten sie wahrscheinlich lieber untergehen sehen. *Und ich auch.*

Er trat an die Reling und überprüfte, ob die junge Frau sicher saß.

»Auf dem Flaggschiff werden Sie sich wohler fühlen, Madam. Wir werden nach Halifax zurückkehren.«

Einige von der ursprünglichen Mannschaft der *Reaper* wurden gerade unfreundlich von Loftus' Seesoldaten nach unten befördert, um hier den Rest der Reise sicher verwahrt zu sein.

»Was geschieht mit ihnen?« fragte sie leise.

»Man wird sie hängen«, antwortete Adam knapp.

Sie sah ihn an, als suche sie in seinen Zügen etwas. »Wenn sie auf Ihr Schiff gefeuert hätten, wären wir jetzt alle tot, nicht wahr?« Als Adam schwieg, blieb sie beharrlich: »Das muß man doch auch berücksichtigen!«

Adam drehte sich plötzlich um. »Der Mann da! Hierher!«

Der Seemann, der ein rot kariertes, zerknautschtes Hemd trug, kam sofort herüber und grüßte, indem er den Zeigefinger an die Stirn legte. »Sir?«

»Ich kenne dich!«

»Ja, Kapitän Bolitho. Auf der *Anemone* war ich vor zwei Jahren der Mann im Großtopp. Sie ließen mich an Land, als ich fieberkrank war.«

Erinnerungen kamen und mit ihnen Namen aus der Vergangenheit. »Ramsay, was ist in Teufels Namen hier vorgefallen?« Er vergaß die junge Frau, die aufmerksam zuhörte, ihren Vater, alle anderen, sah nur dieses bekannte Gesicht. Keine Spur von Furcht war in ihm zu entdecken. Der Mann war schon längst zum Tode verurteilt, er hatte die Nähe des Todes schon immer gekannt und ihn akzeptiert.

»Ich gehöre hier nicht hin, Kapitän Bolitho. Nicht zu Ihnen. Das ist alles vorbei.« Er dachte nach, kam zu einer Entscheidung und zog langsam und entschlossen das Hemd über seinen Kopf. Dann sagte er: »Verzeihen Sie, Miss. Hätte es Sie nicht gegeben, hätten wir gefeuert!« Dann drehte er allen seinen Rücken zu, über den das Licht der untergehenden Sonne fiel.

Adam fragte nur: »*Warum?*« Die junge Frau war entsetzt. Für sie sah der Rücken noch viel schlimmer aus.

Ramsay war als Seemann derart ausgepeitscht worden, daß sein Rücken kaum noch dem eines Menschen glich. Ganze Streifen zerfetzten Fleisches waren noch nicht verheilt.

Ramsay zog sein Hemd wieder zurück. »Er hatte einfach seine Freude am Auspeitschen!«

»Es tut mir leid, Ramsay.« Voller Mitgefühl berührte Adam seinen Arm. Leutnant Gulliver sah ungläubig zu.

»Ich werde für dich tun, was ich kann!«

Als er wieder aufsah, war der Mann verschwunden. Hoffnung gab es für ihn nicht, und das wußte er. Und doch hatten diese paar Worte beiden viel bedeutet.

Unruhig machte Gulliver sich bemerkbar: »Das Boot ist bereit, Sir!«

Doch ehe der Bootsmannsstuhl nach unten in das wartende Boot gefiert wurde, sagte Adam St. Clairs Tochter: »Manchmal hat man überhaupt keine Wahl!«

»Fier weg, warrschau, Jungs!«

Er richtete sich auf und sah die anderen an.

Er war wieder ihr Kommandant.

VIII   Ein zu großer Verlust

Richard Bolitho wandte den Kopf zur Seite und lehnte ihn gegen den hohen Rücken des Stuhls, um dem Sonnenlicht, das hell durch das Kajütenfenster der *Indomitable* fiel, auszuweichen. Der Stuhl war tief, bequem und mit Leder gepolstert, ein Bergère, den Catherine hatte an Bord schicken lassen, als er seine Flagge zum ersten Mal auf diesem Schiff gesetzt hatte. Der Sekretär Yovell saß am Tisch, während Leutnant Avery von der Heckbank her zwei Boote beobachtete, die von der Brigg *Alfriston*, die bei Sonnenaufgang wieder zu ihnen gestoßen war, zurückruderten. Tyacke ließ es sich nicht nehmen, ihr frisches Obst rüberzuschicken. Als ehemaliger Kommandant einer Brigg kannte er den Wert einer hart arbeitenden Mannschaft. Es hatte lauten Beifall gegeben, als die *Alfriston* beidrehte, um ihre Depeschen zu verteilen. Der Beifall wurde schnell von den wachhabenden Offizieren unterdrückt, die das offene Skylight der Admiralskajüte sahen und die Wichtigkeit der Nachrichten ahnten, die sie ihm gebracht hatten.

Tyacke war nach achtern gekommen, um die schwere Leinwandtasche persönlich zu überbringen. Als Bolitho sich nach dem Beifall erkundigte, antwortete er ungerührt: »Die *Reaper* ist wieder unser, Sir Richard!«

Jetzt blickte Bolitho auf den hohen Stoß Depeschen auf dem Schreibtisch. Da lag der vollständige Bericht der Verfolgung und Eroberung der *Reaper* – in Keens eigener Handschrift, nicht etwa der seines Sekretärs. Ob er seinen eigenen Leuten nicht traute oder gar an seinen eigenen Taten zweifelte, fragte er sich. Es blieb ein vertrauliches Dokument, doch trotz Siegel und Geheimhaltung hatte die Besatzung der *Indomitable* den Inhalt gekannt oder jedenfalls geahnt. Solche Intuition war unheimlich, aber nicht ungewöhnlich.

Er hörte Blöcke quietschen und das Trillern einer Bootsmannspfeife, als ein weiteres volles Netz mit Vorräten für die *Alfriston* gehievt und über Bord in ein Boot geschwenkt wurde, das für die Brigg bestimmt war. Ihm fiel es schwer, auf die gewaltige blaue Leere des Ozeans hinter dem Fenster zu blicken. Sein Auge schmerzte, und er würde es am liebsten reiben, obwohl man ihn gerade davor gewarnt hatte. Er lebte damit, daß sich der Zustand des Auges ständig verschlechterte.

Er versuchte, sich auf Keens präzise Beurteilung vom Aufbringen und Nehmen der *Reaper* zu konzentrieren. Ihm war nichts entgangen, auch nicht seine eigene Ratlosigkeit, als er erkannt hatte, daß die Geiseln an Deck geführt wurden, um als lebender Schutz vor der gegnerischen Breitseite zu dienen. Keen hatte Adams Rolle sehr gelobt und wie er mit den Männern umgegangen war, mit den Amerikanern ebenso wie mit den Meuterern.

Doch seine Gedanken wehrten sich gegen die verdammte Pflicht, die offizielle Post zu lesen. In der Leinwandtasche mit Keens offizieller Depesche lagen einige Briefe, auch einer von Catherine, der erste seit ihrer Trennung in Plymouth vor drei Monaten. Er hatte ihn an sein Gesicht gehalten und eine Spur von ihrem Parfüm wahrgenommen.

Avery meldete: »Das letzte Boot legte gerade ab, Sir Richard!« Er klang verklemmt und bedrückt. Vielleicht hatte auch er auf einen Brief gehofft, obwohl Bolitho sich nicht daran erinnerte, daß er je einen bekommen hatte. Seine einzige Welt, genau wie die von Tyacke, war das Leben an Bord.

Wieder wandte sich Bolitho Keens ausführlichem Bericht zu. Er las zum zweiten Mal die Informationen über David St. Clair und dessen Tochter, beide Gefangene an Bord der *Reaper*. Sie waren von dem Schoner herübergebracht worden – doch sicher nicht nach einem zufälligen

Treffen? St. Clair handelte im Auftrag der Admiralität. Keen hatte außerdem erwähnt, daß er die königliche Werft in Kingston und eine Schiffsbau-Anlage in York aufsuchen wollte, auf der gerade ein Kriegsschiff mit dreißig Kanonen seiner Vollendung entgegenging. Die abschließenden Arbeiten hatten sich wegen eines Disputs mit den Marinebehörden der Provinz, die sie später übernehmen sollte, verzögert. St. Clair, im Umgang mit Bürokraten erfahren, hatte gehofft, die Dinge zu einem schnellen und befriedigenden Ende zu führen. Flottenkapitäne hätten sicher einige Mühe zu verstehen, warum um ein so kleines Schiff so viel Aufhebens gemacht wurde. Doch Keen hatte von St. Clair erfahren, daß dieses Schiff – in Dienst gestellt – das größte und mächtigste auf den Seen sein würde. Kein amerikanisches Schiff würde ihm widerstehen können – und die Großen Seen würden weiter unter britischer Oberhoheit bleiben. Würden andererseits die Amerikaner sie angreifen und nehmen, fertig oder unfertig, wären die Folgen verheerend. Es wäre das Ende der britischen Provinz oberes Kanada. Ein einziges Schiff! Die Amerikaner wußten von ihr seit der Kiellegung. In diesem Licht erschien St. Clairs Gefangennahme noch weniger als ein zufälliges Unglück. Sein Auftrag war auch bekannt – er sollte also beseitigt werden. Bolitho dachte an den wilden Kanonendonner, die traurigen Wrackreste der *Royal Herald.*

Er wandte sich an Yovell: »Lassen Sie unsere Tasche auf die *Alfriston* bringen. Die wollen sicher schnell wieder unterwegs sein.« Er dachte an den riesigen Kommandanten der Brigg und fragte sich, was er wohl gefühlt haben mochte, als er von der Eroberung der *Reaper* erfahren hatte und daß ihr einziger Widerstand Schüsse ins Wasser gewesen waren.

Ozzard schaute durch die andere Tür herein. »Der Kommandant ist auf dem Weg hierher, Sir.«

Tyacke trat ein und sah den ungeordneten Haufen Papier auf Bolithos Tisch. Wahrscheinlich hat auch er es so eilig wie der Kommandant der *Alfriston*, wieder in Fahrt zu kommen, dachte Bolitho.

Mühelos konnte er sich seine Schiffe auf diesem großen, leeren Ozean vorstellen: zweihundert Seemeilen südwestlich der Bermudas die Fregatten *Virtue* und *Attakker* – nur lichte Punkte auf der Kimm zu beiden Seiten. Wenn sie nicht gewartet hätten, hätten die Amerikaner den bereits versammelten Geleitzug angegriffen. Ihre mächtigen Fregatten hätten ihn zerstört oder zur Übergabe gezwungen, ohne sich um die begleitenden Kriegsschiffe zu kümmern.

Ein Fehler also, reine Zeitverschwendung? Oder hatten die Amerikaner sie wieder einmal an der Nase herumgeführt? Die Aufklärung des Gegners suchte ihresgleichen. Über St. Clair Bescheid zu wissen und in seiner Aufgabe eine direkte Gefährdung eines größeren Plans zu erkennen, paßte zu der unverfrorenen Art, in der sie die *Reaper* genommen hatten. Die Nachricht von dieser Schande würde durch die gesamte Flotte eilen – trotz oder gerade wegen der Strafen, die über die Männer verhängt würden, die gegen ihren Kapitän und gegen die Krone gemeutert hatten.

Der Geleitzug war seit längerem unterwegs und stand jetzt weit draußen im Atlantik. Er konnte nur so schnell segeln wie das langsamste Handelsschiff – ein elender Zustand für die Begleiter, die Fregatten und die Briggs. Doch in ein paar Tagen wäre er in Sicherheit.

Ehe sie die Bermudas verlassen hatten, hatte Avery an Land den Ersten Offizier der *Reaper* im Lazarett in Hamilton besucht. Bolitho hätte sich gern selber mit dem einzigen überlebenden Offizier der *Reaper* unterhalten, der bis zum makabren Angriff auf seinen Kapitän und dessen furchtbarem Ende dabeigewesen war. Doch die

Reaper gehörte zu seinem eigenen Geschwader. Er durfte sich nicht persönlich mit Männern befassen, deren Urteile er vielleicht selber unterzeichnen mußte.

Der Kapitän der *Reaper* war Sadist und Tyrann gewesen – etwas, das Bolitho nur nach sorgfältigem Abwägen behauptete. Er war von einem anderen Kommando auf die *Reaper* versetzt worden, um sie wieder in ein funktionierendes und verläßliches Kriegsschiff zu verwandeln und ihren Ruf wiederherzustellen. Doch schon bald war bei dieser Aufgabe eine andere Seite seines Charakters sichtbar geworden. Vielleicht war er ja gerade wegen seiner Brutalität von seinem früheren Kommando freigestellt worden? Jeder Kommandant, der auf sich allein gestellt segelte, durfte nie das Gleichgewicht zwischen Disziplin und Tyrannei verlieren. Nur die Achterdeckswache, die paar königlichen Seesoldaten, stand zwischen ihm und lodernder Rebellion. Doch selbst wenn sie provoziert war, vergeben werden konnte sie nie.

Tyacke fragte: »Noch Befehle, Sir?«

Bolitho drehte sich vom Licht weg und merkte, daß Yovell und Avery die Kajüte bereits verlassen hatten. Sie verstanden seinen Wunsch, sich unter vier Augen mit seinem Flaggkapitän zu beraten. Solche Rücksicht berührte ihn jedesmal wieder tief.

»Ich bitte um Ihre Meinung, James! Nach Halifax zurück, um zu erfahren, was gespielt wird? Oder hierbleiben und damit unser Geschwader schwächen?«

Tyacke rieb sich die narbige Seite seines Gesichts. Er hatte den Brief bemerkt, der Bolitho überreicht worden war, und war überrascht von seinem Neid. Wenn doch nur . . . Er dachte an den Wein, den Lady Catherine ihm an Bord geschickt hatte, ebenso wie den Stuhl mit dem grünen Leder, in dem Bolitho jetzt saß, ihre Geschenke, ihre immerwährende Anwesenheit in seiner Kajüte. Mit einer Frau wie ihr . . .

»Was ist, James?« fragte Bolitho. »Sie kennen mich lange genug, um Ihre Meinung zu äußern.«

»Ich glaube, daß die Yankees –«, er grinste verlegen, weil er an Dawes dachte, »– daß die Amerikaner sehr bald handeln müssen. Vielleicht sind sie sogar schon unterwegs. Konteradmiral Keens Information über den Schiffbauer, diesen St. Clair, deutet in diese Richtung. Wenn wir hier erst mehr Schiffe zur Verfügung haben – was wir haben werden, wie Ihre Lordschaften sagen, wenn Bonaparte endgültig geschlagen ist –, müssen sie mit einer Blockade ihrer gesamten Küste rechnen. Handel, Schiffahrt, Versorgung – alles käme zum Erliegen.« Er machte eine Pause und schien zu einer Entscheidung zu kommen. »Ich habe mit Isaac York gesprochen. Er ist ganz sicher, daß sich das Wetter hält.« Wieder ein kleines, gewinnendes Lächeln, das selbst durch seine Entstellung nicht beeinträchtigt werden konnte. »Außerdem hat mir mein neuer Zahlmeister versichert, daß wir Vorräte für einen weiteren Monat an Bord haben. Natürlich werden ein paar Kerle dagegen stänkern, aber das wird uns nicht stören.«

»Wir bleiben also auf unserer Patrouille? Wollen Sie das sagen?«

»Sehen Sie, Sir, wenn Sie ein Yankee wären auf einem verantwortlichen Posten mit guten Schiffen, mal ganz abgesehen von den Franzosen – was würden Sie dann tun?«

Bolitho nickte und dachte nach. Er konnte sich die unbekannten Schiffe ganz gut vorstellen, so klar wie sie der hohläugige Commander Borradaile in seinem Teleskop gehabt hatte: groß, gut bewaffnet und ganz sich selbst überlassen.

»Ich würde den Südwestwind nutzen und dem Konvoi nachsetzen, selbst jetzt noch. Ein langer Weg und ein Risiko, wenn man wenig weiß. Doch ich glaube, unser Mann hat genügend Kenntnisse.«

Von Deck waren gedämpfte Jubelrufe zu hören. Er erhob sich aus dem Sessel und trat an die Heckfenster. »Die *Alfriston* ist auf dem Weg, James!«

Tyacke musterte ihn mit Zuneigung und Betroffenheit. Immer wenn er meinte, er kenne diesen Mann nun, entdeckte er Neues an ihm. Er sah, daß Bolitho sein linkes Auge mit der Hand beschattete, und fand Trauer und Nachdenklichkeit in seinen Zügen. Er dachte an den Brief, den die Brigg jetzt beförderte. Er hatte endlose Meilen vor sich und würde von Schiff zu Schiff transportiert werden, ehe Lady Catherine Somervell ihn öffnen und lesen würde. Vielleicht dachte er auch an seine Unabhängigkeit als sehr junger Commander, als jeder Tag noch eine Herausforderung, keine Last war. Ein stolzer Mann und ein empfindsamer zugleich, der die Hand seines sterbenden Gegners nach dem letzten und bedeutendsten Gefecht der *Indomitable* gehalten hatte. Der seinen Bootsführer getröstet hatte, als auch Alldays Sohn in jenem Gefecht gefallen war. Er kümmerte sich um andere, und wer das wußte, liebte ihn deswegen. Die anderen gaben sich mit der Legende zufrieden. Und doch lag bei ihm die Aufgabe, die Männer der *Reaper* an der Rah aufzuhängen. Tyacke hatte vom Ruf des Kommandanten der *Reaper* nur gehört. Aber das reichte ihm schon.

Bolitho drehte den Rücken der See zu. »Ich stimme Ihnen zu, James. Wir bleiben hier auf Station.« Er trat an den Tisch mit den offenen Depeschen zurück. »Noch einen oder zwei Tage. Danach, denke ich, ist die Entfernung zu groß.« Er lächelte. »Selbst für unsere Gegner.«

Tyacke griff nach seinem Hut. »Ich werde unseren Begleitern die entsprechenden Befehle geben, wenn wir um zwei Glasen unseren Kurs ändern, Sir!«

Bolitho nahm wieder Platz und legte den Kopf gegen das warme grüne Leder. Er dachte an den Mai in Cornwall, die Zeit reinster Farben, mit Tausenden von Glokkenblumen, einem glänzenden Meer... Bald war es Juni. Er spürte, wie seine Finger sich in die Armlehnen des Sessels gruben, den sie für ihn hatte machen lassen. So lange her war das, so lange her.

Die gewohnten Geräusche verstummten. Das Sonnenlicht quälte ihn nicht weiter, als Ruder und Wind das Schiff dirigierten.

Erst jetzt nahm er den Brief aus seiner Jackentasche. Er preßte ihn gegen das Gesicht, gegen die Lippen.

Dann öffnete er ihn mit großer Erwartung und wie immer mit der gleichen Unsicherheit – ja sogar mit Furcht.

Mein liebster, geliebter Richard...

Jetzt war sie bei ihm. Nichts hatte sich verändert. Die Furcht war verflogen.

Leutnant George Avery stellte in seiner winzigen Kammer die Füße gegen seine Seekiste und starrte an die Decke. Gelegentlich hörte er Schritte auf den nassen Planken. Männer rannten, um Lose aus dem laufenden Gut zu nehmen.

Draußen war es stockdunkel, viele Sterne, aber kein Mond. Er überlegte, ob er an Deck gehen sollte. Doch er wußte, er würde dem Wachhabenden nur im Wege stehen oder, schlimmer noch, als Abgesandter gesehen werden, der ihr Fortkommen beobachten und darüber berichten sollte. Er sah auf seine sanft schaukelnde Koje und mochte sie nicht. Was sollte sie? Er würde nicht schlafen können, jedenfalls nicht lange. Seine Zweifel würden wiederkehren und ihn quälen. Er dachte an die Messe. Dort würde sicher jemand sitzen, der genau wie er nicht schlafen konnte oder auf einen Partner für ein Kartenspiel wartete. Wie damals Scarlett, der Erste Offizier der *Indomitable*, als Bolitho dort zum ersten Mal seine Flagge gesetzt hatte. Er war so erpicht auf ein eigenes Kommando und war äußerlich auch ein guter Offizier gewesen, doch innerlich wurde er in den stummen Wahnsinn getrieben durch seine steigenden Schulden, durch seine Unfähigkeit, das Spielen aufzugeben, und durch die verzweifelte Anstrengung, gewinnen zu müssen.

Er dachte an die *Alfriston* und den Brief, den er zwischen den Seiten eines Buchs auf Bolithos Tisch entdeckt hatte. Neid? Nein, dies ging tiefer. Selbst die ungewöhnliche Freude, einen Brief an Allday vorzulesen, war ihm heute versagt geblieben. Unis hatte diesmal nicht geschrieben, und Avery wußte, welche Sorgen er sich machte. Die Trennung verwirrte ihn, weil er sie immer noch nicht akzeptieren konnte.

Er sah den kleinen Schrank, in dem er einen guten Cognac aufbewahrte. Sollte er jetzt trinken, würde er kein Ende finden.

Noch mehr Schritte an Deck. Das Schiff änderte ganz leicht den Kurs. Die Wanten brummten dumpf. Morgen – was lag morgen an? Am späten Nachmittag war die Brigg *Marvel* neben dem Flaggschiff aufgekreuzt. Sie hatte im Norden zwei Schiffe ausgemacht, auf östlichem Kurs. Er hatte abgedreht, statt Signale zu setzen, was eine kluge Entscheidung gewesen war. Falls die beiden Schiffe Feinde waren, hätte jedes kleine Schiff seine Probleme mit ihnen bekommen.

Doch in der Nacht konnte sich manches ändern. Vielleicht war alles umsonst. Die Schiffe könnten jetzt einen ganz anderen Kurs laufen. Der Ausguck der *Marvel* hätte sich irren können, denn bei diesen lockeren Patrouillen kam es immer wieder vor, daß man nur das sah, was man entdecken wollte.

Er dachte an Bolitho. Der Brief von Lady Catherine Somervell hatte ihn gestärkt oder ihn besorgt gemacht, das war schwer herauszufinden. Unerwartet hatte er von seiner Jugend in Falmouth gesprochen und der großen

Furcht vor seinem Vater, Kapitän James Bolitho. Er sagte zwar, er habe seine Berufung zum Seemann nie angezweifelt oder in Frage gestellt, doch Avery war innerlich der festen Ansicht, daß Bolitho gerade jetzt seiner so wenig sicher war wie selten zuvor.

Über die beiden gemeldeten Schiffe hatte er nur gesagt: »Falls sie Feinde sind, ist es unwahrscheinlich, daß sie von der Wiedereroberung der *Reaper* etwas wissen – schon etwas wissen. Wenn sie es wirklich auf den Geleitzug von den Bermudas abgesehen haben, werden sie zu uns stoßen, denke ich. Sie haben sich zu sehr an ihre Erfolge gewöhnt. Diesmal könnten sie ihr Blatt überreizen!«

Er hätte von jemand anderem sprechen können oder von einer Notiz aus der *Naval Gazette*. So unbeteiligt wirkte er.

Er strich sich mit den Fingern durchs Haar, ließ seine Gedanken wandern und seine Erinnerungen kommen. So erschien sie ihm hier plötzlich in dieser winzigen Höhle, dem einzigen Ort an Bord, wo er gänzlich ungestört war.

Wenn sie sich nun nicht getroffen hätten? Er schüttelte den Kopf. Nein, das durfte nicht sein. Das war auch nicht der ganze Grund. *Ich bin fünfunddreißig Jahre alt, Leutnant ohne Aussicht auf Beförderung, nur für diesen Mann da, der mir mehr bedeutet, als ich je geglaubt hätte.* Jener Leutnant Scarlett hatte in den vielen hitzigen Auseinandersetzungen auch immer wieder angedeutet, er warte auf seine Beförderung, ein eigenes Kommando, egal wie klein. Einst hätte das sicher auch für ihn gegolten. Doch dann hatte er keinen anderen Weg mehr gesehen, keinen Ausweg für jemanden wie ihn: Der Makel, der nach jener Kriegsgerichtsverhandlung immer noch an ihm hing war in den Zimmern der hohen Admiralität gewiß nicht in Vergessenheit geraten.

Ich bin kein rundäugiger Midshipman oder ein junger Leutnant, dem die Welt zu Füßen liegt. Ich hätte nicht weitergehen sollen. Nichts anfangen, sondern sie einfach vergessen sollen ... Vielleicht lachte sie ihn in diesem Augenblick aus. Doch er wußte auch, daß ihm das Herz zerbräche, wenn sie es wirklich täte.

Ich hätte es wissen sollen. Er war Marineoffizier, der in der Schlacht seinen Mut bewiesen hatte, ebenso im bitteren Kampf ums Weiterleben nach seiner Verwundung. Doch wenn es um Frauen ging, war er ein Kind, völlig unerfahren.

Das Haus war fast leer gewesen; die Bediensteten wurden erst erwartet, wenn Konteradmiral Sir Robert Mildmays Haus in Bath endgültig geschlossen und verkauft war.

Sie gab sich gelassen, fast amüsiert, schien es ihm angesichts seiner Gedanken um ihren Ruf, und versicherte ihm, daß die beeindruckende Haushälterin loyal und verschwiegen und die Köchin, die einzig andere Person, die im Haus wohnte, gänzlich taub war. Er hatte oft an die Beschreibung denken müssen: loyal und verschwiegen. Hatte das eine doppelte Bedeutung? Hieß es, sie hatte zahlreiche Affären? Er rieb sich die Stirn. Hieß es, daß sie sich vielleicht auch in diesem Augenblick um einen anderen Herrn kümmerte?

Er hörte draußen Schritte, das Klicken von Hauptmann Merricks Stiefeln. Er würde seine Runde bei den Posten machen und im tiefsten Dunkel des Rumpfes Stellen inspizieren, die Tag und Nacht von Posten bewacht waren. Auch dieser Mann hatte seine persönlichen Qualen: Er konnte nicht schlafen, fürchtete sich vor seinen Träumen. Avery grinste verbissen. Ihm ging's genauso.

Er öffnete die Blende seiner einzigen Laterne etwas. Doch statt einer kleinen Flamme sah er das große Feuer, halb über roter und halb über weißer Asche. Sie hatte ihn an der Hand durch das Zimmer geführt. »Es wird kalt heute nacht!«

Er hatte versucht, sie zu berühren, ihren Arm zu nehmen, doch sie hatte sich ihm entzogen, hielt die Augen im Schatten und beobachtete ihn. »Auf dem Tisch steht Wein. Der täte uns gut, nicht wahr?« Sie hatte nach der Zange neben dem Korb voller Holzkloben gegriffen.

»Lassen Sie mich das tun!« Sie knieten nebeneinander und sahen die Funken wie Glühwürmer den Kamin hochwehen.

Sie sagte: »Ich muß gehen. Ich muß noch was erledigen.« Sie hatte ihn dabei nicht angeschaut. Später war ihm klar, daß sie es nicht gekonnt hatte.

Das Haus war still wie ein Grab, das Zimmer lag weit entfernt von der Straße und dem gelegentlichen Klappern eines Kutschrads.

Avery hatte mit Frauen nicht viel Erfahrung, bis auf eine kurze Affäre mit einer französischen Dame. Die hatte verwundete und kranke Kriegsgefangene besucht. Von Zuneigung war dabei nicht die Rede gewesen, nur von nacktem Verlangen, das ihn irgendwie gedemütigt zurückließ.

Er konnte immer noch nicht glauben, was in London geschehen war.

Sie war aus dem Schatten wieder herausgetreten, ganz in Weiß, ihre nackten Füße auf dem Teppich.

»Da bin ich, *Mister* Avery!« Sie lachte sanft, als er sich von dem Feuer erhob. »Du hast gesagt, daß du mich liebst.« Sie streckte ihre Arme aus. »Zeig es mir.«

Er hielt sie, zuerst sanft, dann fester. Als er über ihren Rücken strich, merkte er, daß sie unter diesem lockeren Gewand nackt war.

Dann spürte er, wie sie zitterte, obwohl ihr Körper warm, ja heiß war. Er versuchte sie zu küssen, aber sie drückte nur ihr Gesicht an seine Schulter und wiederholte: »*Zeig es mir!*«

Er hatte ihr das Gewand abgestreift und hielt sie Augenblicke später wieder in den Armen. Er konnte nicht mehr warten, selbst wenn seine Sinne es erlaubt hätten. Er trug sie auf das breite Bett und kniete über ihr, berührte sie, erforschte sie, küßte sie vom Hals bis zu den Schenkeln. Er sah, wie sie den Kopf hob, um ihm zuzuschauen, als er seine Kleider abstreifte. Im Kaminlicht leuchtete ihr Haar wie lebendiges Gold. Dann hatte sie sich mit ausgebreiteten Armen wie gekreuzigt wieder zurücksinken lassen.

»*Zeig es mir!*« Sie hatte sich gewehrt, als er ihre Handgelenke packte, hatte sich hin und her geworfen. Aber ihr Körper bog sich ihm entgegen, als er sein Begehren nicht mehr zügeln konnte.

Sie war bereit, hatte ihn an sich gezogen, leidenschaftlich und zärtlich, und hatte ihn tief in sich aufgenommen, bis sie beide erschöpft waren.

Dann murmelte sie: »Das war Liebe, Mister Avery!«

»Ich muß gehen, Susanna.« Zum ersten Mal nannte er ihren Vornamen.

»Zuerst ein Glas Wein!« Sie hatte sich auf einen Ellbogen gestützt, machte keinen Versuch, sich zu bedecken. Sie wehrte sich auch nicht, als er sie wieder streichelte. Sie begann ihn zu locken und reizte ihn wieder, bis er wußte, daß er sie jetzt nicht verlassen könnte. Als sich der Morgen näherte, hatten sie endlich den Wein probiert und waren wieder vor den Kamin gezogen, der im grauen Licht fast erloschen war.

Der Rest war verschwommen, unwirklich. Er warf sich in seine Kleider, und sie sah ihm dabei zu, nackt bis auf seinen Dreispitz. Dann hatte er sie noch einmal umarmt, fand keine Worte mehr. Der unmögliche Traum, der wahr geworden war, hatte Körper und Seele aufgewühlt.

Sie flüsterte: »Ich habe dir eine Kutsche versprochen!«

Er hatte sie an sich gedrückt: »Nicht nötig. Ich könnte nach Chelsea fliegen!«

Der Augenblick der Trennung war schmerzlich, fast entsetzlich.

»Es tut mir leid, wenn ich dich verletzt habe, Susanna. Ich bin . . . so unbeholfen.«

Sie lächelte. »Du bist ein Mann. Ein richtiger Mann.«

Vielleicht hatte er sie gebeten: »Schreib mir doch!« Aber ehrlicherweise wußte er nicht, ob er das gesagt hatte. Die Tür schloß sich hinter ihm, und er ging die Treppe hinunter auf die Haustür zu, wo jemand neue Kerzen für seinen Heimweg bereitgestellt hatte. *Loyal und verschwiegen.*

Jemand klopfte an die leichte Tür, ließ ihn hochschrecken. Ozzard stand draußen, hielt ein kleines Tablett unter dem Arm. Einen Augenblick glaubte er, er habe alles laut erlebt, mit Ozzard als Zuhörer.

Doch Ozzard meinte nur: »Sir Richard läßt grüßen und würde Sie gern achtern sprechen.«

»Natürlich.« Avery schloß die Tür und griff nach einem Kamm. Schlief Ozzard eigentlich nie?

Er setzte sich und grinste kummervoll. Vielleicht würde sie über ihn lachen – aber sich sicher auch an ihn erinnern.

Vielleicht war er ein größerer Narr, als er dachte. Doch das würde er nie vergessen.

Er lächelte. *Mister* Avery.

Kapitän James Tyacke betrat die Achterkajüte und entdeckte die vertrauten Gesichter. Seine Augen gewöhnten sich nach der Dunkelheit des Achterdecks, auf dem kaum mehr als die winzige Kompaßleuchte die Nacht durchdrungen hatte, schnell an das Licht.

Bolitho stand am Tisch, die Hände ausgebreitet auf einer Karte, Avery neben ihm. Yovell saß an einem kleineren Tisch mit der Feder über einigen Papieren. Ozzard bewegte sich nur gelegentlich, um ihre Tassen immer wieder mit Kaffee zu füllen, und blieb im übrigen, wie es seiner Art entsprach, unhörbar. Allenfalls verlagerte er sein Gewicht mal von dem einen auf den anderen Fuß und verriet so seine Gefühlsregungen.

Und vor der gewaltigen Fläche der Fenster mit dem kräftigen Glas stand Allday, in der Hand einen blanken Säbel, über dessen Klinge er ein Tuch langsam auf und ab bewegte. Tyacke hatte ihn das schon oft tun sehen. Bolithos Eiche – nur der Tod könnte sie trennen.

Tyacke verdrängte den Gedanken. »Alle Mann sind satt, Sir Richard. Ich bin durchs Schiff gegangen, um in Ruhe mit meinen Leuten zu reden.«

Er konnte also nicht viel geschlafen haben, überlegte Bolitho, und er war jetzt bereit zu neuen Taten, wenn sich sein Admiral nicht gänzlich irrte. Selbst diese Möglichkeit hatte er bedacht. Die Mannschaft war früh geweckt worden, doch »Klar Schiff zum Gefecht« war noch nicht befohlen worden. Es gab nichts Schlimmeres für die Kampfmoral, als enttäuscht zu erkennen, daß der Feind sie ausgetrickst oder ausmanövriert hatte und sie um sich nur leere See hatten.

Meine Leute. Das war auch typisch für Tyacke. Er meinte damit das Rückgrat seiner Mannschaft, die Fachleute, seine Unteroffiziere, erfahren und klug wie Isaac York, der Master, wie Harry Duff, der Geschützmeister, und Sam Hockenhull, der breitgebaute Bootsmann. Männer, die schwer aufgestiegen waren wie der ungepflegte Commander der *Alfriston.*

Verglichen mit ihnen waren die Leutnants Amateure. Selbst Daubeny, der Erste Offizier, war jung für seinen Rang. Er hätte ihn auch noch längst nicht bekleidet, wenn sein Vorgänger nicht gefallen wäre. Dieses furchtbare Gefecht vor acht Monaten hatte ihn reifen lassen. Das schien ihn selber mehr zu überraschen als jeden anderen. Von den anderen war Blythe der jüngste, gerade eben vom Midshipman befördert. Er war eingebildet und seiner sehr sicher. Doch selbst Tyacke hatte seine anfängliche Ablehnung überwunden und gemeint, er verbessere sich. Langsam.

Laroche, den Dritten mit dem rosigen Schweinegesicht, hatte Tyacke einst fürchterlich abgekanzelt, als er eine Preßgang führte. Auch ihm fehlte Erfahrung – bis auf das Gefecht mit der *Unity*.

Tyacke berichtete: »Die Neuen haben sich gut eingelebt, Sir. Was die Neuschottländer angeht, die Freiwilligen – was bin ich froh, daß sie auf unserer Seite stehen und nicht auf der des Gegners.«

Bolitho blickte auf die Karte, die Tiefenangaben und Kalkulationen zwischen seinen Händen. Treffpunkte von Schiffen, das Denken wie der Feind – das alles war sinnlos, wenn bei Tagesanbruch nicht mehr zu sehen war als die leere Kimm.

York hatte mit dem Wind recht behalten. Er stand unverändert gleichmäßig aus Südwest durch, und das Schiff lag unter verkürzten Segeln in ihm gut beigedreht. Als er an Deck gewesen war, hatte er die Gischt wie Gespenster an der Leeseite und durch den Bugspriet mit dem drohenden, fauchenden Löwen hochsteigen sehen.

»Werden sie kämpfen oder fliehen, Sir Richard?« fragte Avery. Er sah die wachen grauen Augen des Admirals. Keine Spur von Müdigkeit oder Zweifeln. Bolitho war rasiert, und Avery fragte sich, was er und Allday wohl besprochen hatten, während der große Bootsführer sein Rasiermesser geführt hatte.

Sein Hemd steckte locker im Hosenbund. Avery hatte Silber von der Brust blitzen sehen, als Bolitho sich über den Tisch beugte: das Amulett, das er ständig trug.

Bolitho hob die Schultern: »Kämpfen. Wenn sie nicht gewendet haben und schon irgendeinen Hafen anlaufen, haben sie kaum eine andere Wahl, nehme ich an.« Er sah auf zu den Decksbalken. »Der Wind ist heute auf unserer Seite!«

Avery sah zu, fand Ruhe bei ihnen. Das, was das Tageslicht mit sich bringen würde, war irgendwie zweitrangig. Er hörte das trommelnde Vibrieren des Riggs, das gelegentliche Quietschen eines Blocks, und wußte, wie sich das Schiff im Wind überlegte.

Tyacke würde die Lage wahrscheinlich ganz anders beurteilen, doch dabei dieselbe Absicht haben. Wie oft hatte das Schiff Augenblicke wie diesen erlebt? Sie war sechsunddreißig Jahre alt, und die Liste ihrer Schlachten las sich wie ein Geschichtsbuch: Chesapeake, die Saintes, vor Alexandrien und Kopenhagen. Schmerz und Tod so vieler Männer. Er dachte an Tyackes Stolz auf das Schiff, das er nie führen wollte und den er mit Mühe verbarg. *Und sie ist nie geschlagen worden.*

Plötzlich fragte Bolitho: »Ihr Gehilfe, George – Mr. Midshipman Carleton. Macht der sich gut?«

Avery blickte schnell zu Tyacke hinüber, der nur ein winziges Lächeln zeigte, nicht mehr.

»Ja, Sir. Mit seinen Signalgasten arbeitet er gut. Er hofft auf Beförderung. Er ist jetzt siebzehn!« Die Frage hatte ihn aus seinen Gedanken gerissen. Man wußte nie, was Bolitho als nächstes wissen wollte.

»Er ist verdammt viel leiser, als es Mr. Blythe jemals war«, meinte Tyacke.

Bolitho spürte, wie sich alle entspannten – außer Ozzard. Der wartete, bis er alles gehört hatte oder wußte. Dann würde er nach unten verschwinden, so tief im Rumpf wie irgend möglich, wenn die ersten Schüsse fielen. Eigentlich sollte er an Land hausen, dachte Bolitho, weit weg von diesem Leben. Aber er wußte natürlich auch, daß der Mann niemanden hatte, zu dem er zurückkehren konnte, niemanden hatte, der auf ihn wartete. Selbst in Cornwall, wo Ozzard in seinem Häuschen auf dem Gut lebte, blieb er vor allem allein.

Bolitho sagte: »Der junge Carleton sollte in den Ausguck.« Er zog seine Uhr hervor und klappte den Deckel auf.

Tyacke las seine Gedanken. »Nicht mehr ganz eine Stunde, Sir!«

Bolitho blickte in seine leere Tasse und hörte, wie Ozzard erwartungsvoll sagte: »Ich könnte noch eine Kanne brühen, Sir Richard!«

»Ich glaube, damit warten wir besser.« Er wandte seinen Kopf in die Richtung, aus der er einen Mann lachen hörte, fast übertönt vom Zischeln der Seen. So eine Kleinigkeit. Doch er dachte an die vertrackte *Reaper*. Auf ihr hatte nie jemand gelacht. Er erinnerte sich, als sei es erst gestern gewesen. Tyacke hatte den aufgeblasenen Midshipman Blythe unter Deck mitgenommen, um die überquellenden Messen der Seeleute und Seesoldaten zu besuchen und um ihm das zu zeigen, was er »die Stärke eines Schiffes« nannte. Das war vor dem Gefecht gewesen. Die gleiche Kraft war während des Kampfes spürbar gewesen. Er dachte an Alldays Trauer. Was für ein Preis ...

Er sagte: »Wenn wir kämpfen, geben wir immer unser Bestes.« Einen Augenblick schien ihm, als höre er eine fremde Stimme. »Aber wir dürfen nie die vergessen, die von uns abhängen. Sie haben keine andere Wahl!«

Tyacke griff nach seinem Hut. »Ich werde das Kombüsenfeuer rechtzeitig löschen lassen, Sir Richard!«

Aber Bolitho blickte Avery an. »Gehen Sie, und reden Sie mit Ihrem Mr. Carleton.« Er klappte den Deckel der Uhr zu, doch behielt sie in der Hand. »Informieren Sie jetzt alle, James. Heute wird es sehr heiß werden.«

Während Ozzard die Tassen einsammelte und alle anderen die Kajüte verließen, sagte Bolitho zu Allday: »Nun, alter Freund. Warum gerade hier, wirst du denken, ein winziger Fleck auf einem riesigen Ozean. Sind wir zum Kämpfen verdammt?«

Allday hielt den alten Säbel weit von sich und peilte mit den Augen über die Schneide.

»Wie immer, Sir Richard. So mußte es kommen. Mehr gibt's dazu nicht zu sagen.« Dann grinste er, wie er das früher immer getan hatte. »Wir werden gewinnen, koste es, was es wolle.« Er hielt inne, und der trotzige Humor war verflogen. »Es ist ja so, Sir Richard, wir beide haben zuviel zu verlieren.« Er ließ die Klinge zurück in die Scheide gleiten. »Gott steh dem bei, der uns das wegnehmen will.«

Bolitho trat an die Achterdecksreling und hielt sich fest, während er nach oben in den hochragenden Mast mit der eisenharten Leinwand blickte. Er hatte eine Gänsehaut, nicht wegen der kalten Morgenluft, sondern wegen des angeborenen Gespürs für Gefahr, die ihn nach einem ganzen Leben auf See immer noch überraschen konnte.

Die Segel schienen jetzt blasser, doch noch gab es keine Kimm. Die einzige Bewegung, die er durch das dichte Zickzack des Riggs und durch flappende Segel entdeckte und die sie wie ein einsamer Meeresvogel hoch oben im gleichen Tempo begleitete, war seine eigene Flagge: das Georgskreuz. Sie wehte Tag und Nacht, solange er den Oberbefehl hatte. Er dachte an Catherines Brief in seiner Jackentasche und hörte fast ihre Stimme: *Mein Admiral von England.*

Er schmeckte immer noch den bitteren Kaffee auf seiner Zunge und fragte sich, warum er sich nicht zum Essen gezwungen hatte. Aus Anspannung, aus Unsicherheit vielleicht. Aber aus Furcht? Er lächelte. Dieses Gefühl kannte er kaum noch.

Gestalten bewegten sich um ihn herum. Jeder achtete darauf, ihn in seinem Alleinsein nicht zu stören. Er erkannte Isaac York, einen Kopf größer als seine Gehilfen. Der Wind fuhr durch sein schiefergraues Haar. Ein guter und starker Mann. Bolitho wußte, daß er Scarlett hatte helfen wollen, als dessen ganze Schulden bekannt wurden. Die weißen Kniehosen der Leutnants und Midshipmen waren in der Dämmerung deutlich zu erkennen. Er nahm an, jeder bereitete sich auf seine Weise auf das vor, was ihnen heute widerfahren könnte.

Er trat an das Kompaßhäuschen und blickte auf die schwankende Rose. Nordost bei Nord und immer noch ein stetiger achterlicher Wind von Backbord. Die Männer, die hoch oben arbeiteten, suchten nach geschamfiltem Gut und verklemmten Blöcken mit der traumhaften Sicherheit erfahrener Seeleute.

Tyacke hielt sich in Lee. Seine schlanke Figur stach deutlich von dem hellen Wasser ab, das vom Bug nach achtern schäumte. Ein langer Arm bewegte sich, um einen Punkt deutlich zu machen, und er konnte sich Daubeny vorstellen, der jedes Wort aufsaugte. Sie glichen einander wie Tag und Nacht, doch die Mischung schien die richtige: Tyacke war besonders begabt, seinen Untergebenen seine Wünsche mitzuteilen ohne unnötigen Unwillen oder Sarkasmus. Anfangs hatten sie Angst vor ihm gehabt, waren abgeschreckt durch die fürchterlichen Narben: Dann hatten sie derlei hinter sich gelassen und waren eine Mannschaft geworden, auf die man stolz sein konnte.

Er hörte einen Midshipman mit seinem Freund flüstern und sah sie nach oben blicken. Er legte die Hand über die Augen und starrte mit ihnen nach oben auf seine Flagge. Das rote Kreuz war plötzlich hart und hell im ersten Licht des Sonnenaufgangs.

»An Deck!« Carleton war laut und deutlich zu hören. Er benutzte ein Sprachrohr. »Segel voraus an Backbord.« Eine Pause. Bolitho ahnte, daß der junge Midshipman die Meinung des Ausgucks hören wollte. Tyacke legte immer sehr viel Wert auf die Auswahl seiner Ausguckleute. Es waren immer erfahrene Seeleute. Viele von ihnen waren auf den Schiffen, auf denen sie dienten, alt geworden.

Wieder war Carleton zu hören. »Es ist die *Attacker*, Sir!« Er klang fast enttäuscht, daß dieses nicht die erste Sichtung des Gegners war. Die andere Fregatte war ein kleineres Schiff der sechsten Klasse mit ganzen sechsundzwanzig Kanonen. Bolitho runzelte die Stirn. So viele wie die *Reaper*.

Aber sie glich der *Reaper* in nichts. Er sah den Kommandanten der *Attacker* deutlich vor seinem inneren Auge. George Morrison war ein zäher Mann aus dem Norden, stammte von der Tyne. Kein Sadist. Sein Strafbuch war eines der saubersten im Geschwader.

»Er wird auch gleich die *Virtue* sehen, Sir«, meldete sich Avery.

Bolitho merkte, wie das erste Licht ihm die Schatten aus dem Gesicht trieb.

»Vielleicht. Wir könnten uns in der Nacht verloren haben. Aber nicht für lange.«

Er wußte Allday in der Nähe. Er stand fast dort, wo sein Sohn gefallen war.

Er drängte solche Gedanken weg. Jetzt ging es um heute. *Attacker* war auf der richtigen Position oder würde es bald sein, wenn sie erst einmal selber das Flaggschiff ausgemacht hatte. *Virtue*, die zweite Fregatte, trug sechsunddreißig Kanonen. Ihr Kommandant, Roger M'Cullom, ähnelte im Charakter Dampier, der die *Zest* geführt hatte, ehe Adam sie übernahm. Ein Tausendsassa, sehr beliebt, aber auch ohne Skrupel. Ob er damit seine

Leute oder sich selber beeindrucken wollte – es blieb ein gefährlicher, ja möglicherweise sogar ein tödlicher Makel.

Sam Hockenhull, der Bootsmann, war nach achtern gekommen, um etwas mit dem Ersten Offizier zu besprechen. Bolitho merkte, wie er den Kontakt mit Allday vermied, der ihm immer noch vorwarf, seinen Sohn aufs Achterdeck geschickt zu haben, wo er gefallen war. Das Achterdeck und die Hütte waren beliebte Ziele der feindlichen Scharfschützen und im Nahgefecht bei den Drehbassen. Hier liefen alle Kommandofäden zusammen, alles begann hier und endete auch hier. Daß der Sohn hier gefallen war, hatte niemand an Bord zu verantworten. Hockenhull fühlte sich vielleicht deswegen scheußlich, aber einen Vorwurf hatte ihm niemand gemacht.

Bolitho spürte die Unruhe unter den wartenden Seeleuten. Die erste Spannung und Erwartung war verflogen. Man würde sie später ablösen, und dann hätten sie Zeit, über alles nachzudenken. Jetzt fühlten sie sich betrogen von der leeren See, so als habe man sie in die Irre geführt.

Und endlich stieg die Sonne auf und färbte die Kimm goldrot. Zum ersten Mal sah Bolitho jetzt die Bramsegel der *Attacker* und eine Ahnung von Farbe auf dem Wimpel im Großmast.

Jemand rief eine Warnung, als ein dumpfer Schuß über die weißkappige See echote. Ein einziger Schuß, aber das Echo pflanzte sich sekundenlang fort wie in einer Mine oder in einem langen Tunnel.

Sofort stand Tyacke neben ihm: »Signal, Sir Richard! Von der *Virtue*. Feind in Sicht.«

»Mehr Segel setzen. Und dann so schnell es geht...«

Carletons Stimme kam wieder klar und deutlich von oben: »An Deck! Zwei Segel im Nordosten.«

Wieder waren ferne Schüsse zu hören, diesmal klang nichts nach Übermut.

Tyackes starke Stimme brachte die plötzliche Unsicherheit um sie her unter Kontrolle. »Aufentern lassen, Mr. Daubeny. Setzen Sie die Royals!« Dann an York: »Luv-Ruder! Lassen Sie sie zwei Strich abfallen.« Dann rieb er sich die Hände. »Wir werden sie jetzt fliegen sehen, Leute!«

Wieder Schüsse, sporadisch noch, aber bestimmt. Zwei Schiffe, vielleicht mehr. Tyacke schaute zu ihm herüber.

»Wann immer Sie bereit sind, Kapitän Tyacke«, sagte Bolitho. Er blickte nach oben, wo die Royals sich donnernd an ihren Rahen entfalteten und ihre Kraft in die unter Druck stehenden Masten und in das Rigg strömen ließen.

»Lassen Sie alle Mann auf Station trommeln, Mr. Daubeny. Und dann das Schiff klar zum Gefecht machen, wenn ich bitten darf!«

Daubeny starrte ihn an, dachte zurück und dann voraus an das Kommende.

Die Trommler der Seesoldaten standen schon unterhalb des Achterdecks. Auf ein Zeichen ihres Sergeanten begannen sie das vertraute Wirbeln. Es wurde bald durch den Lärm der Füße übertönt, als Freigänger und Freiwachen sich bei ihren Mannschaften einfanden. Jede wußte exakt, was von ihr erwartet wurde. Bolitho stand völlig unbewegt und beobachtete die Aktionen um sich herum, die in monatelangem Drill den Männern eingebleut worden waren.

Die Kajüte unter seinen Füßen würde leergeräumt werden, nackt wie der Rest des Schiffes sein. Alle Wände würde man entfernen, alles Private würde verschwinden, bis das Schiff offen war, vom Bug bis zum Heck – ein kampfbereites Kriegsschiff.

»Schiff ist klar zum Gefecht, Sir!« Daubeny wandte sich wieder zu seinem Kommandanten.

Tyacke nickte. »Das war sehr gut.« Denn legte er die Hand an den Hut und grüßte seinen Admiral förmlich. »Die *Virtue* kämpft allein ohne Unterstützung, Sir Richard!«

Bolitho schwieg. M'Cullom war niemand, der wartete. Es ging Schiff gegen Schiff, alte Rechnungen mußten beglichen werden. Da ergriff jeder Kommandant einer Fregatte die Initiative. Carletons Stimme kam von oben wie ein Blitz.

»Drittes Segel in Sicht, Sir. Und da ist Rauch!«

Bolitho sagte nur: »Steigen Sie nach oben, George, und sehen Sie zu, was Sie entdecken können!«

Avery sah nur kurz zurück, als er an die Webleinen eilte. Hinterher erinnerte er sich an seine schmerzenden Augen, als habe er bereits alles geahnt.

Weiterer Kanonendonner. Zum ersten Mal sah jetzt auch Bolitho den Rauch wie einen Fleck auf dem graublauen Wasser. Er fühlte, wie sich das Deck hob und dann nach unten donnerte. Die *Indomitable* warf ihre vierzehnhundert Tonnen jeder anrollenden See entgegen. Selbst die Rahen schienen sich zu krümmen wie gewaltige Bögen, jedes Segel stand voll, alle Stagen und Wanten waren auf das äußerste gespannt unter der gewaltigen Segelpyramide.

»Laden, Sir?« Tyacke war mit seinen Blicken überall, so auch oben, wo ein Mann beinahe seinen Halt verloren hätte, als er ein Netz festzurrte, das die Mannschaften an den Kanonen vor herabstürzenden Spieren schützen würde. Bolitho schaute auf den Wimpel im Großtopp. Der Feind würde sie nicht aussegln können, und sie hatten auch keine Zeit, wieder abzufallen. M'Cullom mußte das alles bereits bedacht und sich für das Risiko entschieden haben. Sei es drum.

»Ja, lassen Sie laden. Aber noch nicht ausrennen. *Virtue* hat uns Zeit gegeben. Die wollen wir nutzen.«

Plötzlich rief Avery von oben: »Die *Virtue* hat die Bramstenge verloren, Sir. Sie kämpft gegen zwei Fregatten.« Der Rest ging unter im ärgerlichen Murren der Mannschaften an den Kanonen, die ihre Vorbereitungen unterbrachen und nach oben schauten. Ihre Füße fanden Halt auf dem frisch gesandeten Deck. Sie schienen schockiert vom Gehörten, aber frei von Furcht.

Bolitho sah über sie hinweg. *Meine Männer.*

Neue Explosionen, und dann war Avery wieder an Deck.

»Viel länger wird sie das nicht durchstehen, Sir!«

»Ich weiß.« Er antwortete knapp, wütend über die Verluste, die jetzt schon zu hoch waren. »Signal an die *Attakker. Zum Flaggschiff aufschließen!*« Und als Avery nach den Signalgasten rief, fügte er hinzu: »Und dann setzen Sie: *An den Feind!*«

Das war leicht gesagt. Er griff unter seinem Hemd nach dem Amulett. *Möge das Schicksal dich immer beschützen.*

Ein kleiner Fleck auf einem großen Ozean, hatte er Allday gesagt.

Er drehte sich um und blickte über die ganze Länge des Schiffs, vorbei an den unbewegten Mannschaften an den Kanonen, den Leutnants an den Füßen der Masten bis zu dem Löwen am Bugspriet, dessen erhobene Pranke bereit schien zum Zuschlagen.

Die See glänzte jetzt klarer und in dunklerem Blau, der Himmel zeigte im ersten leichten Sonnenlicht keine Wolken.

Er griff zum Säbel an seiner Seite, versuchte etwas zu fühlen, irgendeine Regung zu spüren. Jetzt gab es kein vielleicht oder eventuell mehr. Wie bei allen früheren Gelegenheiten war dies der entscheidende Augenblick.

Jetzt.

Und da stand der Feind.

IX Ein Flaggkapitän

Bolitho wartete, bis der Bug über die nächste See geklettert war, und hob dann das Teleskop ans Auge. Die See glitzerte wie Millionen Spiegel, und die Kimm lag hart und scharf wie etwas Festes vor ihm.

Ganz langsam bewegte er das Glas, bis er die kämpfenden Schiffe erfaßt hatte, die in den wirbelnden Wolken von Pulverrauch immer wieder ihre Gestalt veränderten.

»*Attacker* ist auf Station, Sir!« meldete Avery. Er klang unwirsch, als ärgere er sich, Bolithos Konzentration zu stören.

Auf Station. Es schienen erst ein paar Minuten vergangen, seit die *Attacker* das Signal bestätigt hatte. Vielleicht war die Zeit überall stehengeblieben, und nur die drei fernen Schiffe kämpften wirklich.

Virtue focht immer noch hart, setzte dem Feind von Backbord und Steuerbord zu. Die Breitseiten kamen gleichmäßig und ohne Pause, trotz der zerfetzten Segel und der Löcher in Rigg und Spieren, die ihre wahren Schäden deutlich machten.

Zwei große Fregatten. Er konnte die Stars und Stripes an der Gaffel des führenden Schiffs erkennen und die immer wieder hervorzuckenden orangefarbenen Flammenzungen aus ihren Seiten, wenn Batterie nach Batterie immer wieder aufs neue feuerte.

Das nächste feindliche Schiff brach das Gefecht ab. Der Pulverrauch wehte über ihren Gegner, als wolle er ihn ertränken. Ihre Segel flatterten, doch mit Ordnung, als sie den Kurs änderte. Sie wendete vollständig. Bolitho horchte in sich hinein – fand weder Genugtuung noch Angst. Kämpfen, nicht fliehen, den Wind fangen, so gut man konnte, und ihn dann zum Vorteil nutzen.

Wenn die feindliche Fregatte versucht hätte, sich aus dem Gefecht zu lösen und zu fliehen, hätte die *Indomit-*

able sie ausgesegelt und sie mindestens zweimal mit Breitseiten belegt, ehe der andere Kapitän seine unvermeidliche Niederlage begriffen hätte. Adam hätte so gehandelt. Er lächelte – eher dünn. *Was ich auch tun würde.*

Er rief nach einem der Midshipmen. »Hierher, Mr. Blisset!« Er wartete, bis der Junge da war, und legte ihm dann das Teleskop auf die Schulter. Er sah ihn grinsen und einem seiner Freunde zuzwinkern. *Schau her! Ich helfe dem Admiral!*

Bolitho vergaß ihn und alle anderen um sich herum, als er ein Bündel bunter Flaggen auf der anderen Fregatte aufsteigen sah. Sie schoß immer noch auf die trotzige *Virtue,* und die Löcher in ihren eigenen Segeln bewiesen, daß keineswegs alles im Sinne des Feindes lief.

Er rieb sich mit dem Ärmel das linke Auge, ärgerlich über die Unterbrechung. Das Signal wurde bestätigt, also war dies hier von beiden das bedeutendere Schiff. Und bestimmt auch der gleiche Kommandant, der die *Reaper* zur Aufgabe und zu Schlimmerem bewegt hatte. Der den Geleitzug verfolgen würde, wie er wahrscheinlich schon andere verfolgt hatte. Hatte er mit seinen Kanonen auch das Transportschiff, die *Royal Herald,* in Stücke geschossen? *Das Gesicht in der Menge.*

Jemand rief: »Der Kreuzmast der *Virtue* geht über Bord!«

Und böse knurrte Isaac York zurück: »Das sehen wir selber, Mr. Essex.«

Bolitho suchte weiter. Er spürte die Schultern des Jungen zittern – aus Erregung oder Furcht oder wegen beidem.

Die Fregatte stand jetzt fast genau vor ihnen, lehnte über, als die Brassen dichtgeholt wurden, um sie auf dem neuen Bug zu halten. Sie war ziemlich nahe, vielleicht ganze fünf Meilen entfernt. Sie würden bald auf konvergierenden Kursen segeln. Tyacke hatte das wohl geahnt und York befohlen, die *Indomitable* zwei Strich abfallen zu lassen. In jedem Fall hatten sie jetzt den besseren Wind. Es würde zu einem schnellen, wahrscheinlich entscheidenden Treffen führen.

Die feindliche Fregatte versuchte, höher an den Wind zu gehen, aber ihre schlagenden Segel füllten sich erst wieder, als sie ihren jetzigen Kurs hielt.

Bolitho hörte Tyacke murmeln: »Dich haben wir!«

»Seesoldaten, Achtung!« Merricks Kommando. Er war ein guter Offizier, obwohl er immer unter der Fuchtel von du Cann gestanden hatte, den eine Drehbasse in blutige Fetzen gerissen hatte, als er gerade seine Soldaten auf das Deck des Amerikaners führen wollte.

Er bewegte mit trockenen Lippen sein Glas weiter und sah, wie die *Virtue* im Pulverrauch abfiel, dem Ruder nicht mehr gehorchte. Ihre Segel schlugen im Wind wie zerfetzte Banner.

Laut war Tyacke zu hören. »Steuerbord-Batterie, Mr. Daubeny! Lassen Sie die Geschützpforten öffnen!«

Eine Pfeife schrillte, und Bolitho stellte sich vor, daß sich jetzt die Pforten an ihrer gischtnassen Seite öffneten.

»Ausrennen!«

Bolitho setzte das Glas ab und dankte dem Midshipman. Avery beobachtete ihn und sagte: »Der führende Kommandant drüben hält sich im Augenblick zurück.«

Tyacke trat zu ihnen und meinte wütend: »Damit ein anderer seine Aufgabe erledigt, dieser Bastard!«

Über der näher kommenden Fregatte hing plötzlich ein Rauchball, und einen Augenblick später klatschte eine Kugel weit hinter dem emporragenden Bugspriet der *Indomitable* ins Wasser.

»Kürzen Sie Segel, Kapitän Tyacke«, sagte Bolitho. Er sprach jetzt wie zu einem Fremden.

Tyacke rief seinen Offizieren noch Befehle zu, während hoch oben über dem Deck die Toppgasten schon mit Händen und Füßen versuchten, das wilde Tuch zu bändigen, und sich brüllend verständigten, wie sie das bei endlosen Drills und vielen Wettkämpfen Mast gegen Mast immer getan hatten. Bolitho streckte seinen Rücken. Es war immer das gleiche: Das aufgetuchte Großsegel verminderte zwar die Gefahr eines Brandes, doch die Männer an ihren Kanonen und die Seeleute mit ihren nackten Rücken an Brassen und Fallen fühlten sich verletzbarer.

Er maß die treibende *Virtue*. Wenn sie diesen Tag überlebte, würde es Monate dauern, sie wieder instand zu setzen und sie auszurüsten. Den fernen oder auch den nächsten Tag würden viele ihrer Männer, die heute noch kämpften, nicht mehr erleben.

Doch ihre Flagge wehte noch munter von einer unversehrten Rah. Durch den Rauch konnte er Seeleute erkennen, die in die Gangway stiegen und winkten und jubelten, während die *Indomitable* auf sie zu preschte.

Avery löste seinen Blick von dem anderen Schiff und sah Bolitho fragend an: »Sehen Sie? Die können immer noch jubeln!« Bolitho drückte eine Hand an sein Auge, doch Avery hatte die Rührung und den Schmerz bemerkt.

Tyacke lehnte an der Reling, als führe er sein Schiff ganz allein.

»Feuern in der Aufwärtsbewegung, Mr. Daubeny!« Er zog seinen Säbel und hob ihn, bis der Erste Offizier sich zu ihm umgedreht hatte.

»Sobald Sie soweit sind, Mr. York!«

York hob bestätigend die Hand. »Ruder nach Lee und Kurs halten!«

Mit achterlichem Wind drehte die *Indomitable* leicht und ohne Mühe, ihr langer Bugspriet fuhr wie die Lanze eines Riesen über die anderen Schiffe.

»Kurs liegt an, Sir. Nord bei Ost.«

»Feuer frei!«

Exakt, Kanone nach Kanone, donnerte die Breitseite vom Bug zum Heck. Nach dem fernen Seegefecht war der Donner so betäubend laut, daß einige der Seeleute fast den Griff an den Brassen gelockert hätten, als sie mit aller Kraft die Rahen herumholten, um den Wind besser zu nutzen. Die feindliche Fregatte hatte abgewartet, um näher zu kommen oder um Tyackes ersten Schritt zu erkennen. Doch jetzt war für sie alles bereits zu spät.

Bolitho sah, wie die Breitseite mit der doppelten Ladung in das andere Schiff schlug, und meinte, sie rucken zu sehen, als sei sie auf Grund gelaufen. Große Löcher gähnten in den Segeln. Der Wind fuhr hinein und zerriß sie sofort. Zerschossenes Rigg und Webleinen hingen über ihre Seite und mehr als eine Stückpforte war leer, schien blind. Binnenbords richteten die frei herumrollenden Kanonen sicher weiteres Unheil an.

»Zündloch klar! Reinigen und auswischen! Laden! Ausrennen!«

Und während der Gegner jetzt feuerte, warfen sich die Mannschaften in kaum zu beherrschendem Grimm an ihre Kanonen.

Die Geschützführer schauten nach achtern, wo Tyacke stand und die andere Fregatte beobachtete. Vielleicht konnte er alles andere verdrängen, sich nur auf diesen Augenblick und seine Pflicht konzentrieren. Jedenfalls schien er nicht zu merken, daß ein scharfer Splitter ganz nahe neben ihm eine der gestauten Hängematten zerriß.

Bolitho spürte den Ruck im Rumpf, als einige der feindlichen Kugeln in die Bordwand schlugen. Die Entfernung wurde jetzt schnell geringer. Er konnte drüben Männer erkennen, die die Rahen wieder trimmten, und einen Offizier mit erhobenem Säbel. Da kam Tyackes Arm nach unten, und die Kanonen ruckten wieder in ihre Brocktaue zurück. Durch die schwarzen Webleinen und Stagen schien die amerikanische Fregatte mit dem Bug die *Indomitable* rammen zu wollen. Doch das war eine übliche Fehleinschätzung im Kampf. Die bewegte See zwischen den beiden Schiffen war so hell und leer wie immer.

Bolitho griff nach einem Fernglas und ging auf die andere Seite, um zu sehen, wie die führende amerikanische Fregatte in das Gefecht eingreifen würde, nachdem ihr nur die kleinere *Attacker* gegenüberstand. Ungläubig stellte er fest, daß sie abgedreht hatte und auch jetzt noch neue Segel setzte.

Avery räusperte sich: »Kein Bluff diesmal, Sir!«

Lautes Geschrei, als der Fockmast der Fregatte fiel. Er glaubte, die schlimmen Geräusche von splitterndem Holz und berstendem Rigg zu hören, doch er war von der letzten Breitseite noch gänzlich taub. Wie langsam der Mast fiel! Ihm schien, als zögere der Mast noch einmal, ehe er endgültig mit Webleinen und Stagen, mit Rahen, Stengen und Toppsegeln über die Seite krachte und das Schiff wie ein gewaltiger Seeanker herumwirbelte.

Er beobachtete, wie schnell sie sich jetzt einander näherten. Die amerikanische Fregatte drehte sich schwerfällig. Männer rannten, um den Mast freizuhacken, und im rauchigen Sonnenlicht blitzten die Äxte wie helle Sterne.

Daubeny meldete: »Klar zum Feuern!«

Tyacke schien es nicht zu hören. Er beobachtete das andere Schiff, das hilflos in Wind und Seegang trieb.

Noch immer hielt der amerikanische Offizier seinen Säbel hoch erhoben, und die Stars und Stripes wehten stolz wie eh.

»Streich die Flagge, verdammt noch mal!« Doch weder Wut noch Haß klangen aus Tyackes Worten. Es hörte sich an wie eine Bitte, von einem Kapitän zum anderen.

Zwei feindliche Kanonen rollten ins Deck zurück hinter die Stückpforten. Bolitho sah, wie andere Hängematten aus ihren Netzen gefetzt und Männer von ihren Waffen gerissen wurden. Einen zerschnitt eine Kugel, grotesk knieten seine Beine weiter auf dem Deck.

Tyacke schaute Bolitho an. Worte waren nicht mehr nötig. Die plötzliche Stille schmerzte mehr als die Explosionen.

Bolitho sah, wie auf dem feindlichen Schiff einige Seeleute stehenblieben, als seien sie erstarrt. Doch hier und da krachten noch Musketen, und er wußte, daß die gegnerischen Scharfschützen nicht aufgegeben hatten.

Er nickte. »Ziel auffassen. Feuer!«

Der Säbel zuckte nach unten, und brüllend feuerte die Steuerbord-Batterie in den treibenden Qualm.

»Laden!« brüllte Daubeny.

Die Mannschaften an den Kanonen arbeiteten gebeugt wie alte Männer, wischten die heißen Läufe aus, rammten neue Kartuschen ein und schwarze Kugeln aus den Stells. In einer Pforte zerrten Männer ihre Kanone zurück, kümmerten sich um einen zerschmetterten Körper, und Blut färbte ihre Hosen. Einen Kampf konnten sie verstehen, auch Schmerz und Angst gehörten dazu. Aber mit einem treibenden Schiff, das dem Ruder nicht mehr gehorchte und dessen Kanonen entweder ohne Mannschaften oder zerstört waren, wußten sie nichts anzufangen.

Eine einzelne Stimme brüllte: »Streich die Flagge, du verdammter Hund. Streich sie in Gottes Namen!« Lauter als der Wind im Rigg klang dieser Schrei.

»So soll es sein!« sagte Tyacke. Er senkte den Säbel, und die Kanonen krachten erneut. Ihre lebendigen Feuerzungen fuhren nach vorn und leckten am Gegner.

Der Pulverrauch wehte jetzt zurück. Männer traten neben die Kanonen, rote Augen in rauchschwarzen Gesichtern, Schweiß lief in Bächen an ihnen herab.

Bolitho beobachtete das alles kühl. Ein Schiff, das nicht gewinnen konnte, sich aber auch nicht ergeben wollte. Wo sich der Arbeitstrupp gesammelt hatte, sah man nur Splitter und Körper, die brutal und achtlos zur Seite geschoben waren – Männer oder Teile von Männern. Durch die Speigatten waren schmale rote Fäden zu erkennen, es schien, als blute das Schiff sich selbst zu Tode. Daubeny hatte seinen Hut abgenommen. Er blickte wieder nach achtern und rief mit steinernem Gesicht: »Bereit zum Feuern, Sir!«

Tyacke drehte sich zu den drei Gestalten um, die im Luv auf dem Achterdeck standen: Bolitho, Avery sehr nahe neben ihm und ein paar Schritte entfernt Allday, dessen blankes Entermesser auf das Deck zeigte.

Die nächste Breitseite wäre ihr sicheres Ende. Unter Deck war sie so sehr zerstört, daß sie wahrscheinlich sogar in Flammen aufgehen würde: eine tödliche Gefahr für jedes Schiff in ihrer Nähe. Im Krieg wie im Frieden waren Flammen die größte Gefahr, die der Seemann zu fürchten hatte.

Bolitho fühlte sich irgendwie taub. Schmerz war zu spüren, das Warten machte elend. Gerechtigkeit oder Rache? Die Niederlage war endgültig.

Bei ihm lag die letzte Entscheidung. Als er das zweite amerikanische Schiff suchte, konnte er es hinter dem Rauch kaum entdecken. Doch es wartete offensichtlich ab, was er tun würde. *Es prüft uns wieder mal.*

»Sehr gut, Kapitän Tyacke!« Er wußte, daß ein paar Matrosen und Seesoldaten ihn ungläubig anstarrten, ja sogar mit Abscheu. Aber die Stückführer würden antworten, jeden Befehl befolgen, wie sie es gelernt hatten. Die Reißleinen waren schon straff gespannt, jeder einzelne starrte über die Mündung, das hilflose Ziel füllte jede Stückpforte.

Tyacke hob seinen Säbel. Erinnerte er sich an den Augenblick der Schlacht bei Alexandrien, als die Hölle explodiert war und in sein Leben eine ewige Erinnerung gerissen hatte? Oder sah er nur wieder einen Gegner, eine neue Episode in einem Krieg, der schon so viele überdauert hatte, Freunde wie Feinde?

Plötzlich hörte man lautes Rufen. Bolitho legte die Hand über die Augen, um die einsame Gestalt zu beobachten, die noch auf dem zerrissenen blutigen Achterdeck des Gegners stand. Kein Säbel, ein Arm schien im Ärmel gebrochen zu sein oder war vielleicht sogar abgerissen worden.

Sehr entschieden, doch ohne die *Indomitable* auch nur eines Blickes zu würdigen, löste der Mann die Flaggleine und stürzte fast, als die gewaltige Stars und Stripes nach unten in den Qualm sank.

Mit belegter Stimme sagte Avery: »Er hatte keine andere Wahl!«

Bolitho sah zu ihm hinüber. Plagten ihn ähnliche Erinnerungen wie Tyacke? Mußte er an seinen eigenen kleinen Schoner denken, der die Flagge strich, als er selber verwundet und hilflos an Deck lag?

»Er hatte jede Wahl!« entgegnete Bolitho. »Seine Männer starben für keinen guten Zweck. Denken Sie daran, was ich Ihnen sagte – *die* haben nie eine Wahl!«

Er schaute Allday an. »Tapfer, mein Freund?«

Allday hob das Entermesser und wog die Klinge mit der anderen Hand.

»Es wird jedesmal schlimmer, Sir Richard!« Dann grinste er, und Bolitho meinte, dagegen scheine selbst das Sonnenlicht dunkel. »Ja, ein tapferer Kampf.«

Tyacke beobachtete das andere Schiff. Der kurze, blutige Kampf wurde schon verdrängt von den folgenden Aktionen.

»Entertrupps, Mr. Daubeny! Die Seesoldaten setzen über, wenn das Schiff gesichert ist. Informieren Sie den

Schiffsarzt, und nennen Sie mir die Zahl – ich möchte wissen, was uns dieser Morgen an Männern gekostet hat!«

Die *Indomitable* hatte sich schon auf die neue Lage eingestellt. Der Zimmermann und sein Trupp waren bereits unter Deck verschwunden. Am Hämmern und am Kreischen der Blocks konnte man ihr Vorankommen im Rumpf erkennen.

Tyacke ließ seinen Degen in die Scheide zurückgleiten. Er sah, wie der jüngste Midshipman ihn genau beobachtete, immer noch ganz schockiert. Tyacke erwiderte den Blick unbewegt und überlegte einen Augenblick, was da eben fast geschehen wäre.

Er kannte den Midshipman kaum, der aus England als Ersatz für den jungen Deane gekommen war. Er blickte unwillig auf eine der Kanonen auf dem Achterdeck. Hier waren eben einige seiner Männer gefallen.

»Nun, Mr. Campbell, was haben Sie aus all dem eben gelernt?«

Der Junge, ganze zwölf Jahre alt, zögerte unter dem Blick Tyackes; er hatte sich an die fürchterlichen Narben und den Mann noch nicht gewöhnt.

»Wir haben gewonnen, Sir!« sagte er bedrückt.

Tyacke ging zu ihm und legte ihm die Hand auf die Schulter – was er selten tat. Die Berührung überraschte ihn mehr als den Midshipman.

»*Die haben verloren*, Mr. Campbell. Das ist nicht immer das gleiche!«

Bolitho erwartete ihn. »Als Prise ist sie nicht mehr viel wert, James. Aber man wird ihren Verlust spüren!«

Tyacke lächelte. Bolitho wollte also auch nicht darüber reden.

Er sagte: »Keine Chance mehr für eine Verfolgung, Sir Richard! Wir haben andere Sorgen!«

Bolitho sah die andere amerikanische Fregatte einige Meilen entfernt über das dunkelblaue Wasser fliehen.

»Ich kann warten!« Er riß sich zusammen. Jemand schrie vor Schmerzen, als Kameraden ihn bewegen wollten. »Sie haben sich gut geschlagen!«

Er sah Ozzard kommen – durch die herabgestürzte Takelage und an den herumliegenden Rammern bei den Kanonen vorbei. Er gehörte dazu wie alle anderen, doch er war in der Lage, den Lärm und den Anblick gar nicht zu bemerken. Er trug eine Flasche, eingewickelt in ein überraschend sauberes Tuch.

Noch immer stand Tyacke neben ihm, doch er sah jeden, der jetzt seine Aufmerksamkeit verlangte.

»Die hatten Glück, Sir Richard.«

Bolitho sah Ozzard ein Glas putzen. Alles andere um sich herum hatte er vergessen.

»Das denkt nicht jeder, James.«

»Vertrauen, Sir!« Abrupt wandte sich Tyacke ab. Das Wort schien hängenzubleiben, als er davonging.

Bolitho hob das Glas an die Lippen, während der Schatten des feindlichen Masttopps auf das Deck fiel. Er bemerkte einige blutverschmierte Seeleute, die ihn beobachteten. Einige grinsten, als er ihre Blicke erwiderte, andere starrten nur neugierig. Vielleicht suchten sie eine Erinnerung, etwas, von dem man später berichten konnte, wenn einer neugierig fragte. Er berührte das Amulett unter seinem Hemd. Sie würde verstehen, was es für ihn bedeutete. Dieser eine, einfache Satz.

Während die Sonne am Himmel höher stieg und ein häsiger Dunst ringsum auf der Kimm lag, arbeitete die Mannschaft der *Indomitable* fast ohne Pause, um ihr Schiff zu reinigen und die Spuren des Kampfs zu beseitigen. Unter Deck und selbst oben roch es sehr nach Rum. Alle hofften, daß es um die Mittagszeit ein warmes Essen geben würde. Für den gewöhnlichen Seemann waren starker Rum und ein voller Bauch das beste Mittel gegen fast jede Unbill.

Im Zwischendeck der *Indomitable* waren die Ausbesserungsarbeiten und die Geschäftigkeit von oben kaum noch zu hören. Der Unterschied konnte kaum deutlicher sein. Unterhalb der Wasserlinie des Schiffes gab es an diesem dumpfen Ort nie Tageslicht, es sei denn in einer Werft, wo man den Rumpf aufbräche. Auf der ganzen Schiffslänge lagerten hier Vorräte, Ersatzhölzer, Spieren, Frischwasser und in besonders bewachten Magazinen Schießpulver und Geschosse. Hier hatte der Zahlmeister seine Vorräte, Kleider aus der Schlappkiste, Tabak, Eßvorräte und Wein für die Offiziersmesse. In der Dunkelheit, nur hier und da durch Gruppen von Lampen erhellt, lebten und schliefen im Zwischendeck auch jüngere Unteroffiziere und Midshipmen, lernten im flakkernden Licht in ihren Büchern und träumten von Beförderung.

Hier war auch der Platz, an den verletzte und verwundete Männer getragen wurden, um zu sterben oder weiterzuleben.

Bolitho bückte sich tief unter jedem der gewaltigen Decksbalken und wartete darauf, daß seine Augen sich an den harten Wechsel von blitzendem Sonnenlicht zu diesem Dämmerlicht gewöhnten, während er sich von den erleichterten und jubelnden Siegern oben zu denen hier unten bewegte, die vielleicht die Sonne nie wieder sehen würden.

Dank der ersten eigenen Breitseiten und der hervorragenden Schiffsführung von Tyacke im Nahkampf, waren die Ausfälle der *Indomitable*, ihre Liste Verwundeter und Toter, erfreulich klein. Von einem langen Seeleben wußte er natürlich, daß das für die armen Hunde im Zwischendeck kein Trost war. Einige lagen auf dem Deck oder lehnten gegen den gewölbten Rumpf, waren bereits verbunden oder starrten auf die kleine Gruppe um den Tisch, an dem der Schiffsarzt und seine Gehilfen ihre Patienten versorgten, »ihre Opfer«, in den Worten der Seeleute.

Bolitho konnte Allday hinter sich schmerzlich atmen hören und fragte sich, warum er ihn hierher begleitet hatte. Er mußte doch dankbar sein, daß seinem Sohn diese Verzweiflung und ein unwürdiges Ende erspart worden waren.

Sie hielten gerade einen Mann auf dem Tisch fest. Sein nackter Körper war noch von den Pulverspuren des Gefechts gezeichnet. Gesicht und Hals glänzten schweißüberströmt. Er verschluckte sich fast am Rum, den man ihm einflößte, ehe man ihm den Lederknebel zwischen die Zähne drückte. Die Schürze des Chirurgen war dunkel von Blut. Kein Wunder, daß sie allgemein Fleischer hießen.

Doch Philip Beauclerk war nicht typisch für die seelenlosen, hartgesottenen Chirurgen, die man für gewöhnlich in der Flotte traf. Er war jung und sehr gut ausgebildet und hatte sich mit einer Gruppe von Ärzten freiwillig auf Kriegsschiffe gemeldet. Es war allgemein bekannt, daß die Verhältnisse an Bord und die rohe Behandlung von Verwundeten mehr Männer töteten als der Feind. Nach Ende seiner Vertragszeit würde Beauclerk ans College der Chirurgen in London zurückkehren und zusammen mit seinen Kollegen Empfehlungen und Handbücher entwickeln, die vielleicht die Leiden von Männern wie diesen erleichterten.

Beauclerk hatte sich gut gemacht nach dem Kampf mit der U.S.S. *Unity* und hatte auch Adam Bolitho gut geholfen, als der nach seiner Flucht aus dem Gefängnis an Bord gebracht worden war. Er sah ernst und gesetzt aus und hatte die blassesten Augen, die Bolitho je gesehen hatte. Er dachte zurück an das Treffen, als Beauclerk seinen besten Lehrer erwähnt hatte, der, wie er selber jetzt hier, damals die Bedingungen auf der alten *Hyperion* studiert hatte – Sir Piers Blachford. Immer noch erinnerte sich Bolitho an ihn. Groß und gebückt, an einen Reiher erinnernd, war er durch die Decks gewandert, hatte Fragen gestellt, sich mit jedermann unterhalten – ein ernster Mann, der sehr viel Mut zeigte und Hingabe bewies und den selbst die hartgesottensten Teerjacken bald respektierten. Blachford war bis zum letzten Tag an Bord geblieben, als die *Hyperion* den Kampf endgültig aufgegeben hatte und mit Bolithos wehender Flagge untergegangen war. Viele waren mit ihr versunken, ein besseres Grab konnten sie nicht finden. Über das alte Schiff gab es sogar ein Lied: »*Wie die Hyperion sich den Weg freischoß.*« Es wurde in Lustgärten und Tavernen immer laut bejubelt, selbst von denen, die nur ihren Namen kannten, doch nichts vom Leben an Bord ahnten – auch nichts von diesem Teil des Lebens hier unten.

Ein paar Augenblicke lang sah Beauclerk auf, seine Augen glitzerten wie Glassplitter im Licht der schwingenden Laternen. Er blieb sehr für sich, was in einem so vollen Schiff gar nicht leicht war. Er wußte seit einiger Zeit von Bolithos verletztem Auge und hatte von Blachford erfahren, daß es keine Hoffnung auf Besserung gab. Doch hatte er darüber kein Wort verloren.

Der Verwundete lag jetzt ruhiger, wimmerte nur vor sich hin, sah nicht das Messer in Beauclerks Hand und auch nicht die Säge, die ein Gehilfe bereithielt.

»Willkommen hier unten, Sir Richard!« Er beobachtete ihn, schätzte ihn ein. »Wir haben's bald geschafft.« Dann schüttelte er kurz den Kopf, als der Seemann seinen Kopf zum Admiral hin wandte.

Bolitho war tief betroffen und fragte sich, ob er deswegen hierhergekommen war. Dieser Mann könnte sterben. Bestenfalls würde er als Krüppel an Land gesetzt. Sein Bein war zerschmettert, sicherlich von einer zurückprallenden Kanone.

Tyackes Bemerkung beschäftigte ihn immer noch, die er an jenem Septembertag gehört hatte, als so viele gefallen waren. *Wofür das alles?* Eine feindliche Fregatte erobert, doch so zusammengeschossen, daß sie einen plötzlichen böigen Schauer nicht überleben würde oder nie wieder im Verband kämpfen könnte. Auch die *Virtue* war schwer angeschlagen, hatte zwanzig Mann verloren. Überraschenderweise hatte ihr Kommandant, der Teufelskerl M'Cullom, völlig unverletzt überlebt – diesmal jedenfalls noch!

Die *Indomitable* hatte nur vier Gefallene, aber fünfzehn Verwundete gehabt. Bolitho trat an den Tisch und packte den Mann am Handgelenk. Der Gehilfe des Chirurgen trat zur Seite und starrte Beauclerk fragend an.

Bolitho schloß seinen Griff um das kräftige Handgelenk des Mannes und sagte leise: »Ruhe behalten, Ruhe!« Er sah, wie Beauclerk stumm den Namen mit den Lippen formte. »Sie haben sich tapfer geschlagen, Parker.« Er sprach etwas lauter und sah sich um zu den im Schatten liegenden Männern, die seinen Worten lauschten: »Das gilt für euch alle!«

Er spürte, wie das Handgelenk des Mannes jetzt zitterte.

Beauclerk nickte seinen Gehilfen zu, und sie packten das Bein, drehten den Kopf zur Seite, und das Messer schnitt tief in das Fleisch. Beauclerk zögerte nicht, zeigte äußerlich keinerlei Bewegung, als sein Patient den Rücken hochbog und durch den Lederknebel hindurch zu brüllen versuchte. Dann kam die Säge. Ihre Bewegung schien endlos, aber Bolitho wußte, daß es nur wenige Sekunden waren. Ein dumpfer Fall war zu hören, als sie das amputierte Bein in ein Faß fallen ließen, das an Bord nur »Keulen und Flügel« genannt wurde. Jetzt die Nadel, glänzende, blutige Finger unter der schwankenden Laterne. Beauclerk sah Bolithos Hand auf dem Gelenk des

Mannes, die goldenen Admiralslitzen vor der rauchbeschmierten Haut.

Jemand murmelte dann: »Aufhören, Sir. War nichts, der ist tot.«

Beauclerk trat zur Seite. »Nehmt ihn.« Er drehte sich um, als der tote Seemann vom Tisch gezogen wurde: »Das ist nie leicht!«

Bolitho hörte Allday hinter sich hüsteln. Sicher stellte er sich seinen Sohn vor, der davontrieb und in die Tiefe sank, wie es dieser Mann gleich würde. *Und wofür?*

Er sah wieder auf den Tisch, die Blutlachen, den Urin, die Zeichen von Schmerz. Hier kannte der Tod keine Würde, hier gab es auf diese Frage keine Antwort.

Er ging zur Leiter zurück und hörte Beauclerk fragen: »Warum ist er hierhergekommen?« Aber er wartete die Antwort nicht ab. Beauclerk sah funkelnde Abwehr in Alldays Blick und fragte: »Du kennst ihn doch besser als jeder andere. Ich würde es gern wissen.«

»Weil er sich selber Vorwürfe macht!« Er erinnerte sich an seine eigenen Worte, als die amerikanische Flagge sank. »Es wird jedesmal schlimmer, verstehen Sie!«

»Ja, ich glaube, ich verstehe ihn!« Er wischte sich die blutigen Hände. »Vielen Dank.« Er runzelte die Stirn, als zwei Verletzte ein heiseres Hurrah versuchten. »Das wird ihm auch nicht helfen.« Doch Allday war verschwunden.

Wieder in London wäre alles ganz anders. Seine Erfahrungen würden eines Tages anderen helfen. Sie würden ihn sicher in seiner Laufbahn voranbringen. Er blickte sich um, erinnerte sich an das ernste Gesicht des Admirals nach jenem anderen Gefecht. So mußte er nach all den Kämpfen ausgesehen haben. Und auch an dem Tag, als sein Neffe an Bord gehoben worden war. Wie zwei Brüder, die sich liebten.

Er lächelte und wußte, daß seine Gehilfen ihn für hartherzig halten würden, wenn sie es gesehen hätten. London hin oder her, nichts würde je wieder so sein wie früher.

Die Räume des Kommandanten auf der *Indomitable* waren nicht mehr so groß wie damals, als sie noch ein Zweidecker war. Doch nach seinem ersten Kommando auf der Brigg *Larne* fand James Tyacke sie immer noch palastartig. Obwohl sie wie das übrige Schiff klar zum Gefecht geräumt worden waren, hatte der kurze Schußwechsel nichts zerstört, denn an Backbord lagen sie in Feuerlee.

Bolitho saß in einem Sessel und lauschte den gedämpften Schritten und dem Zerren und Schurren aus seiner eigenen Heckkajüte, wo die Zwischenwände wieder eingezogen und die Pulverspuren weggewaschen wurden bis zum nächsten Mal.

Tyacke meinte: »Wir sind noch mal davongekommen, Sir Richard!«

Bolitho nahm ein Glas Cognac, das Tyackes Bootsführer Fairbrother anbot. Er kümmerte sich um seinen Kapitän ohne viel Aufhebens und schien zufrieden mit seiner Aufgabe und der Tatsache, daß sein Kapitän ihn mit Eli, seinem Vornamen, ansprach.

Er sah sich um. Die Kajüte war sauber, aber spartanisch eingerichtet. Nichts verriet das Wesen des Mannes, der hier lebte und schlief. Nur die große Seekiste war Bolitho vertraut. Er wußte, daß er in ihr das Seidenkleid aufbewahrt hatte, für das Mädchen, das er einst hatte heiraten wollen. Sie hatte ihn nach der entstellenden Verletzung in der Schlacht von Alexandrien zurückgewiesen. Wie lange Tyacke das Kleid dort aufgehoben hatte, wußte er nicht, aber er hatte es Catherine angeboten, als er sie im Rettungsboot der *Golden Plover* nach den furchtbaren Tagen auf See gefunden hatte. Bolitho wußte, sie hatte es Tyacke nach ihrer Ankunft in England zurück an Bord geschickt, makellos sauber und gebügelt, falls es in seinem Leben wieder eine Frau geben sollte. Vielleicht lag es jetzt wieder in der Kiste als Erinnerung an die Ablehnung von damals.

Tyacke sagte: »Ich habe den Bericht fertig. Die Prise ist nicht viel wert.« Er machte eine Pause. »Nicht nachdem wir mit ihr fertig waren. Sie hat über fünfzig Tote und mehr als doppelt so viele Verwundete. Sie hatte ja viele zusätzliche Seeleute an Bord – als Besatzung für Prisen, kein Zweifel. Wenn die uns geentert hätten...« Er hob die Schultern. »Das wäre dann eine ganz andere Geschichte.«

Neugierig musterte er Bolitho, hatte natürlich von seinem Gang ins Zwischendeck erfahren und daß er einen der Schwerverwundeten beruhigt hatte, während der Chirurg ihm das Bein abnahm. Mit innerlichem Schaudern dachte er an Beauclerks fahle Augen. Ein kalter Fisch – wie alle anderen seinesgleichen auch.

Bolitho meinte: »Sie war die U.S.S *Success*, die ehemalige französische *Dryade*.« Er beantwortete Tyackes Blicke, die er wie eine körperliche Prüfung empfand. »Ihr Kommandant ist gefallen!«

»Ja. Es war das reinste Schlachthaus. Unsere Stückführer haben ihr Handwerk gut gelernt.« Das klang wieder stolz. Der Schrecken, den er eben beschrieben hatte, konnte ihn nicht schmälern.

Er hielt sein Glas gegen das Licht und meinte. »Als ich Ihr Flaggkapitän wurde, war das eine noch größere Herausforderung, als ich erwartet hatte.« Er lächelte leicht. »Und ich wußte von Anfang an, daß ich in tiefes Wasser springen mußte. Das betraf nicht nur die Größe des Schiffs und meine Verantwortung den Leuten gegenüber, sondern auch meine Rolle im Geschwader. Ich war so an mein selbständiges Kommando gewöhnt – eine Isolierung, die ich selber gewollt hatte, wenn ich jetzt zurückblicke. Und unter Ihrer Flagge gab es da plötzlich die anderen Schiffe mit ihren Kommandanten und ihren Launen und Schwächen.«

Bolitho schwieg. Es war einer der seltenen Augenblicke der Vertraulichkeit, etwas, das er auf gar keinen Fall unterbrechen wollte, ein gegenseitiges Verstehen, das sich schon seit Beginn angedeutet hatte, als sie sich das erste Mal auf Tyackes Schoner *Miranda* trafen.

Tyacke meldete sich wieder: »Ich habe mein eigenes Logbuch geführt. Ich merkte bald, daß man sich als Flaggkapitän nicht nur auf sein Gedächtnis verlassen darf. Als ihr Neffe verwundet an Bord gehoben wurde, nach seiner Flucht aus dem Yankee-Gefängnis, habe ich alles notiert, was ich von ihm hörte.« Er schaute auf die geschlossene Stückpforte, als könne er die amerikanische Prise in Lee der *Indomitable* segeln sehen. Sieger und Besiegte arbeiteten Hand in Hand auf ihr, um ein Behelfsrigg zu setzen, das sie bei gutem Wetter und mit einigem Glück nach Halifax bringen würde.

»Auf der *Success* gab es einen jungen Leutnant. Er war durch Splitter so verletzt, daß ich mich fragte, was ihn eigentlich noch am Leben hielt.« Er räusperte sich, als schäme er sich für die Gefühle, die in seiner Stimme mitklangen. »Ich habe mit ihm noch eine Zeitlang geredet. Er hatte natürlich große Schmerzen, aber niemand konnte ihm mehr helfen.«

Bolitho sah die Szene so klar, als sei er selber dabeigewesen. Dieser starke, zurückgezogene Mann saß neben seinem Gegner und war wahrscheinlich der einzige, der seine Schmerzen teilen konnte.

»Irgendwie erinnerte er mich an Ihren Neffen, Sir. Ich dachte, es läge an dem Gefecht, daran, daß er geschlagen war und nun mit seinem Leben dafür zahlte. Aber das war's nicht. Er konnte einfach nicht glauben, daß ihr anderes Schiff den Kampf abgebrochen, die Flucht ergriffen und sie im Stich gelassen hatte.«

Man hörte Flüstern vor der Tür, Offiziere warteten auf Rat oder Befehle. Tyacke wußte, daß sie warteten, aber nichts konnte ihn davon abhalten, seinen Bericht zu beenden.

»Der Leutnant hieß Brice«, fuhr er fort, »Mark Brice. Er hatte einen Brief, der abgeschickt werden sollte, wenn ihm das Schlimmste widerfahren sollte.« Seine Worte klangen jetzt bitter. »Ich habe andere immer vor solchen niederdrückenden Gefühlen gewarnt. Damit fordert man nur den Tod heraus!«

»Brice?« Bolitho fühlte einen Schauder über den Rükken laufen, als höre er Adam selber die Situation beschreiben. »Es gab einen Kapitän Joseph Brice, der Adam einlud, überzulaufen, nachdem er gefangengenommen worden war.«

»Ja«, bestätigte Tyacke, »der Leutnant war der Sohn des Kapitäns. Eine Adresse in Salem!«

»Und der Brief?«

»Das übliche, Sir! Von Pflicht war die Rede und von Vaterlandsliebe, was ja alles nicht mehr viel taugt, wenn man tot ist.« Er nahm ein Büchlein vom Tisch. »Dennoch bin ich froh, daß ich es aufgeschrieben habe!«

»Und das andere Schiff, James? Macht Ihnen das Kummer?«

Tyacke zuckte deutlich mit den Schultern. »Nun ja, ich habe eine Menge gelernt von den Yankees. Sie ist die U.S.S. *Retribution*, auch ein Ex-Franzose, die *Gladiateur*. Vierzig Kanonen, vielleicht mehr.« Dann fügte er hinzu: »Ich habe nicht den geringsten Zweifel, daß diese beiden Schiffe die *Reaper* aufbrachten.« Er sah zur Tür. »Ich muß jetzt gehen. Bitte, fühlen Sie sich hier so lange wie zu Hause, bis Ihre eigenen Räume wieder eingerichtet sind.«

An der Tür hielt er noch mal, als beschäftige ihn noch

irgend etwas anderes. »Sie waren doch auch mal Flaggkapitän, Sir?«

Bolitho lächelte. »Ja, ziemlich lange her. Auf einem Dreidecker. *Euryalus*, hundert Kanonen. Ich hab viel auf ihr gelernt.« Er hielt inne, weil er ahnte, daß er mehr erfahren würde.

»Der amerikanische Leutnant hatte davon gehört, hatte gewußt, daß Sie mal Flaggkapitän auf der *Euryalus* waren.«

»Aber das ist über siebzehn Jahre her, James. Dieser Leutnant Brice dürfte kaum alt genug gewesen sein . . .«

Tyacke unterbrach ihn: »Der Kommandant der *Retribution* hatte ihm davon berichtet. Von Ihnen und der *Euryalus*, aber er starb, ehe er mir mehr sagen konnte.«

Er öffnete die Tür einen Spalt. »Warten Sie bitte noch!« Gemurmel klang wie Protest von draußen. »Wenn Sie das nicht wollen, finde ich bessere Leute.« Er drehte sich wieder zu Bolitho. »Der Kommandant der *Retribution* ist ein Mann namens Aherne.« Er unterbrach sich. »Mehr weiß ich nicht!«

Bolitho erhob sich blitzschnell, ohne es überhaupt zu merken. Der große Dreidecker *Euryalus* war ihm damals wie der letzte Schritt auf dem Weg zum Admiralsrang erschienen, und er hatte mehr Verantwortung getragen als üblicherweise Flaggkapitäne. Sein Vorgesetzter, Konteradmiral Sir Charles Thelwall, war alt für seinen Rang und wußte, daß er bald sterben würde. Aber England hatte es schwer. Spanien und Frankreich schienen sich einig über eine Invasion Englands. Auf der *Euryalus* hatte er Catherine zum ersten Mal getroffen . . .

Tyackes Bootsführer bot noch einmal aus der Flasche an. »Noch ein Glas, Sir Richard?«

Bolitho sah Tyackes unverhohlene Überraschung, als er die Einladung annahm. Langsam sagte er: »Wir leben in gefährlichen Zeiten, James.« Er dachte laut. »Wir waren damals unterwegs nach Irland. Es hieß, ein französisches Geschwader halte sich bereit, einen Aufstand zu unterstützen. Wäre der gelungen, hätte sich das Gleichgewicht sehr verändert – zu unseren Ungunsten. Und es kam ja noch schlimmer... die großen Flottenmeutereien an der Nore und in Spithead. Gefährliche Zeiten, in der Tat.«

»Und Irland, Sir?«

»Es gab ein paar Gefechte. Ich glaube, die Last der Verantwortung hat Sir Charles Thelwall schließlich getötet. Ein guter, sanfter Mann. Ich habe ihn sehr bewundert.« Er sah plötzlich Tyacke scharf an. »Und natürlich gab es hinterher das übliche Suchen nach Schuldigen und die Bestrafung aller, die sich gegen den König verschworen hatten. Nichts änderte sich, nichts wurde gelöst. Einer, den man wegen Hochverrats aufhing, war ein Patriot namens Daniel Aherne, ein Stellvertreter, aus dem schnell ein Märtyrer wurde.« Er hob sein Glas und fand es leer. »So, James, und jetzt haben wir das fehlende Glied in der Kette gefunden, das Gesicht in der Menge: Rory Aherne. Ich wußte, er war nach Amerika gegangen, aber mehr auch nicht. Siebzehn Jahre, viel Zeit, seinen Haß zu pflegen.«

»Was macht uns so sicher?« fragte Tyacke.

»Ich bin ganz sicher, James. Zufall, Schicksal, wer weiß!« Er lächelte kurz. »Die *Retribution* also, Vergeltung. Kein schlechter Name!«

Er mußte plötzlich an das denken, was Catherine ihm beim ersten Treffen gesagt hatte: »*Männer sind für den Krieg gemacht, und du bist keine Ausnahme.*«

Aber das war damals, konnte man sich nicht ändern?

Laut sagte er: »Sagen Sie mir Bescheid, ehe wir segeln. Und vielen Dank.«

Tyacke hielt inne. »Wofür, Sir?«

»Daß Sie mein Flaggkapitän sind, James. Dafür und für vieles andere.«

X Zeit und Entfernung

Sir Wilfred Lafargue setzte die leere Tasse ab und trat an eines der hohen Fenster in seinem geräumigen Büro. Für einen so schweren Mann bewegte er sich mit bemerkenswerter Leichtigkeit. Er wirkte immer noch wie der junge, erpichte Rechtsanwalt, den jetzt lediglich sein eigener Erfolg umgab. Man hatte Lafargue einst als gutaussehend beschrieben, doch jetzt, Ende der fünfziger, zeigte er Spuren von Wohlleben und anderen Exzessen, die selbst sein teurer und gut geschnittener Rock und seine Kniehosen nicht mehr verbergen konnten.

Der Kaffee war gut. Er würde bestimmt noch mehr trinken. Doch im Augenblick war er zufrieden, aus einem seiner Lieblingsfenster auf die City von London zu blicken. Es gab hier mehr Häuser denn je, doch immer noch genügend stille Parks und schmückende Gärten. Hier in Lincoln's Inn, einem der Zentren der englischen Rechtspflege, fanden sich die Adressen vieler berühmter Anwaltskanzleien, die einer Welt von Macht und Geld dienten.

Dieses Haus war einst die Londoner Residenz eines berühmten Generals gewesen. Ein unrühmliches Fieber hatte ihn in Westindien dahingerafft. Jetzt beherbergte es eine Anwaltskanzlei, die immer noch seinen Familiennamen trug und in der Lafargue der Seniorpartner war.

Lässig beobachtete er Kutschen auf ihrem Weg in die Fleet Street. Es war ein schöner Tag. Ein klarer blauer Himmel wölbte sich über Türmen und beeindruckenden Gebäuden. Aus dem entfernteren Fenster würde er St. Paul's oder wenigstens den Turm der Kathedrale sehen können. Der Blick gefiel ihm immer wieder. In seiner Welt schien er das Zentrum von London zu sein.

Er dachte an den draußen wartenden Besuch. Seine Angestellten hatten viel mit ihr zu tun gehabt, doch persönlich würde er selber heute zum ersten Mal die betreffende Dame kennenlernen: Lady Catherine Somervell. Als er seiner Frau von der Verabredung erzählt hatte, hatte sie heftig, ja ärgerlich reagiert, als habe er sie persönlich beleidigt.

Er lächelte. Wie sollte sie das auch je begreifen?

Jetzt würde er endlich die berüchtigte Vicomtesse in Person kennenlernen. Sie war eine der Frauen, über die heutzutage am meisten geredet wurde. Wenn auch nur ein Zehntel der Gerüchte stimmte, würde er sehr bald ihre Stärken und Schwächen erkennen. Es hieß, sie kümmere sich um all das gar nicht, weder um den Skandal noch um die heimliche Nachrede.

Daß ihr letzter Mann in einem Duell auf mysteriöse Weise getötet worden war, hatte man bequemerweise vergessen. Er lächelte breit. *Bis auf mich.*

Verärgert drehte er sich um, als die Tür einen Spalt breit geöffnet wurde und sein Kanzleivorsteher hereinschaute.

»Was ist, Spicer?« Der Kanzleivorsteher war ein Mann, der von seiner Tätigkeit so besessen war, daß er nicht die geringste Kleinigkeit in den Papieren und Dokumenten übersah, die durch seine Hände gingen. Außerdem zeichnete er sich durch Langweiligkeit aus.

Spicer sagte: »Lady Somervell bricht gerade auf, Sir Wilfred!« Er sprach völlig unbewegt. Als irgendein Geisteskranker den Premierminister Spencer Perceval letztes Jahr in den Gängen des Unterhauses ermordet hatte, hatte Spicer das auf die gleiche Art gemeldet – als handle es sich um eine Bemerkung zum Wetter.

»Was heißt das, aufbrechen?« fuhr Lafargue ihn an. »Die Dame ist mit mir verabredet.«

Spicer blieb unbewegt. »Das war vor einer halben Stunde, Sir Wilfred.«

Lafargue nahm sich mit Mühe zusammen. Es war seine

Art, Klienten warten zu lassen – egal wie hoch oder niedrig ihre soziale Stellung war.

Doch dies fing nicht gut an. »Führen Sie sie rein«, knurrte er.

Er saß hinter seinem großen Tisch und schaute auf die andere Tür. Alles war da, wo es es sein sollte, unmittelbar vor seinem Tisch stand ein Stuhl und dahinter ein beeindruckendes Regal mit ledergebundenen Büchern vom Fußboden bis zur Decke. Alles sehr solide, verläßlich, wie die City – oder wie eine Bank.

Er erhob sich langsam, als die Tür sich öffnete und Lady Catherine Somervell eintrat. Der Raum war viel zu groß für ein Büro, doch Lafargue liebte die Größe aus einem einzigen Grund. Besucher wurden oft eingeschüchtert, wenn sie durch die ganze Länge zu dem Stuhl vor seinem Schreibtisch gehen mußten. Doch zum ersten Mal in all den Jahren war es anders.

Sie war größer als erwartet und schritt ohne Zögern oder Unsicherheit. Ihre dunklen Augen ließen sein Gesicht dabei nie los. Sie war ganz in Grün gekleidet und trug einen breitrandigen Strohhut mit passendem Band. Lafargue war intelligent genug zu erkennen, daß sein übliches Vorgehen, Klienten warten zu lassen, eine Frau wie diese niemals beeindrucken würde.

»Bitte, nehmen Sie Platz, Lady Somervell.« Er sah, wie elegant sie sich auf den Stuhl setzte, selbstsicher, doch wachsam. Vielleicht sogar abwehrend. »Ich bedaure die Verspätung. Im letzten Augenblick gab es noch einige Probleme.«

Ihre dunklen Augen sahen kurz auf die leere Kaffeetasse.

»Ich verstehe!«

Lafargue setzte sich und strich über einige Papiere auf seinem Tisch. Es fiel ihm schwer, sie nicht anzustarren. Sie war schön – nichts anderes konnte man sagen. Ihr

Haar war so dunkel, daß man es für schwarz halten konnte. Es war hoch über ihren Ohren aufgesteckt, so daß Kehle und Hals auf seltsame Weise ungeschützt oder herausfordernd schienen. Sie ließ ein winziges Lächeln erscheinen, als sie fragte: »Was haben Sie Neues für mich?«

Catherine hatte seine prüfenden Blicke bemerkt. Das widerfuhr ihr ständig. Der berühmte Anwalt, den Sillitoe empfohlen hatte, dessen Rat sie erbat, machte da keine Ausnahme, trotz des großtuerischen Verhaltens. Sillitoe hatte sie vorgewarnt: »Wie bei den meisten Anwälten, werden Sie auch bei ihm seinen Wert und seine Ehrlichkeit an der Höhe seiner Rechnung ablesen können.«

Lafargue sagte: »Sie kennen alle Einzelheiten des Testaments Ihres verstorbenen Gatten.« Er hüstelte höflich. »Verzeihung, Ihres ersten Gatten, meine ich natürlich. Seine Geschäfte florierten selbst während des Krieges zwischen unserem Land und Spanien. Sein Sohn wünscht, daß Sie jetzt das erhalten, was schon immer für Sie bestimmt war.« Sein Blick fuhr über das Papier. »Claudio Luis Pareja ist sein Sohn aus erster Ehe.«

»Ja«, sagte sie nur. Die ungestellte Frage überhörte sie. Er kannte die Antwort sowieso. Als Luis sie gebeten hatte, ihn zu heiraten, war er mehr als doppelt so alt gewesen wie sie. Und selbst sein Sohn Claudio war älter. Es war keine Liebe gewesen, so wie sie sie jetzt kannte, aber die Güte des Mannes und sein Begehren waren wie eine offene Tür gewesen, durch die sie schreiten konnte. Sie war ein einfaches Mädchen gewesen, und er hatte ihr Visionen gegeben und Gelegenheiten geboten. So hatte sie die Sitten und Umgangsformen der Menschen gelernt, mit denen er geschäftlich zu tun hatte.

Er starb, als Richard Bolithos Schiff das Schiff stoppte, mit dem sie beide unterwegs zu ihren Besitzungen auf Menorca waren. Hinterher wußte sie, daß sie schon damals Richard liebte, doch sie hatte ihn aus den Augen verloren. Bis Antigua, als er unter seiner eigenen Flagge auf der alten *Hyperion* in English Harbour ankerte.

Wieder fühlte sie die Augen des Anwalts. Doch als sie aufblickte, prüfte er wieder Papiere.

»Also bin ich jetzt eine reiche Frau?«

»Mit einem Federstrich, Mylady!« Es verblüffte ihn, daß sie weder Überraschung noch Triumph zeigte, schon seit dem ersten Briefwechsel nicht. Eine schöne Witwe, beneidet, reich. Manch ein Mann würde in Versuchung kommen. Er dachte an Admiral Sir Richard Bolitho, den Helden, den selbst die einfachsten Seeleute zu verehren schienen. Und dann sah er sie wieder an. Ihre Haut war braun wie die einer Frau vom Land, ebenso ihre Hände und Handgelenke. Er stellte sich ihr Zusammensein vor, wenn der Ozean oder der Krieg sie nicht gerade trennte.

Der Gedanke ließ ihn sagen: »Ich habe gehört, daß es in Amerika endlich vorangeht.«

»Was genau?« Sie blickte ihn an und legte ihre Hand an die Brust. Wie schnell das geschah, wie ein Schatten, wie eine Bedrohung.

Er sagte: »Wir haben gehört, daß die Amerikaner York angegriffen haben, mit großer Macht den See überquert und dort alle Regierungsgebäude niedergebrannt haben.«

»Wann?« Das Wort fiel wie ein Stein in den Brunnen.

»Ungefähr vor sechs Wochen, denke ich. Neues kommt sehr langsam von dort zu uns.«

Sie blickte aus dem Fenster, hinter dem sich frisches Grün bewegte. Ende April. Richard hätte dabeisein können, auf jeden Fall war er involviert. Leise wollte sie wissen: »Sonst noch etwas?«

Er räusperte sich. Ihre unerwartete Betroffenheit machte ihm Mut. Vielleicht war sie doch verletzbar.

»Es wird von einer Meuterei auf einem unserer Schiffe geredet. Arme Hunde, man kann's ihnen kaum übel nehmen.« Er hielt inne. »Aber es gibt natürlich Grenzen. Schließlich sind wir im Krieg!«

»Welches Schiff?« Sie spürte, daß er ihre Betroffenheit irgendwie genoß. Ihr war das gleichgültig. Es spielte keine Rolle. Nichts war mehr wichtig. Selbst das Geld nicht, daß sie auf so unerwartete Weise geerbt hatte. Armer Luis, der schon so viele Jahre tot war. Scharf fragte sie: »Können Sie sich an den Namen erinnern?«

Er spitzte die Lippen. »*Reaper.* Ja, richtig. Kennen Sie das Schiff?«

»Es gehört zum Geschwader von Sir Richard. Ihr Kommandant ist im letzten Jahr gefallen. Mehr weiß ich auch nicht.« Er würde ohnehin nichts begreifen. Meuterei ... Sie hatte Richard genau beobachtet, als er eine Meuterei beschrieb und was die Schuldigen und die Unschuldigen dafür zu zahlen hatten. Er war involviert gewesen in die großen Marinemeutereien, die das Land entsetzten, hatte man doch jeden Tag die feindliche Invasion erwartet. Viele hatten geglaubt, daß die Meutereien das erste Feuer jener Revolution seien, die den Schrecken in Frankreich hatten heimisch werden lassen.

Wie Richard in seinem eigenen Kommando einen derartigen Ausbruch hassen und verdammen würde! Und sich selbst vorwerfen würde, nicht dabeigewesen zu sein, als erste Zwietracht gesät wurde.

Totale Verantwortung. Und Strafe also auch für ihn.

Lafargue fuhr fort: »Nun zu der anderen Angelegenheit, über die wir sprachen. Die Pacht für den Besitz ist zu haben.« Er sah die Hand auf ihrer Brust. Der glitzernde Anhänger bewegte sich und verriet ihre Erregung. »Der Inhaber des Vertrags ist ein Earl, der sein Glück durch Pech oder zu großes Zutrauen verspielte und verarmte. Er ist überaus bereit, eine Zessionsurkunde zu unterschreiben. Doch es ist teurer Besitz, Madam. Und er ist bewohnt!«

Er wußte es. Natürlich wußte er es. Sie sagte: »Von Lady Bolitho!« Sie blickte auf den Rubinring an ihrer Hand, den Bolitho ihr an jenem Tag in der Kirche von Zennor angesteckt hatte, als Valentine Keen Zenoria heiratete. Es erschütterte sie immer noch. In Falmouth würden sie alle auf sie warten, auf die Dame des Admirals oder auf die Hure, je nach Laune. »Es war meine ureigene Entscheidung. Ich möchte die Pacht gern herabsetzen.« Sie sah plötzlich hoch, und Lafargue entdeckte in ihrem Blick jene andere Frau, die es nach dem Schiffsuntergang in einem offenen Boot mit der See aufgenommen hatte und die die Herzen all derer gewann, die sie kannten. Jetzt sah er in ihrem Gesicht, daß alles wahr war, was er über sie gehört hatte.

»Und ich beabsichtige, daß sie das auch erfährt!«

Lafargue klingelte mit einer kleinen Tischglocke, und wie von Zauberhand erschienen der Kanzleivorsteher und ein zweiter Mann.

Er erhob sich und sah zu, wie Spicer die Dokumente vorbereitete, eine neue Feder lag schon neben ihrer Hand. Er sah den Ring und schätzte den Preis. Es waren Rubine und Diamanten wie am fächerförmigen Hänger, den sie um den Hals trug. Er mußte an seine Frau denken und überlegte, wie – oder ob überhaupt – er ihr diesen Tag beschreiben würde.

»Hier und hier, Mylady«, sagte Spicer.

Sie unterzeichnete schnell und mußte an die kleine, unaufgeräumte Anwaltskanzlei in Truro denken, die über Generationen hinweg alle rechtlichen Familienangelegenheiten der Bolithos abgewickelt hatte. Dort lagen Akten und Dokumente mit Eselsohren auf den Stühlen, die viel zuviel Staub trugen, um je benutzt worden zu sein. Es war also keine Überraschung, als der behäbige

Yovell sie dorthin brachte, nachdem sie ihm berichtet hatte, was sie aus Sevilla erfahren hatte. Aus Spanien, wo sie ihre Kindheit hinter sich gelassen hatte.

Unaufgeräumt war die Kanzlei in der Tat, aber sie war dort empfangen worden, als ob sie schon immer dazugehörte. John Allday würde gesagt haben: *Sie gehört zur Familie.*

Lafargue meinte jetzt: »Wir kennen uns aus mit solchen Transaktionen, Mylady. Ein so schöner Kopf sollte niemals mit geschäftlichen Problemen behelligt werden.«

Sie sah ihn lächelnd an. »Danke, Sir Wilfred. Ich schätze ihr Können als Anwalt. Komplimente kann mir jeder Fischträger in Billingsgate machen.«

Sie erhob sich und wartete einen Augenblick, während Lafargue ihre Hand ergriff und sie nach einem winzigen Zögern küßte.

»Es war mir eine Ehre, Mylady.«

Sie nickte den beiden Angestellten zu und sah ein Lächeln auf dem unbewegten Gesicht Spicers. An diesen Tag würde er sich erinnern, aus welchen Gründen auch immer.

Lafargue unternahm einen letzten Versuch. »Ich sah, daß Sie in Lord Sillitoes Kutsche ankamen, Mylady...« Er zuckte fast zusammen, als ihr dunkler Blick ihn traf.

»Wie aufmerksam von Ihnen, Sir Wilfred!«

Er begleitete sie zur großen Doppeltür. »Ein einflußreicher Mann.«

Beim Vorübergehen sah sie sich im großen Spiegel. Ihr nächster Besuch galt der Admiralität, und sie fragte sich, ob Bethune ihr vom Angriff auf York und über die Meuterei berichten würde.

»Mit allem Respekt, Mylady, glaube ich, daß auch Lord Sillitoe Sie als ganz besondere Person verehrt.«

Wieder blickte sie den Anwalt an. Ihr Herz wurde

plötzlich schwer. Warum war sie bloß allein? Sie brauchte Bolitho so dringend in ihrer Nähe!

»Ich habe herausgefunden, daß Verehrung sehr schnell zu einem Hindernis werden kann, Sir Wilfred. Ein Hindernis, das man schnell entfernen möchte. Stimmen Sie mir zu?«

Wieder an seinem Lieblingsfenster sah Lafargue den livrierten Kutscher eilig die Tür der Kutsche öffnen. Einer von den besonderen Männern Sillitoes, dachte er. Er sieht eher nach einem Preisboxer als nach einem Diener aus. Er sah, wie sie innehielt und einen Schwarm Spatzen beobachtete. Die Vögel tranken aus einer Pfütze, die sich aus dem übergelaufenen Wasser der Pferdetränke gebildet hatte. Auf die Entfernung war er sich nicht ganz sicher, doch ihm schien es, als beachte und kümmere sie sich keinen Deut um die Vorbeigehenden, die sie anglotzten.

Er versuchte, seine Eindrücke mit kühlem Verstand zu ordnen, so wie er Fakten und Argumente vor Gericht ordnete oder in Argumenten mit anderen Anwälten. Doch alles, was er empfand, war Neid.

An diesem warmen Juniabend war der Old Hyperion in Fallowfield gut besucht. Vor allem Arbeiter von den Höfen in der Nähe trafen sich hier mit Freunden nach einem langen Tag auf den Feldern. Einige saßen draußen an blankgescheuerten Holzplatten, die auf Böcken lagen. Die Luft war so still, daß der Rauch aus ihren langen Pfeifen wie ein unbewegter Vorhang über ihnen hing. Selbst die hohen roten Fingerhüte auf den Beeten bewegten sich kaum. Hinter den dunklen Bäumen glänzte im sinkenden Licht der Helford River wie poliertes Zinn.

Im Gasthaus standen alle Fenster und Türen offen. Doch die alten Stammgäste hockten wie gewohnt vor dem großen Kamin, der bis auf einen Topf mit Blumen leer war.

Unis Allday stand in der Tür zu ihrem Zimmer und war zufrieden mit dem, was sie sah. Bekannte Gesichter, Dachdecker aus Fallowfield, außerdem der Zimmermann und sein Geselle, die immer noch in der kleinen Kirche des Ortes arbeiteten, in der John Allday und sie geheiratet hatten. Sie unterdrückte ein Seufzen und drehte sich um zu dem Bettchen, in dem ihre Tochter, die kleine Kate, schlief. Sie fuhr über das Holz. Auch eine Arbeit und Erinnerung an den großen, schlaksigen Seemann, der jetzt so weit weg war. Er hatte dieses Bettchen mit eigenen Händen gebaut.

Sie hörte John, ihren Bruder, laut lachen, während er Bier in Krüge zapfte und sie den Gästen brachte. Er hatte als Soldat des 31. Infanterie-Regiments ein Bein verloren und lebte jetzt in einem kleinen Häuschen ganz in der Nähe. Ohne seine Gesellschaft und Hilfe wüßte sie nicht, wie sie das hier alles schaffen sollte.

Allday hatte ihr nicht geschrieben. Vier Monate waren inzwischen vergangen, seit er durch jene Tür gegangen war und die lange Reise nach Kanada zusammen mit dem Admiral angetreten hatte, dem er diente und den er liebte wie keinen anderen. Auch Lady Catherine würde die gleiche Einsamkeit fühlen, dachte sie, weil auch ihr Mann auf der anderen Seite des Ozeans seinen Dienst versah – und obwohl sie selber viel gereist war. Unis lächelte. Ehe sie sich hier in Cornwall niederließ, war sie nie weiter weg gewesen als in ihrem heimischen Devon. Und obwohl sie sich hier inzwischen wie zu Hause fühlte, würde sie für die Einheimischen immer die Fremde bleiben. Auf ihrem Weg hierher war sie von Männern überfallen worden, die sie ausrauben und ihr Gewalt antun wollten. John Allday hatte sie an jenem Tag gerettet. Heute konnte sie über das Ereignis sprechen, aber nicht mit jedem. Sie berührte die Blumen auf dem Tisch. Die Stille und die warme, unbewegte Luft machten sie unruhig. Wenn er doch bloß wieder hier wäre. Sie prüfte den Gedanken. Für jetzt und immer . . .

Noch einmal sah sie auf das schlafende Kind und trat dann nach draußen zu ihrem Bruder.

»Gute Geschäfte heute, Liebe, sag ich dir, und es wird mehr.« Er blickte auf eine unbewegte Kerzenflamme. »Natürlich werden ein paar Master auf ihren Schiffen schimpfen und fluchen, wenn sie die ganze Nacht in der Flaute in der Falmouth Bucht liegen müssen. Denn sie müssen ja auch Heuer dafür zahlen!«

Sie fragte: »Was Neues über den Krieg, John? Von denen, mein ich!«

»Der ist bald vorbei, nehm ich an«, antwortete er. »Wenn der eiserne Wellington erst mal die Franzosen in die Knie gezwungen hat, haben die Yankees bestimmt keinen Appetit mehr auf einen eigenen Krieg.«

»Und davon bist du wirklich überzeugt?« Sie erinnerte sich an John Allday, als er ihr schließlich von seinem Sohn berichtete und wie er im Kampf mit den Amerikanern gefallen war. War das erst letztes Jahr geschehen? Er war nach Hause gekommen und hatte ihr winziges Baby in seine großen Hände genommen, und sie hatte ihm sagen müssen, daß sie nie wieder ein Kind haben und er deshalb nie einen Sohn von ihr bekommen würde.

An seine Antwort erinnerte sie sich immer noch ganz genau: »Sie ist prächtig. Ein Sohn kann dir das Herz brechen.« Sie hatte dann so etwas geahnt, hatte aber geschwiegen, bis er ihr aus freien Stücken von seinem Sohn erzählte.

Sie hörte den Hufschlag eines einzelnen Pferdes, die Männer am leeren Kamin hörten auf zu reden und schauten nach draußen. Ein einzelnes Pferd bedeutete hier draußen in der Nähe von Rosemullian Head gewöhnlich, daß ein wichtiger Mann unterwegs war. Ein

Küstenwächter, einer vom Zoll, ein Dragoner aus Truro, der Deserteuren nachspürte oder Diebesgesindel.

Der Hufschlag näherte sich über die Kopfsteine, und jemand lief, dem Reiter zu helfen. Ihr Bruder sagte: »Das ist Lady Catherine. Ihre große Stute erkenne ich überall.«

Er lächelte, als er sah, daß seine Schwester sich wie immer durch das Haar fuhr und die Schürze glattstrich.

»Ich hatte schon gehört, daß sie aus London zurück war. Luke sagte, er habe sie gesehen.«

Sie trat durch die Tür. Ihr dunkles Haar streifte fast den Balken. Sie schien überrascht über die vielen Gäste, so als sei sie sich über die Tageszeit gar nicht im klaren.

Einige Männer hatten sich erhoben, andere taten so, als wollten sie es, und der eine oder andere rief: »Guten Abend, Mylady.«

Sie hob die Hand. »Bleiben Sie doch bitte sitzen!«

Unis begleitete sie in das kleine Zimmer. »Sie sollten auf dieser Straße nicht allein reiten, Mylady. Es ist bald dunkel. Und in dieser Zeit ist man hier nie ganz sicher.«

Catherine nahm Platz und zog die Handschuhe aus. »Tamara kennt den Weg. Und ich bin hier nie in Gefahr.« Impulsiv ergriff sie Unis' Hand. »Ich mußte kommen und mit einer Freundin reden. Das sind Sie, Unis!«

Unis nickte, die stille Verzweiflung in ihren Worten berührte sie. Das durfte doch eigentlich nicht sein – die Dame des Admirals, eine Frau, ebenso mutig wie schön, und selbst hier herzlich willkommen, wo man jeden Sonntag Skandale und Sünden öffentlich in Kirchen und Kapellen geißelte...

»Hoffentlich stark genug, Mylady!«

Catherine trat an das Bettchen. »Die kleine Kate«, sagte sie und strich die Decke glatt. Unis schaute bewegt zu.

»Soll ich uns einen Tee brühen oder Kaffee? Und

dann werde ich dafür sorgen, daß Sie jemand nach Falmouth zurückbegleitet. Fünf Meilen allein können sehr lang sein!«

Catherine hörte sie kaum. Seit ihrer Rückkehr aus London hatte sie wenig Ruhe gefunden. Diesmal wartete kein Brief von Richard auf sie. Alles mögliche konnte geschehen sein. Sie war auf den benachbarten Besitz geritten, um Bolithos Schwester zu besuchen, und hatte entdeckt, daß Lewis Roxby sich nach seinem Schlaganfall kaum um die Ratschläge seiner Ärzte kümmerte. Ohne seine Jagden und Gesellschaften konnte der Gutsbesitzer, Friedensrichter und Edelmann sein Leben als Kranker kaum ertragen. Nancy wußte das, ihre Augen verrieten es. Diesmal war Lewis nicht nur krank. Er lag im Sterben.

Catherine hatte neben ihm gesessen und seine Hand gehalten, während er im Bett gegen die Kissen gelehnt saß. Er konnte durch das Fenster auf die Bäume schauen und auf die gewaltige steinerne Balustrade, die fast vollendet war. Sein Gesicht war grau, sein Griff ohne Kraft. Doch von Zeit zu Zeit wandte er seinen Kopf, um sie anzuschauen, so als wolle er ihr versichern, daß der alte Lewis Roxby immer noch am Leben sei.

Sie hatte ihm von London berichtet, doch nichts von dem überraschenden Vermögen gesagt, daß aus Luis' Besitz an sie übergegangen war. Sie hatte auch nicht erzählt, daß sie zu Richards Stadthaus gefahren war. Anwalt Lafargue hatte Belinda über ihren bevorstehenden Besuch informiert, aber ihre Besuchskarte wurde ihr in zwei Teile zerrissen zurückgereicht. Also wußte Belinda jetzt, daß das Haus, in dem sie in großem Stile hofhielt und auf großem Fuß lebte, im Besitz der Frau war, die sie haßte. Zwischen ihnen würde sich dadurch nichts ändern, es würde Belinda nur hindern, mehr Geld zu verlangen. Sie würde dem Kreis ihrer Freunde niemals eingestehen, daß sie das Haus einer Frau bewohnte, die sie öffentlich als Prostituierte beschimpft hatte.

Sie hörte sich sagen: »Etwas Stärkeres wäre mir lieber, Unis, Brandy, wenn Sie haben.«

Unis eilte an einen Schrank. Hatte sie wirklich niemanden, an den sie sich wenden konnte, wenn Sir Richard auf See war? Vielleicht standen ihr Bryan Ferguson und seine Frau in dem großen grauen Haus zu nahe und erinnerten zu sehr an all die anderen, die nicht da waren: Bolithos *kleine Mannschaft*, wie John sie immer nannte.

Catherine nahm das Glas und fragte sich, woher der Brandy wohl stammte. Aus Truro? Oder war er in einer mondlosen Nacht an dieser zerklüfteten und gefährlichen Küste von Schmugglern an Land gebracht worden?

Hinter der Tür waren Unterhaltung und Gelächter wiedererwacht. Die Männer hätten ihren Frauen zu Hause einiges zu erzählen.

Zögernd fragte Unis: »Wenn . . ., ich meine, wenn Sir Lewis nicht mehr ist, was wird dann aus dem, wofür er sich immer eingesetzt hat? Wie ich hörte, fing er hier an als Sohn eines Bauern. Und sehen Sie jetzt! Freund des Prinzen, Besitzer von all dem Land hier – wird sein Sohn das alles mal übernehmen?«

Sieh ihn dir an. Ein graues, müdes Gesicht. Jeder Atemzug mühevoll.

»Ich glaube, sein Sohn macht sich gerade in der City von London einen Namen. Lewis wollte das so. Er war so stolz auf ihn und auf seine Tochter. Aber vieles wird sich ändern, ganz egal was als nächstes geschieht.«

Sie saß eine Weile schweigend da, dachte an den Besuch in der Admiralität, ihr letztes Unternehmen in London. Bethune hatte sie mit Wärme begrüßt und gestanden, von ihrer Ankunft überrascht worden zu sein. Und er hatte sie eingeladen, ihn zu einem Empfang zu begleiten. Er würde sie dort gern mit einigen wichtigen Freunden bekanntmachen. Sie hatte abgelehnt. Während sie in dem vertrauten Büro saß, ihn beobachtete und ihm zuhörte, hatte sie sein echtes Interesse an ihr gespürt. Sein nicht zu verleugnender Charme würde ihm ernste Probleme bereiten, wenn er mit seinen Affären zu sorglos umging.

Über den Krieg in Nordamerika konnte er ihr nichts Neues sagen, obwohl sie ahnte, daß er einiges mehr wußte.

In der letzten Nacht in Chelsea hatte sie wach im Bett gelegen, fast nackt im Mondlicht, das über die Themse hereinschien. Sie überlegte, was wohl geschehen wäre, wenn sie Bethune gebeten hätte, all seinen Einfluß aufzubieten, damit Richard, den er ganz offensichtlich sehr mochte und bewunderte, nach England zurückkommandiert würde. Eigentlich hatte sie wenig Zweifel, was er als Preis verlangt hätte. Sie spürte Tränen in den Augen. Hätte sie sich auf so etwas eingelassen? Sich jemandem hingeben, von dem sie ahnte, daß er die Güte selber war? Sie wußte, sie hätte es nie tun können. Zwischen Richard und ihr gab es keine Geheimnisse, wie hätte sie dem Mann, den sie liebte, also etwas vormachen können?

Jetzt entsetzte sie selbst der Gedanke daran, daß sie sich einen solchen Handel überhaupt hatte vorstellen können. Manche nannten sie Hure. Vielleicht hatten sie recht.

Sie hatte Lewis auch nicht berichten können, was nach dem Besuch von Belindas Haus geschehen war. Sie hatte auf dem Platz das Kind mit seiner Gouvernante spazierengehen sehen. Selbst wenn der Platz voll von Kindern gewesen wäre, hätte sie Elizabeth sofort erkannt, Richards Tochter. Dasselbe nußbraune Haar wie ihre Mutter, dieselbe Haltung und Sicherheit, zuviel für ein so junges Mädchen. Sie war ganze elf Jahre alt und benahm sich doch schon wie eine Dame.

»Darf ich mal mit dir reden?« Sie hatte die Ablehnung der Gouvernante sofort gespürt, aber Elizabeth hatte sich umgedreht und sie angeschaut. Es war wie ein Schock – Richards Augen.

Ruhig hatte sie gesagt: »Es tut mir leid. Ich kenne Sie nicht, Madam!« Sie hatte sich abgewandt und war vor ihrer Begleiterin davongeschritten.

Was hatte ich eigentlich erwartet? Oder erhofft? Doch sie konnte nur noch an die Augen des Kindes denken. Und an die hochnäsige Ablehnung.

Sie stand auf, weil sie etwas hörte. »Ich muß jetzt aufbrechen. Mein Pferd...«

Unis sah ihren Bruder in der Tür. »Ja, was gibt's?«

Aber er hatte nur Augen für die schöne Frau, deren langes Reitkleid zerrissen war an Stellen, wo Sie das Pferd zu nahe an die Hecke gelassen hatte.

»Die Kirche. Die Glocke läutet.« Dann schien er einen Entschluß gefaßt zu haben. »Ich kann nicht zulassen, daß Sie in dieser Stunde allein reiten, Mylady!«

Sie schien ihn nicht zu hören. »Ich muß. Ich habe es Nancy versprochen.« Sie trat lauschend ans offene Fenster. Die Glocke. Das Ende von etwas. Der Anfang wovon?

John kam zurück. »Einer der Wildhüter ist hier, Mylady. Er reitet mit Ihnen.« Er zögerte und sah zu seiner Schwester, als bäte er um ihre Hilfe. »Bitte, Sir Richard würde darauf bestehen, wenn er hier wäre!«

Sie streckte ihnen die Hände entgegen. *Ich weiß.*

Man beneidete sie, manche haßten sie und wenigstens eine Person fürchtete sie nach dem Besuch des Anwalts. Sie durfte jetzt auf keinen Fall nachgeben. *Doch ohne ihn bin ich nichts, habe ich nichts.*

Sie sagte: »Ich mußte mal wieder unter Freunden sein, verstehen Sie. Ich mußte es wirklich.«

Tamara stand schon vor der Tür, wartete unruhig.

Sir Lewis Roxby, Ritter des Hannoverschen Welfenordens, Freund des Prinzregenten, war tot. Sie erinnerte sich an seine vielen zuvorkommenden Freundlichkeiten und ganz besonders an den Tag, als sie zusammen die tote Zenoria Keen gefunden hatten.

Der König von Cornwall. Der würde er immer bleiben.

XI Eine Warnung

Richard Bolitho und Konteradmiral Keen standen nebeneinander und blickten über den vollen Hafen von Halifax.

Die Sonne schien schon kräftig, und endlich war auch die Luft wieder warm. Nach der Enge auf einer Fregatte, selbst einer so großen wie der *Indomitable*, war Bolitho sich des Landes sehr bewußt und auch des verblüffenden Gefühls, gar nicht hierherzugehören. Sie standen im Haus des Generals, der die Garnison und die Verteidigungsanlagen von Neuschottland befehligte. Unterhalb der hölzernen Veranda marschierten Soldaten auf und ab und exerzierten in Zügen. Die erste Reihe kniete und zielte auf einen imaginären Feind, während die zweite sich vorbereitete, durch die erste hindurchzutreten und das gleiche zu tun. Solchen Drill und solche Manöver hatte die Armee über Jahre hin perfektioniert und damit schließlich Napoleon in die Flucht geschlagen.

Doch Bolitho sah auf die Fregatte, die genau gegenüber ankerte. Selbst ohne Teleskop konnte er die Schäden und die Haufen von zerbrochenem Holz und Rigg auf ihrem Deck erkennen. Noch immer war die Stars und Stripes angeschlagen, doch die weiße englische Kriegsflagge wehte über ihr – als Zeichen des Sieges. Die

U.S.S. *Chesapeake* hatte gegen Seiner Britannischen Majestät Schiff *Shannon* gefochten. Es gab einen kurzen Kampf mit klarem Ergebnis: Beide Kapitäne waren verwundet, der Amerikaner tödlich.

Keen meinte: »Ein willkommener Sieg. Die *Shannon* schleppte am sechsten ihre Prise in den Hafen. Nach all unserem Pech konnte uns nichts Besseres geschehen!«

Bolitho hatte von dem Gefecht schon gehört. Der Kommandant der *Shannon*, Philip Bowes Vere Broke, war ein erfahrener und erfolgreicher Kapitän. Er hatte ständig vor Boston gekreuzt, wo die *Chesapeake* ankerte. Man sagte, er habe den Verlust vieler seiner Kameraden durch die überlegenen amerikanischen Fregatten betrauert. Er hatte eine Aufforderung zum Zweikampf nach Boston geschickt – in bester ritterlicher Tradition. Darin hatte er Kapitän Lawrence aufgefordert, mit der *Chesapeake* auszulaufen, »um das Glück unserer Flaggen zu testen«. Wenn Broke seinem amerikanischen Gegner gegenüber einen Vorzug hatte, dann war es seine feste Überzeugung, daß es nur auf die Mannschaften ankam – an den Kanonen und seemännisch. Für seine wichtigsten Kanonen hatte er sogar eine Zielvorrichtung erfunden und sie anbringen lassen. Das hatte den Tag für ihn entschieden. Doch niemand war bedrückter als Broke, als Lawrence seinen Verwundungen erlag.

Hinter ihr ankerte wie ein bedrückter Schatten die kleinere Fregatte *Reaper*. Ein Wachboot hatte an ihr festgemacht. Auf dem Deck erkannte man viele kleine scharlachrote Gestalten – Posten der Seesoldaten, die das improvisierte Gefängnis der Meuterer bewachten.

Keen schaute jetzt Bolitho an, dessen Gesicht sich verzog, als er in die Sonne blickte.

»Schön, daß wir wieder zusammen sind!«

Bolitho lächelte. »Nur für kurze Zeit, Val. Wir sind bald wieder draußen auf See!« Mit der Hand über den

Augen sah er, wie Tyacke Frischwasser und Vorräte auf die *Indomitable* übernahm und letzte Reparaturen ausgeführt wurden. Das war der Grund oder die Entschuldigung, ihn nicht zu diesem Treffen begleitet zu haben.

Er hörte eine leise Unterhaltung zwischen Keens Flaggleutnant, dem Ehrenwerten Lawford de Courcey, und Avery. Viel haben sie nicht gemein, dachte er, und er wußte auch, daß Adam sich nicht viel aus ihm machte. Wie auch immer – hier ging es nicht um Mögen, selbst unter Freunden nicht. Sie verband ein gemeinsames Ziel unter Waffen.

Zwei Briefe von Catherine hatten ihn bei seiner Rückkehr nach Halifax erwartet. Er spürte sie in seiner Tasche. Er wollte sie sobald als möglich lesen und später noch einmal – aber dann sehr viel genauer und langsamer. Anfangs spürte er immer Unruhe, ja Furcht. Ob ihre Gefühle sich geändert hatten, denn sie war ja unvorstellbar einsam.

Er drehte sich aus der Sonne, als er de Courcey jemanden grüßen hörte. Eine andere Stimme antwortete, die einer Frau.

Keen berührte seinen Arm. »Sie sollten Miss Gilia St. Clair kennenlernen. Ich habe Ihnen gemeldet, daß sie an Bord der *Reaper* war.«

Sein Fuß blieb an etwas hängen, als er sich umdrehte. Er sah Avery zu ihm springen – besorgt, aber auch beschützend wie immer.

Nach dem strahlenden Sonnenlicht und dem blendenden Funkeln des Wassers im Hafen war es hier so dunkel, als sei der Raum mit dichten Vorhängen geschlossen.

Keen sagte: »Ich möchte Admiral Sir Richard Bolitho vorstellen. Er befehligt unser Geschwader!«

Die Frau war jünger, als er erwartet hatte: Ende Zwanzig, nahm er an. Ihm fielen ein angenehmes, ovales Gesicht auf, hellbraunes Haar. Ihre Augen sahen ihn direkt und ernst an.

Bolitho ergriff ihre Hand. Ein fester Druck. Er konnte sie sich leicht an Bord der gezeichneten *Reaper* vorstellen, während die *Valkyrie* die mächtigen Kanonen für eine Breitseite ausrannte.

Sie sagte: »Es tut mir leid, hier einzudringen, aber mein Vater ist hier. Ich hoffte, ich würde ihn entdecken ...«

»Er steht da hinten beim General«, antwortete Keen, »und es macht sicher nichts, wenn Sie bleiben.« Er lächelte auf seine jungenhafte Art. »Ich übernehme die ganze Verantwortung.«

Sie sagte: »Ich wollte etwas über York erfahren. Mein Vater war auf dem Wege dorthin, weil man seine Hilfe bei der Fertigstellung eines Schiffes brauchte.«

Bolitho hörte schweigend zu. Ihres Vaters Pläne waren nicht der echte Grund ihrer Neugier.

Keen fragte: »Ich nehme an, Sie werden bald nach England zurückkehren, eher früher als später, Miss St. Clair?«

Sie schüttelte den Kopf. »Ich möchte mit meinem Vater hierbleiben!«

Die Tür ging auf, und ein glatter Leutnant trat unter einigen Verbeugungen ein.

»Der General läßt sich entschuldigen, Sir Richard! Die Verspätung ist unabsichtlich.« Er schien die junge Frau zum ersten Mal zu bemerken. »Ich bin nicht sicher, ob ...«

Bolitho warf nur ein: »Sie gehört zu uns.«

Der Raum nebenan war groß und stand voll schwerer Möbel: das Zimmer eines Soldaten. Zwei riesige Schlachtengemälde schmückten die Wände. Bolitho kannte die Uniformen nicht. Ein anderer Krieg, eine vergessene Armee.

Der General ergriff seine Hand. »Angenehm, Sir Richard! Kannte Ihren Vater. Prächtiger Mann, damals in Indien. Der wäre verdammt stolz auf Sie!« Er sprach in kurzen, lauten Brocken – wie Gebirgsartillerie, dachte Bolitho.

Andere Gesichter. David St. Clair, ein guter Händedruck, fest und hart. Und dann stand da noch ein weiterer Soldat, groß und sehr selbstsicher. Er strahlte gefühllose Professionalität aus.

Er verbeugte sich leicht. »Hauptmann Charles Pierton, vom Achten Infanterieregiment.« Er machte eine Pause und fügte nicht ohne Stolz hinzu: »Des Königs Regiment.«

Bolitho sah, wie die junge Frau die Hände im Schoß zusammenpreßte. Sie schien mit neugierigem Trotz zu warten, und plötzlich erschien sie verletzbar.

David St. Clair fragte besorgt: »Fühlst du dich nicht wohl, meine Liebe?«

Sie antwortete ihm nicht. »Darf ich Sie etwas fragen, Hauptmann Pierton?«

Pierton sah fragend seinen General an, der kurz nickte. »Natürlich, Miss St. Clair!«

»Sie waren in York, als die Amerikaner angriffen. Mein Vater und ich wären auch dort gewesen, wenn es die Umstände gestattet hätten.«

Ihr Vater lehnte sich im Stuhl vor. »Die *Sir Isaac Brock* mit ihren dreißig Kanonen wurde auf den Helligen verbrannt, ehe die Amerikaner sie übernehmen konnten. Ich wäre in jedem Fall zu spät gekommen.«

Bolitho wußte, daß sie ihm überhaupt nicht zuhörte. »Kennen Sie Hauptmann Anthony Loring von Ihrem Regiment, Sir?«

Der Soldat sah sie unbewegt an. »Ja, natürlich. Er führte die zweite Kompanie.« Er wandte sich Bolitho und den anderen Marineoffizieren zu. »Wir waren die einzigen Berufssoldaten in York. Dann gab es noch die Miliz und die Freiwilligen von York und eine Kompanie des Königlichen Neufundland-Regiments.« Er blickte zurück auf die junge Frau. »Und ungefähr einhundert Mississiauga- und Chippewa-Indianer.«

Bolitho fiel auf, wie leicht ihm die Namen fielen. Er war ein erfahrener Soldat, obwohl dieses riesige, ungezähmte Land wenig gemein hatte mit Spanien oder Frankreich. Die anderen wußten das längst. Die Erklärungen galten nur der jungen Frau, als schulde er sie ihr.

Auf dieselbe ernste, präzise Art fuhr er fort: »Die Verteidigungsanlagen von Fort York waren schwach. Mein kommandierender General hoffte, daß die Marine in der Lage sein würde, mehr Schiffe in die Seen zu schicken, um die Amerikaner so lange zurückzuhalten, bis hier größere Kriegsschiffe gebaut sein würden. An dem Tag stürmten um die siebzehnhundert amerikanische Soldaten, die meisten reguläre Truppen und sehr gut ausgebildet. Wir mußten Zeit gewinnen, um das Fort zu evakuieren und schließlich die *Sir Isaac Brock* in Flammen aufgehen zu lassen.«

Sie ging jetzt ans Fenster. »Bitte, sprechen Sie weiter.«

Leise berichtete Pierton: »Hauptmann Loring führte seine Kompanie an das untere Ufer, wo die Amerikaner landeten. Er führte tapfer einen Bajonettangriff und schlug sie zurück. Jedenfalls für eine gewisse Zeit. Er wurde dabei verwundet und starb kurz darauf. Es tut mir leid. An jenem Tag sind viele unserer Männer gefallen.«

Keen wandte sich um. »Ich könnte mir denken, daß Sie sich im Raum nebenan wohler fühlen, Miss St. Clair.«

Bolitho sah sie den Kopf schütteln. Ihr Haar löste sich und fiel, ohne daß sie es beachtete, locker auf ihre Schultern.

»Sprach er mal von mir, Hauptmann Pierton?« fragte sie.

Pierton sah wieder zum General hinüber und zögerte: »Man hatte uns ganz schön in der Zange, Miss St. Clair.«

Sie blieb beharrlich: »Ich meine, sprach er je von mir?«

Pierton antwortete knapp: »Er war ein sehr zurückgezogener Mann. Und auch noch von einer anderen Kompanie, verstehen Sie!«

Sie verließ das Fenster, ging zu ihm hinüber und legte ihm die Hand auf den Arm. »Das war sehr freundlich von Ihnen. Ich hätte nicht fragen dürfen!« Ihre Finger gruben sich in den scharlachroten Ärmel. Sie kümmerte sich um keinen der Anwesenden. »Ich bin so froh, daß Sie hier sicher sind.«

Der General hustete laut: »Wir werden ihn mit dem ersten Postschiff nach England schicken. Ich hoffe bei Gott, die begreifen in London endlich, was hier wirklich los ist.«

Leise fiel die Tür zu. Sie war gegangen.

»Verdammt noch mal!« rief Pierton laut. »Verzeihen Sie, Sir, aber ich vergaß ganz, ihr etwas zu geben. Vielleicht sollte ich es besser mit seinen anderen Wertsachen an Ridge schicken, den Agenten unseres Regiments in Charing Cross in London.«

Bolitho sah ihn eine Miniatur aus seiner Uniform nehmen und sie auf den Tisch legen. Charing Cross – wie die lässige Erwähnung der verbündeten Indianer schien der Name hier so fremd. Eine ganz andere Welt.

»Darf ich?« fragte Keen.

Er hielt die Miniatur ins Licht und sah sie sich genau an. »Große Ähnlichkeit, sehr gut.«

Eine dieser kleinen Tragödien des Kriegs, dachte Bolitho. Sie hatte ihm die Miniatur geschickt oder überreicht, obwohl der unbekannte Loring sich entschieden hatte, keine zu enge Verbindung zu ihr zu knüpfen. Sie mußte auf ein Wiedersehen gehofft haben, wenn sie mit ihrem Vater in York war. Doch jetzt war alles zu spät. Ihr Vater wußte wahrscheinlich mehr, als er je verraten würde.

Keen sagte: »Also Sir, ich denke, sie sollte es zurückbekommen. Wenn ich es wäre . . .« Er ließ den Satz unvollendet.

Dachte er an Zenoria? Fühlte er ähnlichen Schmerz wie die junge Frau über ihren Verlust?

Der General runzelte die Stirn. »Sie haben wahrscheinlich recht.« Er sah auf die Uhr. »Hören wir auf, meine Herren. Ich habe einen recht akzeptablen Bordeaux, und ich meine, wir sollten ihn probieren. Danach . . .«

Bolitho stand am Fenster und betrachtete die eroberte amerikanische *Chesapeake* und die *Reaper* dahinter.

»Und was ist mit York, Hauptmann Pierton?« fragte er. »Ist es sicher?«

»Leider nicht, Sir Richard. Mein Regiment mußte sich geordnet nach Kingston zurückziehen, das jetzt doppelt so wichtig ist, wenn wir einen zweiten Angriff abwehren wollen. Wären die Amerikaner gleich nach Kingston marschiert . . .«

»Ja, was dann?«

An seiner Stelle antwortete der General: »Dann hätten wir das Obere Kanada verloren.«

Zwei Diener erschienen mit Tabletts und Gläsern. »Entschuldigen Sie mich einen Augenblick, Sir Richard!« murmelte Keen.

Bolitho drehte sich um, als Avery zu ihm ans Fenster trat. »Wir bleiben hier nicht länger als nötig.« Averys dunkle Blicke beschäftigten ihn. Sie schienen sehr abwesend und doch auf eine seltsame Art auch sehr zufrieden. »Was ist los, George? Haben Sie wieder ein Geheimnis?«

Avery schaute ihn an und faßte sich ein Herz. Er hatte

auf dem langen Weg von den Schiffen bis zu diesem Platz voll mit marschierenden Soldaten und gebrüllten Befehlen alles gründlich abgewogen.

»Ich habe einen Brief bekommen, Sir. Einen Brief«, sagte er.

Bolitho drehte sich auf der Stelle um und packte sein Handgelenk. »Einen Brief? Heißt das etwa . . .?«

Avery lächelte ziemlich verlegen und sah sehr viel jünger als sonst aus.

»Ja, Sir. Von einer Dame.«

Draußen im sonnenüberfluteten Flur sah er Keen auf einem Ledersofa neben der jungen Frau.

Er beobachtete, wie sie die Miniatur hin und her drehte und erinnerte sich an ihr ruhiges Gesicht, als er sie ihr gegeben hatte. Resignation? Oder ging es tiefer?

»Das war sehr lieb von Ihnen. Ich wußte nicht . . .«

Er sah ihre Lippen beben und fragte: »Gibt es irgend etwas, das ich für Sie tun kann, haben Sie einen Wunsch, den ich erfüllen kann, solange ich hier in Halifax das Kommando habe?«

Sie sah ihm direkt in die Augen. »Ich werde zusammen mit meinem Vater bei den Massies wohnen. Sie sind . . . alte Freunde.« Sie senkte den Blick. »Oder so was ähnliches.« Dann blickte sie wieder auf die Miniatur: »Ich war damals etwas jünger!«

»Es ist . . .« begann Keen. Er verhedderte sich. »Sie sind sehr tapfer und sehr schön.« Er versuchte zu lächeln, seine eigene Spannung loszuwerden. »Seien Sie bitte nicht verletzt. Das möchte ich auf gar keinen Fall.«

Sie sah ihn wieder mit unbewegtem Blick an. »Sie haben mich sicher für eine Närrin gehalten, jemand Unbedarftes in dieser unbekannten Welt. Über so ein Dingelchen lacht man gemeinsam, wenn man in der Messe unter sich ist.« Sie streckte ihre Hand aus, spontan, doch so unsicher wie er. »Behalten Sie das, wenn Sie mögen.

Ich habe dafür keine weitere Verwendung.« Doch diese leichtherzige Stimmung hielt nicht an. Sie sah ihn die Miniatur annehmen, seine Wimpern waren ganz hell gegen die braune Haut, als er sie genau ansah. »Achten Sie auf sich. Ich werde an Sie denken.«

Sie ging den langen Gang entlang. Doch sie drehte sich nicht um.

Er sagte nur: »Und ich werde davon abhängen.«

Langsam kehrte er in das Zimmer des Generals zurück. Natürlich konnte so etwas nicht geschehen. Es konnte einfach nicht geschehen, nicht noch einmal. Und doch war es so.

Adam Bolitho blieb auf der obersten Stufe stehen und sah an dem Laden hoch. Die Sonne brannte, und über den Dächern spannte sich ein so tiefblauer Himmel, daß er sich kaum noch vorstellen konnte, daß noch vor kurzem große Schneewehen diese Straße bedeckten.

Er stieß die Tür auf und mußte lächeln, als eine Glocke ertönte, um seinen Eintritt zu melden. Es war ein kleiner, eleganter Laden, der seinem Gefühl nach gut nach London oder Exeter gepaßt hätte.

Wie auf ein vereinbartes Signal hin begannen ein Dutzend oder mehr Uhren zu schlagen, große und kleine, reich geschmückte, solche, die auf den Kaminsims oder ins Herrenzimmer gehörten, Uhren, deren Figuren sich bewegten oder Mondphasen zeigten. Und eine war auch dabei mit einem schönen Square Rigger, der bei jeder Pendelbewegung auf und ab stieg. Ihm gefielen alle, und als er sie sich genauer ansah, trat ein kleiner Mann in dunkler Jacke durch einen Gang an den Verkaufstisch. Mit schnellem und geübtem Blick prüfte er die Uniform, die goldenen Schulterstücke und den kurzen gebogenen Säbel.

»Womit kann ich Ihnen dienen, Kapitän?«

»Ich brauche eine Uhr. Man sagte mir ...«

Der Mann legte ein langes Tablett auf den Tisch. »Von diesen hier ist jede geprüft und verläßlich. Nicht neu, nicht ungetestet, sondern von gutem Ruf. Wie alte Freunde.«

Adam dachte an das Schiff, das er gerade vor Anker zurückgelassen hatte. Es war unmöglich, die eroberte amerikanische Fregatte *Chesapeake* im Hafen zu übersehen. Er hatte sie auch schon von der *Valkyrie* aus gemustert. Ein wirklich schönes Schiff. Er konnte sich sogar vorstellen, daß er sie selber gerne einmal geführt hätte. Doch mit dem Wunsch verbanden sich keine Gefühle: Der Verlust der *Anemone* war für ihn immer noch, als sei etwas von ihm gestorben. Die *Chesapeake* war von ihrem siegreichen Gegner *Shannon* nach Halifax eskortiert worden – am sechsten Juni. *Mein Geburtstag*. An seinem Geburtstag hatte Zenoria ihn auf dem Pfad über den Klippen geküßt. Er hatte ihr wilde Rosen mit seinem Messer geschnitten. Wie jung sie war und wie wach!

Er sah sich die Reihe der Uhren an. Es war keine Eitelkeit, er brauchte eine neue, weil seine eigene verschwunden war. Sie war ihm gestohlen worden, oder er hatte sie verloren, als er verwundet auf die U.S.S. *Unity* übergesetzt wurde. Man hätte ihn besser an Bord zum Sterben zurücklassen sollen.

Der Ladeninhaber verstand sein Schweigen als Desinteresse. »Dies ist ein sehr gutes Stück, Sir. Ein gut lesbares Zifferblatt, Duplex-Hemmung, eine der berühmten von James McCabe. 1806 gefertigt, aber noch immer absolut perfekt.«

Adam nahm sie in die Hand. Er fragte sich, wer sie wohl vor ihm besessen haben mochte. Die meisten dieser Uhren hier hatten bestimmt mal Marine- oder Heeresoffizieren gehört. Oder ihren Witwen ...

Und er mußte mit wachsender Verbitterung an Keens

Interesse an David St. Clairs Tochter Gilia denken. Zuerst hatte er es für Mitleid mit der jungen Frau gehalten; vielleicht verglich Keen sie sogar mit Zenoria, die er von einem Transportschiff mit Verbannten gerettet hatte. Sie hatte eine Peitschennarbe auf dem Rücken, als ewige grausame Erinnerung daran. Zeichen des Satans hatte sie sie genannt. Er war Keen gegenüber unfair, wahrscheinlich vor allem aus eigenem Schuldgefühl heraus, das ihn nie verließ. Zenoria war seine Geliebte gewesen, aus welchen Gründen auch immer.

Plötzlich fragte er: »Und was ist mit der da?«

Der Mann lächelte ermunternd und zustimmend. »Sie haben einen sicheren Geschmack, Sir, so wie Sie auch ein tapferer Kapitän sind.«

An so etwas war Adam gewöhnt. Hier in Halifax gab es keine Geheimnisse – trotz des vielen Militärs und der relativen Nähe des Gegners. Jeder kannte jeden, das Schiff, von dem man kam, sein Ziel und wahrscheinlich noch viel mehr. Mit einiger Besorgnis hatte er das mit Keen besprochen, der jedoch nur meinte: »Ich glaube, wir bewerten das zu hoch, Adam!«

Eine schwer zu beschreibende Kühle herrschte zwischen ihnen. Lag es an Adams Drohung, auf die *Reaper* zu feuern, Geiseln hin, Geiseln her, oder war es seine Einbildung, die aus diesem beharrlichen Schuldgefühl herrührte?

Er nahm die Uhr in die Hand. Sie war schwer. Das Gehäuse war nach jahrelangem Gebrauch glatt und glänzend.

Der Mann sagte: »Ein seltenes Stück, Kapitän. Beachten Sie die Zylinder-Hemmung, das feine, übersichtliche Zifferblatt.« Er seufzte. »Mudge und Dutton, 1770. Ein gutes Stück, älter als Sie selbst, sage ich mal!«

Adam sah sich den Deckel genau an. Die Gravur zeigte auch Gebrauchsspuren, doch sie war in dem staubigen

Sonnenlicht im Laden klar und lebendig – eine Meermaid.

»Solche Handwerkskunst findet man heute nicht mehr häufig, fürchte ich«, fügte der Mann hinzu.

Adam hielt sie ans Ohr. Er erinnerte sich an ihr Gesicht, als er in Plymouth ihren Handschuh aufgehoben und ihn ihr zurückgegeben hatte. Ihre Hand lag auf seinem Arm, als sie durch den Garten des Hafenadmirals gegangen waren. Es war das letzte Mal, daß er sie gesehen hatte.

»Hat diese Uhr eine Geschichte?«

Der kleine Mann polierte seine Brille. »Ich bekam sie vor sehr langer Zeit. Von einem seefahrenden Herren wie Sie. Ich glaube, er brauchte Geld. Ich könnte es noch nachschlagen.«

»Nein.« Adam schloß den Deckel sorgsam. »Ich werde sie nehmen.«

»Sie ist sehr teuer, aber . . .« Er lächelte, froh darüber, daß die Uhr einen neuen passenden Besitzer gefunden hatte. »Ich weiß, daß Sie als Kommandant einer Fregatte sehr erfolgreich sind, Sir. Es ist nur recht und billig, daß Sie sie jetzt besitzen.« Er wartete, doch es kam kein Lächeln zurück. »Ich sollte sie säubern, bevor Sie sie nehmen. Ich kann sie mit einem Boten auf die *Valkyrie* schicken lassen, wenn Sie das wollen. Ich habe doch recht, daß Sie nicht vor übermorgen segeln?«

Adam sah weg. Keen hatte ihm diesen Zeitpunkt genannt, gerade als er eben an Land ging!

»Danke, aber ich nehme sie jetzt mit.« Er ließ sie in seine Tasche gleiten, und wieder sah er ihr Gesicht. Die Leute in Zennor behaupteten immer noch steif und fest, daß die Kirche, in der sie und Keen geheiratet hatten, von einer Meermaid besucht wurde.

Die Glocke an der Tür klingelte, und der Ladenbesitzer drehte sich zum zweiten Besucher um. Zu ihm kamen alle möglichen Leute. Halifax war der bedeutendste Seehafen und gewiß der sicherste, weil sich hier die Wege des Krieges kreuzten. Die Armee verteidigte es, die Marine schützte und alimentierte es, und so sahen viele in Halifax die neue Pforte zum riesigen Kontinent. Doch dieser junge, dunkelhaarige Kapitän unterschied sich sehr von allen anderen. Allein, einsam, mit Erinnerungen, die er mit niemandem teilen würde.

Er sagte: »Es tut mir leid, Mrs. Lovelace, aber Ihre Uhr geht offensichtlich immer noch falsch. Ich brauche noch ein paar Tage!«

Doch sie schaute nur Adam an: »Kapitän Bolitho, also doch! Was für eine angenehme Überraschung. Ich nehme an, es geht Ihnen gut. Und wie geht es ihrem wohlaussehenden jungen Admiral?«

Adam verbeugte sich. Sie trug ein dunkelrotes Seidenkleid und eine passende Haube, die ihr Gesicht vor der Sonne schützte. Immer noch sah sie ihn unverwandt an, lächelte leicht spöttisch, als ob sie daran gewöhnt sei, so mit Männern umzugehen.

»Konteradmiral Keen geht es gut, Madam«, antwortete er.

Sie bemerkte die leichte Schärfe in seiner Antwort sofort.

»Sie haben eingekauft, wie ich sehe.« Sie hielt ihm die Hand entgegen. »Wollen Sie sie mir zeigen?«

Er wußte, daß der Ladeninhaber sie mit Interesse beobachtete. Ohne Zweifel kannte er sie gut. Und ihr Ruf wäre Anlaß für schöne neue Gerüchte. Er war überrascht, daß er die Uhr aus der Tasche gezogen hatte und sie ihr doch zeigte.

»Ich brauchte eine neue, Mrs. Lovelace. Sie gefällt mir.« Er sah, wie sie sich die Meermaid genau anschaute.

»Ich hätte etwas Jüngeres für Sie gekauft, Kapitän Bolitho. Aber wenn Sie die hier wollten und sie Ihnen gefällt...« Sie blickte nach draußen auf die Straße. »Ich muß gehen. Ich erwarte später Gäste.« Sie sah ihn direkt an, ihr Blick war ruhig und plötzlich ganz ernst. »Sie wissen, wo ich wohne, nicht wahr?«

Er antwortete: »Am Bedford Basin, erinnere ich mich.«

Einen Augenblick lang schien sie Haltung und Humor gänzlich verloren zu haben. Sie griff nach seinem Arm und sagte: »Seien Sie vorsichtig. Versprechen Sie es mir! Ich kenne Ihren Ruf und etwas von Ihrer Geschichte. Mir scheint, Sie machen sich nicht mehr viel aus Ihrem Leben.« Als er antworten wollte, brachte sie ihn zum Schweigen. »Sagen Sie nichts. Tun Sie nur, worum ich Sie bitte, und seien Sie sehr vorsichtig. Versprechen Sie's!« Dann sah sie ihn wieder an, und ihre Einladung war deutlich: »Wenn Sie wieder hier sind, besuchen Sie mich!«

Kühl antwortete er: »Und Ihr Herr Gemahl, Madam? Ich könnte mir vorstellen, daß er etwas dagegen hätte.«

Sie lachte. Doch die große Selbstsicherheit war jetzt nicht mehr zu spüren. »Er ist nie hier. Sein Leben ist der Handel – Handel mit der ganzen Welt.« Sie spielte mit dem Band ihrer Haube. »Er macht keine Probleme.«

Er erinnerte sich an ihren Gastgeber, Benjamin Massie, als ihnen damals die Brigg *Alfriston* die Nachricht von der Meuterei und Eroberung der *Reaper* gemeldet hatte. Sie war damals sicher Massies Geliebte gewesen und vielleicht auch die anderer Männer.

»Ich wünsche Ihnen alles Gute, Madam.« Er nahm seinen Hut von einem Stuhl und meinte zum Inhaber: »Wenn ich mein Schiff mit der Uhr in der Hand führe, werde ich mich gern an Sie und Ihr Geschäft erinnern.«

Sie wartete draußen auf den Stufen. »Denken Sie daran, was ich Ihnen gesagt habe.« Sie schaute ihn an, als suche sie etwas in seinem Gesicht. »Sie haben etwas verloren, was Sie nie wiedergewinnen werden. Das müssen

Sie akzeptieren.« Sie berührte die Goldlitzen auf seinem Uniformaufschlag. »Das Leben lohnt aber immer noch, gelebt zu werden!«

Sie drehte sich um, und als Adam einem berittenen Soldaten auswich, war sie schon gegangen.

Er ging zum Bootsanleger zurück. *Seien Sie sehr vorsichtig!* Er schritt schneller aus, als er das Wasser sah und die Menge der Masten und Rahen. Was immer sie tun würden, war Keens Entscheidung. Er hatte das mehr als deutlich gemacht. Doch warum schmerzte es so?

Er mußte an seinen Onkel denken und wünschte sich, bei ihm zu sein. Mit ihm konnte man immer reden. Und er hörte immer zu. Ihm hatte er sogar seine Affäre mit Zenoria gestanden.

Er sah die Stufen und unten das Boot der *Valkyrie* vertäut. Midshipman Rickman, ein lebhafter Fünfzehnjähriger, unterhielt sich mit zwei jungen Frauen, die ihren Beruf vor der grinsenden Mannschaft kaum verbergen wollten.

Rickman rückte seinen Hut gerade, und die Mannschaft des Bootes nahm Haltung an, als sie ihren Kapitän näher kommen sahen. Die beiden Frauen verschwanden – aber nicht sehr weit weg.

Adam sagte: »Zurück zum Schiff, Mr. Rickman, bitte. Ich sehe, Sie haben Ihre Zeit nicht vergeudet!«

Auf den unrasierten Wangen des jungen Mannes erschienen zwei rote Flecken, und Adam stieg schnell ins Boot. *Wenn du nur wüßtest.*

Er sah die eroberte amerikanische Fregatte und die andere, die *Success*, die von den Breitseiten der *Indomitable* in Minuten zur Aufgabe gezwungen worden war. Er erinnerte sich an den jungen Leutnant, der an seinen Verletzungen gestorben war, den Sohn von Kapitän Joseph Bricc, der ihn in Gefangenschaft vernommen hatte. Ein kranker Offizier mit sehr viel Würde, dessen höfliche

Behandlung ihn an Nathan Beer erinnerte. Er fragte sich, ob Brice davon schon wußte und ob er sich Vorwürfe machte, seinen Sohn zur Marine gebracht zu haben.

Von Angesicht zu Angesicht mit Männern die Klinge kreuzen, die dieselbe Sprache sprachen, sich jedoch freiwillig für ein anderes Land entschieden hatten... Vielleicht war es besser, einen Feind zu haben, den man hassen konnte. Es war nötig, daß man im Krieg haßte, ohne nach dem Grund zu fragen.

»Ruder auf!«

Er stand und griff nach dem Handlauf. Die Rückkehr zur *Valkyrie* hatte er gar nicht richtig wahrgenommen.

Er sah den Flaggleutnant an der Relingspforte warten und seinen Blick suchen. Er hob den Hut grüßend zum Achterdeck und lächelte.

Es war natürlich leichter, die einen mehr zu hassen als die anderen.

Konteradmiral Valentine Keen drehte sich vom Heckfenster der *Valkyrie* um, als Adam, gefolgt vom Flaggleutnant, die große Kajüte betrat.

»Ich kam, so schnell ich konnte, Sir. Ich war an Land.«

Sanft antwortete Keen: »Nichts Wichtiges. Sie sollten sich mehr Zeit für sich nehmen.« Er sah den Flaggleutnant an. »Danke, Lawford. Machen Sie mit den Signalen weiter wie besprochen.«

Nachdem die Tür geschlossen war, meinte Adam: »Neuigkeiten, Sir?«

Keen lächelte unentschieden. »Nicht ganz. Aber unsere Pläne haben sich geändert. Die *Success* wird nach Antigua auslaufen. Ich habe mit der Werft gesprochen. Wir haben keine andere Wahl. Halifax ist randvoll mit Schiffen, die überholt oder repariert werden müssen. Die *Success* war in einem ziemlich jämmerlichen Zustand nach dem Treffen mit der *Indomitable*. Das hing sowohl mit dem Rott im Holz als auch mit Kapitän Tyackes Breitseiten zusammen.«

Adam wartete ab. Keen versuchte, die neue Lage lokker darzustellen. Die *Success* war ziemlich mitgenommen, ja, aber nach der Reparatur ihres Riggs würde sie wieder einigermaßen gut segeln. Doch Antigua lag zweitausend Meilen entfernt – und das in der Hurrikan-Saison. Man mußte Glück haben . . .

»In einer Woche etwa erwarten wir hier den nächsten Geleitzug: Vorräte und Ausrüstung für das Heer, nichts Außergewöhnliches. Sir Richard hat vor, ihm mit der *Indomitable* und zwei anderen Schiffen des Geschwaders auf dem letzten Stück Geleitschutz zu geben. Es besteht die Möglichkeit, daß sie ihn angreifen, zerstreuen und das eine oder andere Schiff versenken werden.« Er sah ihn ruhig an. »Die *Success* braucht starke Begleitung.« Sein Blick glitt durch die Kajüte. »Dieses Schiff ist groß genug, um jeden verrückten Kaperer abzuschrecken, der vorhaben sollte, sie zu nehmen.« Er lächelte dünn. »Und schnell genug, um nach Halifax zurückzukehren, falls es mehr Ärger gibt.«

Adam trat an den Tisch und zögerte, als er die Miniatur neben Keens offenem Logbuch entdeckte. Das überraschte ihn so sehr, daß er Keen kaum sagen hörte: »Ich muß hierbleiben. Ich führe mein Kommando von Halifax aus. Alle anderen Schiffe könnten woanders gebraucht werden.«

Er konnte seinen Blick nicht von der Miniatur wenden und erkannte die Abgebildete sofort. Ihr Lächeln war für jemand anderen bestimmt gewesen, als es gemalt wurde.

Keen fuhr fort: »Für Sie ist das keine große Sache, Adam. Bei anderen Kommandanten müßte ich länger nachdenken. Die *Success* ist in English Harbour sicherer. Bestenfalls kann sie als Wachschiff eingesetzt werden, schlimmstenfalls kann man jedoch ihre Spieren und Waffen dort gut gebrauchen. Was meinen Sie?«

Adam sah ihn an und ärgerte sich, daß er das nicht annehmen konnte, aber auch kein Recht hatte, die Aufgabe abzulehnen.

»Ich halte das für zu riskant, Sir!«

Keen schien überrascht. »Sie, Adam? Sie sprechen von riskant? Für die ganze Welt ist das alles nur der Aufbruch von zwei großen Fregatten. Selbst wenn Spione des Gegners Ihr wahres Ziel herausfinden, was heißt das schon? Sie haben bestimmt keine Chance mehr, irgend etwas dagegen zu unternehmen.«

Adam berührte in seiner Tasche die schwere Uhr, erinnerte sich an den kleinen Laden, den friedlichen Chor der Uhren und die lässige Erwähnung des geplanten Zeitpunkts ihres Ankeraufgehens.

Ganz direkt sagte er also: »Hier gibt es kein Geheimnis, Sir. Ich werde einen ganzen Monat nicht hier sein. Da kann viel passieren!«

Keen lächelte erleichtert. »Der Krieg wird weitergehen, Adam. Ich vertraue Ihnen diese Aufgabe an, weil Sie dem verantwortlichen Kapitän in Antigua Befehle überbringen müssen. Ein wirklich schwieriger Mann. Man muß ihn deutlich an das erinnern, was die Flotte dort von ihm erwartet.«

Er sah, daß Adam wieder auf die Miniatur schaute. »Eine sehr einnehmende Dame. Und auch noch mutig.« Er unterbrach sich. »Ich weiß, was Sie denken. Mein Verlust ist kaum zu beschreiben und noch schwerer zu ertragen.«

Adam ballte die Fäuste so sehr, daß es schmerzte. *Du verstehst nichts. Wie kannst du sie vergessen? Verrat sie nur!*

Dann sagte er: »Ich werde alle Vorbereitungen treffen, Sir. Ich werde eine Prisenmannschaft aus den Männern hier zusammenstellen.«

»Wem wollen Sie die *Success* geben?«

Adam unterdrückte seinen Ärger mit fast körperlicher Anstrengung. »John Urquhart, Sir. Ein guter Erster Offizier, mich wundert, daß er immer noch nicht zur Beförderung vorgeschlagen ist oder endlich ein eigenes Kommando bekommt.«

Die Tür öffnete sich einen Spalt breit, und höflich hüstelte de Courcey.

Scharf fuhr Keen ihn an: »Was ist?«

»Ihr Boot wartet, Sir!«

»Danke.« Keen hob die Miniatur, zögerte einen Augenblick, legte sie in die Schublade und schloß ab. »Ich komme später wieder. Ich laß es Sie wissen.« Er sah ihn unverwandt an. »Also übermorgen dann.«

Adam drückte sich den Hut unter den Arm. »Ich begleite Sie an Deck, Sir!«

Keen nickte zwei Midshipmen zu, die ihm am Niedergang aus dem Weg sprangen. »Ich wäre Ihnen dankbar, wenn Sie meinen Flaggleutnant mitnähmen. Eine gute Gelegenheit, Erfahrungen zu sammeln. Da lernt er mal kennen, wie erfahrene Männer mit Schiffen umgehen.« Er schien noch irgend etwas anderes sagen zu wollen, doch änderte dann seine Meinung.

Als das Boot aus dem Schatten der *Valkyrie* davonruderte, sah Adam den Ersten Offizier zusammen mit Master Ritchie über das Achterdeck spazieren, in ein Gespräch vertieft.

Sie sahen ihn ankommen. Und wieder wurde Adam klar, daß er diese Männer nicht wirklich kannte. Er gestand sich ein, daß es sein Fehler war.

»Kommen Sie nach vorn mit mir, Mr. Urquhart.« Und an den Master gewandt, sagte er: »Sie wissen Bescheid, nehme ich an.«

»Aye, aye, Sir. Wieder mal die Inseln unter dem Winde. Schlechte Saison dafür!« Aber Adam war schon außer

Hörweite und schritt die Steuerbord-Gangway entlang nach vorn, Urquhart neben sich. Von unten schauten Männer, die an den Brocktauen der Kanonen arbeiteten oder lose Enden einflochten, nur kurz zu ihnen auf.

Adam blieb auf dem Vordeck stehen und stützte einen Fuß auf die niedrige Karronade, den »Zerschmetterer« im Jargon der Seeleute. Ihnen gegenüber lag die *Success*, und obwohl Rumpf und Aufbauten immer noch die Narben von *Indomitables* Eisen trugen, standen die neuen Masten schon. Männer schlugen an den Rahen die Segel an. Sie hatten in kurzer Zeit sehr viel geschafft. Hinter ihr lag die schöne *Chesapeake*, und dahinter schwoite die *Reaper* vor Anker. Wußten Schiffe, oder war es ihnen egal, wer sie führte, betrog oder sie liebte?

Urquhart meinte: »Wenn das Wetter sich hält, werden wir kaum Probleme bekommen, Sir!«

Adam schaute über die Reling auf einen großen gekatteten Anker und die beeindruckende vergoldete Galionsfigur. Eine von Odins treuen Dienerinnen, eine ernst blickende Maid mit Brustharnisch und gehörntem Helm, eine Hand erhoben, als heiße sie einen toten Helden in Walhalla willkommen. Keine Schönheit. Er versuchte, den Gedanken zu verdrängen. Kein Vergleich mit der *Anemone*. Doch durch den Rauch und Qualm des Kriegs würde sie sicherlich den Gegner entsprechend beeindrucken.

»Ich möchte, daß Sie die *Success* führen. Sie werden eine Prisenbesatzung haben, doch nur genau so viele Männer, wie Sie unbedingt brauchen. Die Kampfkraft des Schiffes kennen wir noch nicht.«

Der Leutnant sah stark und klug aus. Er war sich seines Kapitäns sehr bewußt, hatte zwar keine Furcht, war aber doch unsicher.

»Hören Sie mir jetzt bitte genau zu, Mr. Urquhart. Was ich Ihnen jetzt sage, behalten Sie bitte für sich. Wenn ich das von irgend jemand anderem wieder höre, sind Sie mir verantwortlich, ist das klar?«

Urquhart nickte mit unbewegtem Blick. »Verlassen Sie sich darauf, Sir!«

»Ich verlasse mich auf *Sie*«, sagte Adam und legte ihm die Hand auf den Arm.

Er dachte plötzlich an die Miniatur von Gilia St. Clair und an ihr Lächeln, das Keen nun für sich in Besitz genommen hatte.

»Das hier müssen Sie tun!«

Doch noch während er sprach, blieben seine Gedanken bei dem kleinen Bild. Vielleicht hatte Keen ja recht. Nach der Schlacht, nach dem Verlust seines Schiffes und schmerzhafter Gefangenschaft gab es auch immer noch die Möglichkeit durch Vorsicht zum Krüppel zu werden.

Als er erklärt hatte, was er erwartete, fragte Urquhart: »Ich würde gern mal wissen, Sir, ob Sie jemals den Tod gefürchtet haben?«

Adam lächelte leicht und wandte seinen Rücken der Galionsfigur zu.

»Nein.« Er sah John Whitmarsh neben einem der jungen Midshipmen, der etwa sein Alter haben mochte, über das Deck gehen. Sie schienen zu merken, daß sein Blick ihnen folgte und blieben stehen, um im Schatten des Vordecks in die Sonne zu blicken. Der Midshipman hob grüßend die Hand an den Hut. Und auch Whitmarsh hob die Hand zum Gruß.

»Sie haben eine gute Hand für junge Leute, Sir!« bemerkte Urquhart.

Adam sah ihn an, sein Lächeln war verflogen. »Zu Ihrer Frage, John. In Wahrheit bin ich oft genug gestorben! Ist das eine Antwort?«

Näher als jetzt waren sie sich noch nie gewesen.

XII Ehrenkodex

Leutnant George Avery lehnte sich in seinen Stuhl zurück und legte einen Fuß auf seine Seekiste, als wolle er die Bewegungen des Schiffes prüfen. In der anderen Ecke der kleinen Kammer saß Allday auf einer zweiten Kiste. Er hielt die großen Hände gefaltet und versuchte angestrengt, sich an das zu erinnern, was Avery ihm vorgelesen hatte.

Avery sah alles vor sich, als ob sie England gestern und nicht vor fünf Monaten verlassen hatten. Das kleine Gasthaus in Fallowfield am Helford River, die langen Wege übers Land, bei denen man mit niemandem reden mußte. Gutes Essen, Zeit zum Nachdenken, Zeit sich zu erinnern ...

Er dachte an seinen eigenen Brief und fragte sich, warum er dem Admiral davon erzählt hatte. Völlig überrascht war er, daß Bolitho darüber wirklich erfreut schien. Doch ohne Zweifel würde er auch glauben, daß sein Flaggleutnant sich zu große Hoffnungen machte. *Ein Kuß und ein Versprechen.*

Seine Gedanken kehrten zu Allday zurück, und er sagte: »Wie schön, daß es Ihrer kleinen Kate gut geht. Ich möchte ihr hier in Halifax irgend etwas kaufen, bevor wir ankerauf gehen.«

Allday sah nicht auf. »So klein war sie, winzig. Nicht größer als ein Kaninchen. Und jetzt läuft sie schon, sagen Sie?«

»Unis sagt das!« Er lächelte. »Aber ich wette, daß sie ein paarmal kräftig hingefallen ist, ehe sie Seebeine bekam.«

Allday schüttelte den Kopf. »Ich hätte das gern gesehen. Die ersten Schritte! Ich habe so was noch nie gesehen.« Er schien bedrückt statt glücklich. »Ich hätte zu Hause sein sollen!«

Avery war bewegt von dem, was er sah. Es war sicher sinnlos, darauf hinzuweisen, daß Bolitho angeboten hatte, ihn an Land zu lassen, sicher in seinem Haus, nach Jahren ehrenvollen Dienstes. Es wäre wie eine Beleidigung verstanden worden. Er erinnerte sich an Catherines sichtliche Erleichterung, daß Allday bei ihrem Mann blieb. Sie spürte sicherlich, daß seine »Eiche« jetzt mehr als je gebraucht wurde.

Avery hörte das Stöhnen und Knarren der Schiffsbalken, als die *Indomitable* sich durch kreuzende atlantische Roller kämpfte. Gestern hätten sie eigentlich schon auf den Konvoi nach Halifax treffen sollen, doch selbst auf den freundlichen Passat konnte man sich nicht immer verlassen. Dies war ein Krieg von Angebot und Nachfrage, und es war immer die Königliche Marine, die für die Ankunft der Angebote zuständig war. Kein Wunder also, daß Männer oft verzweifelten über lange Trennungen und Härten, die sich keine Landratte je vorstellen konnte.

Er hörte aus der Messe das Klappern von Tellern. Jemand lachte laut über einen zweideutigen Witz, den man sicherlich schon viel zu oft gehört hatte. Er sah auf die weiße Wand. Dahinter, ganz achtern also, saß der Admiral und dachte über seine Pläne nach. Der gelehrige Yovell würde geduldig warten, um Instruktionen und Befehle für die Kommandanten aufzuschreiben und zu kopieren. Sie gingen an alle – vom Flaggschiff bis zur Brigg, vom Schoner bis zur Bomben-Ketsch. Er hatte alle Kommandanten kennengelernt und wußte, was sie fühlten und dachten – alle, bis auf einen, der ihn immer wieder beschäftigte. Es war der tote Kapitän der *Reaper*. Bolitho betrachtete die Meuterei als etwas Persönliches. Die Tyrannei des Kapitäns war ein Schandmal, das er hätte entfernen müssen, bevor es zu spät war.

Gerechtigkeit, Disziplin, Rache. So etwas durfte man nicht übersehen.

Und wie stand es um Keen, einen der letzten der »kleinen Gemeinschaft Verschworener«? War sein Interesse an Gilia St. Clair nur vorübergehend?

Er sah zur Decke, als vertraute Schritte auf dem Achterdeck zu hören waren. Tyacke inspizierte noch einmal die Wachgänger, bevor die Dunkelheit das Schiff und seine beiden Begleiter einhüllte. Wenn der Geleitzug nun morgen im ersten Licht nicht auftauchen würde – was dann? Sie waren mehr als fünfhundert Meilen vom nächsten Land entfernt. Es mußte eine Entscheidung fallen. *Doch ich entscheide nichts.* Auch Tyacke nicht. Wie immer, würde sie der Mann in der Achterkajüte zu fällen haben – der Admiral.

Von dem Brief hatte er Tyacke nichts gesagt. Tyacke würde davon vielleicht etwas ahnen. Avery respektierte seine Zurückhaltung. Er mochte ihn inzwischen sehr, mehr als er nach ihrer ersten stürmischen Begegnung vor mehr als zwei Jahren in Plymouth für möglich gehalten hatte. Tyacke hatte noch nie Post bekommen. Kannte er niemanden an Land? Brauchte er keine Bindungen?

Er gab Unis' Brief an Allday zurück und hoffte, daß er ihn richtig vorgelesen hatte. Allday konnte selbst ferne und lange Signale an ihren Farben oder an ihrem Takt erkennen, hatte unendliche Geduld mit unbegabten Neuen oder mutlosen Midshipmen, denen er die Kunst von Spleißen und Knoten beibrachte. Allday konnte Schiffsmodelle so sorgfältig und präzise arbeiten, daß selbst die nörglerischste Teerjacke nur anerkennend nickte. Doch Allday konnte nicht lesen. Und auch nicht schreiben. Das schien grausam und ungerecht.

Es klopfte, und Ozzard steckte den Kopf durch den Türspalt. »Sir Richard läßt grüßen. Würden Sie bitte nach achtern kommen auf ein Glas?« Allday übersah er wieder geflissentlich.

Avery nickte. Er hatte die Einladung erwartet und gehofft, daß sie ausgesprochen würde.

Spitz fügte Ozzard hinzu: »Dies gilt auch für dich. Wenn du nicht wieder zuviel zu tun hast!«

Wieder so ein Teil ihres Bordlebens: Die Unhöflichkeit von Ozzard konterte Allday nur mit einem breiten Grinsen. Den kleinen Mann hätte er mit der linken Hand umbringen können. Sie kannten des anderen Stärken und sicherlich auch seine Schwächen. Vielleicht kannten sie sogar seine eigenen?

Seine Gedanken kreisten wieder um den Brief in seiner Tasche. Vielleicht hatte sie ihm nur aus Mitleid geschrieben, oder weil sie doch entsetzt war über die Geschehnisse der Nacht. Sie könnte sich selbst in Ewigkeiten nicht vorstellen, was ihr Brief ihm bedeutete. Nur ein paar Sätze, einfache Gefühle und Wünsche für die Zukunft. Sie hatte unterschrieben mit: *Deine ergebene Freundin Susanna.*

Das war's. Er strich sich die Uniformjacke glatt und öffnete Allday die Tür. Für ihn war der Brief alles.

Aber Avery war auch ein praktisch denkender Mann. Susanna, Lady Mildmay, Witwe eines Admirals, würde nicht lange allein bleiben. Sie könnte es wohl auch gar nicht. Sie hatte reiche Freunde, und er hatte erlebt, wie sicher und erfahren sie sich auf dem Empfang bewegt hatte, zu dem auch Bolithos Frau und Vizeadmiral Bethune erschienen waren. Er mußte an ihr Lachen denken, als er Bethunes Geliebte für seine Frau gehalten hatte. *War das alles gewesen?*

Susanna war also jetzt frei. Die Nacht mit dem einfachen Leutnant würde sie sicher bald vergessen haben. Doch er formulierte bei diesen Gedanken bereits den Brief, mit dem er ihr antworten würde, den ersten, den er je an jemand anderen als an seine Schwester geschrieben hatte.

Er ging nach achtern zu der schwankenden Laterne, wo steif der Posten der Seesoldaten stand und die Tür bewachte.

»Ich würde gern wissen, was Sir Richard will?« murmelte Allday.

Avery blieb stehen. Um sich herum hörte er die Geräusche des Schiffs und der See.

»Er braucht uns«, sagte er. »Ich weiß sehr genau, was das bedeutet.«

Auf dem Achterdeck war es kalt. Es gab erst eine Andeutung von Tageslicht. Doch es würde schnell heller werden und die See öffnen.

Bolitho hielt sich an der Achterdecksreling fest und fühlte den Wind im Haar und im Gesicht. Sein Bootsmantel würde ihn noch eine Zeitlang unerkannt lassen.

Diese Zeit am Morgen hatte er als Kommandant des eigenen Schiffs immer besonders gemocht. Wie das Schiff unter seinen Füßen zum Leben erwachte, dunkle Schatten sich wie Geister bewegten. Die meisten Männer waren mit ihren Aufgaben so vertraut, daß sie sie ohne nachzudenken selbst in tiefster Dunkelheit ausführen konnten. Die Morgenwache erledigte das Gewohnte, die Wache unten säuberte die Messedecks und staute die Hängematten in den Finknetzen – und nur wenige Befehle waren dazu nötig. Bolitho nahm den beißenden Geruch aus dem Schornstein der Kombüse wahr. Der Koch verwendete für das Frühstück wohl irgendein Wagenfett. Doch Seeleute hatten starke Mägen. Mußten sie einfach haben.

Er hörte den Wachhabenden mit seinen Midshipmen reden, kurze, knappe Sätze.

Es würde gleich sechs Uhr morgens sein, und Tyacke würde an Deck kommen. Das tat er immer, obwohl er seinen Offizieren eingehämmert hatte, sie könnten ihn jederzeit bei Tag oder Nacht an Deck rufen, wenn die Situation es verlangte. Bolitho erinnerte sich, wie Tyacke einem Leutnant gesagt hatte: »Ich verliere lieber meine Laune als mein Schiff!«

Reden Sie im Zweifel! Schon sein Vater hatte ihm das beigebracht. Er ging jetzt ganz allein in Luv auf und ab und vermied dabei instinktiv Ringbolzen und Blöcke. Catherine machte sich Sorgen. Das wurde ihm um so klarer, je mehr sie es in ihren Briefen verbergen wollte. Roxby war sehr krank, wie Bolitho selber schon bemerkt hatte, bevor er England verließ. Es war gut, dachte er, daß seine Schwester ihre Ängste und Hoffnungen mit Catherine teilen konnte, wenn sie auch so ganz unterschiedliche Leben geführt hatten.

Catherine hatte ihm von ihrem Erbe aus dem Besitz ihres verstorbenen Mannes geschrieben: Luis Pareja. Sie machte sich Sorgen über das ererbte Geld. Er hatte mit Yovell darüber gesprochen, der solche Schwierigkeiten genau kannte. Er hatte Catherine die Anwaltskanzlei in Truro empfohlen, um sicherzustellen, daß ihr niemand mit juristischen Finessen »das Fell über die Ohren zog«, wie er es ausdrückte.

Yovell war offen und gleichzeitig diskret. »Lady Catherine wird reich sein, Sir. Vielleicht sogar sehr reich.« Er versuchte, Bolithos Reaktion einzuschätzen und war überrascht, daß die Aussicht auf Reichtum ihn beunruhigte. Aber er war stolz, daß Bolitho ihn und sonst niemanden ins Vertrauen gezogen hatte.

Aber angenommen... Bolitho unterbrach sein Auf- und Abgehen. Auf der Kimm malte das erste Licht jetzt schüchtern einen schmalen hellen Saum zwischen Himmel und Ozean. Er hörte ein Flüstern: »Der Kommandant kommt, Sir!« Wenige Augenblick später bestätigte Laroche lauthals Tyackes Ankunft: »Guten Morgen, Sir. Kurs Ost bei Nord. Der Wind hat ein bißchen geschralt.«

Tyacke schwieg. Er würde gleich den Kompaß ablesen und die kleine Windfahne kontrollieren, die den Rudergängern half, bis sie die Segel sehen und oben im Mast den Wimpel erkennen könnten. Das Logbuch hatte er schon auf dem Weg überflogen. Ein neuer Tag. Was würde er bringen? Eine leere See, Freunde, Feinde?

Er ging jetzt nach Luv und legte grüßend die Hand an den Hut. »Sie sind früh auf, Sir Richard!« Für jeden anderen hätte das wie ein Frage geklungen.

Bolitho antwortete: »Wie Sie, James. Ich möchte den Tag spüren und fühlen, was er bringen könnte.«

Das Tageslicht hatte das Schiff jetzt erreicht und fing an, sich auszubreiten.

»Wir werden die anderen gleich sichten, Sir. *Taciturn* wird weit in Luv stehen, die Brigg *Doon* dicht achteraus. Sobald wir sie ausmachen, setze ich ein Signal.« Er mußte an den Geleitzug denken, den sie erwarteten. Der Teufel wäre los, wenn er nicht käme. Geleitschutzarbeit war immer anstrengend und mühsam, besonders für Fregatten wie *Indomitable* und *Taciturn*. Sie waren als schnelle Schiffe gebaut worden, nicht für dieses elende Schleichen unter gerefften Toppsegeln, um nicht ihre behäbigen Schützlinge zu verlieren.

Er zog Luft durch die Nase. »Es stinkt aus der verdammten Kombüse. Ich muß mit dem Zahlmeister reden.«

Bolitho schaute nach oben, die Hand über den Augen. Die Großbramrahen waren schon hell und die Segel hart und dichtgeholt, um den ungünstigen Wind zu halten.

Neue Gestalten waren an Deck: Daubeny, der Erste Offizier, wies Bootsmann Hockenhull bereits Aufgaben für die Morgenwache zu. Tyacke hob grüßend wieder die Hand an den Hut und ging dann zum Wachhabenden, als habe er es eilig, den Tag zu beginnen.

Bolitho blieb, wo er war, während um ihn herum Männer hin und her eilten.

Einige sahen sich sicher nach der verhüllten Gestalt um. Wenn sie in ihm den Admiral erkannten, gingen sie ihm aus dem Weg. Er seufzte ein wenig. Sie hatten jedenfalls keine Furcht vor ihm. Wenn er doch nur wieder Kapitän wäre ... *Mein eigenes Schiff.* Wie Adam ...

Er dachte an ihn, der entweder noch in Halifax war und zusammen mit Keen die amerikanische Küste absuchte, wo sich hunderte von Schiffen wie die *Unity* oder die *Chesapeake* verbergen konnten. Boston, New Bedford, New York, Philadelphia. Überall konnten sie liegen.

Das mußte beendet werden, durfte nicht in einen endlosen, ermüdenden Krieg übergehen. Noch hatte Amerika keine weiteren Verbündeten, doch die würde es leicht finden, wenn England erste Zeichen von Schwäche erkennen ließ. Wenn nur ...

Er blickte nach oben, überrascht von der Stimme des Ausgucks, die See und Segel übertönte: »An Deck! Segel an Backbord voraus.« Eine kaum wahrnehmbare Pause: »Die *Taciturn* – auf Station.«

»Die hat uns gesehen und ein Licht gesetzt. Die sind nicht auf den Kopf gefallen!« Er sah voraus, wo ein Fisch aus einer gläsernen Woge sprang.

Laroche meinte mit rollender Stimme: »Dann werden wir auch die *Doon* gleich sehen!«

Tyacke wies mit seiner Hand nach vorn. »Ich hoffe, der Ausguck hat bessere Augen als Sie. Das Vorstengestagsegel flattert wie die Schürze eines Waschweibs!«

Laroche zuckte zusammen und rief einem Gehilfen des Bootsmanns einen Befehl zu.

Und dann waren sie plötzlich da. Ihre Toppsegel und das Rigg glänzten im ersten Sonnenlicht, ihre Flaggen und Wimpel standen vor dem Himmel wie bemaltes Metall.

Tyacke sagte nichts. Der Konvoi war in Sicherheit.

Bolitho griff zu einem Teleskop, doch er prägte sich die Positionen ein, ehe er das Glas ans Auge hob. Groß und mächtig mochten sie ja sein, doch in diesem klaren reinen Frühlicht hatten sie auch etwas Würdevolles. Er dachte an die Saintes zurück, wie so oft in solchen Stunden, und erinnerte sich an den ersten Anblick der französischen Flotte. Später hatte einmal ein Offizier seiner Mutter die Szene beschrieben und die Schiffe mit den geharnischten Rittern von Agincourt verglichen.

»Wie viele?« wollte er wissen.

»Sieben, Sir!« antwortete Tyacke. »So heißt es jedenfalls in den Befehlen!« Er wiederholte: »Sieben.«

Bolitho wußte, daß Tyacke sich fragte, ob ihre Fracht wohl wichtig oder nötig sei.

Carleton, der zuständige Midshipman für die Signale, erschien mit seinen Leuten. Er sah frisch und wach aus. Bolitho nickte ihm zu und erinnerte sich, daß einst Ratten, die von den Krümeln der Messe lebten, bei Midshipmen als Delikatesse galten. Die sprachen davon, daß Ratten wie Kaninchen schmeckten. Doch das war gelogen.

Tyacke sah noch einmal auf den Kompaß, begierig, endlich Kontakt aufzunehmen mit dem führenden Schiff des Geleitzugs, um dann endlich den Kurs zurück nach Halifax für sein eigenes Schiff bestimmen zu können.

Carleton meldete: »Eine Fregatte, Sir, an Backbord voraus.« Er starrte auf die vielen Signalflaggen, die sie zeigte, aber Tyacke meinte nur: »Die *Wakeful*, ich kenne Sie...« Und wie ein Echo klang es von Carleton: »*Wakeful*, achtunddreißig Kanonen, Kapitän Martin Hyde.«

Bolitho wandte sich um. Das Schiff, das Keen und Adam aus England gebracht hatte. Nach ihm war die *Royal Herald* in Trümmer zerschossen worden. Hatte man das falsche Schiff erwischt? Oder hatte der alte Haß brutal weitere Opfer gesucht?

Carleton räusperte sich. »Sie hat einen Passagier für die *Indomitable*, Sir!«

»Was?« Tyacke schien erregt. »Auf wessen Befehl?«

Carleton sah wieder zu den Signalwimpeln hinüber und buchstabierte sehr sorgfältig: »Ein höherer Offizier mit einem Auftrag für Halifax, Sir!«

Zweifelnd meinte Tyacke: »Das zu buchstabieren war ja wohl eine gewaltige Aufgabe.« Und dann lächelte er überrascht den langen Midshipman an: »Sehr gut. Bestätigen Sie jetzt bitte.« Er schaute zu Bolitho hinüber, der seinen Mantel abgelegt hatte und in das noch schwache Sonnenlicht blickte.

Bolitho schüttelte den Kopf: »Nein, James, ich habe keine Ahnung, wer es ist!« Dann drehte er sich um und sah ihn mit dunklem Blick an: »Aber ich glaube, ich weiß, warum er kommt.«

Die *Wakeful* drehte in den Wind, und schon schwang ein Boot über der Gangway, bereit, sofort zu Wasser gelassen zu werden. Ein schönes, gut geführtes Schiff. Der unbekannte höhere Offizier würde sicher Vergleiche anstellen. Bolitho hob wieder sein Glas und sah, wie das andere Schiff Fahrt verlor. Ihr Bug war besprüht von Seen und Gischt. Ein einsames Kommando, das einzige, das sich zu erstreben lohnte. Er sagte: »Lassen Sie die Ehrenwache antreten, James. Und lassen Sie einen Bootsmannsstuhl riggen, obwohl ich bezweifle, daß er gebraucht wird.«

Nun waren auch Allday hier und Ozzard mit der Uniformjacke, das lässige Auftreten seines Admirals deutlich mißbilligend.

Allday hängte ihm den alten Säbel ein und murmelte: »Das gibt sicher was, Sir Richard!«

Bolitho sah ihn ernst an. Er würde sich mehr als alle anderen sehr genau erinnern und verstehen. »Ich glaube, du wirst recht behalten, alter Freund. Wir haben sicher noch Gegner in unseren eigenen Reihen, scheint mir!«

Er sah die Seesoldaten zur Relingspforte gehen und dabei die Uniformjacken schließen. Ihre Bajonette glänzten wie Silber, respektvolle Zeichen, Salut für einen neuen wichtigen Gast. Doch genauso würden sie ihn auf einen Befehl hin, ohne zu fragen, vor ein Peleton zur Erschießung führen.

Avery kam eilig aus dem Luk des Niedergangs und blieb stehen, als Tyacke sich umschaute und seinen Kopf warnend schüttelte.

Die *Indomitable* lag beigedreht, rollte schwer im Sog. Bolitho trat an die Reling und blickte nach unten, sah den Passagier sich im Heck des Bootes erheben und nach dem Handlauf greifen. Die Hilfestellung eines Leutnants wies er ab und übersah auch den Bootsmannsstuhl, so wie Bolitho es erwartet hatte. Ein Offizier, der über die Meuterer der *Reaper* urteilen sollte. Doch wie kam es, daß sie sich hier trafen, auf einem kleinen schwarzen Bleistiftkreuz auf Isaac Yorks Karte? Und wer hatte die Wahl getroffen, die vielleicht von bösem Willen oder persönlichem Neid bestimmt war?

Er sah genauer hin, als die Gestalt nach oben stieg, eine Stufe verfehlte und beinahe gestürzt wäre. Doch der Mann kletterte weiter, jede Stufe eine enorme Anstrengung. Was bei jemandem mit nur einem Arm nicht verwunderte.

Der Sergeant befahl: »Seesoldaten, stillgestanden!«

Endlich erschienen an der Relingspforte: ein Dreispitz und dann die Epauletten eines Konteradmirals.

Bolitho trat vor, um ihn zu begrüßen.

»Ehrenwache! Präsentiert das Gewehr!«

Knallende Griffe, schrillende Pfeifen und das Rollen der Trommeln übertönten seine Begrüßungsworte.

Sie standen sich gegenüber, der Besucher mit dem

Hut in der erhobenen linken Hand, sein Haar ganz grau vor dem tiefen Blau der See hinter ihm. Doch seine Augen waren unverändert, strahlender blau als selbst die von Tyacke.

Der Lärm brach ab, und Bolitho rief: »Thomas! Ausgerechnet du!«

Konteradmiral Thomas Herrick setzte den Hut auf und ergriff die ausgestreckte Hand. »Sir Richard!« Dann lächelte er, und in den wenigen Augenblicken erkannte Bolitho die Züge seines ältesten Freundes wieder.

Tyacke stand in der Nähe, sah unbewegt zu. Er kannte das meiste ihrer gemeinsamen Geschichte und konnte sich den Rest vorstellen.

Er wartete darauf, vorgestellt zu werden. Doch er sah nur einen Scharfrichter.

Herrick zögerte einen Augenblick in der großen Kajüte, als sei er unsicher über den Sinn seines Kommens. Er schaute sich um, nahm Ozzard mit seinem Tablett wahr und erinnerte sich an ihn. Und wie bei solchen Gelegenheiten üblich, zeigte Ozzard weder Überraschung noch Neugier, was immer er auch denken mochte.

Bolitho meinte: »Hier, Thomas. Nimm diesen Stuhl!«

Herrick ließ sich mit einem erleichterten Seufzen in den hochlehnigen, gepolsterten Ledersessel fallen und streckte die Beine aus. »Das tut gut!« sagte er.

»Du fandest die *Wakeful* sicher ein bißchen winzig, oder?« wollte Bolitho wissen.

Herrick lächelte leicht. »Nein, überhaupt nicht, aber Kapitän Hyde! Ein brillanter Kopf mit einer noch brillanteren Karriere vor sich, da bin ich mir sicher. Aber er wollte mich unterhalten. Mir ständig Gutes tun. Aber das wollte ich nicht, habe es nie gewollt.«

Bolitho sah ihn genau an. Herrick war etwa ein Jahr jünger als er selber, aber er sah alt und müde aus, nicht nur wegen seines grauen Haars und der tief eingegrabenen Linien um den Mund, Leidenslinien wegen seines amputierten Arms. Er hätte es beinahe nicht überlebt.

Ozzard trat näher und wartete.

»Einen Drink, wie wär's damit?« fragte Bolitho. Irgend etwas plumpste auf Deck.

»Dein Gepäck ist angekommen!«

Herrick schaute auf seine Beine, feucht und fleckig vom Aufstieg vom Boot zum Deck. »Ich kann dir nicht befehlen, mich nach Halifax zu bringen!«

»Es ist mir ein Vergnügen, Thomas. Ich möchte gern einiges hören!«

Herrick bat Ozzard: »Ginger Beer, bitte!«

Ozzard verzog keine Miene: »Natürlich, Sir!«

Herrick seufzte. »Ich sah deinen Schatten Allday, als ich hochkletterte. Der hat sich kaum verändert!«

»Er ist jetzt stolzer Vater, Thomas. Ein kleines Mädchen. Eigentlich sollte er nicht mehr auf See sein!«

Herrick griff nach einem großen Glas. »Keiner von uns sollte das.« Er musterte Bolitho genau, der ihm gegenüber saß. »Du siehst gut aus, das gefällt mir!« Und dann fast ärgerlich: »Du weißt, warum ich hier bin? Die ganze verdammte Flotte scheint es schon zu wissen.«

»Die Meuterei. Die *Reaper* wurde genommen. In meinem Bericht steht alles.«

»Darüber kann ich nicht reden. Nicht ehe ich meine eigenen Erkundungen abgeschlossen habe.«

»Und dann?«

Herrick zog die Schultern hoch und zuckte zusammen. Der Schmerz war deutlich. Der steile Aufstieg auf die *Indomitable* war ihm nicht sehr gut bekommen.

»Untersuchungsausschuß. Den Rest kennst du. Wir haben schließlich genügend Meutereien erlebt!«

»In der Tat. Übrigens hat Adam die *Reaper* zurückerobert.«

»Ich hörte das.« Er nickte. »Den brauchte man nicht anzuspornen!«

Pfeifen schrillten an Deck, Schritte waren auf den Planken zu hören. Tyacke war wieder unterwegs, ging auf den anderen Bug, um den neuen Kurs anzulegen.

»Ich muß meine Depeschen lesen. Es wird nicht lange dauern«, sagte Bolitho.

»Einige kann ich dir sagen. Kurz bevor wir ankerauf gingen, hörten wir, daß Wellington einen großen Sieg über die Franzosen errungen hat – bei Vitoria, ihrem letzten bedeutenden Stützpunkt in Spanien. Sie ziehen sich zurück.« Seine Züge verdüsterten sich. »Jahrelang haben wir gebetet und darauf gewartet und uns daran geklammert, als alles verloren schien.« Er hielt sein leeres Glas hin. »Und jetzt, wo es wahr wird, empfinde ich nichts, überhaupt nichts deswegen.«

Bolitho beobachtete ihn traurig. Sie hatten so viel zusammen gesehen und erlebt: brennende Sonne und brüllende Stürme, Blockaden und Patrouillen vor unzähligen Küsten, Schiffe verloren, gute Männer gefallen. Und noch viele würden sterben, ehe das letzte Trompetensignal erklungen war.

»Und du, Thomas, was hast du getrieben?«

Er nahm Ozzard dankend das wieder aufgefüllte Glas ab. »Unnützes Zeug. Ich habe Werften besichtigt, Küstenverteidigungen inspiziert, alles Sachen, die sonst keiner machen wollte. Man hat mir sogar einen Zweijahresvertrag als Gouverneur des neuen Marinehospitals angeboten. *Zwei Jahre!* Besseres konnten sie nicht finden!«

»Und was ist mit dieser Untersuchung, Thomas?«

»Erinnerst du dich an John Cotgrave? Er führte die Verhandlung bei meinem Kriegsgerichtsverfahren! In der Admiralität ist er ganz oben, was die Juristerei betrifft. Er hatte diese Idee.«

Bolitho wartete. Nur der Geschmack von Cognac auf seiner Zunge erinnerte ihn daran, daß er getrunken hatte. In Herricks Worten klangen weder Bitterkeit noch Resignation. Ihm schien, als habe sein Freund alles verloren und glaube an nichts mehr, auch nicht mehr an das Leben, das er einst so geliebt hatte.

»Sie wollen kein Drama, das sich lange hinzieht, nicht viel Aufhebens. Sie erwarten lediglich ein Urteil, das beweist, daß das Recht wiederhergestellt ist.« Wieder lächelte er dünn. »Das klingt doch sehr bekannt, oder?«

Er schaute durch das Heckfenster auf die See. »Was mich angeht, ich habe das Haus in Kent verkauft. Es war einfach zu groß. Und so leer, so verlassen...« Er machte eine Pause. »Ohne Dulcie!«

»Und was hast du vor, Thomas?«

»Nach dieser Sache hier? Ich werde meinen Dienst quittieren. Ich möchte kein Relikt werden, kein Salzbuckel sein, der sich davor fürchtet, daß Ihre Lordschaften eines Tages keine Verwendung mehr für ihn haben.«

Es klopfte an der Tür, und da der Posten niemanden gemeldet hatte, wußte Bolitho, daß es Tyacke war.

Er trat ein und meldete: »Der neue Kurs liegt an, Sir Richard. *Taciturn* und *Doon* begleiten den Konvoi wie befohlen. Der Wind nimmt zu, aber das ist mir sehr recht.«

Herrick meinte: »Sie klingen, als ob Sie mit dem Schiff sehr zufrieden sind!«

Tyacke stand unter einer der Laternen.

»Sie ist der schnellste Segler, den ich kenne, Sir.« Er drehte sich um, so daß seine vernarbte Gesichtshälfte – wahrscheinlich mit voller Absicht – sichtbar wurde. »Ich hoffe, Sie fühlen sich wohl bei uns an Bord, Sir!«

»Werden Sie heute abend mit uns essen, James?« fragte Bolitho.

Tyacke sah ihn an, und seine Blicke sagten alles.

»Ich bitte um Verständnis, Sir. Aber ich muß mich um

ein paar zusätzliche Dinge kümmern. Später mal. Es wird mir eine Ehre sein.«

Die Tür schloß sich hinter ihm, und Herrick sagte: »Später mal, wenn ich wieder von Bord bin, meint er.« Bolitho protestierte. »Ich verstehe. Ein Schiff, ein Schiff des Königs sogar, hat gegen den rechtmäßigen Befehlshaber gemeutert. Das ist im Krieg ein Verbrechen ohnegleichen. Und jetzt, da wir einen weiteren Gegner bekämpfen und mit der zusätzlichen Versuchung von besserem Sold und menschlicherer Behandlung fertig werden müssen, ist alles noch viel bedrohlicher. Ich werde ganz sicherlich hören, daß die Revolte durch die Brutalität des Kommandanten hervorgerufen wurde, durch Sadismus... Ich habe das alles schon mal gehört, damals, als ich noch Leutnant war.«

Er sprach von der *Phalarope*, ohne sie zu erwähnen, doch es war, als schrie er ihren Namen laut heraus.

»Einige werden anführen, der Kommandant sei falsch ausgesucht worden, daß man ihn bevorzugt habe oder daß er von seinem letzten Kommando entfernt werden mußte – auch das ist nicht ungewöhnlich. Was also sagen wir daraufhin? Daß es dieser Fehler wegen nur gerecht war, vor dem Feind die Fahne zu streichen, zu meutern und den Tod des Kommandanten herbeizuführen – ob er nun Engel oder Teufel war? Es kann keine Entschuldigung geben. Es gab nie eine!« Er lehnte sich vor und sah sich in der dämmrigen Kajüte um, doch Ozzard war verschwunden. Sie saßen allein. »Ich bin dein Freund, obwohl ich es nicht immer gezeigt habe. Ich kenne dich lange genug, Richard, und konnte mir immer vorstellen, was du tun würdest, selbst wenn du noch nicht darüber nachgedacht hattest. Du würdest alles riskieren und der Ehre wegen alles drangeben, und auch aus Anständigkeit. Du würdest für diese Meuterer sprechen, ohne Rücksicht auf die Konsequenzen. Ich sage dir jetzt, Richard, es würde dich alles kosten. Man würde dich zerstören. Sie wären nicht nur Opfer ihrer eigenen Fehler – sondern dann auch noch Märtyrer. Verdammte Heilige, wenn es nach dem Willen einiger Herren geht.«

Er unterbrach sich, schien plötzlich sehr besorgt. »Aber du hast viele Freunde. Was du getan hast und versucht hast, wird man nicht vergessen. Selbst Bethune, dieser Emporkömmling, gab mir gegenüber zu, er fürchte um deinen Ruf. Überall Neid, überall Hinterhalte.«

Bolitho ging an dem Sessel vorbei und ließ seine Hand einen Augenblick auf der gebeugten Schulter liegen.

»Danke für deine Offenheit, Thomas. Ich will den Sieg, ich will ihn unbedingt, und ich weiß, was dich dies gekostet hat.« Er sah sein Spiegelbild im salzbeschmierten Glas, als das Schiff einen Punkt abfiel. »Ich weiß, wie du dich fühlst.« Er spürte die Bedrückung des anderen. »Wie ich mich fühlen würde, wenn irgend etwas geschähe, das mich von Catherine trennen würde. Aber die Pflicht ist eine Sache, Thomas, sie hat mich seit meinem zwölften Lebensjahr geleitet, seit ich auf See ging. Und Gerechtigkeit ist eine andere.« Er ging weiter durch die Kajüte und sah das harte, ernste Gesicht, die Entschlossenheit, die sie auf der *Phalarope* zusammengeführt hatte. »Ich hasse es, wenn Männer in der Schlacht sinnlos fallen, wenn sie weder mitsprechen können noch gar eine andere Wahl haben. Und ich werde den Männern nicht den Rücken kehren, die man falsch behandelte, zur Verzweiflung trieb und die von anderen, die ebenso schuldig, aber nicht angeklagt sind, bereits verurteilt wurden.«

Herrick blieb sehr ruhig. »Das überrascht mich nicht.« Er wollte sich erheben. »Speisen wir trotzdem heute abend zusammen?«

Bolitho lächelte. Diesmal kam es ohne Mühe. Sie waren keine Feinde, die Vergangenheit hatte Bestand. »Ich hatte darauf gehofft, Thomas. Meine Räume stehen dir zur Verfügung.« Er nahm die Depeschen und sagte: »Ich verspreche dir, daß niemand versuchen wird, dich zu unterhalten.«

Vor der Kajüte fand er Allday an einer offenen Stückpforte. Er hatte sich dort nur für den Fall eines Falles aufgehalten.

»Wie war's, Sir Richard?« wollte er wissen. »Schlimm?«

Bolitho lächelte. »Er hat sich nicht sehr verändert, alter Freund!«

»Dann ist es wirklich schlimm!« sagte Allday.

Bolitho wußte, daß Avery und Tyacke auf ihn warteten, noch mehr als sonst verbunden durch etwas, das sie selber nicht beeinflussen konnten.

Allday sagte knapp: »Man wird sie hängen. Ich weine ihnen keine Träne nach. Ich hasse Leute wie die. Ungeziefer!«

Bolitho sah ihn an, von seiner Wut gerührt. Allday war in den Dienst gepreßt worden, am gleichen Tag wie Bryan Ferguson. Was also hatte in beiden solch eine unerschütterliche Loyalität entstehen lassen und solchen Mut!

Es half nicht, daß Herrick die Antwort kannte. Oder Tyacke. Sie hieß Vertrauen.

XIII Damit sie es nie vergessen

John Urquhart, Erster Offizier der *Valkyrie,* machte an der Relingspforte eine Pause, um nach dem Aufentern Luft zu holen, und starrte nach drüben auf die gekaperte amerikanische Fregatte *Success.* Der Wind nahm langsam zu und war schon stark genug, sie rollen und stampfen zu lassen, während die Prisenbesatzung sich alle Mühe gab, sie unter Kontrolle zu halten.

Er beäugte das ordentliche, fast friedliche Bild auf dem Achterdeck seines Schiffes, auf dem er fast vier Jahre gedient hatte. Er bemerkte die neugierigen, doch respektvollen Blicke der Midshipmen, die ihn – als ob es nötig sei – an seine zerknautschte und schmuddlige Erscheinung erinnerten. Dann sah er zum Himmel hoch, blau und ausgewaschen und wie der Ozean häsig im steten Sonnenlicht.

Er sah Adam Bolitho mit Ritchie, dem Master, sprechen. Ritchie war beim ersten Treffen mit der U.S.S. *Unity* schwer verwundet worden, als fliegende Splitter den Admiral fast blind gemacht und der Kommandant einen Nervenzusammenbruch erlitten hatte. Den Tag würde er nie vergessen, und Ritchie, den Metallsplitter niedergestreckt hatten, auch nicht. Wie durch ein Wunder hatte er überlebt. Als starker, nie ermüdender Segelmaster der alten Schule versuchte er immer noch, seine Schmerzen nicht zu zeigen und sein schreckliches Humpeln nicht ernst zu nehmen. Vielleicht würde es ja eines Tages von selbst verschwinden.

Urquhart hob in Richtung Achterdeck grüßend die Hand an den Hut. Es gab unzählige Männer wie Ritchie in den Straßen der englischen Seehäfen.

Adam Bolitho lächelte ihn an: »Kein leichtes Pullen, oder?«

Urquhart nickte. Vor drei Tagen hatten sie Halifax verlassen und ganze fünfhundert Meilen abgesegelt. Bei widrigen Winden und drohenden Stürmen war dies keine Jahreszeit, in der man mit seinen Etmalen zufrieden war, vor allem als Kommandant nicht. Doch während Urquhart getrennt von der *Valkyrie* die angeschlagene Prise kommandierte, schien der Kommandant wie verwandelt und war ganz heiter.

Urquhart sagte: »Ich habe ständig pumpen lassen, Wache um Wache, Sir. Wie die meisten französischen Schiffe ist sie ganz solide gebaut, aber der Rott ist eine andere Sache. Und dann hat ihr die *Indom* mehr als genug zugesetzt!«

»Wir lassen die *Success* einen Strich abfallen«, meinte Adam, »das nimmt den Druck ein bißchen.« Er starrte nach vorn auf die See, in das blaugrüne, rollende Wasser, das fast milchig überstrahlt schien. Nur ab und an brach aus Nordost eine kurze Bö ein, die alle Segel spannte und wie einen Trommelwirbel donnern ließ. Hier sah die See flach aus, und die treibenden Pflanzenteile aus dem Golf verstärkten den Eindruck. Er mußte lächeln. Doch hier hatte man dreitausend Faden Wasser unter dem Kiel, hieß es, obwohl es niemand genau wußte.

Er sah, wie die Segel der anderen Fregatte sich in der gleichen Bö hoben und blähten. »Morgen früh nehmen wir sie in Schlepp, Mr. Urquhart. Das macht uns zwar noch langsamer, aber wir bleiben zumindest zusammen.« Er sah Urquhart über seine Schulter blicken und hörte die klackenden Schritte des Flaggleutnants auf dem Deck. De Courcey hatte sich abseits gehalten – vermutlich auf Anordnung von Keen. Doch würde er auf dieser Reise irgend etwas lernen? Seine Zukunft schien ihm schon sicher.

De Courcey hob grüßend die Hand an den Hut und nahm mit kurzem Blick Urquharts schlampiges Aussehen zur Kenntnis. »Ist alles in Ordnung?« Er sah Adam an. »Sind wir nicht länger unterwegs als erwartet, Sir?«

Adam deutete über die Finknetze. »Da hinten ist der Feind, Mr. de Courcey, Amerika. Tatsächlich besteht Mr. Ritchie darauf, daß wir genau östlich der Chesapeake Bay stehen. Ich muß ihm natürlich glauben!«

Urquhart sah das schnelle, verschwörerische Grinsen des Masters. Doch es war mehr als das: offensichtliche

Freude darüber, daß der Kapitän mit ihm Späße machen konnte. Sie wußten natürlich alle, daß Adam Bolitho einer der erfolgreichsten Kommandanten einer Fregatte der Königlichen Marine war und der Neffe von Englands angesehenstem und beliebtesten Seemann. Und dennoch war es schwer, ihn als Menschen einzuschätzen. Urquhart bemerkte, wie der Flaggleutnant alarmiert nach vorn schaute, als könne er dort die Küste entdecken.

»Zweihundert Meilen, Mr. de Courcey«, erläuterte Adam. Er sah hoch, als der Wimpel im Topp wie eine Peitsche knallte.

Urquhart fragte sich, ob ihm wohl die Flagge des Konteradmirals an der Besanstenge fehlte oder ob er Geschmack an seiner Unabhängigkeit gefunden hatte, wie kurz sie auch immer sein mochte.

Gestern hatten die Ausgucks zwei kleine Segel im Südwesten ausgemacht. Sie hatten die beschädigte *Success* nicht allein lassen können und hatten sie nicht verfolgt. Also konnten die fremden Segel alles bedeuten: Küstenfahrer, die ihr Glück trotz britischer Patrouillen versuchten, um ihren Lebensunterhalt zu verdienen, oder feindliche Späher. Falls der Kommandant beunruhigt war, konnte er das gut verbergen.

»Nur zweihundert Meilen, Sir?« fragte de Courcey plötzlich. »Ich dachte, wir segeln näher an den Bermudas!«

Adam lächelte und berührte seinen Arm, etwas, das Urquhart ihn noch nie hatte tun sehen.

»Die Nordostwinde sind freundlich, Mr. de Courcey. Ich frage mich nur zu wem?« Er wandte sich zu Urquhart und sagte: »Wir werden im ersten Licht eine Schleppleine ausbringen. Danach...« Er beendete den Satz nicht.

Urquhart sah ihn weggehen und das Gespräch mit dem Master fortsetzen. Er war sich seiner Sache ganz sicher, doch wieso? Wie konnte er diese Sicherheit gewonnen haben? Er dachte an die beiden früheren Kommandanten. Den unduldsamen, sarkastischen Treveren, der angesichts echter Gefahr zusammengebrochen und spurlos über Bord verschwunden war, und an Kapitän Peter Dawes, mit dem zeitweiligen Rang eines Kommodore, der nur an Beförderung denken konnte. Jeder Fehler würde ein schlechtes Licht auf den Ersten Offizier werfen, und so hatte Urquhart beschlossen, sich nie wieder ganz auf einen Kapitän zu verlassen – der eigenen Sache wegen. Niemand würde sich um sein Schicksal kümmern.

De Courcey bemerkte: »Ich möchte wissen, was er wirklich denkt?« Und als Urquhart schwieg, fuhr er fort: »Läßt uns alle wie wahnwitzig schuften, und wenn er selber einen Augenblick Zeit hat, bringt er achtern dem Jungen Schreiben bei.« Er lachte kurz. »Falls es wirklich Schreiben ist, was er da mit dem Jungen macht.«

Urquhart antwortete ganz ruhig: »Man sagt, daß Kapitän Bolitho sehr gut mit Säbel und Pistole umgehen kann, Mr. de Courcey. Ich schlage vor, Sie halten sich zurück mit ihren skandalösen Vermutungen. Es könnte Ihr Ende bedeuten, nicht nur in einer Hinsicht!«

Adam kam mit einem leichten Stirnrunzeln zurück. »Kann ich Sie zum Essen einladen, John? Ich vermute, das Essen an Bord der *Success* ist nicht viel besser als ihre Planken!«

Urquhart lächelte. »Ich nehme die Einladung gern an, Sir. Aber sind Sie ganz sicher?« Er schaute auf den Kommandantenwimpel und schätzte die Kraft ein, die die beiden Rudergänger gegen das Rucken des Rades aufbrachten.

»Ja, ich bin ganz sicher. Die brauchen den Wind, den besseren Wind. Wenn wir mit dem Land im Rücken kämpfen müssen, werden wir das erste Licht früh genug bekommen.« Er sah ihn scharf an. »Und wenn ich mich geirrt haben sollte, ist es auch nicht schlimm.«

Dann meinte Adam fast beiläufig: »Wenn das hier vorbei ist und wir wieder unserem normalen Dienst nachgehen, habe ich vor, Sie zur Beförderung vorzuschlagen!«

Urquhart war verblüfft. »Aber Sir, ich glaube nicht... ich bin ganz zufrieden hier bei Ihnen...« Weiter kam er nicht.

Adam unterbrach ihn: »Das reicht!«, und schüttelte ihm den Arm, um seine Worte zu betonen. »Sagen Sie das nie, John. Denken Sie das nicht mal.« Er blickte in den geblähten Bauch des Großmarssegels. »Mein Onkel hat sein erstes Kommando mal als sein *größtes Geschenk* bezeichnet! Aber es ist viel mehr als das.« Sein Blick wurde hart. »Darum traue ich all denen nicht, die solch ein Privileg zurückweisen.« Er schüttelte sich, als wolle er sich von solchen Gedanken trennen. »Zum Mittag also. Heute ist Freitag, nicht wahr?« Er lächelte, und Urquhart fragte sich, warum es in seinem Leben keine Frau gab. »Heute lautet der Toast *Auf einen kampfbereiten Gegner und genügend Seeraum.* Ein perfekter Spruch!«

Am Abend nahm der Wind wieder zu und drehte zurück auf Nordost bei Nord. Urquhart wurde zur *Success* zurückgerudert und war auf halber Strecke schon naß bis auf die Haut.

Doch irgendwie war ihm das egal. Der Vorhang konnte aufgehen. Und er war bereit für seine Rolle.

Kapitän Adam Bolitho schritt über den schwarzweiß gemusterten Kajütboden und sah durch die großen Heckfenster nach draußen. Der Wind war nachts schwächer geworden, doch in kurzen, harten Böen meldete er sich immer noch und blies Gischt über das Schiff. Wie pladdernder Regen fiel sie von den nassen Segeln aufs Deck.

Er sah die unscharfe Silhouette der zweiten Fregatte

gänzlich verzerrt durch das Salz, das auf dem Fenster klebte. Sie peilte so extrem achteraus, daß man meinen konnte, sie triebe steuerlos.

Es war schwer gewesen, im ersten Morgenlicht die Trosse nach drüben zu bringen. Die Arbeit verlangte harte, erfahrene Seeleute. Oder, wie Bootsmann Evan Jones bemerkte, »brutale Kraft und keine Angst vor nichts!« Sie hatten es dennoch geschafft. Und jetzt trieb die *Success* wie betrunken in jedem Windstoß und kämpfte gegen die Trosse wie ein Tier, das zum Schlachthof geführt wird.

Aus dem Bug hörte er acht Glasen schlagen und wandte sich vom Fenster ab. Er sah sich in der großen Kajüte um. Hier lebte Keen also: Er hatte ihn fast am Tisch erwartet, wo er seine eigenen Karten in Griffweite plaziert hatte, so daß weder Ritchie noch seine Offiziere seine Besorgnis erkennen konnten, wenn Stunde um Stunde verflog. Er lehnte sich über den Tisch. Eine Hand lag auf der amerikanischen Küste. So hatte er seinen Onkel gesehen – mit der See zwischen den Händen übersetzte er Ideen in Taten. *Wir sind uns so ähnlich und dann wieder ganz fremd . . .*

Er richtete sich auf und sah zum Skylight hoch. Jemand lachte oben. Urquhart hatte sein Wort gehalten. Vielleicht vermuteten manche, was er vorhatte, aber niemand wußte Genaues. Man konnte also immer noch lachen. Als Trevenen das Kommando hatte, hieß es, jeder Laut habe ihn gestört. Gelächter schien ihm wie Insubordination oder Schlimmeres.

Neue Stimmen klangen von oben, und einen Augenblick meinte er, den Ausguck zu hören. Doch es war nur eine Arbeitsgruppe beim Spleißen, Nähen und Reparieren – das war das Los des Seemannes.

Die Tür ging auf, und John Whitmarsh schaute ihn an. »Was ist los?« wollte Adam wissen.

»Sie haben Ihr Frühstück nicht mal angerührt, Kapitän. Der Kaffee ist auch kalt.«

Adam saß in einem von Keens Stühlen und meinte nur: »Das heißt nichts.«

»Ich kann Ihnen frischen Kaffee holen, Sir.« Der Junge entdeckte die Karte und sagte langsam: »Kap Breton . . .« Er zögerte, seine Lippen bewegten sich, als er die großen Buchstaben oben am Rand der Karte entzifferte. »Bis zur Delaware Bucht.« Er drehte sich um und sah ihn mit glänzenden Augen an: »Ich hab's gelesen, Sir. Genau wie Sie gesagt haben!«

Adam ging in die Kabine nebenan, weil er die Erregung und die Freude des Jungen kaum aushalten konnte. »Komm mal eben her, John Whitmarsh!«

Er öffnete seine Seekiste und nahm ein Päckchen raus. »Weißt du, welches Datum heute ist?«

Der Junge schüttelte den Kopf. »Sonnabend, nehme ich an, Sir!«

Adam hielt ihm das Päckchen entgegen. »Der einundzwanzigste Juli. Den Tag werde ich nie vergessen. An diesem Tag wurde ich Kapitän mit vollem Rang!« Er versuchte ein Lächeln. »Im Logbuch der *Anemone* ist dieser Tag auch vermerkt als Datum, an dem du freiwillig in die Marine eintratst. Es ist dein Geburtstag.« Noch immer starrte der Junge ihn an. Mit belegter Stimme sagte er: »Hier, nimm's. Es gehört dir!«

Der Junge öffnete das Päckchen wie etwas Gefährliches und hielt die Luft an: ein meisterhaft gearbeiteter Dolch in einer glänzenden Scheide. »Für mich, Sir?«

»Ja. Trag ihn. Du bist jetzt dreizehn Jahre alt. Leicht hast du's bisher nicht gehabt, oder?«

John Whitmarsh starrte ihn immer noch an: »Meiner?« Mehr sagte er nicht, konnte er nicht sagen.

Adam drehte sich um und entdeckte im Gang William Dyer, den Zweiten Offizier, der sie anstarrte.

Dyer schien ein verläßlicher Offizier zu sein, und Urquhart hatte ihn gelobt. Doch das hier war eine einmalige Gelegenheit für neue Geschichten. Was er gerade gesehen hatte, würde bald jeder im Schiff wissen. Der Kommandant schenkte seinem jungen Diener etwas! Er verlor die Kontrolle!

»Nun, Mr. Dyer?« fragte Adam. Laß sie denken, was sie wollen. Er erinnerte sich an nur wenige Geschenke, die er bekommen hatte, als er so alt gewesen war wie der Junge. Er konnte sich auch kaum an seine Mutter erinnern, nur an ihre Liebe. Selbst heute verstand er noch nicht, warum sie sich wie eine gemeine Hure verkauft hatte, um ihren Sohn zu ernähren, dessen Vater nichts von ihm ahnte.

Dyer meldete: »Der Master läßt grüßen, Sir. Er macht sich Sorgen wegen unseres jetzigen Kurses. Für den nächsten Schlag müssen wir über Stag gehen. Das ist schwierig genug, selbst ohne die schwere Last auf der Trosse!«

»Das denkt der Master also?« fragte Adam. »Und was ist Ihre Meinung?«

Dyer wurde rot. »Ich hielt es für besser, wenn ich es melde, Sir. Als Vertreter von Mr. Urquhart hielt ich es für meine Pflicht, Ihnen seine Unruhe zu melden, Sir!«

Adam trat an die Karte zurück. »Recht getan!« Hatte Urquhart den Fehler seines Plans bereits entdeckt? Er würde sich als fehlerhaft erweisen. »Sie verdienen eine Antwort, genau wie Mr. Ritchie!«

Dyer stockte der Atem, als Adam sich umdrehte und laut rief: »Das Skylight, John Whitmarsh! Öffne das Skylight!«

Der Junge kletterte auf einen Stuhl, um es zu erreichen. Mit einer Hand umklammerte er immer noch den neuen Dolch.

Adam hörte den Wind auf den Rumpf treffen und

ahnte, wie er über die See gefaucht war – wie eine Brise über ein reifes Kornfeld. Wieder war der Ruf von oben zu hören: »*Zwei Segel in Nordost!*«

»Das ist die Antwort!« sagte Adam knapp. »Der Feind hat also nicht geschlafen, scheint mir.« Und dann an den Jungen gewandt: »Hol mir bitte mein Entermesser! Heute können wir beide uns anständig präsentieren!«

Dann lachte er laut wie über einen privaten Witz: »Einundzwanzigster Juli 1813! Auch an diesen Tag wird man sich erinnern!«

»Der Feind, Sir?« fragte Dyer laut. »Woher weiß man das schon?«

»Zweifeln Sie daran?«

»Aber, also ... Wenn sie angreifen wollen, werden sie den Wind für sich nutzen. Dann haben sie alle Vorteile!« Er schien nicht innehalten zu können. »Ohne unseren Schlepp hätten wir noch eine Chance ...«

Adam sah den Jungen zurückkommen mit dem Entermesser des Kapitäns. »Eins nach dem anderen, Mr. Dyer. Lassen Sie Mr. Warren die Flagge Sieben für *Success* setzen. Dann lassen Sie achtern alle Mann antreten. Ich will zu ihnen sprechen!«

Dyer fragte eingeschüchtert: »Werden wir kämpfen, Sir?«

Adam schaute sich in der Kajüte um, vielleicht zum letzten Mal. Er zwang sich zu warten, auf Zweifel oder auf Schlimmeres, auf Furcht, die er bis zum Untergang der *Anemone* nicht gekannt hatte.

»Seien Sie sicher, Mr. Dyer«, sagte er dann, »wir werden am Ende dieses Tages die Sieger sein!« Doch Dyer war schon davongeeilt.

Er hob die Arme, damit der Junge das Entermesser einhaken konnte, so wie es sein Bootsführer George Starr zu tun pflegte, Starr, den man gehängt hatte für seine Taten, als die Flagge der *Anemone* schon unten war.

Ohne zu merken, daß er laut sprach, wiederholte er: »Wir werden am Ende dieses Tages die Sieger sein!«

Er blickte durch das offene Skylight und mußte lächeln. Es würde riskant werden. Dann verließ er die Kajüte, und der Junge folgte ihm, ohne zu zögern.

Midshipman Francis Lovie setzte das Teleskop ab und wischte sich mit dem Handrücken über das nasse Gesicht.

»*Flagge Sieben*, Sir!«

Urquhart sah ihn grimmig an. Alles lief nach Plan, aber es war dennoch ein Schock: das private Signal des Kommandanten.

Er nahm Lovie das Teleskop aus der Hand und richtete es auf das andere Schiff, auf sein Schiff. Wo man ihm vertraut hatte, wo einige ihn sogar geliebt hatten, als er zwischen dem tyrannischen Kapitän und der Mannschaft stand. Ähnlich war es wohl auf der *Reaper* zugegangen und auf zu vielen anderen Schiffen. Adam Bolithos Worte klangen wieder durch all seine Zweifel und Unsicherheiten. *Ich traue all denen nicht, die solch ein Privileg zurückweisen.* Er erkannte durch die Linien all die vertrauten Gestalten drüben wieder: Leutnant Dyer und neben ihm den jüngsten Offizier, Charles Gulliver, vor kurzem noch Midshipman. Genau wie der, der ihm hier für die gefährliche Aufgabe zur Seite stand. Lovie war siebzehn, und Urquhart glaubte gern, er selber habe eine wichtige Rolle gespielt, als er Lovie zu dem machte, was er heute war. Lovie würde bald seine Leutnantsprüfung ablegen.

Er bewegte das Glas leicht und spürte warmen Schaum auf Mund und Haar. Ritchie war zu sehen und um ihn seine Gehilfen, die aufmerksam zuhörten. Und dann Barlow, der neue Leutnant der Seesoldaten. Sein Gesicht war in dem häsigen Sonnenlicht so scharlachrot wie seine Uniformjacke. Dahinter die Mannschaften, von denen er viele kannte und denen er absolut vertraute. Zwischen ihnen auch die Unbeugsamen, die sich nie ändern würden, die in allen Autoritäten tödliche Feinde sahen. Doch kämpfen würden sie gut genug.

Und da stand auch der Kapitän, hatte ihm den Rücken zugedreht. Seine Schultern glänzten naß. Doch er schien sich darum nicht zu kümmern. Sein Instinkt, dem er vertraute, hatte ihn auch diesmal nicht im Stich gelassen.

Lovie wollte wissen: »Was hat der Kapitän denen zu sagen, Sir?«

Urquhart sah ihn bei seiner Antwort nicht an. »Das gleiche, was ich Ihnen sagen werde, Mr. Lovie. Wir stehen klar bei Schleppleine und kappen sie auf Befehl von drüben!«

Lovie sah ihn von der Seite an. Urquhart war der einzige Erste Offizier, den er kannte, und insgeheim hoffte er, genauso gut zu werden wie er, wenn er die Chance dazu je bekäme.

Dann sagte er: »Die Zündschnur, Sir, die Sie gelegt haben. Sie haben das alles schon längst gewußt.«

Urquhart sah die Bilder vor der Linse. Männer jubelten. Bei einem anderen Wind hätten sie sie von drüben hören können.

»Geraten entspräche mehr der Wahrheit. Ich dachte, es ist das letzte Mittel, das wir einsetzen können, um zu verhindern, daß die *Success* wieder dem Gegner in die Hände fällt.« Jetzt setzte er das Glas ab und schaute ihn direkt an. »Und dann habe ich plötzlich verstanden. Kapitän Bolitho *wußte* das alles schon und hatte längst entschieden, was getan werden mußte.«

Lovie runzelte die Stirn. »Aber da sind zwei Gegner, Sir. Nehmen wir mal an . . .«

Urquhart lächelte. »Ja, ja – annehmen. Das Wort taucht in keiner Depesche auf.« Er erinnerte sich an Adam Bolithos Gesichtsausdruck, als er das Kommando an Bord übernahm und seine Bestallungsurkunde laut vorlas. Ein empfindsames, abwägendes Gesicht, das nichts von dem verriet, was ihm der Verlust der *Anemone* bedeutet hatte, seine Kriegsgefangenschaft und schließlich das Ritual der Kriegsgerichtsverhandlung. Nur ganz selten, wie zum Beispiel gestern, als sie zusammen gegessen hatten, konnte Urquhart den Mann hinter der Maske erkennen. Irgendwie schien er immer noch ein Gefangener zu sein, Gefangener von irgend etwas oder von irgend jemandem.

Urquhart sagte: »Sie bleiben an dieser Stelle und beobachten die Schleppleine. Rufen Sie mich sofort, wenn irgend etwas passiert.« Er wollte noch etwas Witziges sagen, änderte seine Meinung aber abrupt und eilte in Richtung Niedergang. Ihm war schlagartig etwas eingefallen, das er weder vergessen noch übersehen durfte. Lovie blieb stehen, wo er ihn zurückgelassen hatte, und träumte vielleicht von dem Tag, an dem auch er eine Leutnantsuniform tragen würde.

Urquhart eilte den Niedergang hinunter und blieb ein paar Minuten unten im Schatten stehen, um sich zu sammeln. Es war nicht das erste Mal, daß ihm dies widerfuhr. Er hatte auch andere mit mehr Erfahrung davon reden hören. In seinem Herzen wußte er, daß Midshipman Lovie diesen Tag nicht überleben würde.

Ein Gehilfe des Stückmeisters beobachtete ihn, bewegte eine langsam glühende Zündschnur wie ein teuflisches Auge in der Faust.

»Alles klar, Jago?« Er fragte das, um irgendwas zu sagen. Der Gehilfe war ein Seemann von echtem Schrot und Korn, und darum hatte er ihn ausgewählt. Trevenen hatte ihn wegen einer Kleinigkeit auspeitschen lassen, und darüber war Urquhart mit dem Kapitän aneinandergeraten. Das war ihm selber teuer zu stehen gekommen, wie er jetzt wußte. Selbst Dawes hatte ihm gegenüber nie von Beförderung gesprochen. Doch mit seinem Eintreten hatte er Jagos Vertrauen gewonnen und noch mehr – auch wenn der Mann die Narben dieser unrechten Auspeitschung bis an sein Lebensende tragen würde.

Jago grinste: »Geben Sir nur das Kommando, Sir!«

Keine Fragen, keine Zweifel. Vielleicht war es so am besten.

Er sah die Leiter hoch im hellblauen Himmel. »Die Boote werden längsseits festgemacht liegen. Dann kommt es auf uns an.«

Er ging weiter durch das Schiff, wo einst so viele Menschen gelebt und gearbeitet und ihre Hoffnungen gepflegt hatten. Menschen, die dieselbe Sprache benutzten, doch deren gemeinsames Erbe jetzt im Krieg zwischen den beiden Völkern stand wie ein ungebrochenes Riff.

Urquhart hörte das Knarren des Ruderschafts und das einsame Klicken einer einzigen Pumpe.

Jetzt war es fast soweit. Das Schiff lebte schon nicht mehr.

Ritchie rief: »Kurs Süd-Süd-Ost, Sir, liegt an!«

Adam machte ein paar Schritte in Richtung Reling und zurück. Es war seltsam still, nachdem die wirbelnden Trommeln Seeleute und Seesoldaten auf ihre Stationen gerufen hatten. Er hatte die erwartungsvolle Spannung gespürt und hinterher den befreienden Jubel. Er kam unerwartet und überwältigte ihn. Zum größten Teil waren die Männer ihm noch fremd, weil er es so gewollt hatte, aber ihre Hochrufe wirkten ansteckend. Er hatte beobachtet, wie Ritchie sich so sehr vergaß, daß er sogar George Minchin, dem Schiffsarzt, die Hände schüttelte, der – höchst ungewöhnlich – auch an Deck erschienen war, um dem Kommandanten zuzuhören. Minchin war ein Schlachter alter Art da unten im Zwischendeck, doch trotz seines brutalen Gewerbes und seiner Vorliebe für Rum hatte er mehr Leben gerettet als verloren. Auch der große Chirurg Sir Piers Blachford hatte ihn auf der *Hyperion* gelobt.

»Die Gegner haben die gleiche Peilung, Sir!« meldete Leutnant Dyer.

Adam hatte sie kurz gesehen, zwei Fregatten, dieselben oder unbekannte. Vielleicht war es egal. Doch er wußte, daß dem nicht so war.

Er blickte achteraus und stellte sich die Schiffe vor, wie er sie zuletzt gesehen hatte. Ihre Kommandanten würden jeden noch so unbedeutenden Kurswechsel der *Valkyrie* genau eingezeichnet haben. Sie würden erwarten, daß er die Schleppleine loswarf. Das würde jeder Kommandant tun, der sein Schiff nicht kampflos aufgeben wollte.

Doch wenn sie den Köder nicht schluckten? Er könnte Urquhart und seine Prisenmannschaft verlieren. Oder er könnte gezwungen sein, sie achteraus zu lassen, um sein eigenes Schiff zu retten.

Fliehen? Er wandte sich an den Midshipman für die Signale. »Mr. Warren! Entern Sie mit Ihrem Glas auf und melden Sie, was Sie beobachten.« Er drehte sich um und sah de Courcey steif nach Lee gehen, als wolle er ein paar Seesoldaten beobachten, die ins Großtopp enterten mit Munition für die Drehbasse da oben. De Courcey hatte die Epaulette und die goldene Schnur entfernt, die ihn als Flaggleutnant eines Admirals auswiesen. Vielleicht hoffte er, so ein weniger auffallendes Ziel abzugeben, falls der Feind nahe genug herankam.

Adam hörte den Midshipman rufen: »Das Schiff achtern führt einen Breitwimpel, Sir!«

Er atmete langsam aus. Ein Kommodore also wie Nathan Beer ... Er verdrängte den Gedanken. Nein, gewiß nicht wie der beeindruckende Beer. Den mußte er vergessen. Es war nicht nur verrückt, Bewunderung für den Feind zu zeigen, es war sogar höchst gefährlich. Wenn der Kapitän der war, für den sein Onkel ihn hielt, gab es nichts an ihm zu bewundern. Aus persönlichem Haß hatte er bereits versucht, sich an Sir Richard Bolitho mit allen Mitteln zu rächen. Adam war sich fast sicher, daß derselbe Kopf ihn auch als Köder benutzen wollte, um seinen Onkel zu einer Rettungsaktion zu verleiten. Er mußte oft an den leeren, seltsam schönen Raum denken, in dem der amerikanische Kapitän Brice ihn vernommen hatte. Vielleicht würde sich Brice wieder an das Treffen erinnern, wenn er diese Nachricht vom Tode seines Sohns erhielt.

Haß war der Schlüssel, falls jener Kommandant Rory Aherne war, dessen Vater in Irland als Verräter gehängt worden war. Der Vorfall war im Durcheinander und in den Schmerzen so vieler Kriegsjahre längst vergessen – doch nicht von ihm, der auch nicht vergeben wollte. Vielleicht war dies das Ziel im Leben des unbekannten Aherne und trieb ihn voran auf dem Wege zum Ruhm, den er anders wohl kaum erringen würde. Ein Abtrünniger, ein Kaperer, der seinen Platz in der jungen, kampfwilligen amerikanischen Marine gefunden hatte. Man würde sicher von seinem Ruhm eine Weile singen, doch Abtrünnigen vertraute man nie vollständig, genau wie John Paul Jones, dem Schotten, der Ruhm und Anerkennung in Kämpfen gegen die Engländer gefunden hatte. Aber man hatte ihm danach nie wieder ein Kommando anvertraut, Ruhm hin, Ruhm her ...

Er runzelte die Stirn. *Wie meinem Vater...*

Ein dumpfer Knall warf sein Echo um das Schiff, als käme er aus einer Höhle. Die einsame Kugel zog vor dem Bug der *Success* vorbei und fiel in einer Schaumfontäne in die See.

»Bugkanone«, sagte jemand.

»Erster Schuß!« meinte Dyer.

Adam nahm seine Uhr aus der Tasche und klappte den Deckel auf, erinnerte sich an den dämmrigen Laden, die tickenden Uhren und ihr Schlagen im Chor. Die Meermaid sah er nicht an, versuchte, nicht an sie zu denken, ihre Stimme nicht zu hören. *Jetzt nicht.* Das würde sie verstehen und ihm vergeben.

»Tragen Sie ins Log ein, Mr. Ritchie: Datum und Uhrzeit. Ich fürchte, der einzige, der auch den Ort kennt, sind Sie!«

Ritchie grinste, wie Adam erwartet hatte. War es so leicht, Männer zum Lächeln zu bringen – selbst im Angesicht des Todes?

Er schloß die Uhr mit einem Schnappen und schob sie in die Tasche zurück.

»Das führende Schiff geht über Stag, Sir. Ich nehme an, sie will sich neben die Prise legen.«

Der Leutnant schien überrascht, ja verblüfft. Adam hatte seinen Plan zu erklären versucht, als alle Decks leer und Offiziere und Mannschaften achtern versammelt waren. Die ganze Nacht lang hatten die beiden amerikanischen Fregatten sich hoch am Wind vorangekämpft, um die vorteilhafte Position zu gewinnen. *Die ganze Nacht lang:* entschlossen und überzeugt, daß sie den Vorteil gewinnen würden. Der *Valkyrie* würde also nichts anderes übrig bleiben, als entweder aus schlechterer Position den Kampf anzunehmen oder Opfer einer Verfolgungsjagd zu werden, bei der man sie auf weite Entfernung zusammenschießen oder schließlich stranden lassen würde.

Sie hatten nicht aus Pflichtgefühl gejubelt, hatten schon zuviel erlebt und gesehen, um sich selber noch etwas beweisen zu müssen. Sie jubelten wahrscheinlich, weil er sie einweihte und sie diesmal jedenfalls wußten, was sie vorhatten und warum.

Er trat an die Wanten und kletterte die Webleinen empor. Seine Beine waren pitschnaß, als er sein Teleskop auf einen Punkt hinter dem jetzigen Kommando Urquharts richtete.

Da also war sie. Eine große Fregatte, mindestens achtunddreißig Kanonen, französischer Bauart wie die *Success*. Ehe das Glas beschlug, sah er, wie sich Männer in der Gangway des Gegners sammelten. *Success* wurde geschleppt. Ihre Kanonen waren noch festgezurrt und unbemannt. Ganz Halifax hatte wahrscheinlich davon gehört. Und es gab sicher viele Ohren, die das und noch mehr wissen wollten.

Er stieg an Deck zurück. »Machen Sie ein Signal, Mr. Warren. *Schleppleine loswerfen!*«

Er erkannte, wie die oberen Rahen der feindlichen Fregatte sich mit denen der *Success* kreuzten, doch er wußte, sie waren noch nicht nahe genug, schon gar nicht längsseits. Ein paar Schüsse fielen. Scharfschützen aus dem Rigg maßen die Entfernung und suchten nach Beute wie Hunde nach einem blutenden Hirsch.

Success schien plötzlich in Größe und Länge zu wachsen, als die Schlepptrosse loskam und sie mit wildschlagenden Segeln abfiel.

Adam preßte die Fäuste gegen die Hüften. *Los jetzt, los, los.* Das dauerte alles viel zu lange. In ein paar Augenblicken wären sie neben ihr, doch sie könnten immer noch abdrehen, wenn sie Verdacht schöpften.

Heiser war Warren zu hören: »Ein Boot legt schon ab, Sir!«

Adam nickte. Seine Augen taten ihm weh, aber er konnte den Blick nicht abwenden. Urquhart würde das zweite Boot nehmen und zwar schnell – oder gar nicht mehr.

Wieder Schüsse, und er sah Sonnenlicht auf Stahl blitzen, als Entermannschaften sich vorbereiteten, an Bord zu klettern und die treibende Prise zu erobern. Er versuchte, nicht daran zu denken. Er rief: »Klar zum Wenden, Mr. Ritchie. Mr. Monteith, mehr Leute drüben an die Luvbrassen.« Die Geschützführer hockten geduckt und warteten auf den nächsten Befehl.

Er fühlte de Courcey an der Achterdecksreling mehr als er ihn sah. Er sprach schnell, als bete er. Die Rahen des feindlichen Schiffes wurden jetzt rundgebraßt, um den Aufprall zu mindern, wenn beide Rümpfe gegeneinanderkrachten.

Adam sah, wie das Boot von beiden Schiffen wegpullte, Furcht beflügelte die Rudernden.

Jemand sagte leise: »Der Erste geht zu spät von Bord!«

»Halten Sie Ihren verdammten Schnabel!« fuhr er ihn an – und erkannte seine eigene Stimme kaum wieder.

Ritchie entdeckte es zuerst. All die Jahre auf See in vielen Wettern, sein Auge an Sterne und Sonne gewöhnt, an Wind und Strom. Ein Mann, der wahrscheinlich auch ohne Sextant den Weg zurück nach Plymouth finden würde.

»Rauch, Sir!« Er sah seine Gehilfen an. »Lieber Gott, *er hat es geschafft!*«

Die Explosion kam wie ein Feuersturm und war so gewaltig, daß das Schiff wie auf ein Riff gelaufen plötzlich stoppte, trotz der vielen tausend Faden Wasser unter dem Kiel.

Die Flammen sprangen aus den Luken und durch glühende Löcher, die sich wie Krater auf dem Deck öffneten. Der Wind fuhr in sie und ließ sie wachsen, bis die Segel schwarze Lumpen waren und das Rigg Feuer sprühte. Das Feuer sprang auf den Amerikaner über, der längsseits lag und auf dem erst vor wenigen Sekunden jubelnde Gestalten Hurrah gerufen und mit den Waffen gefuchtelt hatten.

Adam hob die Faust.

»Für dich, George Starr. Und für dich, John Bankart. *Das sollen sie nie vergessen!*«

»Da ist jetzt auch das zweite Boot, Sir!« Dyer schien erschüttert von dem, was er sah, von der Wildheit des Feuers.

Ritchie meldete: »Alles klar, Sir.«

Adam hob sein Glas und sagte dann: »Befehl zurück, Mr. Ritchie!«

Er hatte den Ersten Offizier am Ruder gesehen, die anderen Männer auf den Duchten hockend und in die explodierenden Flammen starrend, die sie fast noch erwischt hätten. Neben Urquhart lag Midshipman Lovie, starrte in Rauch und Himmel – und sah nichts mehr.

Denen in seiner Nähe erklärte Adam: »Wir werden sie zuerst an Bord nehmen – wir haben genügend Zeit. Ich möchte John Urquhart jetzt nicht verlieren.«

Die beiden Fregatten brannten lichterloh und schienen sich wie in einer letzten Umarmung einander zuzuneigen. Die erste Explosion hatte den Kiel des Unterwasserschiffs der *Success* zerrissen, und jetzt nahm sie, an ihn gekettet, ihren Feind mit auf den Grund des Meeres.

Ein paar Männer schwammen um sie herum. Andere trieben davon, tot oder an den Verbrennungen sterbend. Aus dem Augenwinkel sah Adam Urquharts Boot am Rumpf der *Valkyrie* treiben. Es war leer. Nur die Jacke des Midshipman mit ihren weißen Aufschlägen lag auf der Heckbank – der Preis des Muts.

Er riß sich zusammen und versuchte, die Geräusche nicht zu hören: das Aufbrechen der Rümpfe, die Kanonen, die losbrachen und durch Flammen und erstickenden Qualm rollten. Ein paar verlorene Seelen würden dort immer noch stolpernd und blind ihren Weg suchen und um Hilfe rufen, wo niemand mehr antworten konnte.

Midshipman Warren rief: »Das andere Schiff dreht ab,

Sir!« Als Adam ihn ansah, entdeckte er Tränen auf seinen Wangen. In all diesem Schrecken hatte er an seinen Freund Lovie gedacht.

Ritchie räusperte sich: »Verfolgung aufnehmen, Sir?«

Adam sah in erwartungsvolle Gesichter. »Ich denke, nein, Mr. Ritchie. Setzen Sie das Kreuzmarssegel back, während wir das zweite Boot aufnehmen.« Das andere amerikanische Schiff mit dem Breitwimpel des Kommodore konnte er nicht mehr erkennen. Es war im Qualm verborgen.

»Zwei gesunken, einer noch unterwegs. Ich denke, damit können wir uns erst mal zufriedengeben.«

Er sah Urquhart langsam auf sich zukommen. Zwei aus einer Kanonenmannschaft standen auf und klopften ihm beim Vorübergehen auf den Arm. Er blieb nur stehen, um Adams Diener John Whitmarsh etwas zu sagen, der trotz aller Befehle die ganze Zeit über an Deck geblieben war. Auch er würde sich an das Gesehene erinnern. Und vielleicht war es auch für ihn so etwas wie Rache.

Adam streckte ihm seine Hand entgegen. »Ich bin froh, daß Sie nicht zu spät abgelegt haben!«

Urquhart sah ihn ernst an: »Fast wär's zu spät gewesen!« Sein Händedruck war fest, dankbar. »Leider habe ich Mr. Lovie verloren. Ich mochte ihn. Sehr sogar!«

Adam dachte an einen seiner eigenen Midshipmen, der an jenem anderen Tag gefallen war. Es machte keinen Sinn, ja es war sogar gefährlich, Freunde zu haben oder andere aufzufordern, Freundschaften zu schließen, die nur mit dem Tod enden konnten.

Als er wieder aufblickte, waren die *Success* und der Amerikaner verschwunden. Da hing nur noch eine große Rauchwolke wie über einem Vulkan, als brenne der Ozean in der Tiefe. Und es trieben dort Wrackteile, Leichen und menschliche Gliedmaßen.

Er trat an die andere Seite und fragte sich, warum er das nicht schon längst gewußt hatte: Haß war nicht genug.

XIV Urteil

Konteradmiral Thomas Herrick stand breitbeinig an der Reling des Achterdecks, das Kinn in sein Halstuch vergraben. Nur seine Augen bewegten sich, als die *Indomitable* mit gerefften Segeln langsam auf ihren Ankerplatz glitt.

»Das also ist Halifax!« Er sah rennende Männer der verstärkten Wache, die den knappen Rufen des Bootsmanns folgten. Dann blickte er sich um zum Kommandanten auf der anderen Seite des Decks. Tyacke studierte Marken an Land, nahe Schiffe, vor Anker, treibend oder segelnd. Er hatte die Hände auf dem Rücken verschränkt, als ginge ihn das alles nichts an.

Herrick sagte: »Eine gute Mannschaft, Richard! Besser als die meisten. Dein Kapitän Tyacke wäre schwer zu ersetzen, denke ich mir!«

Bolitho antwortete nur mit einem knappen Ja. Es tat ihm leid, daß sie sich jetzt wieder trennen würden. Und er trauerte auch dem Freund nach, den er so lange und so gut gekannt hatte. Er hatte Herrick sein Schiff angeboten, solange er in Halifax zu tun hatte, doch der hatte wie erwartet abgelehnt. Er würde das Quartier beziehen, das man ihm bereitgestellt hatte. Es schien, als spüre er Schmerzen, wenn er das Leben auf einem Schiff um sich herum hatte.

York, der Segelmaster, meldete: »Wir sind soweit, Sir, wenn Sie wollen!«

Tyacke nickte, ohne sich umzudrehen: »Halsen Sie, wenn ich bitten darf!«

»An die Leebrassen. Alle Mann klar zum Halsen!« Die Pfeifen schrillten, und noch mehr Männer rannten, um zuzupacken, damit die Rahen herumschwingen konnten.

»Bramsegelschoten!«

Zwei Fischer standen in einem schweren Dory und winkten, als sie den Schatten der *Indomitable* querten.

Bolitho sah, wie einer der Midshipmen zurückwinkte. Seine Bewegung fror ein, als der Kapitän das sah.

»An die Geitaue! Schneller. Und notieren Sie den Mann da, Mr. Craigie!«

Bolitho war schon aufgefallen, daß die *Valkyrie* nicht auf dem vertrauten Platz ankerte – ebenso wenig die amerikanische *Success*. Daß man sie verholt hatte, wunderte ihn nicht. Der große Hafen war übervoll mit Schiffen, Kriegsschiffen, Handelsschiffen und Transportern jeder Art und Größe.

»Ruder nach Lee!«

Langsam, als erinnere sie sich an ihr früheres Leben als Linienschiff, drehte die *Indomitable* nun in den leichten Wind. Das Panorama von Häusern und Hügeln glitt an ihrem Bugspriet vorbei, als bewege sich das Land und nicht das Schiff.

»Laß fallen Anker!«

Der große Anker fiel, und der Schaum spritzte hoch bis zum drohenden Löwen, während das Schiff gehorsam zur Ruhe kam.

»Das Boot wird dich an Land bringen, Thomas. Ich kann dir meinen Flaggleutnant einstweilen mitgeben...«

Mit großen blauen Augen sah Herrick ihn an. »Ich schaffe es ganz gut allein, danke!« Dann streckte er seine Hand aus und versuchte dabei, sein Gleichgewicht zu halten. Er hatte sich wohl immer noch nicht ganz an den fehlenden Arm gewöhnt. »Jetzt verstehe ich, warum du den Dienst auf See nie quittiert hast, um irgendeinen Posten an Land oder in der Admiralität anzunehmen. Ich würde es genauso machen, wenn ich dürfte.« Er sprach seltsamerweise ohne jede Bitterkeit. »Doch ich wette, dort würdest du keinen kleinen Kreis verschworener Brüder finden.«

Bolitho ergriff mit beiden Händen die ausgestreckte Hand Herricks. »Es gibt nicht mehr viele von uns, Thomas, fürchte ich!«

Sie schauten über das Deck, zu den geschäftigen Matrosen und den Seesoldaten an der Relingspforte. Der Erste Offizier lehnte aus dem Vorschiff über die Seite, um die Ankertrosse zu prüfen. *Selbst hier,* dachte Bolitho. Charles Keverne war sein erster Offizier auf dem Dreidecker *Euryalus* gewesen, als er selber Flaggkapitän war. Ein verläßlicher Offizier trotz eines aufbrausenden Temperaments. Sein gutes Aussehen hatte ihm eine liebenswerte Frau gewonnen. Vor etwa zwölf Jahren hatte Keverne dieses Schiff hier kommandiert – als sie noch ein Schiff der dritten Klasse war. Sie hatten zusammen in der Ostsee gekämpft. Wieder einmal hatte die *Indomitable* triumphiert, doch Keverne war dabei gefallen.

Herrick sah, daß seine Seekiste und sein anderes Gepäck an Deck gestellt wurden. Das Boot war schon ausgeschwungen, die Verbindung zwischen ihnen fast schon gekappt.

Herrick blieb an der Leiter stehen, und Bolitho sah ein kurzes Zeichen, das der Unteroffizier der Seesoldaten seinem Vorgesetzten gab.

Herrick kämpfte mit etwas. Er war stur, hatte einen eisernen Willen, gab nicht nach und war doch stets loyal.

»Was ist, Thomas?«

Herrick sah ihn nicht an. »Ich habe einen Fehler gemacht, als ich dein Verhältnis zu Lady Somervell kritisiert habe. Ich habe so über den Verlust von Dulcie getrauert, daß ich blind war für alles andere. Ich habe versucht, ihr in einem Brief alles zu erklären...«

»Ich weiß. Der hat sie sehr bewegt. Und mich auch.« Herrick schüttelte den Kopf. »Das sehe ich alles erst jetzt, verstehst du? Was du für die Marine des Königs getan hast oder für England – und dennoch hörst du nicht auf.« Er packte plötzlich Bolithos Arm. »Geh, solange du kannst, Richard. Nimm Catherine und sei dankbar für sie. Laß jemand anders diese verdammte Verantwortung tragen für einen Krieg, den niemand will, außer denen, die an ihm Geld verdienen! *Es ist nicht unser Krieg*, Richard. Nimm wenigstens dieses eine Mal meinen Rat an!«

Bolitho fühlte in seinem Griff die ganze Stärke dieses Mannes. Kein Wunder, daß er sich gezwungen hatte über die Seite des Schiffs aufzuentern, um sich zu beweisen, was er noch konnte und wer er war.

»Danke für diese Worte, Thomas. Ich werde Catherine im nächsten Brief davon berichten!«

Herrick ging neben ihm her zur Relingspforte. Die Gepäckstücke und die Seekiste waren verschwunden. Er sah Allday warten und sagte: »Passen Sie gut auf ihn auf!« Er sah an ihm vorbei aufs Land. »Es tut mir leid wegen Ihres Sohns. Aber ihre Tochter wird Ihnen viel Glück und Freude bereiten!«

Allday sah zu Bolitho hinüber. Es war, als habe er geahnt, was Herrick gesagt hatte und wie dringend seine Bitte gewesen war.

»Er hört ja nicht auf mich, Mr. Herrick. Niemals!«

Herrick gab Tyacke die Hand. »Sie macht Ihnen Ehre, Kapitän Tyacke. Sie haben es schwer gehabt, doch ich beneide Sie um das, was Sie heute erreicht haben.« Er drehte sich zu Bolitho um und hob den Hut: »Sie, Kapitän, und noch einer!«

Die Pfeifen schrillten, und im hellen Sonnenlicht blitzten die Bajonette der Seesoldaten.

Als Bolitho wieder nach unten schaute, war das Boot schon weit weg vom Rumpf. Er sah ihm nach, bis es hinter einer ankernden Brigantine verschwunden war. Dann lächelte er. Wieder mal typisch für Herrick, daß er nicht zurückblickte.

Tyacke ging neben ihm her. »Ich beneide ihn nicht um seine Aufgabe, Sir Richard. Eigentlich sollte der Kapitän der *Reaper* vor Gericht stehen. Ich habe Sklavenhändler an der Rah hängen lassen, die besser waren als er!«

»Er wird uns vielleicht überraschen, aber ich stimme zu«, antwortete Bolitho. »Er hat eine undankbare Aufgabe.« Herricks Worte klangen immer noch nach, und er konnte sich kaum vorstellen, wieviel Überwindung sie ihn gekostet hatten.

Plötzlich fragte Tyacke: »Der Sieg, den Sie erwähnten, Sir Richard. Ein Ort in Spanien, nicht wahr?«

Es hieß, es sei Wellingtons bisher größter Sieg über die Franzosen. Sicherlich würde der Krieg nicht mehr lange dauern.

»Man spricht jetzt von Monaten, James, nicht mehr von Jahren. Doch ich habe gelernt, mir nicht zuviel zu erhoffen. Und dennoch ...« Bolitho sah wie der Kurier-Schoner *Reynard* auf die Hafenausfahrt zupreschte und die Flagge dippte, als sie den Bug des Flaggschiffs kreuzte. Ein winziges, selbständiges Kommando für den jungen Leutnant, der ihr Herr und Meister war. Wie die *Miranda*, Tyackes erstes Kommando.

Abrupt sagte er: »Nun, James, der Krieg wird uns noch lange begleiten, also werde ich weiter mit ihm klarkommen müssen.«

Bolitho stand am Fenster und beobachtete seinen Flaggleutnant, der auf der steingepflasterten Terrasse auf und ab wanderte, den Hut wegen des warmen Sonnenscheins unter den Arm geklemmt. Im Hintergrund war der Hafen so überfüllt, daß er die *Indomitable* kaum entdecken konnte. Ohne seine Flagge, die im Wind auswehte, hätte sie jedes andere Schiff sein können.

Valentine Keen sagte: »Ich hatte beschlossen, die *Valkyrie* nach Antigua zu schicken. Sie war das einzige Schiff, das als Begleitschiff stark genug war, jeden übereifrigen Angreifer abzuschrecken.«

Im Glas spiegelten sich Keens Arme, die die Papiere und Depeschen hin und her schoben, die der Schoner *Reynard* ihm gebracht hatte. Bolitho meinte, ein leichtes Zögern gespürt zu haben, als der Schoner so zackig ihren Bug kreuzte, während er sich mit Tyacke unterhielt. *Reynards* jugendlicher Kapitän mußte gewußt haben, daß Keen hier war, sonst hätte er sich an Bord der *Indomitable* gemeldet.

»*Valkyrie* traf auf zwei amerikanische Fregatten. Das steht alles hier in Adams Bericht, den er der *Reynard* mitgab, als sie sich zufällig auf See trafen.«

»Und eine wurde zerstört, Val. Bis auf einen Midshipman hat die *Valkyrie* niemanden verloren. Bemerkenswert!«

»Ja, sie haben ein paar Überlebende aufgenommen, doch offenbar nicht viele. Von denen hörten sie, daß das Schiff, das mit der *Success* unterging, die U.S.S. *Condor* war. Kommandant war ein Kapitän Ridley, der mit den meisten seiner Leute umkam, wie es scheint!«

»Die zweite Fregatte war die *Retribution!*«

Keen schien ihn nicht zu hören. »Ich hatte nicht beabsichtigt, daß die *Valkyrie* oder ihre Prise unnötige Risiken eingingen. Wenn ich an Bord gewesen wäre, hätte ich für einen Kurs sehr viel weiter östlich gesorgt. Kapitän Bolitho war zu nahe an der feindlichen Küste.«

»Zweihundert Meilen, sagten Sie?« Er ging aus dem glitzernden Licht, weil ihn sein Auge plötzlich schmerzte. »Sie und ich haben unsere Kurse zu unserer Zeit noch viel näher an die Küste gelegt.«

»Ich glaube, es war Absicht.« Keen sah ihn über den Tisch hinweg an. »Ich weiß, er ist Ihr Neffe und ich erkenne das auch an. Aber ich denke, es war eine hitzige und gefährliche Aktion. Wir hätten beide Schiffe verlieren können.«

»Genaugenommen, Val, haben wir eine verrottete Prise, an der man Monate oder gar Jahre herumrepariert hätte, eingetauscht für ein Schiff, das uns, seit wir hier in Halifax sind, ein Dorn im Auge war.

Ihr Platz war hier, wo Sie den nächsten Geleitzug erwarteten. Sie hatten zu entscheiden, und Sie haben die richtige Entscheidung getroffen. Als Kommandierender hatte Adam draußen keine andere Wahl, als das zu tun, was er tat. Gleiches würde ich von jedem meiner Kapitäne erwarten. Das müssen Sie wissen!«

Mit einiger Mühe nahm Keen sich zusammen und antwortete: »Die Überlebenden haben übrigens Ihre Annahme bestätigt, daß Kapitän Rory Aherne, jetzt Kommodore Aherne, die Gruppe befehligte.« Er ließ seine Faust auf die Papiere fallen, und in seinen Worten schwang Ärger mit. »Er hätte mein Flaggschiff aufbringen können!«

»Und Adam – wo ist er jetzt?«

Keen zupfte an seinem Hemd. »Er hatte Nachrichten für den befehlshabenden Kapitän in Antigua. Er wird hierher zurückkehren, wenn er seinen Auftrag erfüllt hat.«

»Erinnern Sie sich, Val, als Sie mein Flaggkapitän waren? Vertrauen wirkt immer in zwei Richtungen. Es ist die stärkste Kraft, wenn Befehle gegeben und ausgeführt werden.«

Keen sah ihn unverwandt an. »Das habe ich nie vergessen. Ihnen verdanke ich alles . . . und Catherine.« Er lächelte, kläglich, wie Bolitho meinte, und sagte dann: »Und was Adam angeht, weiß ich es auch.« Er berührte seine Hemdentasche und Bolitho fragte sich, ob er die Miniatur dort aufbewahrte. Das also war der Grund! Dies hier war Benjamin Massies Haus, und hier wohnten auch die St. Clairs. Es war also gar nicht schwierig zu erkennen, was sich zwischen Keen und seinen Flaggkapitän geschoben hatte: *Das Mädchen mit den Mondscheinaugen.*

Recht gesehen war dies das Beste, was Keen widerfahren konnte. Catherine hatte so etwas ja vorhergesagt ... Eine mutige, entschlossene junge Frau, stark genug, um Keens Zukunft zu beeinflussen. Die würde auch in der Lage sein, es mit seinem Vater aufzunehmen, dachte er. Adam würde es natürlich nie so sehen.

»Und was sind sonst die neuesten Nachrichten, Val?«

Keen nahm zwei Gläser aus dem Schrank. »Die Amerikaner haben zwei weitere Fregatten nach Boston verlegt. Ich lasse die *Chivalrous* und die Brigg *Weazle* vor dem Hafen patrouillieren. Wenn sie auslaufen sollten ...«

Bolitho meinte: »Das werden sie. Und bald.« Dann blickte er hoch. »Gibt es was Neues über York?«

Keen hob die Schultern. »Wenig. Die Wege sind so lang bis hierher. Von David St. Clair hörte ich, daß wir dort Waffen und Vorräte für unsere Schiffe auf den Großen Seen gelagert hatten. Die haben sie vielleicht erobert und zerstört. Wie auch immer, unsere Schiffe können den Eriesee nicht mehr so gut kontrollieren. St. Clair meint, er ist der Schlüssel für das ganze Gebiet!«

»Und nun erzählen Sie mir von Miss St. Clair!« Keen war so überrascht, daß er den Rotwein, den er gerade eingoß, verschüttete. Besänftigend fuhr er fort: »Ich will nicht neugierig sein, Val. Ich bin Ihr Freund, vergessen Sie das nicht!«

Keen füllte die Gläser. »Ich bewundere sie sehr. Das habe ich ihr auch schon gesagt.« Jetzt schaute er ihm wieder in die Augen. »Vielleicht mache ich mir etwas vor!« Er lächelte jungenhaft, so wie Bolitho ihn von Beginn ihrer Freundschaft an kannte. Offensichtlich war er erleichtert, offen darüber sprechen zu können.

Bolitho dachte an Adams Verzweiflung, an seinen Schmerz, als er in Catherines Brief von Zenorias schrecklichem und einsamem Tod erfahren hatte. Doch er sagte: »Danke für das Vertrauen. Ich wünsche Ihnen viel Glück. Sie haben es verdient.« Er erwiderte, bewegt von Keens sichtbarer Erleichterung, sein Lächeln. »Das meine ich wirklich. Sie können nicht rund um die Uhr Admiral sein!«

Plötzlich sagte Keen: »Ich hörte, Konteradmiral Herrick ist hier. Setzte auf die *Indomitable* über, als sie auf den Konvoi traf.« Er versuchte gar nicht erst einen sanften Ton.

»Ich weiß, daß Sie sich nicht mögen, Val. Sein Auftrag macht ihm keine Freude, glauben Sie's mir!«

Knapp antwortete Keen: »Der richtige Mann für die Aufgabe, denke ich. Er weiß, was es heißt, bei einer Kriegsgerichtsverhandlung auf dieser oder auf der anderen Seite des Tisches zu sitzen.«

»Das war damals, Val. Es muß sein.«

Keen blieb beharrlich: »Aber was kann er machen? Neunzig Mann, britische Seeleute. Soll er alle hängen oder auspeitschen lassen? Das Verbrechen ist geschehen, über die Strafe ist längst entschieden. So war es immer!«

Bolitho trat wieder ans Fenster und sah Avery sich mit Gilia St. Clair unterhalten.

Ohne sich umzudrehen, fragte er: »Sie haben doch die *Reaper* aufgebracht! Glaubten Sie damals, bevor sie sich ergab, daß Adam den Befehl zu feuern gegeben hätte?« Er wartete ein paar Augenblicke. »Geiseln oder nicht.«

»Ich . . . ich bin mir nicht sicher!«

Bolitho sah die junge Frau den Kopf zurückwerfen und laut über irgend etwas lachen, das Avery ihr gesagt hatte. Erst der Krieg und jetzt ganz Persönliches. Sie hatte mit Adam gesprochen und wußte oder ahnte, wie nahe sie an jenem Tag dem Tod gewesen war.

Er ging vom Fenster weg, drehte seinen Rücken zum Licht. »Die *Reaper* hatte doch die *Crystal* aufgebracht, auf der die St. Clairs Passagiere waren. Wem gehörte die *Crystal* eigentlich?«

»Ich glaube, der Schoner gehörte Benjamin Massie. Sie haben ein sehr gutes Namensgedächtnis.«

Bolitho setzte das Glas ab, dankbar für das Licht im Rücken, das sein Gesicht und seine Gedanken nicht erkennen ließ.

»Es wird besser werden, Val!«

Richard Bolitho stieg auf die Stufen des Anlegers und wartete auf Tyacke und seinen Flaggleutnant, die ihm folgten. Im Bug des Bootes saß Allday und sah ihn nachdenklich an. Er teilte sicher seine Gedanken, auch wenn er das Kommende in einem anderen Licht sehen würde.

Bolitho sagte: »Ich weiß nicht, wie lange es dauern wird.«

Allday kniff im beißenden Licht die Augen zusammen: »Wir warten hier, Sir Richard!«

Sie folgten schweigend dem schmalen Weg. Bolitho fiel auf, daß die Luft trotz der Sonne kühl war. September! Verflog das Jahr so schnell?

Er dachte an Catherines letzten Brief, in dem sie ihm von den letzten Stunden Lewis Roxbys berichtete und dabei das Begräbnis so genau beschrieb, daß er meinte, mit ihr zusammen dortgewesen zu sein. Es war ein großes Ereignis gewesen, passend für einen Ritter des Hannoverschen Welfenordens. Seine eigenen Leute hatte Roxby sehr gemocht; die, die für ihn arbeiteten, achteten ihn, und wer ihm – wie viele – als Friedensrichter begegnet war, fürchtete ihn. Er hatte jedermann immer fair behandelt, doch für das, was hier heute anlag, würde auch er kein Verständnis zeigen. Selbst im eigenen Boot hatte Bolitho die Spannung unter den Seeleuten gespürt. Die Männer an den Riemen wichen seinem Blick aus, Avery starrte nach vorn auf die ankernde *Reaper*, und Tyacke hielt sich gänzlich zurück, war so verschlossen wie schon viele Monate nicht mehr.

Er hob grüßend seinen Hut, als ein Trupp Soldaten vorbeiritt und der junge Fähnrich seinen Säbel zum Gruß blitzen ließ, als er die Admiralsuniform erkannte.

Diese vielen Soldaten! Wann würden sie in den Kampf ziehen, oder waren die Würfel längst gefallen? Tyacke hatte wie David St. Clair recht behalten bezüglich der Amerikaner und ihrer Absicht, die Großen Seen zu erobern und zu behalten. Sie hatten York noch einmal angegriffen, hatten die Vorratshäuser und die militärische Ausrüstung verbrannt, die die britische Armee auf ihrem Rückzug nach Kingston dort vor drei Monaten zurückgelassen hatte. Es war von höchster Wichtigkeit, den Amerikanern die Kontrolle über den Eriesee wieder zu entreißen, um die Kommunikation auf dem Wasserweg und die Nachschublinien für die Truppe offenzuhalten. Sonst müßten sich die Briten weiter zurückziehen, ja sich vielleicht sogar ergeben.

Er sah jetzt die Kasernentore vor sich.

Die Wache war mit blitzenden Bajonetten zu ihrer Begrüßung aufmarschiert. Sie betraten das Hauptgebäude. Ein Korporal öffnete ihnen die Türen. Bolitho sah, wie er Tyackes zerrissenes Gesicht kurz musterte und dann schnell wieder wegschaute. Er wußte, daß auch Tyacke es bemerkt hatte, und fragte sich, ob er deswegen so verschlossen war. Er war sich der neugierigen Blicke, des Mitleids und des Entsetzens sehr bewußt und konnte so das Schlimme nie vergessen. Bolitho wußte, daß Tyacke genau aus diesem Grund jeden unnötigen Gang an Land unterließ.

Türen öffneten sich, Hacken knallten zusammen, und dann betraten sie einen großen, spartanisch eingerichteten Raum mit einem langen Tisch und zwei Reihen Stühlen. Keen und Adam waren schon da und ebenso der muntere de Courcey. Ein angestaubt aussehender Zivilist saß an einer Schmalseite des Tisches, ein Major der Seesoldaten an der anderen. Wegen des nackten Ernstes dieses Raums war die Atmosphäre einer offiziellen Verhandlung schon deutlich zu spüren.

Sie schüttelten sich die Hände, eher wie Fremde. Bolitho hatte nach Adams Rückkehr von Antigua wenig von ihm gesehen, doch er hatte ihm ein paar Zeilen geschrieben, mit denen er ihm zur Versenkung der Prise und ihres Angreifers gratulierte.

Die zweite Tür wurde geöffnet und Konteradmiral Thomas Herrick ging geradewegs auf den Tisch zu und setzte sich. Sein Blick lag kurz auf ihm. Sein Gesicht war unbewegt. Nichts verriet die Anstrengung, die er auf sich genommen hatte mit dieser von ihm persönlich geleiteten Untersuchung über den Verlust und die Wiedereroberung Seiner Britannischen Majestät Fregatte *Reaper*.

Bolitho wußte, daß Herrick alle Aussagen gelesen hatte, auch die, die Avery in Hamilton für den schwer verwundeten Ersten Offizier der *Reaper* zu Papier gebracht hatte. Er kannte auch Adams Bericht über die Wiedereroberung von den Amerikanern, als *Reapers* Kanonen in die See gefeuert hatten. Herrick hatte auch mit David St. Clair gesprochen und wahrscheinlich auch mit dessen Tochter. Bolitho erinnerte sich an den Augenblick im Haus des Generals, als der jugendliche Hauptmann des königlichen Regiments Keen das Miniaturbild der jungen Frau überreicht hatte.

Der letzte Angriff auf York hatte keine weiteren Verluste gebracht, denn die britischen Truppen waren nicht wieder in das ausgebrannte Fort zurückgekehrt. Die

Amerikaner hatten York nach drei Tagen schon wieder verlassen. Vielleicht hatten sie weder Vorräte noch Waffen gefunden, weil die entweder abgezogen oder beim ersten Angriff schon zerstört worden waren. Im Vergleich zu anderen war dieses Gefecht unbedeutend gewesen. Doch dafür hatte es viel zu viele Tote gefordert. Und die Konsequenzen waren immer noch nicht ganz klar.

Herrick sah von seinem Stapel Papiere auf.

»Dies ist ein offizieller Ausschuß, der den Verlust und die Wiedergewinnung Seiner Britannischen Majestät Schiff *Reaper* untersucht. Ich bin von den Lords der Admiralität autorisiert und beauftragt, alle Erkenntnisse zu sammeln, um sie zu befähigen, ein abschließendes Urteil fällen zu können.«

Er wartete, bis der Gerichtsdiener ihm ein weiteres Blatt reichte.

»Wir sind uns alle sehr der Folgen schlechter Vorbilder und schlechten Führens bewußt. Es ist oft einfach, schlau zu sein nach einem Ereignis, bei dem viele Fehler gemacht und große Schäden angerichtet wurden.« Einen kurzen Augenblick lang ruhten seine Augen auf Bolitho. »In all diesen Kriegsjahren haben wir über diesen und jenen Feind viele Siege errungen. Doch wir haben niemals die Freiheit gewonnen zu hinterfragen, was wir taten oder warum es uns befohlen wurde.« Er lächelte fast. »Und ich fürchte, wir werden es auch nicht mehr erleben.«

Wieder sah er auf das Papier. »Niemand muß uns an die unbedingte Notwendigkeit von ständiger Ordnung und Disziplin erinnern. Ohne sie sind wir eine Schande für die Flotte, der wir dienen.« Seine Schulter bewegte sich und mit ihr der leere Ärmel. Er schien es nicht zu merken. »Wer das als Kapitän je vergißt, tut es auf eigene Gefahr!«

Bolitho schaute sich zu seinen Begleitern um. Keen und Adam waren beide Midshipmen unter ihm gewesen und hatten die Fährnisse und Belohnungen auf dem Weg nach oben kennengelernt. De Courcey hörte sehr aufmerksam zu, aber sein Gesicht verriet kein Verständnis. James Tyacke lehnte sich in den Schatten zurück, wohl um sein Gesicht zu verbergen. Doch seine Hände, die in seinem Schoß ruhten, hatten sich so ineinander verkrampft, als bereite auch er sich auf das Unvermeidliche vor. Genau wie die anderen, die da warteten: rund neunzig Männer, deren Leiden unter einem sadistischen Kommandanten bald im Namen der Gerechtigkeit ausradiert sein würden.

Er sah Adam seinen Blick unbewegt erwidern. Sein Gesicht war schmerzlich verzogen. Bolitho wußte, dieser Schmerz reichte tiefer als der seiner Wunden: Er erlebte noch einmal den Verlust seines eigenen Schiffs. Die Flagge wurde gestrichen, während er hilflos dalag, wo er an diesem blutigen Tag verwundet gestürzt war. Er erinnerte sich an die, die auf seine Anordnungen hin gekämpft hatten und gefallen waren. Männer, die, wie Herrick es richtig formuliert hatte, niemals die Freiheit gekannt hatten, das in Frage zu stellen, was man ihnen befohlen hatte.

Adam würde sich sicher auch an die vielen Gespräche erinnern, die sie geführt und dabei vom anderen gelernt hatten. Er war stark und unnachgiebig, doch seine Liebe kannte keine Zweifel.

Herrick fuhr fort: »Die Amerikaner sind – glücklicherweise – ein Volk von Elstern. Sie brauchen viel Zeit, um sich von Sachen zu trennen, die vielleicht später einmal von historischem Interesse sind.« Eine Handbewegung galt dem Gerichtsdiener. Und dann wartete er, daß ein großes, in Leinwand gebundenes Buch geöffnet wurde.

Unbewegt fuhr Herrick fort: »Dies ist das Strafbuch

der *Reaper*. Es enthält mehr als fünfhundert schriftliche Berichte oder Aussagen Sterbender. Dieser Kapitän hatte seinen Rang noch nicht lange. Und dies war sein erstes selbständiges Kommando. Und doch liest sich dieses Buch wie ein Kapitel aus der Hölle!«

Bolitho spürte förmlich Tyackes plötzliche Anspannung. Er wollte reden. Doch Herrick wußte selber, was ein Tyrann auf dem Achterdeck alles anrichten konnte. Bolitho war auf der *Phalarope* vor vielen Jahren sein Kommandant geworden, weil der Vorgänger entfernt werden mußte – ein weiterer Tyrann.

»Um zu jenem Tag zurückzukehren, meine Herren. Die Meuterei, von der wir jetzt zu reden haben, wurde inspiriert und ermutigt durch die Amerikaner, die das unglückliche Schiff enterten. Natürlich gab es an Bord schon Rädelsführer, aber ohne die Hilfe der Amerikaner und ihre helfende Gegenwart . . . Wer kann ehrlich sagen, er wüßte, was ohne sie geschehen wäre?« Er starrte auf die Papiere. »Rache ist eine fürchterliche Krankheit, doch in diesem Fall war sie vermutlich unvermeidlich. Wir wissen, daß der Kapitän der *Reaper* an den Folgen der Auspeitschung starb, die man ihm an diesem Tag angedeihen ließ.« Er sah mit hartem Blick kurz auf. »Ich weiß von gemeinen Seeleuten, die unter rechtmäßigen Peitschenhieben starben. Wir dürfen nicht zulassen, daß der Vollzug den Grund überschattet oder zerstört.«

Zwei Armeeoffiziere gingen an den geschlossenen Türen vorbei, ihr lautes Gelächter verstummte jäh, als ihnen bewußt wurde, was hier drinnen geschah. Herrick runzelte die Stirn. »Diese Beobachtungen stehen in meinem Bericht, den Ihre Lordschaften erhalten werden.« Sein Blick suchte Bolitho. »Wenn ich wieder in England bin.«

Die Fregatte *Wakeful* hatte schon Vorräte und Wasser gebunkert, als er an Land gerudert wurde. Nachdem sie hier ihren Auftrag erfüllt hatte, würde sie nach England zurückjagen, um neue Befehle entgegenzunehmen. Herrick würde sich auf ihr einschiffen – um wieder »unterhalten« zu werden.

Herrick entdeckte ein Flakon mit Wasser, doch er verwarf die Idee einer Erfrischung. »Meine wohlüberlegte Ansicht in dieser elenden Affäre ist diese: Die beiden Rädelsführer, Alick Nisbett, Wachtmeister, und Harry Ramsay, Vollmatrose und Großtoppgast, sollen in Haft bleiben. Für sie wird die Höchststrafe empfohlen.«

Bolitho sah Adam die Fäuste zusammenpressen, bis seine Knöchel weiß unter der gebräunten Haut hervortraten. Von Ramsay, dessen zerrissener Rücken lebender Beweis für das Strafenbuch war, hatte er schon mal auf der *Anemone* gehört. Der andere überraschte ihn. Der Wachtmeister war immer Garant für Disziplin und, falls nötig, auch für Bestrafungen an Bord eines königlichen Schiffes – und für gewöhnlich dafür von jedermann gehaßt.

Und nun die anderen. Er wollte aufstehen, für sie sprechen, die er nicht einmal kannte – doch das hätte mit Sicherheit zerstört, was es noch an Hoffnung für sie gab.

Herrick fuhr fort: »Meine weitere Instruktion lautet: Alle anderen betroffenen Seeleute und Seesoldaten werden stehenden Fußes wieder an ihre Posten zurückkehren. Sie haben genug gelitten. Und dennoch wollten oder konnten sie nicht, als man es ihnen befahl, auf Schiffe dieser Marine feuern, wobei sie sich nicht darum kümmerten, was diese Weigerung für sie bedeuten würde.«

»Teufel noch mal«, rief Tyacke. »Dafür kreuzigen sie ihn in London.« Er drehte sich zu Bolitho um, und seine Augen verrieten sein Gefühle. Ein seltener Fall. »Das hätte ich nicht erwartet!«

Ungerührt fuhr Herrick fort: »Ich werde darauf bestehen, daß sofort ein neuer Kapitän für die *Reaper* ernannt wird.« Er schaute zuerst Bolitho, dann Keen an: »Das ist Ihre Verantwortung.«

Keen erhob sich. »Mein Flaggkapitän hat bereits einen Mann zur Beförderung vorgesehen, Sir, Leutnant John Urquhart.« Er machte eine Pause. »Ich unterstütze seinen Vorschlag.«

»Können Sie ohne ihn auskommen?« wollte Herrick wissen.

Keen schaute zu Adam, der eine bejahende Geste machte, und antwortete: »Das werden wir, Sir.«

Herrick verbeugte sich vor dem Gerichtsdiener und dem Major der Seesoldaten.

»Unterzeichnen Sie hier unter mir.« Er straffte seinen Rücken und verzog das Gesicht dabei. »Das ist also vorüber.« Dann knapp: »Ich möchte mit Sir Richard Bolitho sprechen. Allein!«

Eine Ewigkeit schien zu vergehen, bis die anderen den Raum verlassen hatten und Stille herrschte.

Bolitho sagte: »Das hast du um meinetwillen getan, Thomas!«

Herrick bat: »Ich könnte jetzt ein Glas gebrauchen, ein Glas Nasses, wie dein Schatten Allday immer sagt.« Er sah auf, als suche er etwas. »Ich habe nichts zu verlieren, Richard. Nach der nächsten Reise wird meine Flagge nie mehr wehen. Vielleicht treffen wir uns wieder, aber wahrscheinlich nicht. Die Marine ist zwar eine Familie, wie du immer sagst. Aber wenn du erst mal draußen bist, wirst du wieder ein ganz normaler Mensch, wie ein Schiff, das ganz einfach außer Dienst gestellt wurde.«

Ein Pferd klapperte über den Hof am Tor, und Bolitho mußte schmerzlich an Catherine und ihre Tamara denken. Wie könnte er ihr je erzählen, je beschreiben, was Herrick gesagt und was er dabei alles aufs Spiel gesetzt hatte!

Herrick ging mit erhobenem Kopf zur Tür. »Du hast

alles zu verlieren«, sagte er, »ebenso wie die gottverdammten Seelen, die sich auf dich und Leute wie dich verlassen.« Und er fügte bitter hinzu: »Obwohl ich noch jemanden treffen muß!«

Die Türen öffneten sich. Avery wartete und sein Blick bewegte sich fragend zwischen beiden hin und her.

»Eine Nachricht vom Ausguck, Sir Richard. Die Brigg *Weazle* läuft gleich ein. Sie signalisiert, daß die amerikanischen Schiffe Boston verlassen haben und andere aus New York zu ihnen stoßen. Sie laufen Nordost.«

Ruhig antwortete Bolitho: »Sie kommen also endlich. Informieren Sie bitte Kapitän Tyacke, George. Ich kehre so schnell ich kann an Bord zurück.« Avery eilte davon, blieb dann aber doch noch einmal stehen und sah zurück zu den beiden.

Herrick sagte: »Hörst du's? Jubel. Wie können die das so schnell erfahren haben?«

Zusammen gingen sie die Treppe hinunter, während Hurrarufe wie ein gewaltiger Chor durch den Hafen schallten.

Bolitho sagte nur: »Sie wissen es immer sofort, Thomas. Die Familie, denk dran!«

Herrick blickte zur Kaserne zurück und sah plötzlich sehr müde aus.

»Paß gut auf dich auf, Richard.« Er legte ihm die Hand auf den Arm. »Ich werde ein Glas auf dein Wohl trinken, wenn der junge Mann ankerauf geht mit Kurs England.«

Am Anleger fanden sie Allday an der Pinne des Bootes. Die Mannschaft stand breit grinsend auf den Stufen. Ihre Plätze hatten Offiziere eingenommen, drei von ihnen Kapitäne, einer war Adam.

Herrick streckte Tyacke die Hand entgegen. »Ihre Arbeit, nehme ich an, Sir?«

Tyacke lächelte nicht. »Mehr konnten wir so schnell nicht für Sie tun!«

Bolitho folgte ihm nach unten, erinnerte sich an Tyakkes Worte von drinnen: *Sie werden ihn dafür kreuzigen.* Doch so hatte es Herrick gewollt. Vielleicht hatte der kleine Emporkömmling Bethune seinen Einfluß geltend gemacht. Er kannte den Mann, unter dem er Midshipman gewesen war, besser als viele andere, und vielleicht hatte er dadurch auf feine Art zu helfen versucht.

Allday musterte Herrick und sagte spöttelnd: »Ich hab ja selten Gelegenheit, Offizieren zu sagen, was sie tun sollen, weiß Gott.« Und dann fügte er hinzu: »Viel Glück, Mr. Herrick!« Für diesen winzigen Augenblick waren sie wieder auf der *Phalarope*, der junge Leutnant und der gepreßte Mann.

Das Boot legte ab, der Ruderschlag war überraschend eben und im gleichen Takt. Als sie ihren Weg zwischen den ankernden Schiffen hindurch fanden, folgte ihnen der Jubel verhalten auch von der *Reaper* her. Und während der ganzen Fahrt schaute Herrick zurück, doch es war zweifelhaft, ob er etwas sah.

Bolitho drehte sich um und sah Keen leise mit Gilia St. Clair sprechen. Und plötzlich war er froh für sie.

»Lassen Sie ein Boot kommen, James. Befehl zum Ankeraufgehen!«

Unbewegt schaute Tyacke dem großen Boot nach. »Ja, Sir Richard. Aber zuerst...«

Bolitho lächelte und teilte seine stumme Traurigkeit: »Einen Schluck Nasses. So soll's sein.«

XV Kein Kriegsgeschrei

Richard Bolitho rollte die Karte sehr sorgfältig auf dem Tisch aus und öffnete den Kartenzirkel. Er spürte, wie die anderen ihn beobachteten, Avery vom Heckfenster her und Yovell aus seinem bequemen Stuhl. Papier und Federn hatte er wie immer in Reichweite.

Bolitho sagte: »Zwei Tage – und wir haben nichts gesehen!« Er studierte die Karte wieder und stellte sich dabei seine Schiffe vor, wie sie einem hochfliegenden Seevogel erscheinen mochten: fünf Fregatten, die in Dwarslinie segelten, mit dem Flaggschiff, der *Indomitable*, im Zentrum. In dieser ausgedehnten Linie konnte man eine gewaltige Meeresfläche absuchen.

Der Himmel war klar mit nur wenigen Streifen blasser Wolken und die See dunkelblau im kühlen Sonnenlicht.

Er mußte an die einsam patrouillierende *Chivalrous* denken, die die *Weazle* nach Halifax geschickt hatte mit der Nachricht, daß die Amerikaner wieder ankerauf gegangen seien. Er konnte sich den Kommandant der *Chivalrous* gut vorstellen: Isaac Lloyd, ein erfahrener Offizier, achtundzwanzig Jahre alt. Er würde versuchen, den Feind in Sicht zu halten, und hatte Verstand genug, sich nicht auf ein Gefecht einzulassen.

Zwei Tage – aber wo waren sie? Vor Halifax oder noch weiter – vor St. Johns auf Neufundland? Er hatte verschiedene Möglichkeiten mit Tyacke und York besprochen. Als er die Fundy Bucht im Nordwesten von Neuschottland erwähnt hatte, hatte York abgewinkt.

»Unwahrscheinlich, Sir. Die Bucht hat die höchsten Tiden der Welt und das meistens zweimal am Tag. Wenn ich der verantwortliche Yankee wäre, wollte ich mich dort nicht erwischen lassen.«

Man hatte Bolitho vor der Fundy Bucht bereits gewarnt. In den Instruktionen der Admiralität war zu lesen, daß die Tide fünfzig oder mehr Fuß steigen und fallen konnte. Kleinere Schiffe hätten mit wilden Gezeitenströmen ein weiteres Problem. Kein Ort also für Fregatten, selbst für große amerikanische nicht. Und auch nicht für die *Indomitable*.

Er dachte an Herrick, der auf dem Weg über den Atlantik nach London war, wo er irgend jemandem in der Admiralität die Ergebnisse seiner Ermittlungen auf den Tisch knallen würde. War er froh, dies alles endlich hinter sich lassen zu können? Oder haßte der alte, zähe Herrick ganz tief drinnen diese Verabschiedung von einem Leben, für das er keine Alternative hatte?

Dies alles hatte offenbar große Wirkung auf Tyacke. Nach Herricks Aufbruch mit der Fregatte, die ihn nach England bringen sollte, war er noch verschlossener als sonst.

Er warf den Zirkel auf die Karte. Vielleicht war dies alles reine Zeitverschwendung oder noch schlimmer, eine Kriegslist, die sie von irgend etwas viel Wichtigerem ablenken sollte.

Er trat ans Heckfenster und spürte das Schiff unter sich fallen, steigen und rollen. Auch das Bild hatte er klar vor Augen: die *Indomitable* mit dichtgebraßten Rahen auf Backbordbug, der Wind aus Südost, wie fast immer seit ihrem Aufbruch aus Halifax. Adam hatte offen dagegen protestiert, daß er zurückbleiben mußte. Doch die *Valkyrie* war die zweitstärkste Fregatte des Geschwaders, und Keen konnte sie vielleicht brauchen.

Adam hatte keinen Augenblick gezögert, seinen Ersten Offizier zur Beförderung auf das zweifelhafte Kommando der *Reaper* zu empfehlen. Es war eine Herausforderung für jeden, doch Adam hatte geradeaus gesagt: »Ich hätte es selber übernommen, wenn ich gekonnt hätte.« Standen die Dinge zwischen ihm und Val so schlecht?

Avery warf leise ein: »Wir könnten sie nachts verpaßt haben, Sir Richard!«

»Wenn sie uns suchten, dann bestimmt nicht!« Bolitho verwarf seine Gedanken und wandte sich wieder den jetzigen Problemen zu. »Bitten Sie Mr. York, mir noch mal seine Aufzeichnungen zu zeigen!«

Wieder rollte die Kajüte, und der Zirkel fiel auf den Boden. Yovell lehnte sich vor, um ihn aufzuheben, doch der Winkel war so steil, daß er in seinen Stuhl zurückgedrückt wurde. Er wischte sich das Gesicht mit einem hellroten Taschentuch. Lebendig oder nicht – die alte *Indom* nahm die Seen gut. York hatte sie auf seine ruhige, humorige Weise treffend beschrieben: »Sie ist wie eine kahlköpfige Barkentine, Sir Richard. Steif in jedem Wind und steif auch ohne.«

Plötzlich unterbrach ihn Yovell. »Würden Sie mich als Zivilisten bezeichnen, Sir Richard? Denn trotz der martialischen Umgebung und unseres Lebens an Bord, fühle ich mich den Artigkeiten und Traditionen eines Lebens als Marineoffizier nicht sehr verbunden.«

Bolitho lächelte. Yovell änderte sich nie.

»Ich hoffe, Sie bleiben so!«

Yovell runzelte die Stirn und polierte seine goldgefaßte Brille, was er oft tat, wenn über etwas nachdachte.

»Mr. Avery ist Ihr Flaggleutnant – er steht zwischen Ihnen und dem Kapitän und dient beiden.« Er hauchte wieder auf seine Gläser. »Er ist beiden gegenüber loyal. Er würde nie hinter dem Rücken des Kapitäns reden, weil Sie Freunde sind. Das erschiene ihm wie ein Vertrauensbruch und wie eine Verletzung der Verbindung, die zwischen Ihnen gewachsen ist.« Er lächelte sanft. »Zwischen uns allen, wenn ich das so sagen darf, Sir Richard!«

In der Pantry war es plötzlich ganz still. Ozzard hörte sicher aufmerksam zu.

»Wenn Sie irgendwas bedrückt, sagen Sie's mir. Ich glaube auch, daß etwas anders ist als früher.« Wieder sah er auf die See. Yovells Bemerkung berührte ihn mehr, als er zugeben wollte, und erinnerte ihn schmerzlich an Herricks Bemerkung von dem kleinen Kreis verschworener Freunde. Tatsächlich gab es nicht mehr viele. Keverne, der einmal dieses Schiff geführt hatte; Charles

Farquhar, einst Midshipman wie Bethune, war an Bord seines eigenen Schiffes vor Korfu gefallen. Und der freundliche Francis Inch, betriebsam, pferdegesichtig, mit einer prächtigen Frau in Weymouth verheiratet. Hannah hieß sie ... Er erinnerte sich mit einiger Mühe. Und all die anderen: John Neale, Browne, mit einem »e« am Ende und Averys Vorgänger, Stephen Jenour. So viele. Zu viele. Und alle gefallen.

Er drehte sich wieder um, als Yovell leise sagte: »Kapitän Tyacke hat in Halifax einen Brief bekommen. Er war in der Tasche, die die *Reynard* übergab.«

»Schlimme Nachrichten?«

Yovell setzte seine Brille sorgfältig wieder auf. »Ich habe nur erfahren, daß er lange unterwegs war. Wie das ja oft der Fall ist mit Post in der Flotte.«

Bolitho starrte ihn an. Natürlich! Tyacke bekam doch nie Post. Wie Avery, bis dieser eine von der Dame aus London ankam. Es war so typisch für Avery, darüber zu schweigen, selbst wenn er den Grund von Tyackes Verschlossenheit kannte. Er würde ihn verstehen. So wie er Adams Wut darüber verstand, kriegsgefangen gewesen zu sein.

»Weiß das schon das ganze Schiff?«

»Nur der Flaggleutnant, Sir.«

Bolitho legte einen Finger auf das Lid und erinnerte sich an das Kleid, das Catherine bekommen hatte, nachdem die *Larne* sie endlich gefunden hatte. Als sie es Tyacke zurückgegeben hatte, hatte sie den Wunsch geäußert, daß eine Frau es tragen möge, die seiner würdig sei ...

Er ballte die Faust. Es war doch wohl nicht dieselbe Frau? Das war doch nicht möglich! Warum, und warum nach so langer Zeit und der grausamen Art, mit der sie ihn abgewiesen hatte mit seinem zerstörten Gesicht? Doch in seinem Innersten wußte er, daß sie es war.

Er sah Catherine so deutlich, als blicke er auf sein Amulett. Sie hatten keine Geheimnisse voreinander. Er wußte von ihren Besuchen in London und daß sie gelegentlich Sir John Sillitoe konsultierte, der sie beim Investieren ihres Geldes beriet. Er vertraute ihr mit ganzer Seele, genau wie sie ihm vertraute. Doch wenn sie jetzt... Er dachte an Tyackes Schweigen und sein Zurückgezogensein. Der wiedererwachte Schmerz mußte verborgen werden. Was wäre, wenn...

»Wenn ich etwas sagte, was ich nicht durfte, Sir Richard...«

»Das haben Sie nicht«, antwortete Bolitho. »Es ist gut, daß man manchmal an die Dinge erinnert wird, die wirklich wichtig sind und die außer Reichweite sind.«

Yovell fand sich bestätigt und war froh, gesprochen zu haben – als Zivilist.

Die zweite Tür ging auf, und leise trat Ozzard ein mit einem Topf Kaffee in der Hand.

»Ist das unser letzter, Ozzard?«

Ozzard sah den Topf bedenklich an. »Nein, Sir Richard. Zwei Wochen reichen wir noch – höchstens. Danach...«

Avery kehrte in die Kajüte zurück, und Bolitho sah ihn eine Tasse vom Tablett nehmen. Dabei paßte er den richtigen Moment ab, in dem das Schiff durch ein paar querlaufenden Seen torkelte. Ozzard hatte dem Flaggleutnant eine Kaffeetasse fast mißmutig gefüllt. Was beschäftigte ihn, was lief in seinem Kopf ab in all den Monaten und Jahren, die er auf See verbrachte? Ein Mann, der seine Vergangenheit ausgelöscht hatte und der, wie Yovell, sehr gebildet war, der klassische Literatur lesen konnte und die Handschrift eines Gelehrten hatte. Man könnte meinen, daß er selber auch keine Zukunft mehr haben wollte.

Bolitho nahm die Notizen, die Avery gebracht hatte,

und sagte: »Wieder ein Tag. Vielleicht treffen wir auf einen Kurier aus Halifax. Konteradmiral Keen hat vielleicht bessere Nachrichten.«

»Diese amerikanischen Schiffe, Sir – wollen die uns angreifen?« wollte Avery wissen.

»Was immer sie vorhaben, George, ich brauche jeden Trumpf, den wir haben. So wie ich jedem Offizier alles abverlangen werde, wenn wir denn kämpfen müssen.«

Avery sah zu Yovell hinüber und senkte seine Stimme: »Sie haben von dem Brief an den Kapitän erfahren, Sir?«

»Ja, eben. Ich akzeptiere und respektiere Ihre Gefühle und Ihr Zögern, darüber zu reden.« Er unterbrach sich. »Dennoch ist James Tyacke nicht nur Kommandant meines Flaggschiffs, sondern er *ist* auch das Schiff, auch wenn er das gern bezweifelt.«

»Ja. Es tut mir leid, Sir Richard! Ich dachte . . .«

»Entschuldigen Sie sich nicht. Loyalität hat viele Kleider.«

Sie schauten zur Tür, als der Posten meldete: »Der Erste Offizier, Sir!«

Leutnant John Daubeny trat in die Kajüte und lehnte sich auf dem schwankenden Boden weit über. Schlank wie er war, sah er aus wie ein betrunkener Seemann.

»Der Kapitän läßt melden, Sir Richard, daß die *Taciturn* signalisiert hat: Segel in Sicht im Nordwesten.«

»Der wird's schwer haben, zu uns zu stoßen, Sir«, bemerkte Avery.

»Einer von uns, meinen Sie?«

Avery nickte. »Die *Chivalrous*. Es kann nur sie sein. Sonst würde sie abdrehen und mit dem Wind fliehen!«

Bolitho lächelte über sein Urteil. »Ich stimme zu. Dank an den Kommandanten, Mr. Daubeny. Lassen Sie ein Signal setzen. An alle. Alle unsere Schiffe werden es weitergeben. *Zur Flagge aufschließen!*«

Er konnte sie sehen, diese winzigen Farbpunkte, die

an der Flaggleine aufbrachen und von Schiff zu Schiff weitergegeben wurden. Die Befehlskette, die totale Verantwortung. Daubeny wartete und prägte sich alles ein, was er sah, um seiner Mutter im nächsten Brief davon zu berichten.

Bolitho sah zum Skylight empor. Tyacke und sein Schiff. Ein einsamer Mann, vielleicht einsamer als je.

»Ich komme um sieben Glasen an Deck, Mr. Daubeny.«

Doch der Erste Offizier war bereits verschwunden, wahrscheinlich wehten die Signale schon aus.

Er berührte unter dem Hemd das Amulett.

Bleib bei mir, liebste Kate. Verlaß mich nicht.

Am späten Nachmittag trafen sie mit der *Chivalrous* zusammen, der Fregatte mit dreißig Kanonen. *Indomitable* und die anderen Schiffe hatten mehr Segel gesetzt, um den Treffpunkt schneller zu erreichen. Kapitän Isaac Lloyd könnte dann nach seinem Besuch des Flaggschiffs vor der Dunkelheit auf sein Schiff zurückkehren.

Lloyd war ganze achtundzwanzig Jahre alt, doch er sah aus wie ein älterer, erfahrener Offizier. Dunkle, feste Augen. Seine ausgeprägten Gesichtszüge erinnerten an einen wachsamen Fuchs. Er benutzte die Karte in Bolithos Kajüte, und seine Finger deuteten dabei auf die Positionen, die York schon geschätzt hatte.

»Sechs alle zusammen. Ich traute meinen Augen kaum, Sir Richard. Wahrscheinlich alles Fregatten, auch ein paar große!« Wieder tippte er auf die Karte. »Ich signalisierte der *Weazle*, so schnell wie möglich nach Halifax zu segeln. Aber ich nahm an, die Yankees wollten das verhindern.« Er lachte kurz und bellend. In der Tat ein Fuchs, dachte Bolitho. »Aber es schien uns gar nicht zu geben. Sie segelten nach Nordosten weiter, ganz kühl, könnte man sagen. Ich nahm mir vor, den letzten zu beharken. Also setzte ich die Bramsegel und die Royals und jagte hinterher. Da änderte sich dann die Situation. Ein paar Signale wurden gewechselt, und dann eröffnete die letzte Fregatte mit ihrem Buggeschütz das Feuer auf mich. Ich muß zugeben, Sir Richard, sie schossen verdammt gut!«

Bolitho spürte Tyacke neben sich. Er hörte zu und überlegte sich sicher, was er an Lloyds Stelle getan hätte. Yovell schrieb eifrig mit, ohne den Kopf zu heben. Avery hielt ein paar von Yorks Notizen in der Hand. Er las sie nicht, und sein Gesicht war gespannt.

Lloyd fuhr fort: »Dann wurde es ein bißchen zu heiß. Ich kürzte also wieder Segel, aber da hatte mir der verdammte Yankee schon eine Rah abgeschossen und mein Großsegel vollständig durchlöchert. Ich dachte, er hätte den Befehl, zurückzubleiben und die *Chivalrous* in ein Gefecht zu verwickeln. Ich glaube, darauf hätte ich mich eingelassen. Aber dann sagte ich mir, nein, das hat er nicht vor, jedenfalls jetzt nicht.«

»Warum nicht?« wollte Bolitho wissen.

»Also, Sir Richard, er hatte alle Zeit, die er brauchte, und er konnte deutlich sehen, daß ich kein Schiff zu Hilfe hatte. Er hätte auch seine Boote zu Wasser lassen müssen, wenn er sich mit uns hätte anlegen wollen.« Er grinste. »Er hat sicher mehr Kanonen als die *Chivalrous*. Aber mit all den Booten, die er an Deck gezurrt hatte, hätten wir die Hälfte seiner Leute schon durch die Splitter von der ersten Breitseite erledigt.«

Tyacke tauchte auf aus seinem stummen Nachdenken und fragte ohne Umschweife: »Boote? Wie viele waren es?«

Lloyd hob die Schultern und schaute durch das beschmierte Fenster achteraus, als wolle er sichergehen, daß sein Schiff immer noch in Lee der *Indomitable* stand.

»Doppelt so viel wie üblich, würde ich sagen. Mein Erster Offizier bestand darauf, daß auch das nächste Schiff der Amerikaner genauso ausgerüstet war.«

»Auf dem Weg zu einer neuen Basis?« fragte Avery.

»Da gibt es keine, es sei denn, sie nehmen uns eine weg«, warf Tyacke ein. Als Lloyd fortfahren wollte, hob er wieder die Hand. »Ich denke gerade nach. Mir fiel etwas ein, während ich Ihren Bericht hörte. Als entschieden wurde, daß der Sklavenhandel doch nicht so respektabel war und sich für zivilisierte Mächte nicht gehörte, hielten Ihre Lordschaften es für richtig, Fregatten auszurüsten, die den Handel unterbinden sollten. Schneller, besser ausgerüstet, gut trainierte Mannschaften und dennoch...« Er sah Bolitho jetzt direkt an. »Die konnten sie jedoch nie fangen. Die Sklavenhändler benutzten kleine Schiffe, fürchterlich stinkende Rümpfe, in denen Männer und Frauen in ihrem eigenen Dreck lebten und starben und von wo sie den Haien vorgeworfen wurden, ehe ein Schiff des Königs sie aufbringen konnte.«

Bolitho schwieg, fühlte mit, erlebte mit, was Tyacke von seiner Zeit auf der *Larne* berichtete. Die Sklavenhändler hatten ihn bald gefürchtet: *den Teufel mit dem halben Gesicht.*

Unbewegt wie bisher fuhr Tyacke fort: »An der ganzen verdammten Küste, dort, wo die Flüsse in den Atlantik münden, Kongo, Niger, Gabun, lagen die Sklavenhändler dicht unter Land. Kein Kriegsschiff, das ihnen gefährlich werden konnte, wagte sich dorthin. Darum entgingen sie so lange ihrer Gefangennahme und gerechten Bestrafung.« Er blickte den jungen Kapitän an, der seinem Blick nicht auswich. »Ich glaube, Sie sind auf etwas gestoßen, was Sie nicht sehen sollten.« Er trat an die Karte und legte seine Hände auf sie. »Diesmal, glaube ich, hat sich unser Mr. York geirrt. Der Gegner hat Sie nicht verfolgt, weil er es nicht konnte, sondern weil er es nicht durfte.« Jetzt sprach er wieder zu Bolitho. »Diese

Boote, Sir. Viele kleine Boote. Nicht um damit Sklaven an Bord zu holen, sondern um eine Invasionsarmee an Land zu setzen.«

Bolitho spürte den Schreck und die Wahrheit dieser Überlegung wie einen Guß eiskalten Wassers ins Gesicht.

»Sie transportieren Truppen wie auf den Großen Seen. Nur sind diesmal die Schiffe größer, weil auch das Ziel der Reise bedeutender ist!«

Er mußte an den Hauptmann denken, der den ersten Angriff auf York überlebt hatte, und an die Berichte über einen Angriff drei Monate später. Vielleicht war der Eriesee bereits an die Amerikaner gefallen? Dann wäre die britische Armee abgeschnitten, selbst vom Rückzug abgeschnitten. Der junge Hauptmann hatte die Amerikaner bei York gut ausgebildete reguläre Truppen genannt.

Bolitho antwortete: »Wenn diese Schiffe in die Fundy Bucht einlaufen und nach Norden abdrehen, nicht in Richtung Neuschottland, können sie Soldaten landen, die sich ihren Weg landeinwärts freikämpfen. Sie wüßten, daß Vorräte und Verstärkung auf sie warten, sobald sie den St.-Lawrence-Strom erreicht hätten. Die Operation würde alle Grenzbezirke im Oberen Kanada abschneiden. Unsere Truppen wären gefangen wie Kaninchen in einem Sack.«

Er schüttelte Lloyd zum Abschied herzlich die Hand. »Sie haben nicht gegen die Amerikaner gekämpft, Kapitän Lloyd, aber Ihre Nachricht kann uns immer noch den Sieg bringen. Ich werde dafür sorgen, daß Ihre Rolle gebührend anerkannt wird. Der alte Nelson würde das sicher besser ausdrücken. Er sagte immer wieder, daß die offiziellen Instruktionen für den Kampf kein Ersatz sind für die Initiative eines Kapitäns.«

Mit belegter Stimme sagte Tyacke: »Ich begleite Sie von Bord, Kapitän Lloyd.«

Als die Tür hinter ihnen zufiel, fragte Avery: »Ist das überhaupt möglich, Sir?«

Bolitho lächelte halbherzig. »Was Sie wirklich wissen wollen, lautet: Ist es wahrscheinlich? Ich halte es für zu wichtig, als daß wir es übersehen dürfen. Noch dürfen wir auf ein Wunder warten.« Er hörte dem Trillern der Pfeifen zu, als der fuchsgesichtige Kapitän in sein Boot stieg.

Tyacke kehrte zurück und wartete schweigend, während Bolitho seinen Sekretär anwies, eine kurze Nachricht für Halifax aufzusetzen.

»Wir werden noch vor Abend unseren Kurs ändern, James, und genau nördlich laufen. Geben Sie die nötigen Befehle.« Tyacke blickte ihn aus klaren blauen Augen besorgt an. »Ich kenne die Risiken, James. Wir alle kennen sie. Des Rätsels Lösung lag hier vor aller Augen, aber nur Sie haben sie gesehen. Ihr einsamstes Kommando war also nicht umsonst oder wird es je sein.« Er fragte sich, ob Tyacke alle Erinnerungen noch einmal nachvollzog, den Brief, das Mädchen, an das er sich kaum erinnern würde oder nicht erinnern wollte. Vielleicht würde er eines Tages darüber reden.

Doch Bolitho wußte sofort, daß das niemals der Fall sein würde.

»Glauben Sie, daß Ihr Aherne bei denen ist?«

»Ich bin mir nicht sicher. Es könnte gut sein, daß er bei seinen Vorgesetzten in Ungnade gefallen ist – wie John Paul Jones.« *Wie mein eigener Bruder.*

Tyacke wollte schon gehen, doch er drehte sich noch einmal um, als Bolitho mit überraschender Bitterkeit bemerkte: »Keiner kann diesen Krieg gewinnen, aber auch keiner kann es sich leisten, ihn zu verlieren. Also lassen Sie uns unsere Rollen spielen, so gut es geht. Und dann wollen wir, in Gottes Namen, nach Hause gehen.«

Sie standen eng um Yorks Kartentisch geschart. Eher Verschwörer als Männer des Königs, dachte Bolitho. Um das Schiff herrschte schwärzeste Nacht, die erwartungsgemäß früh gefallen war. Das Schiff rollte in einer steilen Dünung ungewöhnlich laut. Das nächste Land lag siebzig Meilen entfernt, Kap Sable in Neuschottland im Nordosten. Nach den großen Meerestiefen, an die sie sich gewöhnt hatten, spürten sie die Landnähe.

Im schwingenden Licht sah Bolitho ihre Gesichter. Tyacke: ein ruhiges Profil, seine Brandwunden im Schatten. So etwa könnte ihn die junge Frau einst geliebt haben – die unverletzte Seite seines Gesichts war stark und anziehend.

Neben ihm prüfte der Master mit seinem Kartenzirkel Entfernungen und Peilungen und verbarg dabei seine Zweifel nicht.

Auch Avery hatte sich in den engen Raum gezwängt. Daubeny, der Erste Offizier, schob seinen Kopf unter den schweren Balken nach vorn und versuchte, über ihre Schultern hinweg einen Blick auf die Karte zu erhaschen.

York sprach jetzt: »Bei hellstem Tageslicht ist es schon schlimm genug, Sir! Der Eingang zur Bucht mit allen Untiefen und Sandbänken ist ganze fünfundzwanzig Meilen breit, eher weniger. Wir werden unsere Formation nicht halten können. Und wenn die dann vorbereitet sind und auf uns warten...« Er beendete den Satz nicht.

Tyacke spielte immer noch mit seiner ersten Idee: »Die können auch nicht einfach hineinsegeln und im Dunkeln angreifen, Isaac. Sie müssen überall in der Bucht loten. Ihre Boote würden getrennt werden und, wenn das Schlimmste passierte, sogar vollaufen!«

Doch York blieb beharrlich: »Die ganze Ecke da wird von kleinen Fahrzeugen befahren, zumeist Fischern.

Viele, die sich dort in Neu-Braunschweig nach der amerikanischen Rebellion niederließen, waren königstreu. Die lieben die Yankees bestimmt nicht, aber...« Er schaute zu Bolitho hinüber. »Was können sie gegen gut ausgebildete Truppen ausrichten?«

»Wenn sie bereits gelandet sind«, griff Bolitho den Gedanken auf, »werden die Schiffe auf uns warten wie Entenfänger im Schilf. Aber so etwas braucht Zeit – braucht immer Zeit. Man muß die Boote zu Wasser lassen und Männer und Waffen hineinpacken. Das ist im Dunkeln ganz besonders schwierig. Die Hälfte der Soldaten wird seekrank sein ... Mit Seesoldaten wäre das etwas anderes.«

Er rieb sich das Kinn. Es war rauh. Allday müßte ihn also wieder einmal rasieren, sobald Zeit dafür war.

Er fuhr fort: »Unsere Kommandanten können mit solchen Situationen umgehen. Wir haben solche gemeinsamen Unternehmungen geübt, wenn auch nicht in solch abweisenden Buchten wie dieser hier von Mr. York.« Er sah sie wie erwartet lächeln. So also wurde man getrieben – oder geführt. Man hörte jemanden sprechen, der mit Glauben und Zuversicht andere bewegte. »Und wir müssen zugeben, daß ihr Plan, wenn sie ihn verwirklichen wollen, genial ist. Erfahrene Soldaten marschieren nach Norden und treffen dort andere Regimenter am St.-Lawrence-Strom. Die Entfernung? Dreihundert Meilen vielleicht. Ich erinnere mich, daß in meinen Knabentagen das 46. Infanterieregiment von Devon nach Schottland marschierte. Und gewiß auch zurück!«

Verunsichert wollte York wissen: »Gab es da im Norden wieder Probleme, Sir?«

Bolitho lächelte. »Nein, der König hatte Geburtstag. Und wünschte sich das!«

York grinste: »Na ja, das ist was anderes, Sir!«

Bolitho nahm den Zirkel von der Karte. »Der Feind

kennt die Risiken genausogut wie wir. Wir bleiben so nahe beieinander, wie wir können. Jeder Kommandant hat die besten Ausguckleute oben. Aber die können keine Wunder bewirken. In der Morgendämmerung sind wir auf Position – *hier!*« Die Spitzen des Zirkels fielen nach unten wie eine Harpune. »Vielleicht werden wir nachts auseinandertreiben, aber das Risiko müssen wir eingehen!«

Tyacke hörte ihm schweigend zu. *Sie werden das Risiko eingehen*, sagten seine Blicke. Bolitho fuhr fort: »Wenn ich drüben die Verantwortung hätte, würde ich meine Truppen landen und eines meiner kleineren Schiffe so weit wie möglich unter Land schicken, um notfalls Feuerschutz zu geben. Das müßte klappen.« Sorgfältig legte er den Zirkel zur Seite. »Höchstwahrscheinlich jedenfalls.«

»Und wenn wir uns irren, Sir...?« wollte Tyacke wissen.

»Wenn *ich* mich geirrt habe, kehren wir nach Halifax zurück. Dann sind die wenigstens auf einen plötzlichen Angriff vorbereitet.« Er mußte an Keen denken, als er von St. Clairs Tochter gesprochen hatte. Viel schneller als erwartet könnte er Vizeadmiral werden, wenn der Feind etwas ganz anderes vorhatte.

Er sah, wie Avery sich über den Tisch beugte und sich ein paar Notizen in seinem kleinen Buch machte. Ihre Blicke trafen sich kurz.

Dann sagte er leise: »Danke, meine Herren. Bitte kehren Sie an Ihre Arbeit zurück. Kapitän Tyacke?«

Tyacke fuhr sich über seine Narben. Wahrscheinlich war er sich dieser Geste gar nicht mehr bewußt.

»Ich möchte gern, daß die Männer vor der Morgenwache schon ihr Frühstück bekommen, Sir. Danach machen wir das Schiff klar zum Gefecht, wenn Sie einverstanden sind.« Vielleicht hatte er gelächelt, doch sein Gesicht blieb im Schatten. »Keine Trommeln, kein Kriegsgeschrei!«

»Und auch keine *Portsmouth Lass?*« fragte Bolitho schmunzelnd. Sie hatten den gleichen Gedanken, wie Verschwörer, wie Täter.

Tyacke drehte sich schnell um. »Mr. Daubeny, strengen Sie Ihr Gehör nicht übermäßig an. Ich möchte gerne alle Offiziere und Unteroffiziere so bald als möglich in der Messe versammelt haben.« Und dann fiel ihm ein: »Unsere jungen Herren sollten wir bei der Gelegenheit auch dabeihaben. Die Midshipmen können sicher viel lernen!«

York und Daubeny verschwanden, um sich wahrscheinlich mit den Gehilfen des Masters zu beraten. Es würde sie lange beschäftigen, aber an wenig Schlaf waren Seeleute gewöhnt.

Auch Avery war verschwunden. Wie kaum ein anderer verstand er, daß Tyacke jetzt mit Bolitho allein sein wollte, nicht als Offizier, sondern als Freund.

Bolitho hatte zwar geahnt, was sein Flaggkapitän ihm sagen wollte, dennoch überraschte es ihn.

»Wenn wir den Feind treffen – und nach meiner Einschätzung werden wir das – möchte ich Sie um einen Gefallen bitten.«

»Und der wäre, James?«

»Wenn ich fallen sollte...« Er schüttelte den Kopf. »Lassen Sie mich ausreden, bitte. Ich habe zwei Briefe geschrieben. Ich würde mich besser fühlen und dieses Schiff leichter führen, wenn ich wüßte, daß...« Er schwieg einen Moment. »Ein Brief ist an Ihre Dame, Sir, und der andere an jemanden, den ich einst kannte..., zu kennen glaubte, vor fünfzehn Jahren etwa, als ich so ein Springinsfeld war wie dieser Mr. Blythe.«

Sehr bewegt legte Bolitho ihm die Hand auf den Arm. So nahe war er dem Mann noch nie gewesen.

»Wir werden morgen beide auf der Hut sein, James. Ich verlasse mich auf Sie!«

Tyacke studierte noch einmal die abgenutzte Karte. »Morgen also!«

Als er später in seine Kajüte ging, hörte Bolitho ungewöhnlich viele Stimmen aus der Messe. Sie war so voll wie sonst nicht einmal in den Häfen. Zwei Messejungen waren auf dem Boden so nahe an die Tür gekrochen, wie sie wagten, um alles mitzubekommen. Man lachte sogar, wie man wahrscheinlich vor allen großen Ereignissen in der Geschichte gelacht hatte: Quiberonbucht, die Saintes, Alexandrien.

Allday und Ozzard waren wie erwartet in der Pantry. Allday folgte Bolitho am Posten vorbei in die schwach beleuchtete Kajüte. Wie schwarzes Glas lag die See hinter dem Fenster. Bis auf die Schiffsgeräusche war es ganz still. Tyacke sprach jetzt zu seinen Offizieren und würde anschließend durch das Schiff gehen und sich den Männern zeigen, die von ihm abhingen. Er würde ihnen sicher nicht erklären, warum alles so gekommen war, sondern wie sie das Kommende angehen sollten. Doch wahrscheinlich wußte das längst jedermann an Bord. So war es auf der *Sparrow*, der *Phalarope* und vor allem auf der *Hyperion* auch gewesen.

Allday wollte wissen: »Kommt Mr. Avery gleich nach achtern, Sir Richard?«

Bolitho wies ihm einen Stuhl zu. »Nimm dir Zeit, alter Freund. Er wird sicher gleich Zeit finden, ein paar Zeilen für dich aufzuschreiben!«

Allday grinste, und Sorge und Ungeduld waren verschwunden. »Das tut mir sehr gut, Sir Richard! Ich war nie gut, wenn's ans Lernen aus Büchern ging.«

Bolitho hörte Ozzard sich leise nähern. »Das geht sicher den meisten von uns so, sage ich mal. Trinken wir also auf die wir lieben, solange wir es noch können. Doch laß uns noch auf den Flaggleutnant warten.« Er blickte sich um. Avery selbst hatte wahrscheinlich schon einen Brief geschrieben an die unbekannte Dame in London. Vielleicht war sie nur ein Traum, eine letzte Hoffnung. Oder ein Anker, den sie alle brauchten.

Er trat an das Barometer und klopfte ohne langes Nachdenken dagegen. Er mußte daran denken, wie Tyacke alles annahm, was getan werden mußte. Und wie sicher er sich seines Schiffes war. Und er dachte an seine Worte: »Wenn ich fallen sollte...« Diese Stimme, diese Worte galten für sie alle.

Avery betrat die Kajüte, als der Posten ihn laut ankündigte.

Bolitho fragte: »Ging alles gut, George?«

Avery entdeckte Ozzard mit dem Tablett und den Gläsern.

»Ich habe meinen Vater etwas sagen hören, vor vielen, vielen Jahren: Die Götter kümmern sich nicht um den Schutz der Unschuldigen, sondern nur um die Bestrafung der Schuldigen.« Er nahm ein Glas. Ozzard verzog keine Miene. »Ich habe nicht gedacht, daß ich es unter diesen Umständen wieder hören würde.«

Bolitho wartete, bis auch Allday sich erhoben hatte, um mit ihnen anzustoßen. *Auf morgen also.*

Er dachte an Herrick, an alle.

Dann hob er sein Glas. »Wir kleiner Kreis Vertrauter.«

Das würden auch sie mögen, die nicht mehr unter ihnen waren.

XVI Die Lee-Küste

Leutnant George Avery klammerte sich an die Luvwanten und starrte dann hoch in den Fockmast. Wie die meisten anderen an Bord war er seit einer Stunde an Deck, und dennoch hatten sich seine Augen noch nicht an die

Dunkelheit gewöhnt. Er konnte die helle Silhouette des hartgebraßten Bramsegels erkennen – doch darüber nichts außer einem gelegentlichen Stern, der durch lange Wolkenfetzen blinkte. Er zitterte in der Kälte. Seine Kleider waren feucht und klebten an ihm. Und noch etwas spürte er, das er längst hinter sich gelassen zu haben glaubte: Ihm war leicht im Herzen, und der Kopf war frei wie damals auf dem kleinen Schoner *Jolie*, als sie kleine Prisen an der französischen Küste aufbrachten, manchmal unter den Mündungen der Küstenbatterien. Wilde verwegene Jahre waren das. Er mußte in der Kälte fast lachen. Heute fühlte er sich wieder so verrückt wie damals.

Er zog sich hoch und stand mit dem Fuß auf der ersten Webleine. Und dann begann er langsam und vorsichtig den Aufstieg. Das große Signalteleskop hing über seiner Schulter wie das Gewehr eines Wilddiebs. Immer weiter hoch. Die Wanten vibrierten in seinem Griff, das geteerte Gut war scharf und kalt wie Eis. Vor der Höhe hatte er keine Furcht, doch er respektierte sie seit jenen Tagen, als er, von seinem Onkel gefördert, Midshipman geworden war und zum ersten Mal aufenterte. Die Seeleute waren grob und wenig hilfsbereit gewesen, doch ihn behandelten sie freundlich. Sie pflegten barfüßig die Webleinen aufzuentern. Ihre Fußsohlen waren mit so harter Hornhaut bedeckt, daß sie Schuhe verachteten und sie nur zu ganz besonderen Gelegenheiten trugen.

Er blieb stehen, um Atem zu schöpfen. Sein Körper wurde gegen das vibrierende Rigg gepreßt, als sich unter ihm das Schiff in einer plötzlichen Bö überlehnte. Ihm war, als hielten ihn eiskalte Hände fest.

Obwohl er unter sich nichts erkennen konnte als den festen Umriß des oberen Decks, über das gelegentlich Schaum über die Gangway oder vom Bug her wehte, konnte er sich die anderen gut vorstellen. Es war so ganz anders als sonst, wenn nervenaufreibendes Trillern zu hören war und das Rasseln der Trommeln, die alle Mann auf Station riefen; das geordnete Chaos, mit dem das Schiff vom Bug bis zum Heck klar zum Gefecht gemacht wurde. Dünne Wände wurden abgeschlagen, Möbel, persönlicher Besitz und Seekisten wurden in die unteren Decks unter der Wasserlinie geschleppt oder gehievt, wo sich der Schiffsarzt und seine Gehilfen vorbereiteten, fern der Unruhe vor der Schlacht. Ihre Arbeit würde man ihnen schon bringen. Doch diesmal war klar Schiff zum Gefecht fast ein Freizeitvergnügen gewesen. Die Männer bewegten sich zwischen vertrauten Blöcken und dem Rigg, als herrsche helles Tageslicht.

Wie befohlen hatten die Männer wachweise ein warmes Frühstück bekommen. Dann war das Feuer in der Kajüte gelöscht, der letzte Tropfen Rum getrunken worden.

Tyacke blieb an der Achterdecksreling. Offiziere und Läufer wirbelten um ihn herum wie seine personifizierten Gedanken. York, der Segelmaster mit seinen Gehilfen, Daubeny, der Erste Offizier, dem ständig ein junger Midshipman auf dem Fuße folgte wie ein Hund.

Und auch den Niedergang achtern, wo er mit Sir Richard auf und ab gegangen war, konnte Avery sich vorstellen. Wo alle Kommandos an ein Schiff oder ein Geschwader begannen oder endeten. Er lächelte, als er sich an Alldays Worte erinnerte: »Achtern die größte Ehre, vorn die besten Männer.« Bolitho hatte seine Uhr dicht an das Kompaßlicht gehalten und gesagt: »Entern Sie auf, George, mit einem guten Teleskop. Ich muß es sofort wissen. Heute sind Sie meine Augen.«

Und dann wieder Allday, der ihm Hut und Säbel abgenommen hatte. »Die finden Sie hier, wenn Sie sie brauchen. Ich möchte nicht gern, daß sich unser Flaggleutnant in den Püttingswanten verheddert, oder?«

Er hatte den Brief geschrieben, um den Allday ihn gebeten hatte. Einen sehr liebevollen. Avery konnte sich fast vorstellen, wie Unis den Brief öffnete, ihn las und dann ihrem Bruder davon berichtete und ihn sicher auch dem Kind hinhielt.

Er schüttelte den Kopf, verjagte solche Gedanken und kletterte weiter. Lange bevor die Briefe England erreichten, könnten sie vielleicht schon alle tot sein.

Er sah jetzt die Fockmars für die Scharfschützen über sich und dachte an Alldays Bemerkung über die Püttingswanten. Erfahrene Kletterer würden um die Plattform herum ohne Zögern weiter nach oben klettern, würden an Lee weit nach draußen hängen und nur die See unter sich haben. Die Fockmars war eine quadratische Plattform, die von einer niedrigen Wand geschützt wurde. Hinter ihr konnten die Scharfschützen sich ihre Ziele auf dem feindlichen Schiff aussuchen. Ähnlich sahen die Marse der anderen Masten aus. Über ihnen führten Wanten und Stage zu den oberen Rahen und noch weiter.

Der Fockmast war der wichtigste und komplizierteste des Schiffes. Er trug nicht nur die größten Großsegel und Bramsegel, sondern war auch mit dem Bugspriet über das Rigg verbunden und mit der kleinen, wichtigen Fock und den Stagsegeln. Jedesmal wenn ein Schiff wenden wollte und durch den Wind ging, würden die kleinen Vorsegel wie Sporen oder Bremsen wirken, die verhinderten, daß sie bewegungslos liegenblieb – mit nutzlosen Segeln, backschlagend und gegen die Masten gedrückt, unfähig, in die eine oder andere Richtung zu laufen. Mitten im Nahkampf konnte die Unfähigkeit zu manövrieren den Tod eines Schiffes bedeuten.

Er dachte an Tyacke und York und Männer wie sie, die wahren Könner. Wer an Land würde je die Kraft und das Können solch feiner Seeleute einschätzen können, wenn er ein Schiff des Königs sich unter Vollzeug den Englischen Kanal hinunterkämpfen sah?

Er zog sich an den Wanten empor und entschied sich für den leichteren Weg in die Fockmars durch eine kleine Öffnung, das Landrattenloch, wie die alten Teerjacken es nannten.

Hier oben hockten schon vier Seesoldaten. Ihre gekreuzten Brustriemen und die Winkel auf dem Ärmel des Korporals waren in der Dunkelheit gut sichtbar.

»Guten Morgen, Sir. Ein schöner Tag für einen Ausflug!«

Avery nahm das Teleskop vom Rücken und lächelte. Das war das Schicksal eines Flaggleutnants – er war weder Fisch noch Fleisch und schien immer wie ein Fremder unter allen. Als Offizier gehörte weder ein Mast noch eine Gruppe Kanonen zu seinem Aufgabenbereich. Er war auch kein Symbol für Disziplin oder Bestrafungen. Er wurde nur einfach akzeptiert, wurde toleriert.

Er fragte: »Glauben Sie, daß es gleich hell wird?«

Der Korporal lehnte gegen eine Drehbasse. Sie war bereits nach unten gerichtet für den sofortigen Einsatz. Ein Stück Leinwand schützte das Zündloch vor der feuchten Luft.

»In einer halben Stunde, Sir. So sicher wie das Amen in der Kirche!«

Sie lachten alle wie an einem ganz normalen Tag.

Avery sah unten die Fock flattern und stellte sich den drohenden Löwen unter ihr vor. Wenn die See bei Tagesanbruch leer wäre? Er prüfte sich – würde er sich erleichtert fühlen, dankbar sein?

Er mußte an die Besprechung von Bolitho und Tyacke zurückdenken. Wie konzentriert Bolitho bei seinen Überlegungen und Planungen war. Er bibberte plötzlich wieder. Nein, die See würde nicht leer sein. *Warum bin ich so sicher?* Dann dachte er, *weil wir eben die sind, die wir sind, die Leute, zu denen er uns gemacht hat.*

Er versuchte, sich auf England zu konzentrieren, auf London, die geschäftige Straße mit den glänzenden Kutschen und den livrierten Dienern. An eine Kutsche dachte er besonders. Sie war so wunderbar. Sie würde nicht warten und ihr Leben verstreichen lassen.

Und doch hatten sie etwas geteilt, etwas Tiefes, wie kurz auch immer. Hatte er also eine Chance, gab es Hoffnung nach dieser kalten Dämmerung?

Vorsichtig sagte der Korporal: »Manchmal würde ich gern wissen, was er für einer ist. Ich mein den Admiral, Sir!« Er schwieg plötzlich, weil er wohl fühlte, zu weit gegangen zu sein. »Wir sehen ja nur Sie und ihn manchmal über Deck gehen, und dann kam doch mal seine Dame in Falmouth an Bord.« Er legte seinem Kameraden die Hand auf die Schulter. »Ich und Ted waren dabei. Das hätte ich nie für möglich gehalten, verstehen Sie!«

Avery verstand es. Er hatte Catherine die Schuhe wieder gereicht und dabei den Teerfleck auf ihrem Strumpf bemerkt nach dem Aufentern über die Seite des Schiffs. Die Fahne wehte aus, und dann kamen die Hurrahrufe. Man ließ sie schuften, trieb sie an, zerbrach sie manchmal – doch diese Männer hatten das Ereignis freudig erlebt und erinnerten sich gern daran.

»Er ist genau *der* Mann, Korporal. So wie sie *die* Dame ist«, antwortete er. Er meinte Tyacke zu hören: *Ich könnte unter keinem anderen dienen.*

Einer der anderen Soldaten hatte offensichtlich Mut gefaßt und fragte: »Was geschieht mit uns, wenn der Krieg vorbei und vergessen ist?«

Avery starrte auf das große Rechteck des Segels und spürte feuchtes Salz auf den Lippen.

»Ich bete zu Gott, daß ich dann noch in der Lage bin, auch für mich was Passendes zu finden«, sagte er.

Der Korporal stimmte zu. »Ich krieg meinen zweiten Streifen und bleib bei der Truppe. Gute Verpflegung, genügend Rum und wenn's drauf ankommt, harte Kämpfe. Mehr brauch ich nicht!«

Eine Stimme ließ sich von oben aus der Saling hören. »Erstes Tageslicht, Sir!«

Der Korporal grinste. »Das ist der olle Jakob da oben, ein verrückter Kerl, Sir!«

Avery erinnerte sich, wie Tyacke den Matrosen Jakob als den besten Ausguck des Geschwaders beschrieben hatte. Er war Sattler gewesen, ein Beruf, der viel Können verlangte. Er hatte seine Frau in den Armen eines anderen Mannes angetroffen und beide umgebracht. Das Gericht hatte ihm die Wahl gelassen zwischen Galgen und Marine.

Avery zog das große Teleskop aus dem Futteral, während die Seesoldaten ihm Platz machten und ihm sogar etwas hinlegten, worauf er knien konnte.

Einer legte seine Hand auf die Drehbasse und meinte kichernd: »Stürzen Sie bloß nicht auf die Betsy hier, Sir. Sie könnte aus Versehen losdonnern und unserem armen Korporal den Kopf wegblasen. Das wär doch schlimm, Leute!« Sie lachten alle, vier Seesoldaten auf einer windumtosten Plattform irgendwo im Nichts. Sie hatten wahrscheinlich keine Ahnung, wo das Schiff stand oder wohin es morgen segeln würde.

Avery kniete und fühlte, wie die Mars unter dem großen Gewicht von Spieren und Segeln und unter den Meilen von stehendem und laufendem Gut zitterte.

Er hielt die Luft an und richtete sein Glas sehr sorgfältig aus, doch er konnte nur Dunkelheit mit Wolken erkennen. Der alte Jakob weiter oben würde zuerst alles sichten.

Er bibberte wieder, konnte es nicht verhindern.

»Hier, Sir!« Von irgendwo streckte sich ihm eine Hand entgegen. »Nelsons Blut!«

Avery nahm den Rum dankbar an. Es war gegen alle Vorschriften. Sie wußten es, er wußte es.

Der Korporal murmelte: »Auf unser Glück, Freunde!«

Avery nahm einen Schluck und spürte den Rum die Kälte vertreiben. Und die Furcht. Er sah wieder durch das Teleskop. *Heute sind Sie meine Augen.* Als stünde er neben ihm.

Und dann war der Feind plötzlich sichtbar.

Kapitän Tyacke beobachtete die schattenhaften Gestalten von Hockenhull, dem Bootsmann, und einer Gruppe von Seeleuten, die Leinen dichtholten und sie um Poller legten. Alle Boote der *Indomitable* waren zu Wasser gelassen und hingen achteraus an einer Leine wie ein einziger großer Seeanker. Obwohl er sie kaum erkennen konnte, wußte er, daß die Netze über dem Kanonendeck bereits gespannt waren. Der Vorhang konnte aufgehen.

Tyacke prüfte sich. Hatte er noch Zweifel? Falls er welche gehabt hatte, waren sie verweht, als sich der Ausguck aus der Focksaling gemeldet hatte. Avery würde jetzt durch sein Glas starren, versuchen Einzelheiten herauszufinden, Zahlen, die Stärke des Feindes ergründen.

York meldete: »Der Wind nimmt ab, Sir. Doch er reicht uns noch!«

Tyacke schaute auf Bolitho zurück, eine große Gestalt vor den hellen, gestauten Hängematten. Er sah ihn nikken. Es wurde Zeit – es mußte sein. Doch der Wind war alles.

Scharf befahl er: »Schütteln Sie das zweite Reff aus, Mr. Daubeny. Setzen Sie Fock und Besan.« Und dann fragte er sich: *Wo sind unsere verdammten Schiffe?* Sie hätten sich in der Nacht verlieren können. Das wäre immer noch besser als ausgerechnet jetzt eine Kollision. Er hörte, wie der gutmütige Midshipman des Ersten Offiziers mit schriller Stimme seine Befehle wiederholte. Etwas Unsicherheit klang darin mit, weil er wohl nicht genau wußte, was geschehen würde.

Er dachte stirnrunzelnd an die anderen Offiziere. Jungen in Uniform. Auch Daubeny war jung für die Verantwortung, die er trug. Er wiederholte in Gedanken, was er gesagt hatte: *Wenn ich fallen sollte...* Daubenys Können oder sein Versagen würde über Erfolg und Mißerfolg entscheiden.

Er hörte Allday etwas sagen, über das Bolitho lachte, und war überrascht, daß ihn das immer noch berührte. Es gab ihm Halt, so wie die großen Eisenringe die Masten stützten.

Die Seesoldaten hatten ihre Waffen abgelegt und bemannten die Besanbrassen, als der Besan sich knatternd im Wind blähte.

Er spürte Isaac York in der Nähe, der sicher mit ihm reden wollte, um sich die Zeit zu verkürzen – so wie es Freunde vor Beginn eines Kampfes immer zu tun pflegen. Es könnte das letzte Mal sein. Doch er wollte seine Zeit nicht mit leeren Gesprächen vergeuden. Er mußte hellwach bleiben, auf alles reagieren, alles sehen – von den Männern am großen Doppelrad bis zum jüngsten Midshipman, der das Stundenglas neben dem Kompaßgehäuse umdrehte.

Er sah seinen eigenen Bootsführer, Fairweather, die Boote mustern, die achteraus an der Trosse trieben.

»Sorgen, Eli?« Er sah ihn grinsen. Ein Allday war er nicht, doch er gab sein Bestes.

»Die werden sicher Farbe brauchen, wenn wir sie wieder an Bord nehmen, Sir!«

Doch Tyacke hatte sich schon abgewendet. Er musterte die nächsten Kanonen, um die die Mannschaften, einige mit nacktem Oberkörper, im kalten Wind standen und auf die ersten Befehle warteten. Die Decks waren gesandet, damit niemand in Gischt oder Blut ausrutsche.

Rammer, Wischer und Wurmhaken, Werkzeuge ihres Handwerks, lagen ganz in der Nähe.

Leutnant Laroche meldete: »Der Flaggleutnant.«

Avery stieg den Niedergang zum Achterdeck hoch, wo Allday ihm Säbel und Hut reichte.

»Es sind insgesamt sechs Schiffe, Sir Richard. Die Tide läuft meiner Meinung nach ab.«

York bestätigte: »Muß sie!«

»Ich denke, eine Fregatte hat alle Boote in Schlepp, Sir. Wir sind noch zu weit weg, und es ist noch zu dunkel, um es genau zu erkennen.«

Tyacke sagte: »Das leuchtet ein. Das hält sie alle zusammen. So sind sie dann bestens gerüstet für die Landung.«

»Wir können nicht warten«, sagte Bolitho. »Wir ändern unseren Kurs.« Er sah Tyacke an und meinte hinterher, er habe gelächelt, obwohl sein Gesicht im Dunkeln lag. »Sobald wir unsere eigenen Schiffe erkennen, geben Sie den Befehl: *Nach eigenem Ermessen angreifen*. Wir können hier nicht in Linie kämpfen!«

Avery erinnerte sich noch gut, wie konsterniert die Herren der Admiralität gewesen waren, als Bolitho seine Ansichten über die Zukunft der Flotte vertreten hatte.

Tyacke gab jetzt seinen Befehl. »Zwei Strich abfallen. Neuer Kurs Nordost bei Nord.« Er wußte, was Bolitho gedacht hatte, wie sie es alle besprochen hatten, ohne mehr zu wissen, als was Kapitän Lloyd beobachtet und er selber daraus gefolgert hatte: Warum führte der Gegner so viele Boote zusätzlich mit? Tyacke grinste herzhaft. *Sklavenhändler – wie damals.*

Männer pullten schon an den Brassen, lagen fast auf den Planken, als sie die großen Rahen herumholten. Muskeln und Knochen kämpften mit Wind und Ruder.

Tyacke sah Daubeny noch ein paar Männer an die Brassen schicken. Doch selbst mit den Freiwilligen aus Neuschottland waren sie immer noch unterbemannt, ein

Erbe jenes blutigen Gefechts zwischen der *Indomitable* und Beers *Unity*. Tyacke rückte seinen Hut gerade. Es beunruhigte ihn, daß das schon wieder ein Jahr her war.

Bolitho trat neben ihn an die Reling. »Der Feind hat mehr Leute und die besseren Kanonen und wird beides einsetzen.« Er verschränkte die Arme vor der Brust, als spreche er über das Wetter. »Aber er steht vor einer Leeküste – und das ist ihm klar. Als Seemann weiß ich, daß man die Schiffsführer wegen der Landeplätze nicht konsultiert hat.« Er lachte und fügte hinzu. »Also werden wir unseren Vorteil daraus ziehen!«

Tyacke lehnte sich vor über den Kompaß, und der Rudergänger meldete: »Nordost bei Nord, Sir. Voll und bei!«

Tyacke sah nach oben und prüfte jedes Segel ganz genau und kritisch, als das Schiff sich langsam auf Steuerbordbug überlehnte. Dann legte er die Hände wie eine Trompete vor den Mund und rief: »Fockbrassen dichter holen, Mr. Protheroe. Und jetzt belegen.« Und wie zu sich selbst fügte er hinzu: »Der ist ja fast noch ein Junge, verdammt noch mal.«

Doch Bolitho hatte ihn gehört. »Das sind wir doch alle, James. Junge Löwen.«

»*Chivalrous* in Sicht, Sir. An Backbord voraus.«

Nur eine Sammlung weißer Segel hoch vor stumpfen Wolken. Wie war er sich so sicher? Aber Tyacke zweifelte nicht an seinem Ausguck. Er wußte es eben, und nur darauf kam es an. Auch die anderen würden bald in Sicht sein. Er sah, wie das erste Morgenlicht oben über die Wanten und die zitternden Bramsegel strich. Auch der Feind würde sie sehen.

Der Wind war noch immer stark genug – für den Augenblick jedenfalls. Land würde man erst sehen können, wenn die Sonne hoch genug stand, und selbst dann ... Doch fühlen konnte man es längst. Wie eine gewaltige

Barriere dehnte es sich ihnen entgegen, um den Eingang der Bucht von allen Schiffen freizuhalten, egal welche Flaggen sie führten.

Tyacke strich sich über das Gesicht und bemerkte nicht, daß Bolitho ihn beobachtete. Hier draußen war es so ganz anders, hier sah man und wurde man gesehen. Nichts erinnerte hier an die erstickende Enge des unteren Kanonendecks an jenem Tag vor Alexandrien, als er fast gestorben wäre und sich hinterher wünschte, er wäre es.

Er dachte an den Brief in seinem Tresor und an den, den er als Antwort verfaßt hatte. Warum hatte er überhaupt geantwortet? Nach all dem Schmerz und all der Verzweiflung, der brutalen Erkenntnis, daß das einzige Wesen, das ihm je etwas bedeutet hatte, ihn zurückgewiesen hatte – warum eine Antwort? Es wunderte ihn, daß sie ihm überhaupt geschrieben hatte. Er erinnerte sich an das Lazarett in Haslar in Hampshire, das voll belegt war mit Offizieren, Überlebenden aus dieser oder jener Schlacht. Jeder, der dort arbeitete, gab vor, ganz normal, ganz ruhig, ganz ungerührt zu sein von all dem geballten Elend. Ihn hatte das fast verrückt gemacht. Damals sah er sie zum letzten Mal. Sie hatte ihn im Lazarett besucht, und ihm war heute klar, daß sie vieles von dem, was sie sehen mußte, entsetzt hatte. Hoffnungsvolle, ängstliche Gesichter von Krüppeln, Verbrannten, Amputierten und Erblindeten. Das mußte ihr wie ein Alptraum erschienen sein. Aber alles, was er empfunden hatte, war Mitleid. Mitleid mit sich selber.

Sie war seine einzige Hoffnung gewesen, alles, an das er sich nach der Schlacht klammern konnte, als er auf der alten *Majestic* so schwer verwundet worden war. Alt, dachte er verbittert. Sie war ein fast neues Schiff gewesen. Jetzt legte er die Hand auf die Reling, spürte die Risse und Narben im Holz und merkte nicht, wie besorgt

Bolitho um ihn war. *Nicht wie diese alte Dame.* Ihr Kommandant war vor Alexandrien gefallen, und der Erste Offizier hatte das Kommando übernommen und weitergekämpft. Ein junger Mann. Wieder fuhr er sich über das Gesicht. *Wie Daubeny.*

Auch sie war so jung gewesen ... Er hätte ihren Namen fast laut genannt. *Marion.* Schließlich hatte sie einen viel älteren Mann geheiratet, einen gütigen Auktionator, der ihr eine sichere Zukunft bot und ein Haus in den Portsdown Hills kaufte, von wo aus man den Solent und die Schiffe auf der Kimm sehen konnte. Wie oft hatte ihn das gequält. Das Haus lag nicht weit von Portsmouth und dem Lazarett, in dem er hatte sterben wollen.

Sie hatten zwei Kinder, einen Jungen und ein Mädchen. *Sie hätten meine sein können.* Jetzt war ihr Mann gestorben. Sie schrieb Tyacke, weil sie in der Zeitung etwas über das Geschwader und über ihn als Flaggkapitän von Sir Richard Bolitho gelesen hatte.

Der Brief war mit viel Gefühl geschrieben, doch ohne Entschuldigung oder Nachgeben – ein reifer Brief. Sie bat um sein Verständnis, nicht um seine Vergebung. Sie wäre dankbar für eine Antwort, sehr dankbar. *Marion.*

»An Deck! Segel in Sicht in Nordost!«

Tyacke nahm ein Glas aus dem Stell und trat nach Luv, blickte über das Deck und durch das straffe Rigg. Leichtes Sonnenlicht, doch keine Wärme. Das Wasser blau und grau. Er hielt den Atem an, vergaß die Seeleute und Seesoldaten, die ihn beobachteten. Ein, zwei, drei Schiffe. Ihre Segel füllten sich und flappten dann wieder im Versuch, den Wind zu halten. Die anderen Schiffe waren noch nicht sichtbar.

Diesmal haben wir den Vorteil auf unserer Seite. Doch bei solch unstetem Wind könnte sich das auch leicht umkehren.

Er senkte das Glas und wandte sich an Bolitho. »Ich denke, wir bleiben auf Kurs, Sir Richard!«

Nur ein Nicken, wie ein Händedruck. »Einverstanden. Signal an die *Chivalrous: Zum Flaggschiff aufschließen.*« Er lachte unerwartet, seine Zähne glänzten weiß in seinem braungebrannten Gesicht. »Dann setzen Sie das Signal: *Nahkampf.*« Das Lächeln verwehte. »Lassen Sie das Signal wehen!«

Tyacke sah, wie er Allday zunickte. Wieder eine Verbindung, eine Rettungsleine.

»*Chivalrous* bestätigt, Sir!«

»Sehr gut.«

Bolitho stand jetzt wieder bei ihm. »Wir werden das Schiff, das die Boote schleppt, als erstes angreifen.« An Tyacke vorbei sah er unscharf die Segel der anderen Fregatten im ersten Licht. »Lassen Sie laden, sobald Sie können, James!« Seine grauen Augen blickten ernst. »Die Soldaten dürfen auf keinen Fall landen!«

»Ich werde alles veranlassen. Doppelte Ladung und Schrapnell obendrein.« Er sprach ohne jedes Mitgefühl. »Aber wenn wir wenden, kriegen wir es mit den anderen zu tun, es sei denn, unsere Schiffe helfen uns.«

Bolitho legte ihm die Hand auf den Arm. »Sie werden kommen, James. Ich bin ganz sicher.«

Er wandte sich Ozzard zu, der sich gebückt vom Niedergang genähert hatte, als erwarte er den Feind bereits längsseits. Er brachte dem Admiral den goldbesetzten Hut, den er wie eine Pretiose vor sich hertrug.

Drängend wandte Tyacke ein: »Wäre das klug, Sir Richard? Hier wird es heute von Scharfschützen der Yankees nur so wimmeln.«

Bolitho reichte Ozzard seinen einfachen Alltagshut und setzte nach nur kurzem Zögern den neuen auf das feuchte Haar.

»Geh nach unten, Ozzard. Und vielen Dank.« Er sah

den kleinen Mann erleichtert verschwinden. Mit keinem Wort verriet er, was er wirklich dachte. Dann sagte Bolitho ruhig: »Wahrscheinlich ist es Wahnsinn, aber so ist es nun mal. Nüchternes Kalkül wird heute nicht reichen, James.« Er berührte sein Auge und starrte in den spiegelnden Glanz. »Aber einen Sieg muß es geben.«

Der Rest wurde übertönt vom Schrillen der Pfeifen und dem Quietschen der Blöcke, als die Kanonen aus ihren Halterungen gelöst wurden und die Mannschaften das Laden vorbereiteten.

Er wußte, daß einige Männer der Achterdeckswache gesehen hatten, wie er den neuen Hut aufsetzte, den Catherine und er zusammen in der St. James Street in London erstanden hatten. Er hatte vergessen, ihr von seiner Beförderung zu erzählen, und sie hatte ihn dafür umarmt. Ein paar Seeleute riefen Hurrah, und er tippte grüßend an den Hut. Tyacke hatte Besorgnis in Alldays Gesicht bemerkt und ahnte, was die Geste ihn gekostet hatte.

Tyacke ging davon und beobachtete die vertrauten Vorbereitungen, ohne sie richtig zu sehen. Laut sagte er: »Sie werden Ihren Sieg bekommen, egal wie!«

Bolitho trat an die Reling, wo Allday stand und mit der Hand über den Augen achteraus peilte.

Wie Federn waren auf der glänzenden Kimm zwei weitere Fregatten des Geschwaders aufgetaucht. Ihre Kommandanten waren ganz ohne Zweifel erleichtert, daß das Tageslicht sie wieder zusammenführte. Die kleinere der beiden Fregatten war sicher die *Wildfire* mit achtundzwanzig Kanonen. Bolitho stellte sich ihren Kommandanten vor, einen Mann mit dunklen Zügen, der seinen Toppgasten zubrüllte, mehr Segel zu setzen, soviel wie sie gerade eben noch tragen konnten. Morgan Price, ein rauher Waliser, hatte noch nie ein Sprachrohr gebraucht, selbst in einem brüllenden Sturm nicht.

Allday meinte: »So ist es richtig, Sir Richard!«

Bolitho sah ihn überrascht an. Allday machte sich um die anderen Schiffe keine Sorgen. Wie viele auf dem Achterdeck hatte er beobachtet, wie die eigenen Boote weiter und weiter achteraus trieben und nur von einem großen Treibanker gehalten wurden. Nach dem Gefecht würde man sie wieder aufnehmen. Das war vor jedem Kampf nötig, um Verletzungen durch herumwirbelnde Holzsplitter zu vermeiden. Doch für Allday waren sie, wie für die meisten Matrosen, die letzte Überlebenschance, wenn das Schlimmste geschehen sollte. So wie ihr bloßes Vorhandensein an Deck verängstigte Männer dazu bewegen würde, Gehorsam und Disziplin zu vergessen und sie zur Flucht zu benutzen.

Bolitho bat ihn: »Hol mir bitte ein Glas!«

Als Allday ein passendes Teleskop suchte, schaute er achteraus auf die ferne Fregatte. Dann deckte er sein unverletztes Auge ab und wartete darauf, daß die hellen Bramsegel verschwimmen oder ganz verschwinden würden. Beides geschah nicht. Die Tropfen, die der Arzt ihm gegeben hatte, taten seinem Auge gut, auch wenn sie beim ersten Mal immer brannten. Helligkeit und Farben veränderten sich nicht, ja selbst das Gesicht des Meeres trug wieder individuelle Wellen und Täler.

Allday kam mit dem Teleskop. »Alles in Ordnung, Sir Richard?«

»Du machst dir zuviel Sorgen«, antwortete Bolitho sanft.

Allday lachte, erleichtert und zufrieden.

»Kommen Sie mal, Mr. Essex!«

Er ließ das schwere Glas auf der Schulter des Jungen ruhen und richtete es sorgfältig über den Steuerbordbug aus. Ein schöner, klarer Morgen war aus den Wolken und dem kalten Wind gestiegen. Der Winter meldete sich hier früh. Er fühlte, wie der junge Midshipman leicht bibberte. Kälte, Erregung, sicherlich keine Furcht, noch keine Furcht. Er war ein lebhaftes, intelligentes Kerlchen und dachte wahrscheinlich auch nur an den Tag, an dem er seine Examen ablegen könnte und befördert würde – auch wieder so ein Junge in Uniform.

Mindestens drei Schiffe, der Rest war noch nicht sichtbar. Sie segelten fast in Kiellinie und neigten sich, als sie steil durch den Wind gingen. Weit hinter ihnen lag ein purpurfarbener Hauch wie eine niedrige Wolke auf dem Wasser. Er dachte an Yorks Karten und seine runde Schrift im Logbuch. Die Grand Manan Insel, die den Eingang zur Bucht bewachte. Die Amerikaner würden sich der Gefahren beim Einlaufen sicher sehr bewußt sein: eine Leeküste mit Untiefen, die noch gefährlicher wurden, wenn die Tide wechselte.

Er richtete sich auf und wartete, bis der Atem des Jungen sich wieder beruhigt hatte. Oder vielleicht hielt er nur den Atem an, sich seiner besonderen Verantwortung wohl bewußt.

Ein viertes Schiff erschien jetzt in der starken Linse. Ein Sonnenstrahl trennte es von den anderen und hauchte ihm Leben ein.

Er wußte, daß Tyacke und York ihn beobachteten und die Chancen abwogen.

Bolitho sagte: »Das vierte Schiff schleppt die Boote. Der Flaggleutnant hat sich nicht geirrt.« Er hörte Avery laut lachen, als Tyacke trocken bemerkte: »Endlich mal nicht, Sir!«

Bolitho schob das Glas mit einem Klick zusammen und sah auf den Midshipman herunter. Er hatte Sommersprossen wie einst auch Bethune. Er dachte an Herricks Urteil: *ein Emporkömmling.*

»Vielen Dank, Mr. Essex.« Er trat wieder an die Reling. »Bringen Sie sie höher an den Wind, James. Ich möchte das schleppende Schiff angreifen, ehe es die Boote loswerfen kann. Ob leer oder besetzt macht jetzt auch keinen Unterschied mehr. Wir werden sie am Landen hindern, und in einer Stunde wird alles vorbei sein.«

Tyacke gab an den Ersten Offizier weiter: »Klar zum Kurswechsel!« Dann ein fragender Blick zum Segelmaster. »Was meinen Sie, Isaac?«

York kniff die Augen zusammen, musterte den Besan und dann das Bramsegel darüber. »Nordost bei Ost.« Er schüttelte den Kopf, als das Achterliek des Besan, von dem die große weiße Kriegsflagge fast genau mittschiffs wehte, laut zu flappen begann. »Nein, Sir. Nordost ist alles, was wir anliegen können, fürchte ich.«

Bolitho war sichtlich gerührt von der Intimität zwischen den beiden Männern. Tyackes Leben auf dem kleinen Schoner hatte seine Spuren hinterlassen. Aber vielleicht war er schon immer so gewesen.

Er legte die Hand über die Augen, um das langsame Reagieren des Schiffs zu beobachten. Der lange Bugspriet bewegte sich wie ein Zeigestab, bis die feindlichen Schiffe langsam und scheinbar von Bug zu Bug vorüberglitten.

»Neuer Kurs liegt an, Sir. Kurs Nordost!«

Bolitho beobachtete die so hoch am Wind widerspenstig zitternden Segel. Anders ging es nicht. Nur die *Indomitable* hatte die Feuerkraft, das in einem Angriff zu schaffen. Die *Chivalrous* war zu klein, die anderen Schiffe zu weit weg. Sie würden ihre Chance schon bald bekommen.

Avery verschränkte die Arme vor der Brust und versuchte nicht zu zittern. Die Luft war immer noch schneidend. Das stärker werdende Sonnenlicht, das die kleinen Wellen wie mit gebrochenem Gold färbte, täuschte.

Er sah Allday, der das alles wahrnahm wie ein Mann, der so etwas schon viele Male erlebt hatte. Er betrachtete das offene Achterdeck: die Seesoldaten in ihren scharlachroten Uniformen mit ihrem Offizier, David Merrick. Die Stückmannschaften und die Rudergänger, jetzt vier an der Zahl, ein Gehilfe des Masters neben ihnen. Tyacke hielt sich – die Hände auf dem Rücken unter den Schößen des Uniformrocks verborgen – abseits, auch abseits vom Admiral, der dem jungen Midshipman Essex irgend etwas erklärte. Etwas, das der sicher nie vergessen würde, wenn er diesen Tag überlebte.

Avery schluckte schwer, weil er etwas mehr gesehen hatte als andere. Allday, der wahrscheinlich erfahrener war als jeder andere an Bord, suchte Schwächen und Gefahrenpunkte. Er sah über die Finknetze hinaus mit den fest eingerollten Hängematten und hoch auf den Großmars, wo Seesoldaten über der Schutzwand zu erkennen waren. Auf der Höhe würde auch der Großmars des Feindes sein, wenn er denn nahe genug herankäme. Er dachte an die feindlichen Scharfschützen, die zum größten Teil Waldläufer waren, Männer, die von ihrer Zielgenauigkeit lebten. Dieser Gedanke ließ Avery frösteln. Denn diese Schützen waren sicher mit den neuesten und sehr genau schießenden Gewehren ausgerüstet.

Wo lag aber die Quelle für Alldays Besorgnis? Doch wohl in Bolithos Geste, mit der er den Hut mit den goldglänzenden Litzen aufgesetzt hatte. Man erzählte sich, Nelson habe sich vor der letzten Schlacht geweigert, seine Orden abzulegen. Erst als er sterbend, mit zerschossenem Rückgrat nach unten getragen wurde, hatte er befohlen, sie abzudecken. Auch so eine große Geste: Bevor die Schlacht nicht gewonnen war, sollten die Männer nicht wissen, daß ihr Admiral gefallen war.

All das zeigte sich in Alldays besorgtem Gesicht. Als sich ihre Blicke über das Deck hin trafen, bedurfte es zwischen ihnen keiner weiteren Worte.

»An Deck! Die Boote werden drüben längsseits geholt!«

Bolitho ballte die Fäuste. Seine Besorgnis konnte er jetzt nicht mehr verbergen.

Avery wußte das von dem Augenblick an, als Bolitho die entscheidende Bedeutung der Boote erwähnt hatte. Trotz der Risiken und der hohen Wahrscheinlichkeit, den Tag nicht zu gewinnen, hatte er die Alternative bedacht: Die *Indomitable* könnte gezwungen sein, auf Boote zu schießen, die randvoll waren mit hilflosen Männern, die zur eigenen Verteidigung keinen Finger heben konnten. Zeichnete so etwas diesen Krieg aus? Oder waren das nur die Überlegungen eines menschenfreundlichen Mannes?

Tyacke rief laut: »Da geht irgendwas schief, Sir!«

York sah durchs Glas. »Der Yankee ist auf Grund gelaufen, Sir!« Er schien überrascht.

Bolitho beobachtete, wie die Sonne sich in den fallenden Segeln spiegelte, die mit einem Teil des Großmastes herunterkamen. Er glaubte fast, das Krachen zu hören. Eine große Fregatte, die es Kanone um Kanone mit der *Indomitable* aufnehmen konnte, war machtlos gegen die See und die Zerstörungen am Rumpf und im Rigg. Die Boote waren schon zur Hälfte oder ganz mit blau Uniformierten besetzt. Waffen und Ausrüstung lagen völlig durcheinander, während den Männern klar wurde, was gerade geschah.

Bolitho befahl: »Klar bei Steuerbordbatterien, Kapitän Tyacke.« Er erkannte seine eigene Stimme kaum wieder. Flach, hart und ohne jedes Gefühl. Sie klang wie die eines Fremden.

Daubeny schrie: »Steuerbordbatterie! *Ausrennen!*«

Die schweren Vierundzwanzigpfünder rollten schwer an die Stückpforten und schoben durch die Mündung. Die Stückführer gaben Handzeichen, um ein Durcheinander zu vermeiden. Es sah aus wie beim üblichen Exerzieren. Hier und da brauchte man eine Handspake.

Männer warfen sich in die Brocktaue, um die Mündung ein paar Zoll weiterzubewegen.

Das feindliche Schiff hatte leicht geschwoit, das gefallene Rigg hing längsseits. Die Tide fiel zusehends. Gleich würde die Fregatte wie ein gestrandeter Wal trockengefallen sein.

Das Rad drehte sich wieder. York beobachtete das Land und die Strömung und fühlte die Gefahr für das eigene Schiff mehr, als er sie sah.

»Kurs Nord bei Ost, Sir!«

Bolitho befahl: »Eine Gelegenheit, Kapitän Tyacke! Zwei Breitseiten, drei, wenn Sie's schaffen.« Ihre Blicke trafen sich. *Zeit und Entfernung.*

Midshipman Essex sprang herum, als sei er getroffen worden, und schrie: »Unsere anderen Schiffe sind da, Sir!« Er winkte mit dem Hut, als ferner Kanonendonner wie dumpfes Gewittergrollen über die See rollte. Dann wurde ihm klar, daß er gerade seinen Admiral angebrüllt hatte. Er sah errötend zu Boden.

»Feuern in der Aufwärtsbewegung!«

Bolitho blickte über Steuerbord und sah die Stückführer an den straff gespannten Zugleinen. Die langsam brennenden Zündschnüre qualmten wie Weihrauch in einem Tempel.

Daubeny am Großmast, den Säbel über der Schulter, Philip Protheroe, der Vierte Offizier, ganz vorn mit der ersten Division Kanonen. Und hier auf dem Achterdeck der jüngste Offizier, Blythe, der auf die knienden Seeleute sah, als erwarte er gleich eine Meuterei. Das gestrandete Schiff kam langsam näher, die abgesetzten Boote bewegten sich plötzlich nicht mehr. Die schwache Sonne warf die zitternden Schatten der Segel auf das Wasser.

Daubeny hob den Säbel. »Ziel erfassen!«

Leutnant Protheroe blickte nach achtern und brüllte dann: »Feuer frei!«

Divisionsweise donnerten die Kanonen über die See. Die Vierundzwanzigpfünder rollten durch den Rückstoß zurück in die Brocktaue und wurden wie wilde Tiere eingefangen.

Bolitho glaubte, die Breitseite wie eine Schockwelle über das Wasser rasen zu sehen und sich wie eine höllische Sichel einen Weg zu schneiden. Als die ersten doppelten Ladungen und die Schrapnells die Boote zerrissen und im Schiff explodierten, suchten Protheroes Männer mit ihren Wurmhaken bereits nach brennenden Rückständen und wischten die Rohre aus, ehe sie neue Kartuschen und Geschosse luden.

Als letzte feuerten die Kanonen des Achterdecks. Blythes Stimme überschlug sich fast, als er rief: »Eine Guinee für die erste Kanone, eine Guinee für die erste!«

Bolitho betrachtete das alles mit einer seltsamen Taubheit. Er spürte selbst sein Herz nicht mehr schlagen. Tyacke hatte sie alle gut gedrillt. Drei Runden alle zwei Minuten. Vor dem Wenden, um nicht wie der Amerikaner auf Grund zu laufen, würde sie also eine dritte Breitseite feuern können.

Eine Pfeife schrillte. »Klar, Sir!«

»Feuer frei!«

Boote und Bruchstücke von Booten. Uniformierte, die im Wasser um sich schlugen. Ihre Schreie verstummten, als Waffen und Gepäckstücke sie in die eisige Tiefe zogen. Andere, die es noch bis zur Seite des Schiffs geschafft hatten, suchten woanders Schutz. Doch die nächste gezielte Breitseite mähte sie auch hier nieder. Der Amerikaner brannte und wurde unter den einschlagenden Kugeln zerfetzt. Doch schlimmer noch war das Blut. Es lief aus dem Rumpf und vom Deck ins Wasser, das sich im Sonnenlicht rosa färbte.

In einer kurzen Feuerpause hörte Bolitho Allday sagen: »Wenn die als erste gefeuert hätten, hätten sie mit uns auch kein Pardon gekannt.« Er sprach mit Avery, doch dessen Antwort ging in einer neuen Salve unter.

Jenseits der erbarmungslosen Todesarena spielte sich eine zweite Tragödie ab. Schiff kämpfte mit Schiff, zwei gegen eins, wenn die Chancen schlecht standen. Keine Linie mehr, nur einzelne Kämpfe, wie Mann gegen Mann.

Heiser brüllte York plötzlich: »Weiße Flagge, Sir. Sie sind erledigt!«

Doch die letzte und dritte Breitseite schlug schon ein und zerstörte, was immer ihre Pläne gewesen sein mochten.

Als die Männer von den Kanonen an Fallen und Brassen rannten, um das Schiff durch den Wind zu bringen, sah Bolitho zum letzten Mal auf den Feind. Doch selbst die weiße Flagge war jetzt im Rauch verschwunden.

Daubeny ließ seinen Säbel in die Scheide zurückgleiten, seine rotgeränderten Augen glänzten.

»Signal von der *Chivalrous*, Sir. Der Feind hat das Gefecht abgebrochen.« Er schaute auf seine Hand, um zu prüfen, ob sie zitterte. »Sie haben erreicht, was sie sollten!«

Tyacke wandte seinen Blick von den flappenden Segeln, als sein Schiff gemessen durch den Wind drehte. Der Wimpel am Masttopp und Bolithos Flagge mit dem St. Georgskreuz wehten gleichzeitig auf der anderen Seite aus.

»Und wir auch, Mr. Daubeny«, sagte er heiser.

Bolitho gab Essex das Teleskop zurück. »Danke!« Dann an Tyacke: »Signal bitte an alle. Gefecht abbrechen. Verluste und Schäden melden.« Er sah den langen Midshipman, der für die Signale zuständig war. »Mr. Carleton, hören Sie gut zu und setzen Sie dann das Signal: ›*Euch ist der Mut geschenkt!*‹«

Avery eilte den Signalgasten zu Hilfe. Doch dann hielt

er inne, als fürchte er etwas zu verpassen. Noch immer schmerzte sein Kopf vom Brüllen der Geschütze und der plötzlichen Stille.

Bolitho instruierte Tyacke: »*Taciturn* übernimmt die Führung und bringt unsere Schiffe nach Halifax. Ich fürchte, auch wir haben heute einige gute Männer verloren!«

Er hörte Tyacke leise antworten: »Es hätten sehr viel mehr sein können, Sir Richard!« Dann versuchte er es etwas froher: »Jedenfalls ist heute der verdammte Überläufer mit seiner *Retribution* nicht erschienen!«

Bolitho schwieg. Er schaute übers Heck auf den fernen Rauch wie auf einen Fleck in einem Gemälde.

Avery drehte sich um. *Euch ist der Mut geschenkt!* Solch ein Signal hätte auch dem alten Nelson gefallen. Er nahm Carleton Tafel und Griffel aus den zitternden Händen.

»Lassen Sie es mich tun!«

»Darf ich den Kurs ändern und unsere Boote aufnehmen, Sir Richard?«

»Noch nicht, James.« Sein Blick war kühl, kühl wie der Himmel am Morgen. Er schaute nach oben auf das Signal für den Nahkampf.

»Wir sind noch nicht fertig, fürchte ich.«

XVII   Der größte Lohn

Kapitän Adam Bolitho zog seinen Bootsmantel aus und gab ihn einer Heeres-Ordonnanz, der ihn vor dem Weghängen sorgsam ausschüttelte. Es hatte mit der Plötzlichkeit eines Schauers auf See angefangen zu regnen. Harte, kalte Tropfen, fast wie Eis.

Adam trat an ein Fenster und wischte es frei, fühlte die

Feuchtigkeit auf der Hand. Halifax lag voll mit Schiffen, doch er hatte ihnen kaum einen Blick gegönnt, als er an Land gerudert wurde. Er konnte sich immer noch nicht daran gewöhnen, daß er an Land gehen mußte, um seinen Admiral zu treffen.

Keen hatte melden lassen, daß er ihn so bald als möglich sprechen müßte. Unter normalen Umständen hätte man sich in der Achterkajüte der *Valkyrie* treffen können.

Er mußte an John Urquhart denken, der jetzt, wenn auch nicht bestätigt, Kapitän der schlecht beleumundeten *Reaper* war. Vielleicht war Keens Aufforderung gerade zum rechten Zeitpunkt gekommen. Urquhart war bei ihm in der Kajüte gewesen, um sich vor der Übernahme des neuen Kommandos zu verabschieden. Der Abschied und die Bedeutung dieses Augenblicks hatten Adam mehr bewegt, als er für möglich hielt. Er wußte, daß er in Urquhart sich selber sah, obwohl er bei der Übernahme seines ersten Kommandos sehr viel jünger gewesen war. Aber seine Gefühle, Dankbarkeit, Stolz, Nervosität und Reue, waren die gleichen. Urquhart hatte gesagt: »Ich werde nie vergessen, was Sie für mich getan haben, Sir. Ich werde alles tun, um mein ganzes Können und meine Erfahrung zum Besten meines Schiffes einzusetzen.«

Und Adam hatte geantwortet: »Denken Sie vor allem an eins, John. Sie sind der Kapitän, und alle sollen es wissen. Wenn Sie gleich übersetzen und sich einlesen, denken Sie an das Schiff, Ihr Schiff, nicht an das, was sie war oder hätte sein können. Sondern nur an das, was Sie Ihnen bedeutet. Alle Offiziere sind neu an Bord, doch die meisten Unteroffiziere gehören zur ursprünglichen Mannschaft. Die werden sicherlich Vergleiche anstellen, aber das tun schließlich alle Teerjacken.«

Urquhart schaute an die Decke, hörte oben die Schritte der Seesoldaten, die zu seinem Abschied an der Relingspforte antraten. Nichts blieb in seinem Gesicht verborgen – der Wunsch zu gehen und Neues zu beginnen und der hierzubleiben, wo alles vertraut war.

Leise fügte Adam hinzu: »Beschäftigen Sie sich nicht mehr mit der *Valkyrie*, John. Ihre Aufgabe hier übernimmt Leutnant Dyer. Das ist seine Chance, verstehen Sie!« Dann trat er an den Tisch und öffnete eine Schublade. »Nehmen Sie die hier!« Er las Überraschung und Unsicherheit in Urquharts Zügen und fügte nur kurz hinzu: »Ein bißchen verwittert und fleckig vom Salz, fürchte ich. Aber bis Sie einen Schneider finden...«

Urquhart hielt die Schulterstücke ans Licht und vergaß alles um sich herum. Adam sagte: »Meine ersten. Ich hoffe, Sie bringen Ihnen Glück!«

Sie gingen an Deck. Händeschütteln, kurzes Lächeln, ein paar Hochrufe von wartenden Seeleuten, das Zwitschern der Pfeifen – und das war's. In ein paar Minuten würden sie die Pfeifen auf der *Reaper* im anderen Teil des Hafens hören.

Ehe sie sich trennten, hatte Urquhart noch gesagt: »Ich hoffe, wir treffen uns bald wieder, Sir!«

»Sie werden für gesellschaftliche Veranstaltungen kaum Zeit haben.« Er machte eine Pause. »Ich beneide Sie sehr, John!«

Eine Tür öffnete sich, und de Courcey wartete, bis er sich vom Fenster weggedreht hatte.

»Konteradmiral Keen möchte Sie jetzt sprechen, Sir!«

Adam ging wortlos an ihm vorbei. Irgendwie schien de Courcey anders als sonst, bedrückt. Etwa deswegen, weil er Furcht gezeigt hatte, als die beiden amerikanischen Fregatten näher gekommen waren? *Glaubt er etwa, daß ich zu seinem Admiral gehe, um ihn anzuschwärzen, was er mit mir sicher getan hätte?*

Er sah, daß Keen nicht allein war. Der Mann, der sich gerade verabschieden wollte, war David St. Clair.

St. Clair schüttelte ihm die Hand. »Es tut mir leid, daß

ich Sie warten ließ, Kapitän Bolitho. Es scheint, als brauche man mich doch noch hier in Halifax.«

Als die Tür sich hinter ihm schloß, bot Keen Adam einen Stuhl an. Keen schien ihm heute angespannter als sonst.

Er sagte: »Ich habe neue Depeschen von der Admiralität erhalten. Aber erst möchte ich Ihnen sagen, daß Sir Richard recht hatte mit seiner Meinung, daß die Kontrolle der Seen lebenswichtig war.« Er schaute sich um und dachte an den Sommertag, als der Hauptmann hier den ersten Angriff auf York beschrieben hatte. Gilia hatte sich nach einem Offizier erkundigt, der gefallen war. »Die Armee hat es nicht geschafft, die entscheidende Verbindung über das Wasser zu halten. Am Eriesee wurde sie geschlagen. Der befohlene Rückzug kam viel zu spät.« Er ließ seine Hand flach auf den Tisch fallen. »Man hat die Truppen in Stücke zerhauen.«

»Was heißt das, Sir?« Adam konnte sich nicht erinnern, Keen je so bedrückt und verloren gesehen zu haben.

Keen gab sich Mühe, seine Verzagtheit zu verbergen. »Was das heißt? Es heißt, daß wir nicht in der Lage sind, die Amerikaner aus den westlichen Grenzbezirken zu vertreiben, vor allem jetzt nicht, da der Winter sich mit Riesenschritten nähert. Das gibt wieder ein Unentschieden. Also werden wir mit der Flotte jeden amerikanischen Hafen blockieren. Das wird sie so treffen wie Bajonettstiche.«

Adam versuchte, beim Nachdenken seine Gefühle zu vergessen. Sein Onkel war auf See. Die Brigg *Weazle* hatte gemeldet, er versuche amerikanische Fregatten zu finden, die mit Kurs Nordost gemeldet worden waren. Die könnten jetzt überall sein. Was hatte Keen gesagt? Der Winter kommt mit Riesenschritten. Kräftiger, bitterkalter Regen, Nebel, feuchte Kälte zwischen den Decks. Wohin war die Zeit verflogen? In ein oder zwei Tagen schrieb man schon Oktober – und das spürte man auch.

Er tauchte aus seinen Gedanken auf und fand, daß Keen ihn grübelnd anblickte. »Sir Richard, Ihr Onkel und mein guter Freund, wird abgezogen. Darum ging es vor allem in den Depeschen. Ich behalte mein Kommando hier.«

Adam war aufgesprungen: »Warum, Sir?«

»Ja, in der Tat, warum? Man informierte mich, daß Sir Alexander Cochrane die Station übernimmt, einschließlich des Lee-Geschwaders. Er wird über eine wesentlich größere Flotte verfügen – für die Blockade und für Armee-Einsätze an Land. In Europa ziehen sich Napoleons Armeen an allen Fronten zurück. Dort führt man nur noch einen reinen Landkrieg. Unsere Blockade hat ihren Zweck erfüllt.« Er wandte sich ab und fügte leise und bitter hinzu: »Zu welchem Preis!«

Adam sagte: »Das sollte Sir Richard sofort erfahren, denke ich.«

»Ich brauche alle Fregatten hier, Adam. Ich habe kaum genug Fregatten, um mit unseren Patrouillen Kontakt zu halten. Von der Beobachtung des Gegners ganz zu schweigen.«

»Sir Richard mag wieder in ein Gefecht verwickelt sein, Sir!«

»Meinen Sie, ich habe das nicht bedacht? Ich habe deswegen nicht schlafen können. Aber ich kann kein einziges Schiff entbehren!«

Kühl entgegnete Adam: »Ich verstehe, Sir. Als Flaggkapitän soll ich Sie beraten und Schlüsse ziehen. Mein Onkel wäre der letzte, der Günstlingswirtschaft betriebe. Und er wäre absolut dagegen, wenn man etwas nur aus persönlichen Gründen täte.«

»Ich hatte mir so etwas erhofft, Adam. Wenn ich meine Hände frei hätte . . .«

Adam drehte sich um, als die Ordonnanz mit einem Tablett und Gläsern eintrat. »Mit den besten Wünschen des Generals, Sir!«

Er sagte: »Aber Sie sind nicht frei, nicht solange Ihre Flagge über diesem Hafen weht.«

Er sah zu, wie der Soldat mit sicherer Hand die Gläser mit Cognac füllte. Der General schien es sich hier gutgehen zu lassen.

Adam hielt das Glas gegen das Licht. Es war draußen schon so düster wie im Winter. Die Zeit schien zu rasen.

Keen nahm einen großen Schluck und hustete, um wieder zu Atem zu kommen. Dann sagte er: »Sie können gehen, danke.« Als sie wieder allein waren, sagte er: »Die Urteile für die beiden Rädelsführer habe ich heute morgen auch bekommen. Sie müssen sich keine Sorgen machen – *ich* habe sie unterzeichnet, um Sir Richard so etwas zu ersparen.« Ein anderer Gedanke fuhr ihm durch den Kopf. »John Urquhart hat doch heute sein neues Kommando angetreten, nicht wahr?«

»Ja, Sir. Es wird dabei bleiben: Beide Verurteilte werden von der Großrah gehängt – von ihren eigenen Kameraden auf der *Reaper*.«

Keen schüttelte wie geistesabwesend den Kopf, so als höre er einem Fremden zu.

»Ich werde die *Reaper* sofort auslaufen lassen. Kapitän Urquhart soll Sir Richard suchen und ihm meine Depeschen geben. Ich will das neue Leben des Schiffs nicht mit einer verdammten Exekution beginnen lassen.«

Stimmen klangen von draußen: de Courcey und neue Besucher.

Verunsichert blickte Keen zur Tür. »Noch etwas, Adam. Wenn Sie eine neue Aufgabe übernehmen wollen, verstehe ich das. Es war nicht leicht.« Er sah ihn geradeheraus an. »Für uns beide nicht.«

Adam war so überrascht, daß er keinen Augenblick zögerte: »Ich möchte bei Ihnen bleiben, Sir!« Er setzte das leere Glas ab. »Ich kehre auf die *Valkyrie* zurück, falls ich gebraucht werde.«

Zum ersten Mal lächelte Keen jetzt. »Sie werden immer gebraucht, Adam. Bitte, glauben Sie mir das.«

Die Ordonnanz reichte ihm seinen Mantel. »Es hat aufgehört zu regnen, Sir!«

Adam fragte sich, wie Urquhart den Befehl, so schnell wie möglich auszulaufen, aufnehmen würde. Wahrscheinlich erleichtert. Und er dachte an den Meuterer Harry Ramsay, dem er zu helfen versucht hatte, obwohl er annehmen mußte, daß er schuldig war. Ihm jedenfalls würde dies die endgültige Erniedrigung ersparen, von den eigenen Kameraden aufgehängt zu werden.

»Einen Augenblick bitte, Kapitän Bolitho!«

Er drehte sich um, und wie auf ein geheimes Signal schloß sich die Tür nach draußen wieder.

Sie war warm gekleidet, die kalte Luft hatte ihr die Wangen gerötet. Er wartete, sah sie wieder so wie an dem Tag, als die *Valkyrie* ihre mächtige Breitseite hätte abfeuern können. Niemand hätte überlebt – und sie wußte das.

Er nahm den Hut ab und sagte: »Ich hoffe, es geht Ihnen wohl, Miss St. Clair.«

Sie schien nicht zu hören. »Bleiben Sie als Flaggkapitän bei Konteradmiral Keen?«

Keen hatte sie also ins Vertrauen gezogen. Es überraschte ihn wieder, daß ihm das nichts ausmachte.

»Ja, ich bleibe.«

Er sah auf ihre Hand, die sie ihm auf den Ärmel legte. »Ich bin so froh darüber. Er braucht Sie.« Ihr Blick blieb standhaft. »Und ich auch, für ihn!«

Adam sah sie genau an. Wahrscheinlich wußte sie auch über die Schlacht am Eriesee Bescheid und über die Regimenter, die daran teilgenommen hatten.

Er sagte: »Meine besten Wünsche für Sie.« Er lächelte, und es klang freundlicher: »Für Sie beide!«

Sie begleitete ihn zur Tür. Dann sagte sie: »Ich glaube, Sie kannten Konteradmiral Keens Frau.«

Wieder sah er sie an. »Ich liebte sie.« Das war Wahnsinn, sie würde es Keen verraten. Und dann war er sich ganz sicher, daß sie schweigen würde.

Sie nickte, und er wußte nicht, ob zufrieden oder erleichtert. »Danke, Kapitän ... Ich verstehe jetzt, warum Sie Ihren Onkel lieben. In mancherlei Hinsicht sind Sie ein- und derselbe.«

Sie zog einen Handschuh aus, der auf den Boden fiel. Adam bückte sich, um ihn aufzuheben. Die plötzliche Qual in seinen Augen bemerkte sie nicht.

Er küßte ihr die Hand. »Das ist zuviel Ehre für mich, Miss St. Clair.«

Sie blieb stehen, bis die Tür hinter ihm geschlossen war. Ihr Vater wartete sicher schon ungeduldig auf sie, würde ihr sicher umgehend von seinem neuen Auftrag hier in Halifax erzählen wollen. Schön, wenn er glücklich war, zufrieden mit einer neuen Aufgabe.

Doch sie mußte immer wieder an den Mann denken, der sie gerade eben verlassen hatte. Er sah so jung aus und schien in den Sekunden, als er den Handschuh aufhob und ihn ihr wiedergab, so verletzlich. Er hatte das nicht verbergen können. Das bewegte sie und machte sie froh.

Um vier Glasen ging an diesem Nachmittag Seiner Majestät Schiff *Reaper* ankerauf, fand ihren Weg unter Bramsegeln und Fock aus dem Hafen und erreichte die offene See. Viele Blicke folgten ihr, doch niemand rief Hurrah oder wünschte ihr Glück. Kapitän Adam Bolitho verfolgte sie mit den Augen, bis sie verschwunden war. Sie war frei.

»An Deck. Boote im Wasser, genau voraus!«

Tyacke trat an das Kompaßhäuschen und hörte vom Vorschiff her acht Glasen.

»Ich hatte schon meine Zweifel, Mr. York.«

Der Master rieb sich die Hände. »Mit Gissen und Gottes Hilfe schafft man's meistens, Sir!«

Tyacke sah über das Deck. Die Kanonen waren hinter geschlossenen Pforten festgezurrt. Männer arbeiteten, doch waren unsicher über das, was sie erwartete. Die *Indomitable* lief genau West, der Wind kam achterlich von Backbord. Die Gischt war mächtig und kalt wie Regen.

Als er wieder nach achtern sah, stand Bolitho immer noch an der Heckreling und schien die Seeleute um ihn herum und die Seesoldaten an den Finknetzen vergessen zu haben.

York kam näher und wollte wissen: »Was macht dem Admiral Kummer? Wir haben die Landung verhindert. Das ist mehr, als viele von uns gehofft hatten.«

Tyacke starrte auf die scharfe Kimm, die hell im Mittagslicht lag. Sonne ohne Wärme, der stetige Wind füllte die Bramsegel, aber sehr lebendig war er nicht.

Die Verluste des Geschwaders waren geringer als in einem direkten Gefecht. Die Amerikaner hatten es eilig gehabt davonzusegeln, waren nicht willens, ein Gefecht im Vorübergehen zu führen – ohne erkennbaren Sinn. Wenn sie sich gesammelt und neu gruppiert hätten, wäre es anders ausgegangen. Die Fregatte *Attacker* war entmastet worden. Die kleinere *Wildfire* war von gut gezielten Fernschüssen so durchlöchert worden, daß ihr Bug bereits unter Wasser war, als man sie endlich an die Trosse nahm. Die meisten Ausfälle gab es auf den beiden Schiffen – dreißig Tote und viele Verwundete. Es war Zeit, den Kampf abzubrechen, und Bolitho hatte das erkannt. Tyacke hatte ihn beobachtet, als die Signale entziffert wurden, die Verluste und Schäden meldeten. Manch einer glaubte vielleicht, der Admiral sei erleichtert, weil die *Indomitable* nicht mitten im Gefecht gestanden hatte und nicht getroffen worden war. Doch wer das glaubte, war ein Narr.

Er drehte sich um. »*Was?*«

Leutnant Daubeny zuckte zusammen. »Ich frag mich wegen des Feuers in der Kombüse, Sir...«

Mit Mühe schluckte Tyacke seinen Ärger hinunter. »Dann fragen Sie sich mal weiter, Mr. Daubeny.« Er schaute nach achtern, hörte die Stimme wieder, so als habe Bolitho gerade eben gesprochen. Als er meldete, daß es bei dem gestrandeten, rauchvernebelten amerikanischen Schiff keine Boote mehr gäbe, hatte Bolitho gesagt: »Es war Mord, James. Zwar durch den Krieg gerechtfertigt, doch immer noch Mord. Wenn das der Preis des Sieges ist, möchte ich nicht an ihm teilhaben.«

Unvermittelt sagte Tyacke: »Das war eben nicht fair von mir, Mr. Daubeny. Lassen Sie dem Zahlmeister ausrichten, daß jeder eine Extraportion Rum bekommt. Und auch zu essen, falls etwas vorbereitet ist. Doch das Feuer in der Kombüse bleibt aus, bis ich genau weiß, was geschehen wird.«

»Ich verstehe, Sir!« sagte Daubeny.

Tyacke wandte sich ab. »Ich glaube nicht, Mr. Daubeny, aber das ist auch egal.« Zu York sagte er dann: »Sir Richard bedrückt das, Isaac. Es geht ihm zu nahe. So habe ich ihn noch nie vorher erlebt.«

York schob sich eine störrische graue Locke unter den Hut zurück. »Ja, kann ich verstehen, wenn ihn das bekümmert.«

Tyacke ging zum Kompaßhäuschen und zurück. »Melden Sie mir, wenn Sie die Boote von Deck aus sehen. Die Männer haben dann was zu tun, wenn wir sie wieder an Bord hieven.« Er klopfte dem Master auf die Schulter. »Das war meisterhaft navigiert, Mr. York.« Dann wollte er von Allday wissen, der vom Niedergang nach achtern gekommen war: »Sie kennen ihn am besten, Allday. Was meinen Sie?«

Bedrückt sah ihn Allday an. »Kann ich nicht sagen, Sir.« Er folgte Tyackes Blick zu der einsamen Gestalt an der Heckreling – der Held, gänzlich einsam.

Dann besann er sich. Der Kapitän war schließlich ein Freund, nicht irgendein Neugieriger. Er maß die harte, glitzernde Kimm. Anders als der Admiral mußte er seine Augen nicht beschirmen. »Das ging ihm heute nahe, verstehen Sie!«

Tyacke entgegnete ungerührt: »Die Yankees sind verschwunden, Mann. Die kommen nicht wieder. Jedenfalls nicht, bis sie bereit und gut vorbereitet sind. Unsere Schiffe werden Halifax anlaufen, und der Werften-Obere wird vor Wut schäumen, wenn er all die Schäden sieht, die er reparieren muß.«

Doch Allday antwortete nicht, lächelte nicht einmal. »Da gibt es immer...« Er suchte grübelnd das passende Wort. »Die Aasgeier. Der Bruder meiner Frau war Infanteriesoldat. Er hat davon erzählt. Nach jeder Schlacht lagen die Verwundeten da und riefen um Hilfe. Doch nur die Toten hörten sie. Und dann kamen immer die Aasgeier, die menschlichen Aasgeier. Um die Toten und Verwundeten auszurauben. Wenn einer um Hilfe bettelte, schnitten sie ihm die Kehle durch. *Abschaum!*«

Tyacke fühlte die Stärke des Mannes, als er jetzt dessen faltiges Gesicht anschaute. Des Admirals Eiche. Neben sich hörte er York regelmäßig atmen. Auch seine Stärke war spürbar: Er konnte die kommende Richtung des Windes lesen und die Strömung in der unruhigen See. Tyacke war nicht abergläubisch oder glaubte es jedenfalls nicht von sich.

Allday hielt den alten Säbel in der Hand, Teil der Legende.

»Wir werden heute noch kämpfen. Glauben Sie mir. Ganz bestimmt, Sir«, sagte er leise.

Er ging nach achtern, wo Bolitho sich zu ihm umdrehte, als seien sie sich gerade auf einer Straße oder auf einem Landweg begegnet.

Unsicher geworden, fragte York: »Wie kann er das wissen, Sir?«

Allday meinte: »Die Männer kriegen einen Extraschluck Nasses, Sir Richard. Kann ich Ihnen irgend etwas holen?«

Bolitho schaute nach unten, als er ihm den Säbel einhängte.

»Jetzt nicht, alter Freund.« Er lächelte bemüht, verstand, daß Allday Bestätigung brauchte. »Danach, das würde mir besser gefallen.«

Er wollte seinen Arm ausstrecken, als der Ausguck meldete: »An Deck! Segel an Backbordbug voraus.«

Alle sahen sich um, einige auf die leere See, andere auf die Offiziere achtern. Avery war da, hielt ein Teleskop und ließ seinen Blick zwischen ihnen wandern, um nichts zu übersehen, nichts zu vergessen.

Bolitho sagte: »Entern Sie auf, George. Ich kann sie mir gut vorstellen.« Er hob die Hand. »Lassen Sie sich Zeit. Die Männer werden Sie genau beobachten.«

Allday holte tief Luft, spürte den alten Schmerz in der Brust. *Aasgeier.*

Bolitho wußte, daß Tyacke zu ihm herüberblickte und rief ihm zu: »Kurs ändern. Neuer Kurs West bei Süd. Das reicht für den Augenblick.«

Er sah einer einsamen Möwe nach, die über der Heckgalerie kreiste. Der Geist eines alten Seemanns, dachte Allday.

»An Deck.« Avery war ein schneller Kletterer, und seine Stimme trug weit. Er hatte Bolitho anvertraut, daß er in seiner Jugend in einem Kirchenchor gesungen hatte – in jener anderen Welt. »Eine Fregatte, Sir. Ich denke, es ist die *Retribution*.«

Bolitho murmelte: »Ich weiß, daß sie es ist, mein Freund.« Er runzelte die Stirn, als Allday die Hand vor die Brust legte. »Ich möchte nicht, daß du deswegen leidest.«

Dann hob er seine Stimme. »Lassen Sie alle Mann auf Station gehen, Tyacke. Wir müssen heute eine alte Rechnung begleichen.« Er legte die Hand auf den Griff des Säbels an seiner Hüfte. Er war eiskalt. »Laßt sie uns voll auszahlen.«

Leutnant George Avery wartete, bis die Bewegung sanfter wurde. Das Ruder wirkte. Er hob das Glas wieder wie vor Stunden, als er den Gegner das erste Mal ausgemacht hatte. Es schien eine Ewigkeit her zu sein. Die gleichen Seesoldaten hockten hier oben im Großmars und beobachteten den entgegenkommenden Amerikaner, dessen Segel sich heftig füllten und flappten, wenn das Schiff sich unter dem Druck des Windes überlegte. Sie war eine große Fregatte und lief unter Vollzeug. Die Gischt brach sich unter dem Bug und sprühte bis zur Galionsfigur hoch: ein Gladiator, dessen kurzes Kampfschwert im harten Licht glitzerte.

Der Korporal meinte: »Der Yankee kreuzt unseren Bug, Männer!« Doch die Bemerkung galt eigentlich dem Flaggleutnant.

Avery betrachtete das andere Schiff und zwang sich zur Geduld, um nichts zu übersehen. Die *Retribution* würde auf geradem Kurs ihren Bug kreuzen. Doch viel wichtiger: Sie würde beim Nahkampf in Lee von *Indomitables* Breitseiten stehen. Er schätzte sorgfältig die Entfernung. Höchstens drei Meilen. Tyacke hatte die Segel gekürzt bis auf Bramsegel und Klüver, Besan und gereffter Fock. Die *Indomitable* segelte ohne Eile und stetig, eine schwimmende Plattform für die Vierundzwanzigpfünder.

Er senkte das Glas und sah sich die Männer genauer an, die hier oben bei ihm hockten. Sie erschienen zackig und auf Draht mit ihren glänzenden Lederhüten und den Federbüschen und Kokarden über dem linken Ohr. Ihm fiel auch auf, daß sie alle rasiert waren. Die Seesoldaten legten auf solche Einzelheiten gesteigerten Wert.

»Lange dauert's nicht mehr, Männer.« Der Korporal blickte auf die Drehbasse, seine »Betsy«. Er wußte, was auf sie zukam. Jeder hier oben wußte es.

Er nickte ihnen zu und ließ sich dann schnell auf die Webleinen gleiten. Wieder an Deck, ging er nach achtern, verfolgt von schnellen Blicken der Stückmannschaften und einem angedeuteten Winken Protheroes. Auf diesem Deck waren die Kanonen alles. Hier galt nur eins – feuern, feuern, feuern. Alles andere mußte man ausschalten, auch die Schmerzensschreie eines getroffenen Freundes.

Auf dem Achterdeck traf er Bolitho, Tyacke und den Ersten Offizier beim Beobachten. Auch hier waren die Seesoldaten zu neuem Leben erwacht. Wie scharlachrote Zinnsoldaten standen sie an den Finknetzen und bewachten Niedergänge und Luken, damit niemand, der vor Schreck und Angst die Nerven verlor, unter Deck verschwinden konnte.

Avery hob grüßend die Hand an den Hut. »Sie ist die *Retribution*, Sir. Sie trägt den Breitwimpel eines Kommodore. Fünfzig Kanonen, schätze ich. Sie kreuzt unseren Bug.« Er dachte an den Korporal mit seiner fragenden Stimme. »Sie gibt den Windvorteil auf, wenn sie so weitersegelt.«

York warf unbewegt und geduldig ein: »Sie steuert Nordost, Sir!« Bolitho beobachtete, wie er dem jüngsten Midshipman die Hand auf den Arm legte, als der nach dem Stundenglas neben dem Kompaßhäuschen griff. »Langsam, Mr. Campbell. Machen Sie das Glas nicht warm. Ich muß das Logbuch schreiben, nicht Sie!«

Der zwölfjährige Midshipman sah erschreckt auf und vergaß für einen Augenblick den drohend näher kommenden Amerikaner.

Bolitho nahm ein Glas und blickte voraus über den Bug. *Retribution* hatte nicht vor, den Kurs zu ändern – noch nicht zu ändern. Er sah sich die Fregatte genauer an. Gut gebaut, wie so viele französische Schiffe nach einem festen Bauplan, der Reparaturen und Ersatz erleichterte. Die meisten eigenen Schiffe waren gebaut, wie es den Meistern gefiel. Wenn die *Taciturn* oder irgendein anderes Schiff beschädigt Halifax anlief, hätte man dort Schwierigkeiten, passenden vorgefertigten Ersatz für Masten oder Spieren zu finden.

Er sagte: »Sie verschenkt absichtlich den Wind, James.« Er spürte, wie Daubeny sich vorlehnte und konzentriert mithörte.

Tyacke stimmte zu: »Dann will er die zusätzliche Erhöhung nützen, die der Wind ihm durch die Schräglage gibt, und bereits auf Entfernung feuern.« Er schaute nach oben in die hart gebraßten Rahen. Die Flagge und der Wimpel wehten dem Feind entgegen. Grimmig meinte er: »Die haben's bei uns auf Spieren und Rigg abgesehen.«

Avery drehte sich um. Das hatte auch der Korporal schon gesehen, aber nicht verstanden. Doch Bolitho und Tyacke waren sich einig.

Bolitho fragte: »Kettenkugeln, James?«

Tyacke schüttelte den Kopf. »Ich hörte, sie benutzen besonders schlimme Kartätschen. Wenn das so ist . . .« Er drehte sich um, als wolle er den Kompaß prüfen.

Bolitho erklärte Avery: »Die machen ein Schiff zum Krüppel, ehe es sich wehren kann.« Er sah, wie betroffen Avery war, doch offensichtlich verstand er nicht genau.

Besonders schlimm, hatte Tyacke nur gesagt. In einer dünnen Hülse enthielt jede Kartätsche unregelmäßige Eisenbrocken mit scharfen Kanten, die locker miteinander verbunden waren. Wenn sie in das feine Gewebe des Riggs einschlugen, konnten sie es mit einer einzigen Breitseite zerfetzen.

Er sah Tyacke auf die Mannschaften an den Kanonen deuten und Daubeny irgend etwas eilig und mit heftigen Bewegungen des Zeigefingers erklären.

Solche Geschosse hatten einen deutlichen Vorteil. Doch es gab auch einen entscheidenden Nachteil. Es dauerte sehr viel länger, eine Kanone auszuwischen und mit dem Wurmholz nach Resten zu suchen, ehe man neu laden konnte. Dafür brauchte man mehr Zeit, und Tyacke wußte das.

Bolitho rieb sich sein verletztes Auge und spürte als Reaktion Schmerz.

Was würde ich tun, wenn ich James wäre? Überrascht stellte er fest, daß er lächelte, als er an einen fast vergessenen Admiral zurückdenken mußte, den er um ein eigenes Kommando angegangen war und der mit dem höhnischen Spruch geantwortet hatte: *Wäre* ich Kommandant einer Fregatte, Bolitho...

Ich würde mit dem Feuern warten und hoffen, daß mein Drill Früchte trägt, wenn alles andere schiefgeht.

Leutnant Blythe rief: »Der Feind rennt die Kanonen aus, Sir!«

Tyacke antwortete: »Jawohl, und dabei wird er jede Kanone einzeln prüfen!«

Bolitho bemerkte, wie Allday ihn beobachtete. Selbst Tyacke hatte Aherne jetzt als Gegner akzeptiert. Ein Mann mit sehr viel Haß führte die *Retribution.* »Vergeltung« bedeutete der Schiffsname. *Doch wenn er hier über das Deck ginge, würde ich ihn nicht erkennen.* Der beste Feind war eben gesichtslos.

Er sah in den Himmel und auf die Spiegelungen in der See. Zwei Schiffe und ein ganzer Ozean konnten ihre Versuche, sich zu töten, beobachten.

Er hielt sich das unverletzte Auge zu und prüfte das andere. Die Sicht war unscharf. Daran hatte er sich gewöhnt. Doch die Farben blieben unverändert. Der Feind war nahe genug, um seine Flagge zu erkennen. Der Breitwimpel des Kommodore wehte im Wind aus wie ein großes Banner.

»Klar Schiff zum Gefecht, Sir!« meldete Tyacke.

»Sehr gut, James!« Sie waren sich jetzt so nahe, als teilten sie dieses Deck nur mit den Geistern gefallener Freunde. »Was wir von dir, o Herr, empfangen werden...«

Tyacke hob seine Faust, und der Befehl echote über das Deck: »*Geschützpforten auf. Ausrennen!*«

Aus der Tiefe des Schiffs, wo die Gehilfen des Stückmeisters schon Enterbeile und Äxte aus den Waffentruhen verteilten, klang sehr klar und bestimmt Leutnant Daubenys Stimme: »*Stückführer! Auf den Fockmast halten. Feuern in der Aufwärtsbewegung.*«

Die erfahrenen Seeleute duckten sich bereits, obwohl sie ihre Ziele noch nicht auffassen konnten.

Tyacke rief laut: »Ruder nach Lee! Vorsegelschoten los!«

Die *Indomitable* begann zu drehen und nutzte, so gut sie konnte, den achterlichen Wind. Rund und noch weiter rund, so daß die andere Fregatte sich in den Wanten zu fangen schien, bis der Bugspriet der *Indomitable* an ihr vorbeizog und sie an Backbord hielt.

Die Entfernung verringerte sich immer schneller. Bolitho sah die Toppgasten zwischen den tobenden Segeln hin und her springen wie kleine Marionetten an unsichtbaren Fäden.

Die Luft zitterte und zerbarst in einer langgezogenen

Explosion. Rauch stieg aus den Kanonen des Amerikaners auf, wurde binnenbord gedrückt und verschwand.

Es schien eine Ewigkeit zu dauern. Als die Breitseite in Masten und Rigg der *Indomitable* fegte, schien das ganze Schiff vor Schmerzen zu stöhnen. Winzige Figuren waren im Rauch und unter den fallenden Trümmern erkennbar. Ein Seemann wurde von dem scharfen Eisen zerrissen, das durch die Hängematten in den Finknetzen fuhr. Und es riß noch mehr schreiende Männer auf die Seite mit. Midshipman Essex stand stocksteif und blickte entsetzt auf seine weißen Kniehosen, die mit Blut bespritzt waren und mit so feinen Hautfetzen, als stammten sie von einem Chirurgen. Essex öffnete und schloß seinen Mund, doch es kam kein Laut heraus, bis ein vorbeieilender Seemann an seinem Arm zog und ihm irgend etwas zurief. Dann half er den anderen, herabgefallenes Gut zu kappen.

Avery starrte nach oben, als die Vorbramstenge zersplitterte, Stagen und Wanten wie zerfetzte Schlangen davonflogen und das Ganze dann nach unten und über die Seite stürzte. Er wischte sich die Augen und schaute noch einmal hin. Er sah die vier Uniformierten oben auf der Mars, die auf den zersplitterten Stumpf schauten und völlig unverletzt waren.

»Ein Mann dahin!«

Avery rannte, als York einen seiner Gehilfen auffing, den ein Splitter, groß wie ein Unterarm, durchbohrt hatte.

York nahm seinen Platz ein und rief heiser: »Gib nicht auf, Nat.«

Avery ließ den Mann auf Deck gleiten. Er würde nie wieder etwas hören. Als er wieder aufblicken konnte, sah Avery die Bramsegel des Amerikaners fast nebenan stehen. Er wußte, daß das nicht sein konnte. Sie war doch noch mindestens eine halbe Kabellänge entfernt.

Er hörte Daubeny rufen: »Ziel auffassen! Feuer frei!«

Vom drohend aufgerichteten Löwen bis zum Heck spie jede Kanone Feuer und Rauch, und die Mannschaften warfen sich in die Zugseile und an die Handspaken, um möglichst schnell neu zu laden. Diesmal gab es keine doppelten Ladungen. Sie würden zuviel Zeit kosten.

Ein Seesoldat fiel wortlos aus den Netzen. Es gab auf den Planken nicht den kleinsten Kratzer, der den Schuß anzeigte.

Bolitho sagte: »Gehen Sie mit mir auf und ab, George. Die Scharfschützen nehmen es heute sehr genau!«

»Ausrennen. Klar. Feuer frei!«

Vereinzelte Hurrahs waren zu hören, als der Besan der *Retribution* schwankte und in seine Stagen und Wanten stürzte, bevor er mit einem lauten Krach, der sogar durch den erbarmungslosen Lärm der feuernden Kanonen zu hören war, zusammenbrach. York hielt ein Stück Tuch gegen die Wange gedrückt. Den Splitter, der sie wie ein Messer aufgerissen hatte, hatte er nicht gespürt.

Er rief: »Die laufen aus dem Ruder, Sir!«

Bolitho befahl scharf: »Ruder nach Lee, James. Unsere einzige Chance!«

Und dann war der Feind da, war nicht länger ein fernes Bild, schön und grausam. Die *Retribution* lief schräg auf die *Indomitable* zu, das Wasser gurgelte und sprang hoch, als der Bugspriet des einen Schiffs in die Wanten und Stagen des anderen fuhr wie ein gewaltiger Stoßzahn.

Die Gewalt des Zusammenstoßes zersplitterte die Großrah der *Indomitable*, und gebrochene Spieren, zerrissenes Rigg und verwundete Toppgasten stürzten wie Abfall auf die Netze, die Hockenhull hatte spannen lassen.

Tyacke brüllte seine Stückmannschaften an: »Noch einmal, Männer. Gebt's ihnen.«

Dann schwankte er und drückte mit schmerzverzerrtem Gesicht eine Hand auf den Oberschenkel. Midshipman Carleton rannte ihm zu Hilfe, aber Tyacke stöhnte nur: »Eine Pike. Gib mir eine Pike, verdammt noch mal!«

Der Midshipman drückte ihm eine in die Hand und starrte ihn regungslos an. Tyacke rannte ihre Spitze in die Decksplanken und hielt sich an der Pike fest wie an einer Stütze.

Bolitho spürte Allday näher kommen und ebenso Avery, der plötzlich eine Pistole in der Hand hielt. Über die Trümmer und die Verwundeten hinweg sah er Tyacke eine Hand heben, eine Geste, mit der er die gestürzten Masten meinte, die jetzt wie eine Brücke die Gegner verband.

Wieder brüllten die Kanonen und rollten in die Brocktaue zurück. Die Mannschaften sprangen zur Seite, griffen nach den Entermessern und stolperten benommen hinüber auf das andere Schiff, das sich neben ihnen festgerannt hatte. Der Bugspriet der *Indomitable* hing zersplittert neben dem Galion des Feindes.

Aus der Fockmars krachte ein Schuß der Drehbasse, und Kartätschen mähten eine Gruppe amerikanischer Seeleute nieder, die gerade Enternde zurückschlagen wollte. Die Seesoldaten schrien wild beim Feuern, luden und warfen sich wieder auf die Hängematten, um immer wieder neue Ziele auszumachen. Über allen Lärm hinweg konnte Bolitho Tyacke hören, der seinen Männern Befehle gab und Mut machte. Er würde sich nichts und niemandem ergeben, nicht einmal der Wunde in seinem Schenkel. Nach allem, was er bereits durchgemacht hatte, wäre die bloße Vorstellung schon eine Beleidigung für ihn.

Leutnant Protheroe war der erste drüben auf der Gangway der *Retribution* und der erste, den eine Muskete niederstreckte, die ein paar Zoll entfernt abgefeuert worden war. Er fiel zwischen die beiden Rümpfe, die sich gegeneinander schoben. Bolitho sah ihn fallen. Für ihn würde er immer der junge Mann bleiben, der ihn an Bord willkommen geheißen hatte.

Er rief: »Zu mir, Männer der *Indom.* Zu mir, Männer!«

Er zog sich selber nach drüben über das unruhige Wasser hinweg und hörte um sich herum krachende Pistolenschüsse und größere Kaliber. Hinter sich spürte er Allday, der ihn besänftigte: »Langsam, Sir Richard. Wir können nicht das ganze verdammte Schiff allein erobern.«

Bolitho fiel das Atmen schwer, seine Lungen waren voll mit Rauch und dem Gestank des Todes. Dann war er drüben auf dem anderen Schiff und sah, wie Hockenhull, der breite Bootsmann, einen Mann mit seiner Axt niedermachte und dann Allday angrinste. Er mußte ihn vor einem tödlichen Hieb bewahrt haben. In der schrecklichen, blutroten Kampfeswut, dem verzehrenden Wahnsinn, konnte Bolitho immer noch an Alldays Sohn denken. Allday hatte es Hockenhull verübelt, daß er ihn auf das gefährdete Achterdeck kommandiert hatte, wo er gefallen war. Vielleicht würde dieser Zwischenfall sie wieder zusammenbringen.

Avery zerrte ihn am Arm und feuerte direkt auf eine Gestalt, die kniend zu ihren Füßen lag. Dann schwankte auch er, und Bolitho nahm an, Avery sei getroffen worden.

Doch Avery schrie nur, versuchte, sich über den Kampfeslärm hinweg Gehör zu verschaffen.

Dann hörte Bolitho es auch. Er stieß seinen Säbel einem wildäugigen Seesoldaten in den Leib, der sein blutiges Bajonett gerade zu einem neuen Stoß ansetzte. Er mochte es nicht glauben. Es klang fern, doch es war keine Täuschung. Jemand schrie Hurrah, und einen Augenblick lang glaubte er, der Amerikaner hätte mehr

Männer als erwartet und in Massen hätten sie die *Indomitable* geentert. Dann mußte Tyacke tot sein. Ein lebender Tyacke hätte sie nie an sich vorbeigelassen.

Avery packte ihn am Arm. »Hören Sie, Sir?« Er zitterte und sprudelte heraus: »Die *Reaper*. Die *Reaper* ist zu uns gestoßen!«

Die Explosion war so nahe und so gewaltig, daß Bolitho auf die Planken geschleudert wurde. Seinen Säbel hielt nur noch die Schnur um sein Handgelenk. Es hatte sich wie ein sengender Wind angefühlt, Staub und kleine Teilchen wirbelten wie heißer Sand an ihm vorbei. Hände hoben ihn hoch. Allday stützte ihn zwischen den verwirrten und atemlosen Männern, mit dem Rücken ungeschützt dem Gegner preisgegeben.

Bolitho holte tief Luft, konnte jedoch nicht sprechen – der Schmerz im Auge verhinderte alles.

»Hilf mir!« bat er.

Allday schien zu begreifen. Er nahm sein Halstuch ab, wickelte es Bolitho zweimal um den Kopf und bedeckte so das verletzte Auge.

Es schien wie Taubheit. Männer krochen oder knieten in absoluter Stille neben den Verwundeten oder blickten in die Gesichter Toter.

Die Seeleute der *Retribution* stierten sie an, verwirrt, schockiert, geschlagen. Ihre Flagge war mit dem zerbrochenen Besan nach unten gekommen, doch sie hatten sich nicht ergeben. Sie hatten nur aufgehört zu kämpfen.

Die Explosion hatte sich nur auf das Achterdeck beschränkt. Eine Kanone war explodiert. Sie war für den letzten verzweifelten Einsatz nachlässig geladen worden. Oder vielleicht war es ein glimmendes Stück Zunder aus einer von Tyackes Kanonen, die sich ja fast Mündung an Mündung mit dem Gegner berührten. Eine kleine Gruppe amerikanischer Offiziere stand neben dem zerschmetterten Rad zwischen den Rudergängern, die der plötzliche Tod häßlich niedergestreckt hatte.

Ein Offizier hob seinen Säbel, und sofort waren da Alldays Entermesser und Averys Pistole.

Bolitho fuhr sich über den Verband seines Auges und war dankbar dafür. »Wo ist Ihr Kommodore?« wollte er wissen. Er starrte auf den gestürzten Mast, in dessen Rigg immer noch Männer wie gefangene Fische im Netz zappelten. Die *Reaper* war jetzt sehr nahe. Die Hochrufe hielten an. Und er wünschte, er könnte sie sehen.

Der Leutnant beugte sich vor und enthüllte Kopf und Schultern des gefallenen Kommodore.

Er überreichte mit dem Griff zuerst Avery den Säbel und sagte: »Kommodore Aherne, Sir. Er sprach manchmal von Ihnen.«

Bolitho starrte in das Gesicht des Toten, das ärgerlich und verzerrt wirkte, erstarrt im Augenblick des Todes. Doch es war das eines Fremden.

Er sah an ihnen vorbei auf die offene See. Hatte Aherne die Jubelrufe noch gehört und die *Reaper* wiedererkannt?

Er wandte sich wieder dem Schiff zu. Es war richtig, es war nur gerecht, daß dies die *Reaper* war – nun ein Zeuge des Sieges und des Wahnsinns.

Er blickte seine atemlosen, nach Luft schnappenden Männer an. Ihre Wut war verraucht, als sie die Verwundeten und die Sterbenden aus den Trümmern an Deck zogen und mit ihnen redeten, ohne zu merken, daß manche, die ihnen antworteten, Feinde waren.

Durch den fetten Rauch konnte er Tyacke erkennen, der auf der anderen Seite des Streifens See noch immer an seine Pike gelehnt stand. Der Schiffsarzt verband gerade sein Knie. Tyacke hob eine blutige Hand zum Gruß – des Schiffs? Des Siegers?

Bolitho bat: »Hilf mir zurück auf die *Indomitable*.« Er

konnte nicht lächeln. War es wirklich nur Minuten her, daß er die Männer der *Indomitable* hierhergeführt hatte?

Allday nahm ihn am Arm und achtete sehr darauf, daß ihnen nichts im Wege lag. Er hatte geahnt, was geschehen war, und war sich jetzt sicher. Er hatte zuviel erlebt, um erschreckt oder niedergeschlagen zu sein: Auf seine eigene Art war er zufrieden – trotz der abstoßenden Häßlichkeit des Todes um ihn herum.

Wieder einmal waren sie davongekommen. Und immer noch waren sie zusammen. Das war mehr als genug.

Bolitho zögerte und sah sich auf den böse mitgenommenen Schiffen um. Ein paar Männer hatten beim Vorübergehen seine Uniform berührt. Einige hatten nur gegrinst und seinen Namen genannt. Einige hatten auch ganz offen geweint, vor Scham vielleicht, bei so vielen Toten am Leben geblieben zu sein.

Jetzt schwiegen alle, als er an ihnen vorbeischaute und die Bramsegel der *Reaper* plötzlich hell im kalten Sonnenlicht strahlen sah. Er berührte das Amulett unter seinem schmutzigen Hemd und wußte, wie nahe ihm Catherine war.

»Es ist ein hoher Preis, den man zahlen muß. Wir haben ihn oft genug bezahlt. Wir dürfen nie vergessen, daß wir ihn immer auf eigene Gefahr hin zahlen.« Er sah hoch und entdeckte seine Flagge an der Großmaststenge, unbefleckt und fern von allen Leiden und allem Haß.

»Loyalität ist wie Vertrauen – und wirkt ganz gewiß immer in zwei Richtungen.« Wieder sah er die Bramsegel, die sich langsam bewegten. »Aber sie ist die größte aller Belohnungen!«

Es war vorbei.

Epilog

Die Kutsche mit dem Wappen der Bolithos, am Morgen frisch gewaschen, hielt vor der Kirche. Es war kühl für den Monat März, doch Catherine merkte es nicht.

Bryan Ferguson öffnete ihr den Schlag und klappte den Tritt herunter.

»Warum warten Sie nicht hier drinnen, Mylady? Es ist ganz sicher wärmer!« Er war bemüht, sorgte sich, daß jetzt noch etwas schiefgehen könnte. Sie ergriff seine Hand, stieg auf das Kopfsteinpflaster und sah zum Wasser hinüber.

Ein Tag wie jeder andere und doch ganz anders. Selbst die Leute schienen zu warten, neugierig, wie sie nun einmal in Seehäfen waren. Ein Gerücht, eine Nachricht, den Schuß einer Signalkanone, ein Schiff in Not. Die Leute in Falmouth hatten schon alles erlebt.

Sie zog ihren langen grünen Mantel zurecht und den Verschluß oben am Hals. Sie hatte sich sorgfältig gekleidet, hatte sich Zeit genommen, obwohl jede Faser ihres Körpers danach verlangt hatte, das Haus ohne Zögern zu verlassen. Immer noch schien es nicht wahr, daß Richard zurückkehrte und in diesem Augenblick nicht mehr als eine Meile von Falmouth entfernt war.

Sie konnte sich genau an die Zeit erinnern, als ihr ein Eilbote den Brief von Bethune aus der Admiralität übergeben hatte. Sie hatte schon einen von Richard erhalten. Darin hatte er das Gefecht kurz erwähnt, doch die Namen der vielen Gefallenen nicht genannt. Bethune hatte ihr mitgeteilt, daß die *Indomitable* nach Plymouth befohlen worden war, damit Rigger und Zimmerleute sich ihrer annahmen. Sie sollte bei Ankunft außer Dienst gestellt werden, ein angeschlagenes Schiff mit Wunden und Erinnerungen. Wie viele der Mannschaft würde auch sie abwarten, ob sie weiterhin gebraucht würde.

Die Uhr der Kirche von König Charles dem Märtyrer schlug sehr langsam. Mittag. Sie hatte sehr mißtrauisch Bethunes schriftlichen Vorschlag zur Kenntnis genommen, in Falmouth auf Richards Rückkehr zu warten.

Doch bald hatte sie den Grund dafür herausgefunden: Die *Indomitable* sollte in Plymouth außer Dienst gestellt werden. Richard müßte sich dann von vielen vertrauten Männern verabschieden. Andere waren bereits verschwunden, wie Schatten, die Erinnerungen davontrugen. Er wollte sicher nicht, daß sie das Schiff jetzt sah. Sie sollte sich an es erinnern, als sie an Bord geklettert war, man ihr zujubelte und über dem Bild Richards Flagge auswehte.

Er lebte und kam nach Hause. Nur das war wichtig. Sie spürte, daß es andere Gründe gab, die Bethune nicht erwähnte. *Ich bin bereit.*

Zu Ferguson sagte sie jetzt: »Mir geht es gut. Ich weiß, daß Sie hierbleiben.« Sie strich sich eine dunkle Haarsträhne aus den Augen und sah den jungen Matthew oben auf dem Kutschbock gegen den kalten, hellen Himmel. »Daß Sie beide hierbleiben.«

Heute würden auch andere hier warten, wie Unis auf John Allday. Für alle waren diese Augenblicke sehr privat und kostbar. Mehr als alles andere waren sie nach so vielen Jahren von Opfern und Getrenntsein Zeichen des ersehnten Traums vom Frieden. Bethune hatte gesagt, der Krieg sei fast vorbei. Bei Laon hatten die Alliierten wieder einen großen Sieg errungen, und Wellington hatte Bordeaux eingenommen. Man sprach davon, die Miliz aufzulösen ebenso wie die Landwehr. Bedauernd und mit Wärme dachte sie an Lewis Roxby. Wie froh wäre er über diesen Tag gewesen! Nancy hatte ihr manchen Besuch abgestattet. Als Tochter eines Seemanns und als Richards Schwester war sie Catherine ein großer Trost gewesen. Und ihr hatte es auch geholfen, nachdem das große Haus ohne Lewis Roxby so leer war. Doch heute würde Nancy fernbleiben. Sie verstand das besser als jeder andere.

Sie ging auf die Schiffe zu, die im Hafen vor Anker lagen. Die schwankenden Masten und Rahen waren ihr sehr vertraut, ebenso wie die Gerüche, die in nichts an ihre Kindheit in den Slums erinnerten oder an das elegante London, das sie zusammen mit Richard genoß. Frisches Brot, frischer Fisch, Teer und Pech und das Salz der ewigen See.

Sie bemerkte, wie man sie ansah, neugierig oder vertraut – doch immer ohne Feindseligkeit. Zwar würde sie immer eine Fremde bleiben, aber nie ein Eindringling – und dafür war sie dankbar.

Sie entdeckte einen der Küstenwächter und seinen Kumpel. Die beiden waren damals bei einsetzender Ebbe am Strand gewesen, als sie Zenorias leichten, zerbrechlichen Körper auf ihren Armen getragen hatte.

Er nickte und nahm grüßend den Hut ab. »Ein schöner Tag, Mylady!«

»Ich hoffe es, Tom!«

Sie ging weiter, bis sie ganz vorn am Anleger stand. Und der Krieg in Nordamerika? Für die meisten hier war er zweitrangig, denn lange genug war Frankreich der Feind gewesen. Zu lange!

Samuel Whitbread, der vermögende und einflußreiche Bierbrauer, hatte im Unterhaus gewettert und gefordert, der Krieg mit Amerika müsse unverzüglich beendet werden. Er hatte die ehrenwerten Herrn des Hohen Hauses daran erinnert, daß der erste Frieden – nach dem Unabhängigkeitskrieg – widerwillig unterzeichnet worden war. Pitt bemerkte dazu: *Ein Verteidigungskrieg kann nur in der unvermeidlichen Niederlage enden.* Sie hob ihr Kinn. Sei es nun also.

Sie hörte Gelächter und laute Stimmen – entlassene Seeleute mit viel verfügbarer Zeit sahen sich im Hafen um. Allday hatte für solche Männer nur Verachtung übrig. Diese Teerjacken fochten ihre Schlachten jeden Tag aufs neue in Gasthöfen und Bierhäusern aus, bis die Laternen über den Tischen schwankten wie die auf einem Schiff in der Biskaya.

Einer rief laut: »Da ist sie, Leute!«

Catherine schaute über das Wasser, ihr Gesicht war eiskalt im Wind, der über die Falmouth Bay in die Carrick Roads wehte.

Tom von der Küstenwache sagte: »Die *Pickle.* Und so gehört sich das auch!«

Um meinetwillen?

Sie sah, wie der kleine Schoner zwischen ankernden Leichtern hindurchglitt. Von ihren Schwestern in der Handelsschiffahrt unterschied die *Pickle* sich nur durch die große, neue Kriegsflagge, die von ihrer Mastspitze auswehte.

Seiner Majestät Schoner *Pickle. So gehört sich das auch!* Vor plötzlicher Rührung schmerzten ihre Augen, doch sie war entschlossen, sich nichts entgehen zu lassen. *Pickle* kam ziemlich regelmäßig hierher wie in alle Häfen und Marinestationen zwischen Plymouth und Spithead. Sie brachte den Hafenadmirälen Depeschen und Post, und manchmal auch Passagiere. Und Post und Depeschen auch für die Schiffe, die von ihren ermüdenden Blockadeaufgaben hier ausruhten, in Torbay Schutz fanden und durch Berry Head vor Stürmen geschützt lagen.

Doch hier würde man sich an die *Pickle* ewig wegen ihrer Rolle bei einem einzigen, größeren Ereignis erinnern. Sie war Falmouth angelaufen, und ihr Kommandant, Leutnant John Lapenotiere, hatte hier eine Postkutsche genommen und war ohne Halt zur Admiralität gefahren – eine Fahrt von rund siebenunddreißig Stunden. Die ganze Strecke lang hatte ihn Jubel über Englands größten Sieg vor Trafalgar begleitet. Jubel, der die Herzen der Nation füllte. Und sie ebenso schnell mit der Nachricht betäubt, daß Nelson, der Held des Volkes, tot war.

Sie fragte sich, ob Richard solche Vergleiche anstellte. Aber das würde er nie machen. Seine Erinnerungen galten James Tyacke und den anderen.

Sie berührte ihren Hals. *Und seine Hoffnungen ruhen bei mir.*

Sie sah, wie die Segel geborgen wurden, Leinen an Land flogen zu Seeleuten und Zuschauern. *Pickle* ging längsseits, ihre Flagge sehr hell vor den grauen Steinen. Leutnant Avery und Yovell würden mit Richards Gepäck über Land reisen. Sie beschäftigte sich mit Unbedeutendem, um ihre Gefühle unter Kontrolle zu halten.

Der Sessel, der Weinkühler, den sie hatte anfertigen lassen, nachdem der erste mit untergegangen war. *Wenn er das letzte Gefecht überstanden hatte...* Sie trat an die Spitze des Anlegers, öffnete ihren Mantel, so daß er sie sehen konnte und den Hänger, der wie ein Fächer aussah und auf ihrer Brust lag.

Sie sah die blauweißen Uniformen, hörte Leute auf dem Steg jubeln. Das galt nicht nur dem Helden, sondern vor allem dem Sohn der Stadt Falmouth.

Die Frau des Bäckers war mit ihrer kleinen Tochter erschienen. Das Kind sah zufrieden und doch etwas verwirrt aus. Man hatte ihm einen Strauß Narzissen in die Hand gedrückt, den es ihm als eigenen Willkommensgruß überreichen sollte.

Dann sah sie ihn, hoch aufgerichtet und groß in seiner Uniform mit den Goldlitzen, an seiner Seite den Familiensäbel. Und dicht hinter ihm, nur einmal den Männern auf dem Schoner zuwinkend, folgte Allday, so wie sie es sich vorgestellt hatte.

Sie stand und sah ihm entgegen und vergaß die Kälte. Es war so wichtig, zu wichtig, um es in Gegenwart all dieser lächelnden, freundlichen Menschen zu zerstören. Es gab natürlich auch Tränen. Viele teilten heute ihr Glück nicht. Doch deren Tränen waren nicht die ihren.

Die Frau des Bäckers gab ihrer kleinen Tochter einen Schubs, und sie lief mit ihren Narzissen los.

Doch Bolitho übersah sie. Aber sofort war Allday da, von dem sie wußte, daß er mit Kindern eine gute Hand hatte. Das runde Gesichtchen, das in Tränen ausbrechen wollte, lächelte wieder. Der Augenblick war vergangen.

Catherine breitete ihre Arme aus. Richard hatte das Kind nicht gesehen. *Er konnte es nicht sehen.*

Nachher erinnerte sie sich an ihre Worte nicht mehr, obwohl sie etwas gesagt haben mußte. Allday grinste und nahm es leicht.

Erst in der Kutsche hielt sie ihn, nahm seine Hände und preßte sie an sich, um seine Unsicherheit und seine Verzweiflung zu zerstreuen.

Es war kein Traum. Der Schmerz würde vergehen – bis zum nächsten Mal, wenn es denn sein mußte.

Einmal küßte er ihren Hals, und sie hörte ihn bitten: »Verlaß mich nicht!«

Und stark, stark genug für sie beide, antwortete sie: »Niemals.«

Hinter dem Hafen war die See jetzt ruhiger.

Und wartete.

Alexander Kent - Bolitho-Romane

Die Feuertaufe
Richard Bolitho -
Fähnrich zur See
Roman, 208 Seiten
Ullstein TB 23687

Strandwölfe
Richard Bolithos
gefahrvoller Heimaturlaub
Roman, 176 Seiten
Ullstein TB 23693

Zerfetzte Flaggen
Leutnant Richard Bolitho
in der Karibik
Roman, 288 Seiten
Ullstein TB 23192

Kanonenfutter
Leutnant Bolithos
Handstreich in Rio
Roman, 320 Seiten
Ullstein TB 24311

Klar Schiff zum Gefecht
Richard Bolitho -
Kapitän des Königs
Roman, 256 Seiten
Ullstein TB 23932

Die Entscheidung
Kapitän Bolitho in der Falle
Roman, 160 Seiten
Ullstein TB 22725

Bruderkampf
Richard Bolitho -
Kapitän in Ketten
Roman, 304 Seiten
Ullstein TB 23219

Der Piratenfürst
Fregattenkapitän Bolitho
in der Java-See
Roman, 336 Seiten
Ullstein TB 23587

Fieber an Bord
Fregattenkapitän Bolitho
in Polynesien
Roman, 432 Seiten
Ullstein TB 23930

Des Königs Konterbande
Kapitän Bolitho und
die Schattenbrüder
Roman, 328 Seiten
Ullstein TB 23787

Nahkampf der Giganten
Flaggkapitän Bolitho bei der
Blockade Frankreichs
Roman, 304 Seiten
Ullstein TB 23493

Feind in Sicht
Kommandant Bolithos
Zweikampf im Atlantik
Roman, 336 Seiten
Ullstein TB 20006

Der Stolz der Flotte
Flaggkapitän Bolitho vor der
Barbareskenküste
Roman, 352 Seiten
Ullstein TB 23519

Eine letzte Breitseite
Kommodore Bolitho im
östlichen Mittelmeer
Roman, 320 Seiten
Ullstein TB 20022

Galeeren in der Ostsee
Konteradmiral Bolitho
vor Kopenhagen
Roman, 272 Seiten
Ullstein TB 20072

Admiral Bolithos Erbe
Ein Handstreich in
der Biskaya
Roman, 296 Seiten
Ullstein TB 23468

Ullstein Taschenbuchverlag

Alexander Kent - Bolitho-Romane

Der Brander
Admiral Bolitho im
Kampf um die Karibik
Roman, 368 Seiten
Ullstein TB 23927

Donner unter der Kimm
Admiral Bolitho und
das Tribunal von Malta
Roman, 312 Seiten
Ullstein TB 23648

Die Seemannsbraut
Sir Richard und die Ehre der Bolithos
Roman, 320 Seiten
Ullstein TB 22177

**Mauern aus Holz, Männer
aus Eisen**
Admiral Bolitho am Kap
der Entscheidung
Roman, 304 Seiten
Ullstein TB 22824

Das letzte Riff
Admiral Bolitho - verschollen
vor Westafrika
Roman, 384 Seiten
Ullstein TB 23783

**Dämmerung über
der See**
Admiral Bolitho im
Indischen Ozean
Roman, 432 Seiten
Ullstein TB 23921

Dem Vaterland zuliebe
Admiral Bolitho vor
der Küste Amerikas
Roman, 384 Seiten
Ullstein TB 24181

Die Feuertaufe/ Strandwölfe
Zwei Romane, 384 Seiten
Ullstein TB 23405

Der junge Bolitho
Die Feuertaufe/Strandwölfe/Kanonenfutter
Drei Romane, 514 Seiten
Ullstein TB 20913

Bolitho in den Tropen
Kanonenfutter/Zerfetzte Flaggen
Zwei Romane, 560 Seiten
Ullstein TB 23527

Bolitho wird Kapitän
Klar Schiff zum Gefecht!/
Die Entscheidung/
Zerfetzte Flaggen
Drei Romane, 626 Seiten
Ullstein TB 22016

Fregattenkapitän Bolitho
Bruderkampf/Der Piratenfürst
Zwei Romane, 640 Seiten
Ullstein TB 22097

Ullstein Taschenbuchverlag